逝水流年人相随

——纵观名流，横看世界

吴绪彬 著

中国书籍出版社
China Book Press

图书在版编目（CIP）数据

逝水流年人相随：纵观名流，横看世界 / 吴绪彬著 . —北京：中国书籍出版社，2018.4
ISBN 978-7-5068-6833-4

Ⅰ . ①逝… Ⅱ . ①吴… Ⅲ . ①杂文集 – 中国 – 当代 Ⅳ . ①I267.1

中国版本图书馆 CIP 数据核字（2018）第 067640 号

逝水流年人相随：纵观名流，横看世界
吴绪彬　著

责任编辑	许艳辉
责任印制	孙马飞　马　芝
封面设计	楠竹文化
出版发行	中国书籍出版社
地　　址	北京市丰台区三路居路 97 号（邮编：100073）
电　　话	（010）52257143（总编室）　　（010）52257140（发行部）
电子邮箱	eo@chinabp.com.cn
经　　销	全国新华书店
印　　刷	三河市顺兴印务有限公司
开　　本	710 毫米 ×1000 毫米　1/16
印　　张	20.5
字　　数	346 千字
版　　次	2018 年 4 月第 1 版　2018 年 4 月第 1 次印刷
书　　号	ISBN 978-7-5068-6833-4
定　　价	48.00 元

版权所有　翻印必究

序一　双重的馈赠
张振华

绪彬君是我在中国国际广播电台多年的同事。承蒙他的信任与错爱，嘱我为他的新作《逝水流年人相随——纵观名流，横看世界》写篇序言类的文字，其情切切，推之不恭。

我深信，人在说话，话亦在说人；人在写书，书亦在写人。因此，听其言，读其书，即可知其人。虽然我和绪彬共事多年，但突然感到我对他的了解和认知居然远远不够。及至看到本书，以及通过最近的几次简短的交谈，我才看到了一个更加丰满、深刻的绪彬，一个更加丰富、多彩的人生，一个年过七十仍激情勃发的灵魂。

首先给我留下深刻印象的，是绪彬对文化，对人文精神、人文气质、人文情怀、人文追求的尊崇、尊重、尊敬，及热情的探访、深情的吟咏，乃至身体力行。

翻开本书，第一二三辑简直就像为我们开启了一扇遍览中国当代文化名人的长廊之门。从作家、诗人、哲学家、翻译家，到书画家、装饰艺术家，洋洋洒洒涉猎了近四十人，蔚为壮观。其中不乏广为人知的夏衍、老舍、曹禺、冰心、端木蕻良、费孝通、赵朴初、李可染、卢光照、周怀民、董寿平、肖淑芳、胡絜青、郑可、袁运甫等名家、大家。他们对文化的坚守与创造，对艺术的追求与贡献，对真善美的阐示与弘扬，对名利的淡泊与恬澹，对人生的热爱与表达，对磨难的泰然与坦荡，对人格的自尊与自爱，在书中都有生动的描写。虽然这些文章篇幅都不长，但一个个个性化的故事与视角仍不啻为一股清新之风，沁人心脾，耐人回味，引人深思。读来不仅是一种文化享受，甚至是对灵魂的一种审视与净化。

在经历了"文革"那场刻骨铭心的文化浩劫的今天，在物质至上，文化贬值，把愚乐当娱乐、把审丑变审美，以及绯闻满天飞的今天，在拼包装、拼颜值、讲套路、靠水军及潜规则充仓、上位的今天，在明星高开高走、大家落寞寂寥的今天，在文化的万象与乱象并存，甚至大有"劣币驱逐良币"的今天，在"好看的脸蛋很多，而有趣的灵魂很少"的今天，面对这些文化大家的情怀与境界、追求与成就，当有一种无地自容之感，及高山仰止之感。

王尔德说："所有带有感情的肖像，那感情都来自画家，而非模特。"爱默生则说："人们似乎没有弄懂，他们对世界的见解，其实是他们自身品格的自白。"绪彬所以对追访文化名人情有独钟，无疑出自于他对文化及文化人的理解、尊重、倾慕与钦敬，即他的情怀使然；而他对这些文化大家的情趣与品格的细致描述、生动解读与倾情吟咏，在一定意义上可说是绪彬本人文化品位、文化情趣的一种投影。

所谓文化，绝不仅仅是指满足感官需求的各种具象的视听作品或以文化命名的各类活动。文化的深意与真谛乃是一种内化了的素养、情操、境界、精神与灵魂。文化的本质与功德是为人们提供一种正确的人生态度和生活方式。正如有人所说，文化是"根植于内心的修养，为别人着想的善良，无须提醒的自觉，以约束为前提的自由"。而在市场经济环境下，文化的现实课题之一便是用高尚的情操去软化那些被物质硬化了的心灵，用健康的心态去净化那些被金钱污化了的心灵。

难能可贵的是，绪彬对于文化和人文精神、人文情怀、人文关怀的崇尚并未停留在纸面及纯精神层面，而是极尽个人之所能为他人送去温暖与阳光。1995年，他和在京的几位福清籍乡亲创立了北京福清同乡联谊会。初衷之一便是着眼于那些同当年进京时举目无亲的自己一样的家乡年轻人，为之提供一些精神或物质上的帮助。联谊会成立以来，他通过这个平台和北京福州商会，向企业家募集了100多万助学善款，先后资助了80多位贫困大学生。除了物质上的帮扶，十多年来，他还从理想、信念层面对近20位在校大学生、研究生面对面提供一些精神上的抚慰、指导和鼓励，帮助他们跨过这样那样的心理上的沟沟坎坎。农业大学的林庭谣在给吴绪彬的短信中说"今天真的很开心。来京一年多，一直都有种漂泊的感觉。今天第一次在京感受到了家一般的温暖。能坐在您家，听您的教导、安慰，何其幸运！我会振作起来，好好学习，好好生活。"接受过他帮助或勉励的大学生有三位去年考取了北大、清华或北师大的博士生，有几位已参加工作的学生则展现了良好的资质和事业前景。

爱是文化的核心要素与基础性基因。奥古斯丁说："拥有手，能够去帮助别人；拥有脚，能够迅速跑到困难的人那里去；拥有眼，能够察看生活的贫乏与不幸；拥有耳，能够倾听别人的叹息与哀伤——这就是爱。"绪彬的这种爱心可谓是其崇尚的人文精神、人文情怀在现实生活中的延伸、变现与践行。而知行合一则是另一重重要的文化品格。

给我印象深刻的另外一点是绪彬的勤奋、刻苦与近乎无止境的追求。

绪彬曾先后染患肺病及肝炎，虽个子不矮，但身体并不壮硕。而在他看似单薄的身体里却有一颗健壮的心脏和一股奔涌不息的激情。

首先他善于学习。他和我先后在中国国际广播电台日语广播部担任记者、编辑。日语广播部有个传统，每天早上的编前会及日常的业务研讨会都必须讲日语。目的是营造日语语言环境，提高大家的日语思维和表达能力，同时也是为了便于同日籍专家直接交流。而我们分别是中文系或新闻系的毕业生，在学校从未学习过日语。为了改变在业务会上既聋又哑的状况，绪彬开始自学日语。除了向本部的前辈求教，还从母校找来了日语专业的讲义，购买了《日汉词典》《日语语法》等书籍，加之良好的语言环境，特别是自己的努力，几年后，他不仅取得了大学自考日语的结业证书，而且能翻译简短的新闻稿件，后来甚至成为一些日文图书的翻译者、编纂者，比如他与别人合作编译的《日语常用词例解词典》，所翻译的《中国书法史》等等。

"功夫在诗外"。作为记者，采访的人物和行业跨度大、门类多，要想拿出出色的稿件，必须事先下足功夫。为此绪彬给自己提出一个很高的目标，即不仅要做一个"学习型记者"，而且要做一个"学者型记者"。比如为了报道好上面提到的书画家，他不仅恶补了书画的基本知识，而且对被采访的书画家的独特风格与特点进行了个性化的了解与研究。从而可以从艺术的角度同书画家进行专业性的对话、交流、探讨乃至碰撞。不仅避免了在采访中形成"鸡对鸭讲"的尴尬局面，而且保障了稿件的专业性、知识性。后来他在中国国际广播出版社工作期间，作为总编辑策划出版了一批中外美术、书法方面的典籍，也得益于他先前在书画方面的研读、学习与积累。

"人们成就的差异，取决于业余时间"（爱因斯坦语）。人生如琴，只有绷紧了琴弦才能奏出优美的乐章。除了乐于学习，绪彬还乐于在工作上为自己添负加码。比如前三辑文章大都缘起对日本广播的稿件采写。广播稿特别是对国外广播的稿件要求通俗易懂，不宜写得过专；加之受到栏目时间的限制，又不可能写得过长，自然也不能过细。为了使那些在同大家面对面交流中所获得的第一手资料的传播效应最大化，绪彬利用业余时间对稿件重新加工，使之更丰富、更充实，由原来的可听性转化为可读性。于是我们才读到上面曾刊发于《南方周末》等报刊的一二三辑中的文章。

绪彬在日语部当编辑、记者的后期，利用业余时间，独自或与他人合作著译了《日语常用词例解词典》《世界名画邮票欣赏》《中国文艺邮票欣赏》《中国书法史》等。而他在出版社工作期间，虽身为领导，但一直参与一线实际业务。退休之后，面对经济生活、社会生活、文化生活中的种种现象与问题，他进行了多维学习、研究与思考，写出了48万字的《穿越时空的思索——我对人间万象半个世纪的回望》，于2015年由中国书籍出版社出版。全书包括"情感夜话""寄语青年""热点聚焦""企管随想"等八辑。内容之丰富，见地之新颖，文笔之优美，受到广泛的好评。

至于他倡导创办的北京福清联谊会，由于连续担任五届会长，对于联谊会宗旨的确定、会员的吸纳、会务的安排、议程的设置、工作的推进，事无巨细，他都亲力亲为。付出的时间和精力可想而知。

绪彬何以如此的不知疲倦？何以到了老年仍充满活力与激情地设计和创造人生？

我想这大概源于母亲的品德与熏陶，以及冥冥中对他的祝福、希冀与驱策。"哀我父母，生我劬劳"。在本书《刻在心上的爱——追思我的母亲》一文中，他详细记述了母亲这位缠足女人（我的母亲也如是）在大家庭中的辛劳与坚忍。他写道："我的母亲是柔弱的，又是刚强的；是弱小的，又是强大的；是没有文化的，又是深明事理的。她的善良、忍让、坚强和不甘人后的秉性与精神，深刻地影响了我的一生……她为丈夫和子女尽了所有的责任，付出了所能付出的一切。她没有自己的自由时间和空间，没有自己的生活享受，她唯一的心思和希望，就是七个子女健康成长，早日成才。"母亲的品格浸润了他的生命底色，母亲的期许则成了少小离家的绪彬的生命动力，他决心以自己的优秀人生作为对母亲最好的回报。他深知，人生既是母爱的延续，又是一场属于自己的战斗。生命如此的珍贵与美好，每个不曾起舞的日子，既是对母亲的辜负，也是对生命的辜负。他更知道，每个人拥有的能力远比他已经释放出来的能力要大得多。或者说，每个人身上都有个太阳，就看你是否及如何使它最大限度地发光。总之，"生活最沉重的负担不是工作，而是无聊"——似乎就是他的人生信条与座右铭。

序一 双重的馈赠

一本书的意义既在书内亦在书外。绪彬对母亲的爱及对生命、生活的理解，他的不懈追求、奋斗、辛劳与奉献精神，也许对于读者特别是青年读者来说，是与本书具有同等价值甚至更为宝贵的精神馈赠。

2017年11月2日于北京

序作者张振华为中国国际广播电台原台长（副部级），享受国务院特殊津贴的专家。

序 二
马振方

绪彬兄拟裒（念póu）此集，命我作序，却之不恭，只得从命。

绪彬与我是北京大学中文系1957级同班同学。同窗五年，一起听名师讲课，一起钻图书馆，也一起下乡下矿参加劳动。只是第四学年，他得了肺结核，未能随班下昌平山区劳动近半年。这半年，他应该多读了一些书，同时却背着病痛的沉重包袱。绪彬小我四岁，他毕业之前给我的印象就是个读书非常刻苦的单纯男生。毕业时，他康复了，随年级十几位同学分配在中央人民广播电台，他被分在日语部任职。此后好久没有联系（或曾联系已忘怀了），改革开放以后，联系渐多。有一次他来看我，得以畅叙，那时他已是中国国际广播出版社的社长兼总编辑了。不过，对绪彬有了较系统的了解是在读了他为《长忆未名湖》撰写的《从北大，重新再出发》以后。那里面说，从毕业至今，他三次改行，亦即三次从头做起。

第一次就是在日语部担任编辑和记者。他不会日语，每早的碰头会"成了聋子和哑巴"。为摆脱这种尴尬处境，他从1963年就开始业余自学日语，经过"苦读苦练"，后来居然能编译《日语常用词理解辞典》，翻译《中国书法史》等。同时又担任《南方周末》等多家报纸的特邀记者，用业余时间，撰写并发表了本书裒集的大半文章。二十三年的记者与编辑生涯使单纯的绪彬不再单纯，以他顽强的敬业精神和勤苦的写作练出一身新闻战线的硬本领——懂日语，又擅写急就章。大约与此相关，又于1985年奉调组建中国国际广播出版社，即第二次改行。尽管绪彬也强调这次改行的难处，我还是觉得它与前番之难不能相提并论，主要是如何把出版社办得红火的问题。绪彬在十八年中充分发挥了创业精神，带领同行，苦干实干，出版了偌多颇有分量的好书，并继续发表本书裒集的文章和随笔。

2003年，绪彬从出版社退休，却不安享晚年，转而去当两大房地产集团的高级顾问；并作为会长，继续效力于北京福清同乡联谊会。2006年，他又参与筹建北京福州商会，先后任秘书长和驻会领导，即第三次改行。这次是真的改行，投身经济大潮。他不仅阅读了大量相关的新书，并发表多篇专文论述楼市风云和股市迷雾，并在前年出版了《穿越时空的思索——我对人间万象半个世纪的回望》一书，受到读者特别是青年读者的青睐和欢迎。当然，此间，他也并未忘却本书衷集之文的写作。

如此说来，本书乃是绪彬大学毕业后，特别是改革开放以后在报刊所发文章的结集，约一百篇。不仅时间漫长，范围也很宽广。其中分量最多的是对各界大师、名流的采访。他们经过十年"文革"的冲击和耽搁，都在新时期为国家和事业加倍努力，奋发图强。八十岁的赵朴初先生以周总理说的"活到老，学到老，改造到老"激励自己，恭行"为众生供给使"的教义，热心于救济福利事业，以利乐众生为己任。"从不放下手中笔"的王力先生正"着手全面修订《汉语史稿》"，"还搞了两部副产品：《〈康熙辞典〉音读订误》和《清代古音学》"。夏衍先生正在写自传回忆录《懒寻旧梦录》，"他的生命之火在继续燃烧，而且愈烧愈旺"。中外闻名的社会学家费孝通先生起初研究一个农村，"几乎把江苏全省都跑遍了，一共写了十篇文章"，"从今年开始，更上一层楼，研究中等城市和城镇的关系……"而著名书画家启功先生于1983年在日本东京举行个人书画展，"观者如潮，获得很大成功"。

从行业方面看，绪彬采写较多的是美术家与作家。在《诗人之恋》中，他为我们展示了贺敬之与柯岩这两位志同道合、患难与共、互爱互敬、相助相依、永"为人民歌唱、为时代歌唱"的伉俪诗人。在《面壁荒沙四十载》中，记述一个深爱祖国敦煌艺术的著名画家常书鸿先生舍弃巴黎的优越生活条件和温馨家庭，自愿在戈壁沙漠中守望敦煌艺术一辈子的感人事迹。他所经历的困苦、艰辛和磨难，大约只有"中日文化交流的伟大使者"——六次东渡始达日本的大唐高僧鉴真法师才可比得。"书画名家"前两篇评述了齐派著名画家李可染、卢光照两位先生在艺术道路上的苦苦追求和皇皇成就，前者是"开创中国山水画一代新风"的巨匠，后者被白石老人誉为"吾贤过我"的花鸟大手笔，"长留春色满人间"。在《危难时节见真情》中，抒写了老舍夫妇与日本作家水上勉、井上靖等"超越生死界限的友谊"。在《但愿此生长作北京人》中，介绍了北京工程机械公司的技术顾问，已在中国工作近四十年，年逾古稀，"还想"——不，是"还在"——"把'余热'贡献给中国的'四化'建设事业"的日本友人山本市朗。在《甘于寂寞 矢志以求》和《〈电影的奥秘〉序言》中，记述了我们的同学林阿绵"毕生钟情于少年儿童的文学事业"，被誉之为"传播中国儿童电影的当代愚公"……

不需一一列举，绪彬文章的共同特点是热情洋溢，朝气蓬勃。这既由于职业记者对采访对象满怀热情，又由于作者对改革开放、万象更新的国家面貌精神振奋、满怀激情，具有鲜明的政治性和时代感，因而富有正能量。作者的笔蘸着浓浓的情才写得出这类文字。而此种情怀归根到底是爱与敬的结晶，只有对人物和事业由衷的热爱和敬仰，才能酿出情浓于酒的采访文字，熠熠闪光。

本书之文的另一特点是简捷而流畅，具有较高的含金量。作者在担任记者和编辑之初，就有意苦练急就章，多写短小的随笔、时评和报道之类。功夫不负有心人，终于成为一位"笔下来得"的多面手。除了几篇发于杂志者篇幅长些之外，数十篇人物报道与特写多为见诸报端的短文，开门见山，长话短说，重点突出，要言不烦，偶出秀句，各有韵味。

有关绘画、书法、装饰工艺等美术之文，局外之人较难下笔，而本书却比别文为多，行文也甚为出色。这首先是绪彬对此颇感兴趣。其岳翁就是我国著名的花鸟画家卢光照先生，近水楼台，多受熏陶，获益匪浅。其次，他对我说，为了写好这些画家和艺术家及其作品，他还"恶补"了有关美术的多种知识。这就难怪书中这类文章笔墨娴熟，给人以行家里手之感，为读赏增加不少境界和意趣。

2017 年 4 月 23 日于北大寓所

序作者马振方为北京大学中文系资深教授

前 言

上世纪中国改革开放的八十年代，是一个社会剧变、观念骤改、思想解放、言论自由的年代；也是广大知识分子，挣脱行为限制和思想枷锁，满怀对国家发展前景的憧憬，带着梦想与激情，与时间赛跑，力图干成一番事业的年代。在那个时期的十年时间里，前五年我还在中国国际广播电台日语部当编辑、记者；后五年奉调筹办中国国际广播出版社，并出任总编辑。

时代的感召，各级领导寄予的厚望，使我焕发了青春，浑身充满活力，似乎从不知什么叫"疲劳"。秉承敬业精神和对工作的高度责任心，我在竭力做好本职工作的同时，开始利用业余时间和节假日，写书、译书和作为特约记者为《南方周末》《装饰总汇》《社会·家庭》等报刊供稿，并应《人民日报》（海外版）、《中国青年报》等报刊之约撰稿。收集在这本集子里的一百多篇文章，大多数发表在上世纪八九十年代的各个报刊上。

虽然文章发表的年代久远，但这次我在搜集、整理、编排、核校稿件的过程中，多次重温旧文，自认为依旧有较强的可读性，再次让我如见其人，如闻其声。他们当中的大多数名流，怀着强烈的爱国热情，对文化事业的执着追求之心，淡泊明志，只知耕耘，不问收获的敬业精神；他们的思想境界和为人风范，以及他们的心路历程和振聋发聩的独到见解，会依旧清晰地呈现在读者的眼前。

也许，一是，我同被采访对象大都熟悉，有的甚至是朋友，我对他们仰慕已久，平日注意收集有关他们的报道和研究材料；如果不熟悉，我更是在采访前，翻阅当时所能找到的相关资料，仔细研读并做笔记。特别是为写书画家，我曾恶补了书画知识，并对被采访的书画家的技法特点和风格的形成做了深入的研判。二是，我写他们不是简单的记录，平铺直叙的介绍，更没有让他们说应时的套话。我力图多侧面地描述他们，在一定程度上向读者立体展现这些名流，在特定时代和社会背景下的生存状况，精神心态，包括内心的挣扎和隐痛，特别是他们在文化领域的创造性劳动所取得的骄人业绩。

至于写悼念已故名流的文章，我无不倾注身心，满怀深情，从总体和细节再现他们的为人风范和精神境界，以情打动读者。因此，相信今天的读者依然会有兴趣阅读这些文章，并从中获得教益。

特别是年纪稍大的读者，也许有些名闻遐迩的名人，还曾是你们心中的"偶像"。因为我采访的对象，绝大多数是当时全国一流的文坛大家，书画名家和各领域有成就的文化人。且我对他们是近距离接触，面对面交谈，因而他们所提供的生活状况、文化作为和心路历程，将会起到拾遗补阙、立此存照的作用。尤其是我为常书鸿、端木蕻良、柯岩、郑可、崔玉凌、卞立强、石鸣（陈维棋）等采访对象所写的长篇文章，以及悼念卢光照、内海博子、徐桂秋等亲友的长文更有一定的传记的史料价值，值得一阅。

我认为我是一个胸怀大志，不畏艰难，砥砺奋进的知识分子。我一辈子酷爱读书、写作，自1962年由北大中文系毕业之后，不管是当记者，还是办出版社，当社长兼总编期间，我都长期处于快节奏生活、高效率工作的生存状态。但再忙，再累，我也不会放松对自己的要求，马虎从事。为文总是力求内容翔实，行文通畅，文字考究。每每完稿之后，还一再修改，直到自己比较满意，或认为可以出手才投寄报刊。正是由于我的敬业和认真坚持文章的高质量，才有幸得到赵朴初、曹禺、谢冰心、柯岩、李可染、常书鸿、周怀民、黄均等名家的赞许和好评。

2015年12月，我曾出版了《穿越时空的思索——我对人间万象半个世纪的回望》一书，受到小至十七八岁，老至七八十岁读者的普遍好评，赞誉有加，现该书已脱销。本书的读者范围和内容的可读性，会不同于上一本。但我期望有心的读者能有兴趣阅读，并从中获益，这我就感到心满意足了。

2017年10月19日

目 录

第一辑 名流风采

诗人之恋
　　——记贺敬之和柯岩 ………………………………………… 3
女作家柯岩的魅力 …………………………………………………… 8
从石缝中生长出来的小树
　　——访著名作家、诗人柯岩 …………………………………… 10
面壁黄沙四十载　绝代飞天众望中
　　——访著名画家、敦煌学家常书鸿 …………………………… 12
在赵朴初家里作客 …………………………………………………… 17
永不熄灭的生命之火
　　——访夏衍先生 ………………………………………………… 19
超圣入凡不求仙
　　——访著名社会学家费孝通教授 ……………………………… 21
大好时光　辛勤笔耕
　　——《雷雨》问世五十周年访曹禺 …………………………… 23
身如老松冬也绿
　　——访语言学大师王力 ………………………………………… 25
启功教授谈自学 ……………………………………………………… 27
危难时节见真情
　　——老舍夫妇与日本作家的友谊 ……………………………… 29
老舍的业余爱好 ……………………………………………………… 32
他给自己延长了十五年生命
　　——老作家周而复的创作生活 ………………………………… 34
周而复谈他的抗战系列小说 ………………………………………… 36

在生命的边沿
　　——记端木蕻良家庭生活及创作 ········· 39
书、画、猫
　　——端木蕻良的书斋生活 ··············· 45
文学民族化的探索者
　　——访作家邓友梅 ····················· 46
生命在于奉献
　　——访日本文学研究会秘书长卞立强 ····· 48
高山流水遇知音
　　——访华侨作家陈舜臣和翻译家卞立强 ··· 51
得失不计　荣辱不惊
　　——记中国国际广播电台台长崔玉陵 ····· 53
附：电波架起友谊之桥
　　——记国际台开播40年 ················· 62
杨献珍的晚年生活 ···························· 64
女人并非弱者
　　——访旅日华侨女翻译家林芳 ··········· 65
千尺鲸喷洪浪飞，一声雷震清飙起
　　——记石鸣和他的寿山石艺术世界 ······· 67
但愿此生长作北京人
　　——访日本侨民山本市朗 ··············· 71
中日文化交流的伟大使者
　　——鉴真 ····························· 73
广播稿：她曾是东京大学女教授
　　——访著名作家谢冰心 ················· 77
采花蜂苦蜜方甜
　　——漫话名人专访 ····················· 83

第二辑　书画名家

开一代山水画风的巨匠

——访国画大师李可染 …………………………………… 89
长留春意满人间
　　——记著名花鸟画家卢光照 ………………………………… 91
融古参今　自成一格
　　——记老画家周怀民及其作品 ……………………………… 93
心中宇宙，笔底世界
　　——访著名书画家董寿平 …………………………………… 96
丹青难写是精神
　　——访著名人物画家刘凌沧教授 …………………………… 97
迁想妙得　功在画外
　　——访中央美术学院黄均教授 ……………………………… 99
山青水绿　人情似醇酒
　　——访在京的广东女画家肖淑芳 …………………………… 101
状物抒情　寓有新意
　　——记胡絜青和她的作品 …………………………………… 103
妙在朦胧美
　　——访中年画家朱军山 ……………………………………… 105
陈雄立与《百鹿图》 …………………………………………… 107
他有一双奇妙的手
　　——访著名篆刻家、书法家李文新 ………………………… 108
半世风流　五本翰墨
　　——石鸣书法之我见 ………………………………………… 110

第三辑　装饰艺术家

白头不减青春志
　　——访造型艺术大师郑可 …………………………………… 117
呼唤服装设计的春天
　　——访服装专家白崇礼 ……………………………………… 123
建筑设计五十秋

——访北京市建设设计院总建筑师张镈……………………129
海的梦　画的梦
　　——访著名装饰画家袁运甫……………………………………134
装点人间无限美
　　——记装饰画家朱军山……………………………………………136
善于寻找传统与现代交叉的人
　　——访建设部室内设计研究所正副所长饶良修、黄德龄………139

第四辑　怀念亲友

无言的父爱……………………………………………………………147
悠悠寸草心
　　——漫忆我的母亲…………………………………………………149
刻在心上的爱
　　——追思我的母亲…………………………………………………151
音容长留天地间
　　——痛失父亲卢光照………………………………………………154
长留花香满人间
　　——写在花鸟画大师卢光照逝世之后……………………………164
柯岩永生………………………………………………………………165
巨星陨落举世同悲　斯人已逝风范长存
　　——写在林绍良先生逝世一周年之际……………………………168
直面磨难，笑对人生
　　——有感于启功先生的达观………………………………………170
中国心　广播情
　　——记内海博子……………………………………………………173
独步诗名在，只令故旧伤
　　——悼念莹姿伯母…………………………………………………179
真爱无边　真情无价
　　——阅《岁月留痕》续集原稿感言………………………………182

第五辑　序　跋

忧患与逍遥 ……………………………………………… 193
《天下才子必读书》序言 ………………………………… 196
序言：由显赫归于沉寂的林启东 ………………………… 198
甘于寂寞，矢志以求
　　——有感于林阿绵毕生钟情于少年儿童文学事业 …… 200
传播中国儿童电影的当代愚公
　　——林阿绵对创作推动传播儿童电影的贡献 ………… 204
《中华文明大辞典》序言 ………………………………… 209
功在当代，利惠千秋
　　——评《中华当代吴氏宗贤大典》 …………………… 210
一部研究角度新、论述透彻，并有理论深度的美学论著
　　——张凡《美学语言学——兼论汉语民族性格》的审稿推荐意见 … 212

第六辑　岁月流金

未来在向你招手
　　——寄语爱女小雪 ……………………………………… 217
成人冠礼仪式
　　——父母给女儿的贺信 ………………………………… 218
社长兼总编辑寄语：
　　风雨兼程　十年创业路 ………………………………… 220
天上人间诸景备
　　——游大观园 …………………………………………… 225
《侠女十三妹》在拍摄中 ………………………………… 231
马甸危改　恩泽百姓 ……………………………………… 233

第七辑　日本散记

日本家族制度的演变和新的家庭危机

——日本青年家庭观念的变化 ………………………………… 239
日本青年的婚恋 …………………………………………………… 242
日本青年的交往 …………………………………………………… 244
和服逐渐让位给西装
　　——日本青年的衣着 …………………………………………… 246
到书籍中去旅行
　　——日本青年对知识的不断追求 ……………………………… 247
日本青年斑驳陆离的业余生活 …………………………………… 250
体育在日本青少年生活中占据的地位 …………………………… 253
旋风般的生活节奏
　　——追赶时间的日本人 ………………………………………… 256
注重礼节的日本人 ………………………………………………… 258
从东京"夜生活"看日本的社会风气 …………………………… 259
日本习俗趣谈
　　——成年式 ……………………………………………………… 261
日本的野鸟保护 …………………………………………………… 262
日本邮票琐谈 ……………………………………………………… 264
围棋活动在日本 …………………………………………………… 265
漫话中日风筝 ……………………………………………………… 269
"出版王国"日本 ………………………………………………… 271
令人眼花缭乱的日本书店 ………………………………………… 272
日本的"杂食时代" ……………………………………………… 273
日本的中华料理 …………………………………………………… 274
中国式茶会与日本茶道 …………………………………………… 275
木屐、折扇传友谊 ………………………………………………… 277
筷子在日本 ………………………………………………………… 278
国技相扑 …………………………………………………………… 279
棒球在日本 ………………………………………………………… 280
日本小学生生活掠影 ……………………………………………… 281
橡皮锤敲打出来的电视机
　　日本家用电器生产参观记 ……………………………………… 283

长　崎
　　——中日友好交往的历史见证 …………………………………… 284
冰雪之城札幌的雪节 ………………………………………………… 287
日本之最 ……………………………………………………………… 289

后记 …………………………………………………………………… 292

附录一：吴绪彬：谱写福清人在北京的精彩故事 ………………… 294
附录二：风雨廿载植根同乡会　真情无限心系玉融城
　　——访北京福清同乡联谊会会长吴绪彬 ……………………… 300

第一辑 名流风采

第一篇　名流风采

第一辑　名流风采

诗人之恋
——记贺敬之和柯岩

　　在他们结伴而行、携手共进的33年漫长岁月中，他们真诚相爱，风雨同舟，既经得起幸福的熏陶，也经得起狂风恶浪的袭击，为了一个共同的事业，共同的目标，他们始终在追求，在奋斗。

笔墨姻缘一线牵

　　在柯岩堆满书籍、略显凌乱的写作间，我同贺敬之同志并坐在长沙发上，柯岩同志坐在对面，作为朋友，我们随意交谈。听着他们那深情的话语，我感受到了建立在完美的夫妻关系基础上的和谐家庭的美满、幸福……
　　"敬之同志，您还记得对柯岩同志的第一个印象吗？"
　　听了我的发问，贺敬之笑了："不管是第一次，还是第一万次，我对她的印象都是一样的。当初，我们相互信任，也相互赞赏，她很聪明、很活泼、明快，有50年代新中国刚刚成立时的女性那种蓬勃向上的精神，那种新的风貌。这是很吸引人的。"谈到这里，他笑了，笑得那样甜美。接着他又带着满意的口吻说："她性格中有种百折不挠的、进取的、开拓的精神。多少年来，这一点始终没有减弱，现在年纪大了，但精神状态还同当年一样。"
　　我不满足贺敬之同志的回答，想具体了解他们由认识到结合的过程，便问柯岩同志："你们最初是怎么认识的呢？"
　　我的话勾起了柯岩的回忆，她说："解放初期，我在青年艺术剧院搞创作，一次我们去请敬之来给我们作报告。事先，我把我们写的剧本拿去给他看，让他结合自己的创作体会给我们的剧本提提意见。在这之前，我读过他的诗，看过他写的《白毛女》，印象里该是个老头，没想到他还是个青年，比我大不了几岁。
　　"我们带给敬之的剧本都没署名，他谈起哪些作品他喜欢，没想到他喜欢的就是我的那个剧本，是写抗美援朝的铁路工人，叫《争取早团圆》。对这部作品当时有争论，听了他的意见，我觉得比较公正。他说，剧本虽然思想性不够高，但有生活气息，表现了作者的才能……然后笑着问：'这个剧本是哪位写的？'我们就这样认识了。"

我开玩笑说："你们这叫'笔墨姻缘一线牵'，是剧本作了你们的媒人。"贺敬之接过话茬说："我是从延安来的贫农的孩子，她是高级知识分子的女儿，但在50年代我们相遇的时候，我们的社会理想是一致的，就是要搞社会主义革命事业。在这个前提下，加上我们都是搞文艺的，兴趣爱好一样，彼此就有了共同的语言。"

那年月，青年男女不像现在年轻人这么实际。在很长一段时间里，他们彼此都不知道对方有没有对象，只是作为一般同志来往，在一起谈理想，谈创作，谈生活，有时也一起散散步。后来，贺敬之得了肺病，两侧浸润性结核，大吐血，这种病在当时利福平还没问世时，是一种传染性厉害、有相当危险的病，而柯岩完全不顾及这些，仍然同他接触，关心他。她常到医院探望，同他聊天，替他借书，有时还带些他爱吃的食品去。她投向贺敬之的，总是那溢满希望和信心的微笑，这永恒的微笑，对贺敬之来说，也许胜过人世间的任何灵丹妙药。就这样，大概经过了一年多的接触，在他们之间自然而然地建立了亲密的友谊，继而萌发了爱情；加上周围人的热心促进，1953年他们举行了简朴的婚礼，开始了两人的共同生活。柯岩说，我们的结合是有友谊作基础的。所以我们总觉得友谊的成分越多，爱情就越巩固。对那些"一见钟情"，我们也不反对，实际上有的"一见钟情"也有它的必然性。两个人在思想、气质、感情方面总有接近的地方。但有的年轻人单纯从外表的互相吸引，就"一见钟情"，互托终身，这种爱情往往不稳固，甚至会导致日后家庭的不幸，这是不足取的。

红花绿叶两相扶

夫妻就像红花与绿叶那样，既是独立的个体，又是密不可分的整体，因此在建立家庭之后，夫妇间必须具有高度的调适性，经久不衰的亲密性，又有充分的独立自主性，才有可能构成家庭巩固的基础。我问贺敬之同志："在成家之后，您是怎样处理夫妻关系和家庭生活的？"他笑着回答说："作为男人，我对家庭生活没什么贡献。一切信任她，由她处理。成家后，我们家面临许多困难：在身体方面，开始是我病得很重，后来是她病得很厉害，我们的生活也动荡不安，遇到不少波折，特别是在十年动乱期间，日子过得很艰难。主要是靠她渡过重重难关，在家庭生活、子女教育方面，她出力最多。不过，我从没做什么坏事就是了。"听他这么一说，我们全都笑开了。

　　柯岩也承认，贺敬之对家庭琐事管得比较少。难得的是柯岩既是"女强人"，又是个贤妻良母。多少年来，贺敬之的生活道路一直不怎么顺利，从解放初期的文艺界整风、反"胡风集团"，到后来的反右、反右倾斗争、"文化大革命"，他一直挨整，自然没有更多时间和精力管家了，因此很长时间，柯岩都处于一级担忧、一级操劳中，但她并不因此而有丝毫的埋怨。因为贺敬之尊重她，理解她，爱护她。柯岩说："老贺虽然是从农村出来的，但他一点没有大男子主义的思想。他同子女的关系也很好，从不对他们乱发脾气。特别是对我的创作，他总是竭力支持。解放初期党要求作家深入生活，我一年至少要下去半年，甚至八到十个月。当时老贺正在家里养病，孩子还小，但我说走打起背包就走了，他从来没说什么，反倒带病看管孩子。他给女儿讲故事，唱儿歌，扎小辫子，教孩子认字、写字。既当爸，又当妈，很不容易。所以女儿对他感情也特别深。"

　　柯岩还提起贺敬之在创作上对她的帮助。她说，一直到粉碎"四人帮"之前，在他工作不很忙的时候，我们创作东西都是在一起谈谈，我把自己写的东西念给他听，请他帮我分析，提提意见。他的创作态度十分严谨，总是思索很久，酝酿很久，从不匆忙动笔。他自己写的诗，十年之后，多长的诗，基本上都能背下来。因此他对我要求也很严格，经常强调写东西要对社会、对读者负责，尤其是儿童缺乏辨别能力，搞儿童文学的，心里更得时时装着读者。这一点对我的创作影响很深。

灾难压顶情愈笃

　　夫妻在同甘共苦的一生中，有春风和秋月，也有泥泞和风雪，而真正的爱情，经过艰难挫折和政治风浪的考验，却会越加显示出它的真实分量。

　　1964年柯岩尝试写了一个现代童话剧《我爱太阳》，受到严厉但实际上是错误的批评。结果引起内分泌失调，生了一场大病。贺敬之眼看着亲密的战友和伴侣长期卧床不起，感到茫然若失。但他坚信真理在柯岩一边，毫无保留地支持她，鼓励她。他书写了"风物长宜放眼量"七个大字，张贴在卧室墙上，并在夜不能寐时挑了一本古色古香的小本子送到她的病床上。里面是他用毛笔工整写下的长篇的深情话语：

"……当我经过十多年的奋斗而恢复了身体健康之后，看见你在病床上挣扎的样子，我几乎感到茫然，我的眼里有时不能控制地要涌出泪水，但是我一点也不灰心，因为你从来没有被个人的什么苦恼压倒过。……我最亲爱的同志和朋友，我的亲爱的人啊，我在热切盼望你战胜疾病，为了事业，为了风雷（他们的儿女小风和小雷——笔者），也为了我。"

他在行文中还引用了柯岩写的一首小诗，其中有这样的诗句："这一天很快就会过去，未来的岁月是无比的悠长，小姑娘（这里实际上是指柯岩——笔者）在生活的跑道上行进，这道眼光（深情的）永远在她心中闪亮。"

话语如金，柔情似水，有什么能比得上同自己一道度过12年难忘岁月的亲密伴侣这宝贵的支持和亲切的鼓励呢？柯岩的身体终于一天天好起来，她重新踏上了人生的征途。

在十年动乱初期，贺敬之和柯岩双双被揪斗，惨遭打击和迫害。而当柯岩经过自己的奋斗，从"牛棚"里脱身出来后，马上就为贺敬之的问题奔走呼号，在揪斗贺敬之最厉害的时候，她带着全家人联名张贴了《贺敬之不是反革命》《贺敬之是好同志》等大字报，表现了大无畏的凛然正气和她对贺敬之的忠贞的革命情谊。

时至今日，贺敬之仍非常感激柯岩在他危难时期所给予的爱和支持。他深情地对我说："她留给我的最深印象，不是在我得意的时候，而是在我不怎么得意，甚至受到迫害的时候，过去是如此，今天也是如此。"

这时在一旁的柯岩插话说："如果说我对他也有帮助的话，可以说我是他的一个比较可靠的朋友。在关键时刻，不要说叛变，而是决不动摇。越是困难时刻，我越想方设法给他以温暖和力量。"她告诉我，在贺敬之几经折磨，最后被送到首钢炼钢厂去"监督劳动"时，按规定允许他两星期回家休息一次，只要他一回家，柯岩就要求儿女必须在家陪着父亲，让他享受天伦之乐；并亲自下厨精心烹调，为贺敬之准备美味可口的饭菜。

在那腥风血雨的岁月里，身处逆境的贺敬之无法照管自己的儿女，柯岩就毅然挑起了料理家务和教育子女的两副重担。

为了不让幼小的儿女受流氓学生的影响，她想尽办法让儿子发愤读书，进业余体校，以便能进入好学校（当时只有体育班的学生是挑选的）。当时有人劝柯岩："这年月读书有什么用？何必让孩子受这份罪？"可柯岩不相信历史会永远是这样，她强忍怜子之心，说什么也要儿子拼命攻读。在她的苦心教育下，他们的儿女都已成才。

迎来黎明赋新章

粉碎"四人帮"后，贺敬之夫妇再度焕发了艺术青春，重新拿起久搁的笔来，继续满怀激情地为人民而歌唱。

在1976年10月的大喜日子里，贺敬之热血沸腾，引吭高歌，奋笔写下了那首震动诗坛的《中国的十月》。接着1979年1月，他又在医院里写成了情真意切的《"八一"之歌》。全诗以具有象征意义的"军旗"为抒情线索，纵情抒发对革命的过去、今天和未来的一片赤子之情，感人肺腑，催人泪下。此后，由于他担任中宣部的领导工作，暂时无暇顾及创作，但他并没有停止对文学创作的追求。

近年，他同柯岩"依然结伴，万里壮行"，赴山东，走西北，下湖北，接触新生活，先后写了好几十首旧体诗。他认为旧体诗也是一种形式，写新诗的人也不妨写点旧体诗。在这里援引他于1985年2月应家乡山东兰陵酒厂之约而写的一首：

太白何处访？兰陵入醉乡。
我来千年后，与君共此觞。
崎岖忆蜀道，风涛说夜郎。
时殊酒味似，慷慨赋新章。

这首诗，寓意深远，落笔不凡，充分体现了诗人对自己历经坎坷的辛酸回忆和决心继续在文学创作领域放出光彩的心迹。

当我问及贺敬之同志今后在创作上有何打算时，他笑着说："最近打算多读一点书，多回忆思考。在可能的条件下，多下去接触生活，扩大生活视野，酝酿着准备写一点东西。但是，要写什么，什么时候写出来，都还难说。"话虽如此。但我们坚信，他将继续歌唱——为人民歌唱，为时代歌唱。

柯岩，一向以诗歌和儿童文学的创作闻名于文坛，但近年她重点转向写报告文学、散文和长篇小说。这些年来，她经常把全休的病假条揣进口袋，精神抖擞地奔波在科学、财贸、远洋、医学、教育、公安，以及工艺美术等各条战线，频繁地追踪、采访，孜孜不倦地写作，先后发表了《船长》《美的追求者》《癌症≠死亡》等被读者广泛传诵的名篇佳作。1983年她又完成了长篇小说《寻找回来的世界》，后又由她和导演许雷改编成电视连续剧，放映后在社会上引起强烈反响。

不管是贺敬之，还是柯岩创作的作品，实际上都凝结着他们两人的心血，因为在创作过程中，这对同行夫妇总是互相支持，共同切磋，彼此补益。为了文学创作事业，他们牺牲了健康和休息，并曾为此付出了极大的代价，但他们并不后悔。他们认为人生不在于享受，最大的幸福体现在不断追求的过程中。

在即将结束采访时，我请他们提供一首可供发表的爱情诗，他们一听都乐了。贺敬之同志说："我们没有爱情的诗，而有行动的诗——我们共同进行斗争的诗。"的确，在夫妻共同生活中，行动往往比言语更具有感人的力量。但愿世界上有更多的夫妇，像他们那样对各自的事业，对彼此的爱情，始终是那样专注、倾心、一往情深！

（原载《社会·家庭》1986 年第 7 期）

女作家柯岩的魅力

柯岩，这位著名女诗人、长篇小说《寻找回来的世界》的作者的魅力，不在于她一双大眼睛总是饱含热情，嘴角时常挂着甜甜的微笑；也不在于她思维敏捷，才华横溢，熟谙戏剧、诗歌、散文、儿童文学、报告文学、长篇小说等各种体裁的文学创作，而在于她三十多年来在政治运动的波峰浪谷中，始终不改变她对生活的态度，不为时势所左右，不因荣辱而动摇；在于她不断向上，不断追求，不断用美好的心灵去展望生活，不断以她的出色作品去教育人民，鼓舞人民。正如我们在谈到她的近作《女人的魅力》时她说的，"一个女人的魅力，不在于豆蔻年华，花容月貌，也不在善于倾倒众生，而在于她能够直面人生，并且微笑，在事业上放出光彩。"

去年岁末的一天晚上，在她的家里，她兴致勃勃地同我谈根据她同名小说改编的十二集电视连续剧《寻找回来的世界》，谈她近一年来同一些诗人"依然结伴，万里北行"，赴山东，下广东……一路"下马观花"，一路写诗、写报告文学的壮志豪情，发表她对生活、对爱情、对创作的见解。我发现她依然是那样的爽朗、豪放，笑口常开，对新生活充满了深沉的爱，对作家的社会责任感保持着高度的自觉。

柯岩告诉我，去年暮春，她同贺敬之去青岛养病，可到了那儿就闲不住了，各种人找贺敬之写字，请他题诗。老写古诗没有意思，逼得贺敬之挤时间写了一些咏青岛、咏烟台的新诗。而柯岩呢？人家给她提供了几个写报告文学的题材。她索性不在青岛养病了。跑工厂，下农村，搜集素材。她写了一个农业大学毕业生自愿到一个穷山村，奋斗两年，改变了穷山村面貌的生动故事，题目叫《我把他介绍给你》。她还写了烟台一个丝织厂党支部书记如何在新形势下做好思想政治工作。她笑着说："当时有人问我：'你在写什么？我说'我写的尽是不时髦的'，可不是，那两年尽是"摩登"的东西，可我写的人物一点传奇性都没有，但又得吸引读者读下去，这一来我只好在写作上下功夫。"谈到这里，她强调说："过去一讲社会效益，就说是'左'，是给作家设框框，定调子。你想，一个作家搞创作不讲社会责任，不讲社会效益，那还算什么灵魂工程师！过几天电视台就要播放电视连续剧《寻找回来的世界》，我在里面讲的是爱，是教育，你想一个搞极'左'的人会去讲这个吗？人家爱讲什么就讲什么，我不理他，我用我的作品作出回答。"

柯岩性格爽朗，十分健谈。她说："本来我很久没有写诗了，怕写不出来。结果呢？还是不能无诗。我这次走的这条路，全是1963年和1964年我同郭小川、贺敬之一起走过的路，我怎么能忘记小川呢。于是，我写了一首一百多行的长诗：'又见蔗林，／又见蔗林，如对故人，／如对故人！小川，小川，……'"

她凭记忆一口气给我朗诵了这首满怀深情怀念郭小川、抒发自己豪情壮志的长诗。我听着听着，眼眶不由得湿润了。

接着柯岩告诉我，她后来又回到了自己的故乡——广东省南海县，在西樵山给"海洋诗会"定稿。回到北京就忙着替别人改诗。最近看电视剧《寻找回来的世界》的样片，又花了些时间。最后柯岩兴奋地说："这一年我干什么呢？行万里路，写了一些东西。我觉得生活过得很充实，也很愉快。"

柯岩，乐观、自信、热情，既是个理想主义者，又是一个现实主义者。作为一个作家，她热爱生活。她心里始终像蕴藏着一团火，对祖国对人民充满了真诚的爱。作为一个妻子，她对贺敬之的爱情坚贞不渝，几十年来，他们互相支持，互相帮助，患难与共，风雨同舟。

关于十二集电视连续剧《寻找回来的世界》，她谈了很多，再三提到导演许雷，提到摄制组的其他演职员，感激之情溢于言表。她认为许雷的导演是严肃的，他付出了艰巨的劳动，演员演得真实、内在……

现在电视连续剧《寻找回来的世界》已经播放，在社会上引起了强烈反响，一时成了人们茶余饭后的中心话题之一，我为柯岩感到高兴。祝贺您，柯岩同志，望您的精心之作永远铭刻在广大读者和观众的心碑上！

（原载《南方周末》1985.4.20）

从石缝中生长出来的小树
——访著名作家、诗人柯岩

柯岩，原名冯恺，"柯岩"是她后来为自己取的笔名。去年10月，在中美作家会议上，她在发言中曾对这个笔名的含义作过生动的说明："我的名字叫柯岩，音译成英文，是两个互不关联的单音节字。但中文却有特殊的含义。我们的古人把小树称为'柯'，'岩'是坚硬的石头。岩石是很难长树的，凡在岩石上能成活的树，必须绕过石头的缝隙，寻找泥土把根深深地扎入大地，因此这种树有顽强的生命力。我取它作笔名，是因为我知道写作是非常艰苦的……"

"艰苦"二字，既是她在几十年文学创作生涯中各种甘苦的高度概括，又是她对在多事之秋，因发表大量作品，留下"白纸黑字"而招来横祸的沉痛回忆。最近我去访问她，她还同我谈起两个儿女原先都爱好文学、爱写东西，但她同贺敬之同志都不同意他们念文。她说："当时我同他们讲，你们实在喜欢，就学外语，将来能写就写一点，不能写还可以有一样别的为人民服务的本领。因为我们深知写东西的甘苦，决不要去做空头的文学家……"

柯岩，这位原籍广东南海县、生于河南郑州的著名女作家，打扮素雅，风度潇洒，一双大眼睛总是饱含着热情，看似文弱，实则她是一位性格坚强的女性，就像那从岩缝里生长出来的小树，风吹雨打，依旧枝繁叶茂，生机勃发。

柯岩十岁就迷上话剧，早年就开始写作。三十多年来，她始终在坎坷的人生道路上顽强搏击，勤奋创作，先后出版了二十多部独具一格的作品，包括戏剧、诗歌、散文、儿童文学、报告文学、长篇小说等各种文体。不过，在很长时间里,她都是以诗人、儿童文学家闻名于世的。然而,近几年,她以极大的兴趣转向创作报告文学,继发表轰动一时的《船长》,之后,一发而不可收,成为令人注目的报告文学作家。

柯岩说:"我总认为生活原本丰富多彩,创作也不能单打一。单是运用一种文学形式写作,就会让许多生活积累和感情积累白白浪费掉,而且单写一种形式,有时也难免重复。以我的经验来说,我们五十年代初出来的作家,生活道路都很坎坷,但最大的幸福是我们刚一开始创作,就和人民群众建立了密切的联系。那时候,我每年要下去生活半年到八个月,到过工厂、农村、部队……积累了大量的生活素材。十年动乱,我身处逆境,又接触到了过去不曾接触过的生活。近几年不断涌现的新人新事,又时常撞击着我的心灵,使我忍不住要喊、要叫、要笑、要唱。在这种情况下,我便觉得诗歌、儿童文学有时不能全部反映我对生活的感受和认识,于是我开始写报告文学和长篇小说。

谈到这里,她稍稍停顿了一会儿,然后颇有感触地说:"在科学研究领域里,各门学科正在互相交叉,互相渗透;在文学创作中,各种样式也各有千秋,可以取长补短。我尝试把诗歌引进小说,又把戏剧引进诗歌和报告文学,努力做到既不重复别人,也不重复自己。"

柯岩对怎样解决犯罪问题很有兴趣。1983年,她写了一部长篇教育诗《寻找回来的世界》,在读者中,尤其是在青少年中引起强烈反响。于是我问她:"您从什么时候开始对工读学校发生兴趣?"

柯岩回答说:"1955年北京市创办了第一所工读学校,我很快就带了组织关系去,像所有教师一样,同学生一起摸爬滚打。但那时候,我还没有认识清楚工读学校在整个社会生活中的意义,所以没敢动笔。经过十年动乱,1979年工读学校再度恢复,我再次去体验生活,这时思想认识提高了,一下子就照亮了过去的生活仓库,所以在1981年很快就写出了三十多万字的初稿。"

接着,她从这部书的创作讲到自己对"失落与追求"的看法。她说:"十年动乱对不同年龄的人都造成了巨大损害,每个人都有失落感,但青少年一代失掉的最多。你看,到了八十年代,犯罪的青少年多半出身很好。为什么?他们在十年动乱中,仗着他们的老子处于整人的地位,或出身好,无法无天,任意打、砸、抢。没受到正常的教育,没有文化,实在令人痛心。因此,我想如果我能把对这些人的改造过程写出来,别的人就会清楚自己失落得再多,也没有他们失落的多;即使有所失落,要亡羊补牢,赶快去把它找回来。"说到这里，柯岩显然有点激动。

在已过中年的一代女作家中，柯岩与黄宗英两位是对新的生活充满激情，创作欲望旺盛，时时有新作问世的佼佼者。我向柯岩询问今后的创作计划时，她坦率地说："我身体不好，今后不想再做任何行政工作，只想静下来多写点东西，把肚子里的东西掏出来。目前，我有两部长篇小说在交叉着写：一部是写在探求中西医结合的道路上，在医院进行改革的过程中的几个青年医务人员的生活和命运。另外一部是写音乐家生活的。"她朝我笑笑，又接着说，"我还想写两个反映儿童生活的中篇，要是写出来，不会是重复别人的，我想应该是比较有趣的。"

（刊于《南方周末》1986.3.8）

面壁黄沙四十载　绝代飞天众望中
——访著名画家、敦煌学家常书鸿

艺坛怪人

名闻海内外的老艺术家常书鸿，一生饱经忧患，历尽艰辛，他的生活道路充满了传奇色彩，被称为"怪人"。理由是：在三十年代，常书鸿已经是客居巴黎的著名画家，有漂亮的住宅和妻子，放着现成的福不享，却自讨苦吃，离妻别子，跑到四顾茫然的戈壁滩上，这是一怪。到了敦煌之后，终日面对的只有静静的壁画，默不出声的彩塑和无边无际的大戈壁，能听到的声音只有风和大雄宝殿楼阁角上的风铃叮当；他那在巴黎过惯热闹生活的前妻，终于忍受不了，突然离家出走，常书鸿却矢志不移，决心一辈子在这里侍奉敦煌艺术，这是二怪。解放初期，某些人视之为"特嫌"；十年浩劫中，他又惨遭批斗，毒打，强迫"劳改"，好不容易熬到"四人帮"垮台，已年过七旬，可一经"解放"，还是执意要从兰州回敦煌安营扎寨，还准备大干一场，这是三怪。1981年8月邓小平同志视察敦煌，关照他回京，组织上为他安排了宽敞、静适的新居，然而他在敦煌的"大本营"还不肯撤去，一颗心依然紧紧系在敦煌。遇到有损敦煌文物，有碍敦煌艺术研究的事情，仍旧大声疾呼，慷慨陈词，即使得罪头面人物，也在所不计。有人劝他少管闲事，但他禀性难移，依然故我，这是四怪。充分地表现了常书鸿先生可贵的爱国精神，为艺术而献身的精神。

客居巴黎

常书鸿先生1904年出生于杭州西子湖畔，早年就读于浙江省立甲种工业学校时加入丰子恺等人组织的西湖画会，开始了油画创作。1927年赴法留学。回忆起在巴黎的十年生活，常老记忆犹新。他靠在客厅的沙发上，操着一口杭州口音，向我作了感人肺腑的叙述：

1927年4月，他到了上海，在父亲朋友的帮助下，好不容易花了一百块大洋弄到一张从上海到马赛的法国邮船统舱船位的船票，整整一个月闷在下舱帮华工炊事员洗碗碟、洗蔬菜，削洋芋、杀鱼宰鸡，好不容易才到了马赛，然后改乘火车抵达他日思夜想的巴黎。

常老介绍说，当时巴黎巨型的建筑和高楼大厦虽然并不很多，但那些小巧玲珑的房舍，都像五彩的儿童积木一样，千变万化，各异其趣。到处是红绿相间的苗圃，色彩缤纷的花坛，景色迷人。但他那时是个穷学生，只能住在一家小旅馆的最上层阁楼中，并在拉丁区一家中国饭店当半日工作半日学习的临时工，业余时间他全都用来学习法文和绘画。生活虽然清苦，但酷爱艺术的常书鸿并不计较这些，因为巴黎有历史久远、名闻四海的塞纳河的旧书摊，有各式各样的博物馆、美术馆，各种流派作品的沙龙……在卢浮宫的几十万件收藏品中，从东方到西方，从雕塑、绘画到古董珍玩、珠宝、装饰品、摆设、家具、瓷器、金银镂刻品等等，应有尽有。他常涉足其间，面对历代伟大画家创作的不朽油画作品，流连忘返，从中发现了艺术家的创作天才和优秀艺术作品的永恒魅力。于是，他暗下决心钻研西洋美术史，认真学习西洋绘画。

不久，他以优异的成绩考入里昂国立美术专科学校，师从窦古特教授学习油画。他每天中午带着面包和简单的冷菜，泡在美术馆；下午在美术和染织图案系选课学习；晚上还要去里昂市立业余丝织学校学习，真是到了废寝忘食、如醉如痴的地步。

1932年夏，他以第一名从里昂美专油画系毕业。同年，以《梳妆》油画获里昂选拔赴巴黎奖学金考试第一名，继而进巴黎高等美术学校，随新古典主义大师劳朗斯专攻油画。这一时期他所作的《葡萄》《裸妇》《病妇》《沙娜画家》等，先后参加巴黎和里昂春季沙龙展览，荣获两枚金质奖章和三枚银质奖章。这些得奖作品后由法国国家收购，现分别陈列在蓬皮杜艺术中心和里昂国立美术馆。

回归祖国

常书鸿在巴黎生活了整整十年，正在他功成名就之时，为什么突然决定回国呢？当我提出这样的问题时，这位体格魁伟，头发花白，面色红润的老艺术家，带着深沉的恨和爱回顾说："有一天，我在塞纳河畔的旧书摊上，偶然看到伯希和（1878—1945）编辑的一部名为《敦煌石窟图录》的画册，翻开来一看，惊喜地发现里面是敦煌莫高窟千佛洞壁画和塑像黑白摄影图片三百余幅。这些图片是1908年伯希和从敦煌石窟中拍摄来的。那遒劲有力的笔触，气魄宏伟的构图，栩栩如生的人物形象，使我赞叹不已。但这些稀世之珍却听任帝国主义分子去掠夺，去研究，作为一个热爱祖国、热爱艺术的中国人，我深感内疚和悲愤。祖国啊，在苦难中拥有稀世之宝的祖国母亲啊，我要为你献出我的一切！"

常书鸿在出国前已经结婚，到法国后有了一个女儿，就是现在中央工艺美术学院院长常沙娜。他的妻子从事雕塑，不愿离开巴黎回到兵荒马乱的中国，便与女儿暂时留在法国，而常书鸿则为了祖国的艺术事业，毅然抛弃了在法国已经获得的优厚待遇和较高的社会地位，于1936年底只身返回朝思暮想的祖国。

"无期徒刑"

三十年代的中国，内忧外患，加上关山阻隔，交通不便，根本无法马上实现敦煌之行。直到他回国六年，应聘担任了国立敦煌艺术研究所筹备组负责人，才实现安家敦煌、专门从事敦煌艺术保护和研究的夙愿。

1943年早春二月，常书鸿带着在兰州招聘的五个帮手，像中世纪的苦行僧一样，披着羊皮大衣，冒着西北刺骨的寒风，乘一辆运载羊毛的破旧敞篷卡车，沿着古老的"丝绸之路"西行，风餐露宿，走了近两个月。

敦煌莫高窟位于河西走廊西部，敦煌县东南25公里。莫高窟的开凿，始于东晋太和元年（公元366年），经过东晋至元朝十个朝代的不断开凿，形成了长一千六百米，重重叠叠，栉比相连，规模宏伟的石窟群。虽然一千多年自然和人为的破坏，至今仍保存壁画和塑像洞窟四百九十二个，彩塑四千四百余身，壁画四万五千多平方米。还有唐、宋木建筑五座。如果排列起来可布置成一个长达二十五公里的画廊，是世界艺术史上的惊人伟迹。

说话间，常书鸿让我观看挂在客厅墙上那幅画于1943年春他初到敦煌时的油画：画面上是陡峭嶙峋的鸣沙山和山上的大佛教殿，山下小路崎岖，雪盖四野，无处觅食的小鸟在枯树枝头茫然四顾，一位喇嘛瑟缩着身子牵着一头毛驴，艰难地行进着。这幅画真实而生动地再现了当年敦煌荒凉、破败的景象。

常老对我说："我怀着一股强烈的赤子之情远涉重洋回到祖国的怀抱，但国民党的黑暗统治令我失望，我离开了乌烟瘴气的重庆，来到三危山下。我是把对伟大祖国的热爱寄托在这举世无双的民族艺术事业上。"

刚到敦煌，常书鸿就带着同来的五个人，投入了紧张的工作：测绘石窟图，清除窟前流沙，调查洞窟内容，进行石窟编号，临摹壁画等。此外，还雇了一些民工，修补那些颓败不堪的甬道、栈桥，修路植树，整整干了十个月。在工作中他几次遇险，差点断送了性命。常老说，那里的生活和工作条件，超于常人想象的困难：如临摹壁画时，既无梯架设备，又无照明器材，只能在又黑又冷的洞窟中，用条凳摆板桌，人登在上面，一手举着小油灯，一手执笔，照一下、画一笔，不一会儿就会头昏脑涨，甚至恶心呕吐。那时，常老说："我们常为等一个远方熟人的到来而望眼欲穿；为盼望一封来自亲友的书信而长夜难眠。当时来敦煌探宝的张大千临走时对我说：'我先走了，而你却要在这里无休止地保管研究下去，这是无期徒刑呀！'可我想，为了实现自己梦寐以求的理想，就是无期徒刑，我也决不退缩。"

严峻考验

不久，一个更为严峻的考验降临到常书鸿头上，常老深有感触地说："在我不断的鼓励下，我的前妻于1943年秋天来到敦煌，开始她情绪还蛮高的，但没过多久，她就不堪粗陋的饮食，单调枯燥的生活环境，有一天终于狠心抛下两个儿女，离家出走了。我结束一天工作后回到宿舍得知这一情况，立即骑上我常骑的那匹老马，惊慌失措地长途追赶。因过度劳累，中途从马背上摔下，昏倒在沙漠上，幸亏被过路人发现救活。即使遭到婚变的巨大打击，我也不想放弃我为之献身的事业。"

抗战胜利前夕，国民党教育部突然决定取消敦煌艺术研究所。此时常书鸿陷入了孤立无援的绝境，于是只好痛心疾首地向社会发出呼吁。他托人把首批千佛洞壁画摹本带往大后方，在重庆中苏文协楼上正式展出。出乎他的意料，八路军办事处的周恩来、董必武等中国共产党领导人亲临参观，对常书鸿等人在边陲戈壁为保护祖国艺术遗产所做的工作表示赞扬和支持。

1947年，重庆和成都一批有志青年美术工作者，自愿奔赴敦煌，追随常书鸿先生，其中的李承仙，后来成了常书鸿的得力助手和志同道合的伴侣。

这位出生于书香门第的文弱女子，坚贞不渝地伴随常书鸿走过了迄今为止三十七年的历尽坎坷的人生道路。即使在十年动乱的险恶环境中，也始终与常书鸿共同驾着一叶孤舟，在狂风恶浪中奋勇前行。

柳暗花明

1949年9月28日中国人民解放军解放了敦煌，常书鸿夫妇与古老的敦煌艺术一起获得了新生。

1951年，在北京举行了第一次敦煌艺术展，展出了常书鸿他们历年完成的全部壁画摹本和有关石窟的出土文物。周恩来总理在百忙中亲临参观，并勉励他们在戈壁沙漠中做一辈子敦煌艺术宝库的保护和研究工作。

带着周总理的重托，常书鸿先生带着研究人员对敦煌石窟做了全面的加固，建起了栈道和回廊，修复了破损的壁画，临摹了一千多幅壁画，完成了石窟全部内容总录，写出了一批有真知灼见的研究论文，并陆续发现了一批被掩埋或暗藏的洞窟，使古老的敦煌重放光辉。为宣传祖国灿烂的古代文化，扩大敦煌艺术的影响，常书鸿先生还主持在国内外举办了十几次敦煌艺术展。1983年初日本国立东京艺术大学特授予现任敦煌文物研究所名誉所长常书鸿先生以客座名誉教授的光荣称号。

为表彰常老崇高的爱国精神，和他在敦煌学领域所取得的辉煌业绩，1984年12月19日，北京美术界和其他各界一百多知名人士隆重集会，纪念常老从事艺术活动六十周年。在纪念会上，国务委员方毅强调说："常书鸿先生这种坚忍不拔，为祖国、同时也是世界上罕见的伟大艺术宝库，做出这样几十年的特殊贡献，我衷心地感到钦佩。"文化部长朱穆之说："如果没有常书鸿先生对敦煌艺术的保护，也许不会有今天举世闻名的敦煌艺术。"正在养病的全国政协副主席赵朴初特为他题联道："卌年面壁荒沙里，绝代飞天众望中。"

（原载《华侨世界》1986.4）

第一辑　名流风采

在赵朴初家里作客

"和平海，
浩荡汇群流。
又趁星槎来佛国，
携来花雨自神州，
声气好相求。"

这是赵朴初先生二十四年前访问缅甸时写下的《忆江南》。从字里行间，人们可以看到这位一贯致力于谋求祖国富强与世界和平的社会活动家的理想和实践。

赵朴初虔诚礼佛，是我国当代学识渊博的佛学家，又是著名诗人、书法家。几十年来，他致力于国际佛教文化交流及和平友好事业，贡献卓著，深为国内外人士所敬重。在长年的记者生涯中，我时常在外事活动采访场合目睹赵老的风采和谈吐，但有机会登门访问，还是近几年的事。

赵老住家是一座四合院。踏进门槛，映入眼帘的是那绿森森的小竹林和各种盆花。竹影铺地，花香袭人，整洁雅静，别有天地。每次，我同他的谈话都是在兼作书房的会客室里进行的。房间里靠墙并立着一排陈放着古今中外书籍、文物和工艺品的书柜，柜前的写字台上摆着笔、墨、砚台和供写字用的宣纸。

"您老家是哪儿？"第一次见面，落座后我问。

"我是安徽太湖县人。可我是少小离家，老大不回，乡音已改。"说到这里，他哈哈地笑了。

接着，赵老向我叙述了他的家世。

赵朴初出生于一个几代都是翰林的书香门第。耳濡目染，使他自幼就对古典文学产生了兴趣。家藏的丰富典籍，又使他早年得以纵览经史，观摩书法名家墨迹。这同他后来成为诗人、书法家不无关系。

赵朴初在原籍家塾中度过了童年，后来进入苏州东吴大学附中，中学毕业后考入东吴大学文科，但只读了半年，便因肺病辍学。赵老告诉笔者，他后来信佛同这次生病关系很大。他笑笑说："当时我住在上海的一个庙里养病，在养病的几年里，我探索了佛教的教义，同时也广泛涉猎了文学艺术。从那时开始，我就吃素，直到现在还是一个素食者，坚持了五十多年。"

赵老虽然是一个虔诚的佛教徒，但他并不是消极遁世的"自了汉"，而是奉行佛教"为众生供给使"的教义，把大众的苦乐当作自己的苦乐，以利乐众生为己任。

提起解放前他的经历，赵老说："宗教与救济福利工作分不开，我一生中有很多时间参加救济福利工作。特别是抗战期间，我在上海做战区难民和儿童的救济工作。解放后的头几年，我还在做救灾工作。"时至今日，赵老还热心于救济福利事业，是中国红十字会名誉会长。

解放后，我国成立了中国佛教协会，赵朴初一直担负着佛协的领导工作。几十年来，他除为贯彻政府宗教信仰自由政策，开展佛学研究，培养佛教人才，协助政府保护佛教文物古迹，做了大量工作外，还多次出访日本、缅甸，访问过印度、斯里兰卡、尼泊尔、柬埔寨、印度尼西亚以及欧洲、美洲和非洲的不少国家，为维护世界和平事业而竭心尽力。近年，他曾先后荣获日本佛教传道协会授予的1981年度佛教传道功劳奖和日本佛教大学授予的荣誉博士称号，以及1985年度的庭野"和平奖"。但他每次都把荣誉归之于全体中国佛教徒的努力，并把所得奖金悉数捐作国际宗教文化交流及维护和平事业之用，一分不取。

近年，我多次访问赵老，每次我们的交谈都是无拘无束，海阔天空，无所不谈。他的谈话涉及古今中外的丰富知识，蕴含着奥妙的哲理，显示出他敏锐的头脑和深邃的思想。一次，话题涉及他的诗歌创作，他爽朗地笑着说："我本无意做一个诗人，不过是随便写写。在写作过程中，我从中外的诗歌遗产中设法吸取可以借鉴的形式，来表达自己心中和周围群众都想表达的爱与憎的感情。实践的结果，使我还是倾向于采用我国诗歌的传统形式，即五、七言的'诗'，长短句的词，和元明以后盛行一时的"南北曲"。但新体诗也写，有时还写"自度曲"，也可以说是用曲的格调写的新诗。从1980年开始，我又尝试写汉俳。"

赵老以他深厚的古典诗词的修养，上下求索，大胆尝试，写下了不少影响深远的名篇。其中，《某公三哭》就是传诵一时的力作。他在"文革"期间写了鞭挞王、关、戚和陈伯达之流的《遍地花》《蝶恋花》《反听曲》等词曲，

1976年"天安门事件"时针对"四人帮"写的《木兰花令——芳心》,以及在当时环境下,他写了悼念周总理、朱德、陈毅,贺龙元帅的诗词,或是痛快淋漓,或是含蓄深沉,一时群众争相传抄,广为流传。当今诗人写的古诗词,能得到群众如此欢迎的,无疑是十分罕见的。

赵老现已年近八十,但他壮心不已,除尽心处理各方面的工作外,平时还忙里偷闲,博览群书,写诗、练字。最近,他对笔者说:"也许是年龄的关系吧,我有时会感到精力不济,甚至想松懈一下。但一想起周总理的话,'活到老、学到老、改造到老',我的精神就会重新振奋起来。"他呷了一口茶,接着寄语后辈,"我很羡慕你们中青年,青年人朝气蓬勃,中年人年富力强,振兴中华的责任寄托在你们身上。我希望广大中青年,勇猛精神,奋发图强,为祖国的现代化建设多做贡献。"

(原载《南方周末》1985.8.31)

永不熄灭的生命之火
——访夏衍先生

严冬的一个下午,我依约前去采访夏衍先生,叩开一扇朱红色的大门,里面是一所北京传统的四合院,简朴宁静。秘书小林把我带到北房当中的客厅,正在里屋看书的夏老闻声,艰难地从藤椅上欠身同我打招呼。这天,夏老身穿一件浅褐色的开襟毛衣,瘦削的脸上,架着一副眼镜,从镜片中透出睿智的目光。他热情地让我进他的卧室。他坐在床沿,身体斜靠着被子。

开始交谈之前,我环视了这间陈设简朴的卧室,一张单人床,床头一边立着一个保险柜,一边放着一个小矮柜,柜面上放着收音机和录音机;靠窗摆着一张小桌和一把旧藤椅,据说他常坐在那儿看书。我发现屋里没有写字台,便问他在哪儿写东西。他笑着指指床头矮柜说:"就在这里写。"要不是眼见为实,真难以相信。

"您那自传体回忆录《懒寻旧梦录》写完了吗?"

"基本上写完了,还剩一点收尾和序言没写。年内可以全部脱稿付排。大约三十五万字,断断续续写了两年。"

"以后有什么新的写作计划?"

"今后准备写解放后的经历,但不准备按年代叙述,打算写成单篇,一篇一题,不过都是一些初步的设想,究竟能写多少,没有把握。"

夏老思路敏捷,声音清朗,侃侃而谈,毫无倦意。谈着,秘书走进来告诉夏老《大众电影》编辑部来人,请他出席今晚"北京文化交流中心"的成立大会。夏老见推辞不掉,只好答应参加。他感慨地说:"现在就是应酬的事情太多了。"

"现在文化部和电影界的事还管吗?"我问。

"不管了。但我还是电影家协会的主席,他们有些事免不了要找我。再有,现在同日本关系密切了,交往多,中日友协的事情不少。"

夏衍先生是著名的剧作家,我国革命戏剧、电影的领导人之一。近年,他虽年迈体衰,但仍关心、指导着我国的电影事业。他已年逾八旬,还要做很多工作。当我就当前的电影创作问题向他请教时,他直率地谈了自己的看法。

"对电影界应该有两点论,成绩是大的,但也存在不少问题,主要有三个:一是领导,二是体制,三是电影创作人员的艺术水平。"

夏老说:"一个领导,假如不能彻底否定文化大革命,还有'左'的思想,就不行。"他认为电影界三十五年来走过了一条很不平常、非常艰苦的道路。他说:"解放后,历次政治运动都是从电影界开始的……三中全会后情况好了,但现在各地方'左'的思想影响还没有完全肃清,文艺界本身有一批'左'派。近年比较好的片子,如《天云山传奇》《人到中年》《被爱情遗忘的角落》等,但都是三起三落。有的厂子不愿拍,拍出来又遭到批评……干扰那么大,还不是'左'的思想作怪!领导还是以疏导为主,有错误可以疏导嘛,帮助人家改正,不要打棍子。"

"第二关于体制问题。吃大锅饭,人浮于事,浪费严重。南方的厂子拍北方的戏,北方的厂子拍南方的戏,跑那么远路去拍外景,这不是把地方特色搞没了吗?电影厂没有特色,正像菜没有味道一样。我看就因为是搞独家经营,不讲经济效益。这是个体制问题,要改革。"

"第三是创作人员的艺术水平问题。去年拍了一百二十七部故事片,平均一星期出两部半新片,数量可以,问题在于质量。当前,电影创作人员急需提高水平。"

谈到这里,夏老吸了口烟。我说:"报上报道说您戒烟了,是不是又抽上了?"他听了笑笑说:"我吸了近五十年烟,79年生病住院,下了决心,一天就戒掉了。现在只是写文章时,还偶然抽一支半支。"

人总有点嗜好。夏老生活情趣广而高雅,过去他酷爱集邮,现在既没时间,视力又不济,不集了。但特别喜欢看球赛,凡有各种球赛的电视实况转播,他都坚持看到完。再就是喜欢养猫。当我告辞夏老回到客厅时,瞥见一只小黄猫正踞坐在桌子上,样子十分机灵、可爱。

夏老在十年浩劫中遭残酷迫害,被投进监狱八年,经受了难以想象的折磨,左腿被打致残。但这位坚强不屈的文坛老将,至今仍在文化战线和中日友协的领导岗位上不倦地工作着。他的生命之火在继续燃烧,而且将愈烧愈旺。……

(原载《南方周末》1985.2.16)

超圣入凡不求仙
——访著名社会学家费孝通教授

他,费孝通,1957年被错划为"右派",大名列入"右派六教授"中,1959年"摘帽",但仍是"摘帽右派",直到1980年才改正,1984年才割掉"尾巴"。一生历尽艰险,几经坎坷。但一旦躬逢盛世,暮年的他仍然是那样开朗豁达,对自己的祖国和所从事的事业那样乐观和充满信念。当我提起他过去的遭遇时,他笑着说:"你看,要做的事么多,没有时间去感慨萦怀了。"

费孝通青年时代留学英国伦敦政治经济学院,写了我国第一部以实地调查为研究方法的社会学专著——《江村经济》,因而获得了社会人类学博士学位。解放后,他一直在大学任教,但他从未把自己关在安静的书斋里,而总是走向复杂纷繁的社会,他曾先后七次到"江村"——江苏省吴江县开弦弓村调查研究,写了许多篇有真知灼见的论文。有人打趣地问费老:"你这个大学者,老是跑农村,还做不做学问?"他笑着回答说:"研究国家的实际问题,并将其条理化,系统化,这也是学问呀。"

他是一位蜚声中外的社会学家。1980年春,美国的人类学会,授予他马林诺夫斯基纪念奖。1981年冬英国皇家人类学会又授予他赫胥黎奖,他是亚洲第一个享有这个最高荣誉的学者。但他同时又是一个"通才",写诗,写散文,堪称行家里手。在召开全国政协六届三次会议期间,他受托于《光明日报》,每天千言的"政协小记",以小见大,言简意赅,文笔潇洒。他写旧体诗,功力颇深,常有感而发。如,1984年仲夏,他考察江苏小城镇时,登临句容县境的茅山主峰,抚今追昔,赋诗以言志:"去岁车绕茅山边,今朝始登茅山巅,儒将风范今犹在(陈毅同志曾率部与日军激战于此——笔者),超圣入凡不求仙。"

这天,我到中央民族学院他的书斋去访问他时,当时他正埋头于书堆中奋笔疾书,他那并不很宽敞的书房,四周的书架上摆满了书籍,桌上、椅子上,甚至地上也堆放着各种书刊。见我进屋,他停笔朝我笑着说:"你要我谈什么?提吧,一个小时够了吧。"我说不一定够,他显然有点为难。事后我才知道,原来在隔壁房间里还有几位同志等着向他请示工作哩。

费老白发苍苍,戴着一副金边紫架眼镜,如今虽年已七十有五,但精力却很旺盛,谈话豪爽,不时夹杂着琅琅笑声。他告诉我这几年主要从事小城镇的研究工作。"开始我是研究一个农村,后来发展到研究作为农村政治经济、文化中心的集镇,以后又发展到县、市。这两年在江苏,我几乎把江苏全省都跑遍了。一共写了十篇文章,到去年年底才登完。文章摘要在《瞭望》杂志上都有,日本等国也都翻译转载了。从今年开始,要更上一层楼,研究中等城市同小城镇的关系,这样从一个村子到镇、到城市,一个经济网络,把它具体描画出来。"

接着,费老兴奋地说:"三中全会以后,农村变化很大,农民生活提高的速度是惊人的,据农民自己讲,这是因为发展了乡镇工业。"

费老说到这里,提出了我国城市企业改革应当向那些开放型的乡镇企业看齐,走城乡经济协调发展的道路。费老说,他在苏南地区已经看到,城市工业、乡镇工业和农副业这三种不同层次的生产力浑然一体,形成了一个区域经济的大系统。他强调说:"这是一个在社会主义制度下农村实现工业化的发展系统,展现了'大鱼帮小鱼,小鱼帮虾米'的中国工业化的新模式。"

一个年过古稀的著名学者,为了探索中国式的现代化道路,终年不辞辛劳,四处奔波,进行社会调查,委实令人钦佩。费老说:"这是我自己的任务,我对这个问题有兴趣。同时,我认为这个问题对中国社会的发展很重要,因为中国80%是农民。我现在腰板还硬朗,还可以下去跑跑,我准备跑到八十岁。我的第二步工作是把这种研究方法，推广到边疆，到少数民族地区。去年我同其他同志到了内蒙古，调查了赤峰市，到了甘肃，调查了最贫困的定西，开展开发边区的实际工作。

费老是个大忙人，我不便占用他太多时间，只得提前告辞了。归途中，我回味着他说的话："自古以来做学问的人都是苦的，生活上的苦我不怕，只要做的事情有意义就行，对人民有益就好……"

（原载《南方周末》1985.6.22）

大好时光　辛勤笔耕
——《雷雨》问世五十周年访曹禺

今年，适值曹禺同志的名剧《雷雨》问世五十周年，也恰巧是曹禺同志从事戏剧创作的第五十个年头。正在这个时候上映由孙道临同志编导的影片《雷雨》，应该说是一种很有意义的纪念方式。

影片上映之后，在社会上引起强烈反响，不少观众想听到曹禺同志对影片的看法，了解他的近况，为此，笔者于最近登门访问了他。

因为工作关系，我前年和去年都曾访问过曹禺同志。这位闻名于世界的戏剧家留给我的印象是：他的确老了，但难能可贵的是人老心不老，他的性格还像从前那样年轻，爽朗的笑声，风趣的谈吐，给人以老而不衰，青春永在的感觉。当我问起对影片《雷雨》的看法时，他谦虚地说："影片用了我的剧本，我不拟多讲，怕不客观，在上海的时候，孙道临同志和我谈过，说'影片的好坏，要由观众来评定'。我认为他的话很对，影片的社会效果究竟如何，要由广大观众来评审。我同他都不应该多讲。不过，我愿意谈谈该片的摄制组。"谈到这里，他轻轻捶了几下腰部，又兴奋地接着说："上海电影制片厂搞得很认真，影片的摄制组是一个顽强的摄制组。尤其是孙道临同志花费了很大心血，搞成现在这个样子，真不容易！早年上海新华影业公司和香港凤凰影业公司曾先后将《雷雨》拍成电影，不过我没看过。这次第三次搬上银幕，我看了之后，很佩服孙道临。他对影片各方面进行了周密的艺术构思，对每一个工作环节都是他自己认为完全满意了，才能算数。因此，可以说《雷雨》

是他用尽全力搞出来的一部片子。"

　　提起影片的拍摄工作，曹禺同志深有感触地对我说："影片是在去年炎热夏天拍摄的，气温有时高达摄氏四十度；但摄制组的同志在上海、苏州，往往一天连干近二十个小时。孙道临说，'没有热天气，《雷雨》拍不出来'。那时候，我同他们一块找景、谈戏，真有点吃力。这些人完全是以战斗姿态拍电影。对这样认真、严肃，又肯钻研的艺术家，我很佩服。"

　　最后曹禺同志强调说："这个戏主要是告诉人们半封建半殖民地的社会到底如何。被压迫被损害的人得不到真正人的生活，而叫周朴园之流得意。八十年代的青年觉得《雷雨》，很难理解。最近围绕这部影片提出了不少问题，这也难怪，因为时代不同了。不过，《雷雨》描写的社会虽然已经成为过去，但还是可以帮助青年人认识过去，更加激发他们对光明的现在的热爱，对理想的未来的追求。"

　　谈完了《雷雨》，我见女主人不在家，便打听起她的近况。曹禺笑着说："玉茹在上海，我是'孤家寡人'在此地。前几天上医院看病，朋友问：怎么没人陪？你的'影子'呢？我说，我的'影子'长得很，在几千里外的上海。"

　　十年浩劫期间，曹禺同志遭到残酷的斗争和迫害，几度被关进"牛棚"。他原先的夫人方瑞也遭受牵连，身心受到极大损害，早就病故。曹禺现在的夫人是他三十多年前的好友，著名的京剧演员李玉茹。他们于1979年结婚，使曹禺同志重新得到一位志同道合的事业上的合作者和情意相投的生活伴侣。

　　李玉茹同志现在是上海京剧院副院长。晚年，她一方面身负贤妻的职责，尽力照顾好曹禺的身体；另一方面她也不能放下她的事业，剧院有时还需要她唱戏。她现在正倾注满腔热情培养京剧事业的接班人。曹禺同志告诉我，最近她正在上海带着年轻人排演她自己写的《青丝痕》一剧。在排练中，她给青年演员做示范表演，希望把自己掌握的东西传给年轻一代。

　　为了京剧事业的发展，李玉茹住在上海，但来往于京沪，所以曹禺风趣地说："我们的家庭要说美满是很美满，但美中不足的，是不能天天见面，跟'牛郎织女'一个样。"话虽如此，但年届七十四岁的曹禺同志依旧以戏剧事业为重，生命不息，战斗不止。前一阵子，他和他的女儿万方一同把他的另一名著《日出》改编成电影剧本。这个剧本已在新近出版的《收获》第三期上发表。据悉，《日出》故事片不久将由上海电影制片厂投入拍摄。

曹禺说："我已经七十多岁，又有比较严重的心脏病，自知留给我的时间不多了。但正是这种暮年之感，经常鼓舞我要赶快地写。一个战士应战斗在战场上，我愿拿着笔战斗在书桌上。谈到这里，他略为沉思了一下说："在北京我呆了三十多年，关系太多，老也静不下来，最近病常犯，因此过一阵我就回上海去。我还想用知识分子之所长；趁大好时光再写点东西。"听着他的豪迈的话语，我不禁想起了"老骥伏枥，志在千里"的诗句，愿这位奉献给人民的精神食粮如此之多的老剧作家，再度焕发青春，为祖国的文艺百花园再添新花。

（刊于《南方周末》1984.7.14）

身如老松冬也绿
——访语言学大师王力

描述当代著名语言学家王力教授传奇般的求学道路和独特的治学方法，非笔者学识和文笔所能胜任，这里，只想展示王力先生的生活和治学的几个侧面。

《朝日新闻》的特写

1981年10月，王力教授应日本国际交流基金会和日中学院院长藤堂明保的邀请，到日本作短期访问，在日本汉学界引起了空前热烈的反响。10月12日，日本第一大报《朝日新闻》发表了题为《王力先生》的特写。文章的开头说："他到八十二岁的今日仍然在活跃之中，仍旧担任北京大学教授，也担任中国文字改革委员会副主任和社会科学院学部委员，并没有退隐赋闲……"接着文章盛赞王力先生为何仍坚守培育英才的岗位，活跃在学术研究的第一线，并认为这要是在日本等资本主义国家里，人们定会"瞠目以视"，感到难以理解。

从不放下手中笔

在十年浩劫期间，作为"反动学术权威"的王力先生，经受了种种摧残和折磨。即使在那样险恶的环境中，只要有一丝可能，他仍偷偷写书，一见有人来，便赶快把稿子藏起来。1977年初，刚刚从"政治历史问题"的紧箍咒下解放出来的王力先生，重新感到生机勃勃，大有可为。他制定了1978—1983的五年科研规划，着手全面修订《汉语史稿》。当我最近前去拜访，问起他的近况时，他说："虽然年岁大了，幸亏没生病。这几年，我主要是忙于修改《汉语史稿》。按原先计划先分别写出语音史、语法史和词汇史，然后把三部分合在一起，压缩成一本完整的《汉语史》。现在《汉语语音史》《汉语语法史》和《汉语词汇史》都已经脱稿。这期间，还搞了两部副产品《〈康熙字典〉音读订误》和《清代古音学》，这两部书不久可望问世。"

成才的最佳家庭结构

王力先生从事学术研究的五十年间，一共出版了有深远影响的四十多部语言学专著，发表了一百四十多篇论文，总字数在一千万字以上。他所研究的中国语言学的许多方面，如语音、语法、词汇、汉语史、语言学史、音韵学、古诗词格律、文字改革等，不仅承先启后，具有拓荒或奠基的意义，而且从总体上构成了一个完整的科学体系，从而使他成为清朝乾嘉以来最大的语言学家。

王先生在语言学研究和教学上的卓越建树，固然有赖于他的天赋和"矻矻孜孜浑忘昏昼"的治学精神，同时同他有一个成才的最佳家庭结构，也有很大关系。

1935年，王力与夏蔚霞结婚。四十九年来，他们在坎坷的人生道路上，风雨同舟，患难与共，互敬互爱，相濡以沫。为了支持丈夫的事业，夏蔚霞不仅承担了抚养、教育几个孩子，料理全部家务的重担，而且一直是无微不至地照顾丈夫的生活，使王先生得以专心致志于教学和治学。在结婚的头十年里，他们一直是在经济拮据、兵荒马乱的岁月中度过的。为了补贴家用，夏蔚霞在做好小学教学工作之余，为人做女红、刺绣、编织毛衣、做锦旗……不让丈夫为日常的柴、米、油、盐分心。平日生活开支，她精打细算，省吃俭用，但她总是设法让丈夫吃得好一些，以保证艰苦脑力劳动所需要的营养。在十年动乱中，王先生惨遭打击和迫害，夏蔚霞也多次受到无端的审查，即使环境险恶，她也满怀深情地温存照顾自己的亲人。她暗中为丈夫准备云南白药，悉心照料丈夫的棒伤。1972年，王先生被派去远郊"开门办学"，来去要换乘四次公共汽车，每次她都坚持亲自护送……

正因为如此，王先生总是说："说心里话，我的学问和成就一半是夫人给的。1980年，王力先生曾怀着无限柔情写了一首赠给贤内助的爱情诗：

> 甜甜苦苦两人尝，
> 四十五年情意长。
> 七省奔波逃猃狁，
> 一灯如豆伴凄凉。
> 红羊溅汝鲛绡泪，
> 白药医吾铁杖伤。
> 今日桑榆晚景好，
> 共祈百岁老鸳鸯。

求知欲是他的生命

几十年来，王力先生为什么能够面对困难，甘之如饴，长年累月，锲而不舍，向人民奉献如此丰盛的精神产品呢？他对笔者说："主要就是求知欲，凡是前人知道的事情我要知道，前人不知道的事情我也要知道，那就要去研究，研究出东西来，有了收获，我心里就很愉快。"谈到这里，他觉得意犹未尽，又补充说，"往大的说，我只是想，要用我的余生把我知道的东西写出来，留给子孙后代，为祖国的文化事业做一些有益的事情，贡献自己的一份力量。"多么可贵的求知欲！多么难得的爱国之心！今天举国上下正在进行"四化"建设，人人不都需要有这种热爱祖国的赤诚之心和强烈的求知欲吗？

（原载《南方周末》1984.12.1）

启功教授谈自学

著名书画家、北京师范大学中文系启功教授，去年在日本东京举办个人书画展，观者如潮，获得很大成功。他载誉归来后，笔者曾多次请教于他。他对自学成才问题谈了许多精辟的见解。

启功教授说："许多自学成才的人，他们的学问并不是从课堂上学来的。在发明家、创造者中，不如说都是自己摸索得来的。我认为有无成就，成就大小，主要决定于自学。当然，我这样说，不是轻视正规的学校教育，而是强调主动地学习的重要性，强调要关心社会青年的学习，要重视和加强业余教育。我现在年迈体衰，但还在一个夜大学教课，就是出于这种想法。"

启功认为现在的高等教育也存在一些问题，如有的老师不是进行启发性的教学，而是"满堂灌"；学生不是广闻博采，而是只接触自己专业的东西，等等。他说："我给学生讲课往往是讲点常识，有时是天南海北地讲。比如官职，历代不同，我要是具体讲哪个朝代有哪些官职，没那个时间。因此我是向学生介绍讲官职的有哪些书，如何利用这些书。讲地理，我就给他们讲，你们读古书时，如遇到地理上的问题，去哪个地方查。讲诗词韵律，我也只讲一般规律性的东西，然后让学生亲自作一首诗，看他懂不懂平仄。我给夜大学学生讲课，也不单纯讲解哪篇文章，而是同他们讲常识性的东西，讲没处去查书的东西，让他们学会举一反三地去做学问。"

他还认为现在有些学生学习面太窄，这不好。他举例说："把中国古代文学史加以分段，这是不得已的事情。所以一个学生不能想攻唐、宋文学史，就只看唐、宋的东西。想研究明、清文学史，就只看明、清的东西。他认为科学越发达，专业分工也越来越细，切不可把自己的目光，囿于本专业的狭小天地之内。先要博，而后才能精。学文的应当懂点理，学理的应当懂点文，全面发展，才会在事业上有所造就。"

他结合自己的经历强调说："在文学研究方面，事实上是教书督促我做点研究。最初我教大学一年级国文，改学生的文章。让学生问倒一回，比受名人指教受益更多。因为一被问倒，我就得去翻书，查找资料，这就为我提供了一个很好的研究机会。"他还讲了自己学写字的故事："我自幼学画。在我20岁的时候，我表舅过生日，让我给他画张画，但嘱我不要自己题款，要我请我的老师题，这对我是个很大的刺激。从此我就发愤练字，原只希望字能与画相配，没想到现在居然有朋友经常请我写字，而画倒不常画了。"

启功是清末贵族的后裔，一岁丧父，十岁时祖父又故去，家道中衰，艰辛备尝。因此中学还没毕业，他就急于谋生，教家馆。二十一岁时进辅仁中学教书，不久改任辅仁大学的国文教师。

启功谙熟中国古代文史，造诣很深。他能诗会词，其诗词常常妙句惊人，韵味无穷。他精于文物、古字画的鉴定，眼力过人。至于他那高雅精妙的绘画，苍劲秀逸的书法，更是为人称道。一个连中学都没毕业的人，通过自学，居然成为名教授、名书画家、名鉴定家，这不能不说是自学成才的典型，同时也说明自学也是一条成功之路。

(原载《南方周末》1984.8.31)

危难时节见真情
——老舍夫妇与日本作家的友谊

中日友好源远流长，尽管在近代两国之间经历了一段不愉快的时期，但两国人民之间的友谊并没有因此中断过。无数生动的事例，有力地证明世世代代友好下去是中日两国人民的共同愿望。最近，我有幸登门拜访了老舍的夫人胡絜青，听她讲述他们夫妇同日本作家井上靖、水上勉、有吉佐和子之间的诚挚友谊，深受感动。

超越生死界限的友谊

老舍一生写过二十多部小说，二十多个剧本和几百万字的曲艺、散文和诗歌，是誉满天下的作家。但就是这样一位为人正直、富有天才的人民艺术家，却惨遭林彪、"四人帮"的迫害，在一九六六年八月含冤而死。噩耗传到日本，引起了强烈反响，一九六七年三月，也就是老舍死后的七个多月，日本著名作家水上勉发表了散文《蟋蟀罐》，深切悼念老舍。这是世界上首篇公开悼念老舍的文章，既表现了水上勉不畏强权、敢于执言的勇气，也反映了水上勉同老舍之间生死不渝的友谊。

一九六五年三月二十四日到四月二十八日，老舍率领中国作家代表团访问日本，曾去水上勉的家中做客。

水上勉身世坎坷，幼年当过寺院的和尚，后来又在佛教中学念过书，长大逃禅。他十九岁的时候，在中国的沈阳当过运输工人，后来患肺病回国，不久又被征入伍，但因体弱多病被淘汰。第二次世界大战结束以后，他考上了大学，但因交不起学费而中途辍学。为谋生，他干过三十多种职业，最后靠个人的长期奋斗，终于成为日本知名的职业作家。

老舍特意访问这位比他小二十岁的日本作家，使他非常高兴。在促膝交谈之中，水上勉告诉老舍，他对禅宗南宗的创始人慧能很崇拜。谈及慧能有个著名的佛理，他一时想不起来，老舍当场把一个香烟盒撕开，在反面写下了"菩提本无树，明镜亦非台，本来无一物，何处惹尘埃"。水上勉十分惊讶，对老舍知识之渊博非常钦佩，于是二人越谈越投机。后来，水上勉在《蟋蟀罐》中回忆说："老舍一点不像个大作家，倒很像我的叔父——一位乡村校长。"当时，水上勉向老舍提出，他想去湖北黄梅县东禅院参拜慧能的造像。老舍回答说："一欢迎，二我陪你去。"还相约水上勉访问北京时，为他购买一个蟋蟀罐。

六年后，水上勉终于实现了访问中国的夙愿，但老舍已经不在人世，他无心去寻觅蟋蟀罐，更不敢提出去湖北黄梅的东禅院，以实现老舍生前想与他同游的愿望。

粉碎"四人帮"以后，水上勉悲喜交集。携同日本佛教界人士再次访华。去湖北黄梅县之前，他访问了胡絜青，请她采摘了几片老舍亲手栽在院子里的两棵柿子树的叶子，说要带去供在慧能像前，以象征老舍终于和他一起到了黄梅县。一九七九年，水上勉把这段情况写成了《东山的枇杷》，文章十分感人。

从一九七九年八月到一九八〇年二月，水上勉接连写了三篇纪念老舍的文章，除了《东山的枇杷》外，另两篇是《北京的柿子》和《蟋蟀罐和柿子》。这三篇文章还叙述了他同老舍夫人胡絜青和舒家第二代的交往及友谊。

一九八一年十月，胡絜青同儿子舒乙应日本泛亚细亚文化交流中心的邀请，前往日本参加《老舍小说全集》首次发行仪式。想到水上勉对北京柿子怀有特殊的感情，他们特地从树上摘了几个柿子，装在塑料袋里带去。到日本以后，在第一次欢迎宴会上，胡絜青把柿子送给水上勉先生。礼轻情意重，水上勉深为感动。那柿子很像西红柿，同日本的柿子差不多，引起日本朋友的兴趣，于是大家探讨起柿子是不是从中国传到日本的、柿子的功用等，充满了两国文化人的友好气氛。

水上勉同老舍的友谊极为深厚，正如胡絜青所说："这种友谊不是几天形成的，而是由来已久，经得起风浪考验。"

正直作家的勇气

一九七〇年，日本著名作家井上靖写了一篇文章《壶》，回忆日本老作家广津和郎。作者在文中联想到老舍访日时同广津和郎讨论古壶的往事，寄托了对老舍的深沉悼念之情。

一九六五年老舍访日时，井上靖先生出面接待，陪同老舍参观、游览，在一起探讨文学艺术的种种问题，结下了深厚的友谊。在《壶》中，他写道：当年在日本作家举行的欢迎老舍的宴会上，老舍讲了一个故事，说中国有一个酷爱收藏古董的富翁，由于事业失败，成了乞丐。然而他即使成了乞丐，有一只壶却怎么也不肯割爱；另一个富翁千方百计想得到这只壶，但乞丐坚决不肯脱手。直到临终之前，他把这只壶掷到院子里，摔得粉碎。广津和郎说，我要是这个穷人，就将这把壶保存下来，传给后人。井上靖写了中日两位作家对事物的不同见解；最后说，老舍后来实际上是走了他的故事里主人公的道路。

一九七〇年，正是"四人帮"淫威方炽之际，井上靖发表这篇文章，无疑是对"四人帮"迫害老舍的抗议。舒乙告诉我："一九八一年夏天，井上靖先生来华访问，特地到八宝山给我父亲上坟。我代表母亲向他表示感谢，感谢他写了《壶》这篇文章声援中国作家。当时陪同他来访的一位日本朋友告诉我，井上靖先生写这篇文章时曾对他说：'我由于写了这篇文章，也许再也去不了中国。'"我听后很受感动。当时在场的冯牧同志说这件事充分体现了一个正直的日本作家的正义感和中日作家之间的深厚友谊。

心与心的交流

同老舍相比，论年岁日本女作家有吉佐和子是晚辈，但这并未影响他们之间的真诚友谊。一九六五年老舍访问日本时，有吉佐和子曾经在一个蒙古包里，为老舍举行了别开生面的招待会。她身着和服亲自为老舍斟酒、夹菜，盛情感人。老舍酒后兴奋，当场在有吉佐和子的腰带上题了一首诗。

有吉女文豪，
神清笔墨骄，
惊心发硬语，
放眼看明朝。
紫塞筵边酒（约饮于"成吉思汗"之蒙古包），
橘林月下箫（邀看所著《有田川》话剧以植橘为主要背景），
悲昂千代史（剧中女英雄名千代），
白发战狂潮（台风来，橘园受害，时千代已老，仍奋战不懈）。

一九八一年秋，胡絜青访问日本，有吉佐和子特地到旅馆看望，给胡絜青看了老舍题诗的腰带和老舍送她的一把扇子。这把扇子的一面是老舍的题诗，另一面是胡絜青的绘画。有吉佐和子对胡絜青说：这两件东西是她的家宝。

关于老舍含冤离开人世的情况，"四人帮"及其追随者一直严密封锁消息，使有吉佐和子感到困惑和痛心。为了弄清老舍的死因，一九七八年她来中国做了详细的调查，回去后以《老舍之死》为题，向全世界公布了老舍被迫害致死的情况。尽管文中某些地方与事实不尽相符，但是字里行间充满了对老舍的崇敬和对老舍惨遭迫害所感到的愤懑之情。

（刊于《日本文学》1984年第四期）

老舍的业余爱好

毕生手不释笔、孜孜不倦进行艰苦创作的老舍先生，有着广泛的业余爱好。他和他的夫人胡絜青女士，爱看戏，爱收藏古玩，更爱养花和欣赏书画。他们以此来调节生活，使身心得到积极的休息。这里，笔者据胡絜青女士提供的材料，略加描述，以飨读者。

养　花

老舍生性爱花，即使在解放前漂泊不定的艰苦岁月里，他每到一个地方，只要有可能都要在案头摆一个小花瓶，插上一两朵小花。前不久，发现一幅1938年老舍在武汉写给于志恭的小条幅，内写道："笔在手，烟在口，纸柔墨润，案头若能再有香花一二朵，是创作妙境……在抗战期间，这可谈不到。"可见他何等爱花。

解放初期，老舍定居北京。他用自己的稿费买了一座小院，开始有条件栽树养花了，老舍亲自在院子里种了两棵柿子树，每到秋天，硕果累累，遇到友人来访，老舍则请他们尝鲜。他还同胡絜青在小院里种满了各种花草，从名贵的昙花到常见的花，品种超过一百种，单是菊花就有二三百盆，摆满了院庭、廊下、屋里。老舍说"花在人养"，赶上天气突变，便全家总动员，抢着把几百盆花搬进屋里。天气好转，又把花儿都搬出去，常常累得满头是汗，但他乐在其中。他在《养花》一文中写道："在工作的时候，我总是写了几十个字，就到院中去看看，浇浇这棵，搬搬那盆，然后回到屋中再写一点，然后再出去，如此循环，把脑力劳动与体力劳动结合到一起，有益身心，胜于吃药。"

为了养好花，他结识了许多花匠，同他们交朋友，虚心向他们学习栽培花卉的技术。因此他养的花，长年叶绿，四季花开。老舍曾说："我只把养花当作生活中的一种乐趣，花开得大小好坏都不计较，只要开花，就高兴。"每到菊花盛开或昙花开放的时候，他常约三五知己来家里一块赏花，并用名酒和地道北京风味的菜肴款待客人。在这个时候，老舍总是兴致勃勃、眉飞色舞地谈起花来。

欣赏书画

在文学界，老舍是一位有名的多面手，却唯独不会画画。但他从早年起，就非常喜欢观赏书画。据胡絜青女士回忆，抗战期间他们住在重庆北碚一个倚山而造的小楼里，不过十平方米的一间小屋做了老舍的写作间，会客室兼卧室，当时这间小屋的墙上挂了许多画，有齐白石的《雏鸡图》和《虾蟹图》，徐悲鸿的《鸡鸣图》，傅抱石的《雨舟图》和李可染的《浴牛图》……朋友一来，他便兴致勃勃地向他们介绍，讲解这些画。有时他一个人面壁而坐，凝神看着这些美术珍品，半天也不动一下。后来，他更是广交画家朋友，热心于收藏字画。

刚解放时，百废待兴，国家一时顾不了画家们的生活。生就一副悲天悯人的侠骨心肠的老舍，便发起组织了中国画研究会，由文联派干部去引导画家学政治，搞业务，组织观摩，举办展览会。每次画展，他必看，发现好的苗子，便著文鼓励、扶持，见有精妙之作，老舍则设法为这些作品找出路。看见哪个画家生活有困难，他就暗地里让夫人拿钱予以资助。1957年，剧作家吴祖光被错划成右派，下放北大荒。在困难日子里，吴祖光的夫人新凤霞曾向画店出售了一批丈夫的藏画。三年之后，吴祖光回家，一次意外地见老舍把从画店里买来的一幅白石老人的影墨玉兰花送还给他。胡絜青说，直到现在有些老画家见到我，还对我说，很感激当初老舍对他的照顾。

老舍的藏画甚丰，大都是精品。他在写作间和客厅壁上所挂的画时常更换，挂得时间较长的，是白石老人应老舍点题而画的四条屏。其中包括老舍以查初白的"蛙声十里出山泉"诗句向白石老人求画的那幅令他赞叹不绝的杰作。

收藏旧扇面

扇子是纳凉用品，夏令必备之物，同时又是精致的工艺和书画艺术品，很多书画家喜欢在扇面上题诗作画，或执扇人之约，为之题诗作画。老舍定居北京以后，便同夫人一道开始搜罗旧扇面，先后搜罗了好几百把。扇柄有玉雕、牙雕、木雕、骨雕，其中骨边雕工以于安所刻最为名贵。扇面上有明、清和现代书画名家的诗画，琳琅满目，美不胜收。老舍经常在闲暇时把它们按人、按年代、按职业划分成若干组，分别插在大笔筒里，以便随时取出来欣赏。例如戏剧一组，自清末以来的京剧名角几乎收集齐全，其中尤以京剧四大名旦的精致手笔最为珍贵。梅兰芳画的花卉，清新淡雅，秀丽可喜；程砚秋和尚小云的花卉，荀慧生的山水，也各有千秋。

有时来了知交同好，老舍便将扇子一把把打开来，与他们共同鉴赏评论，各抒己见。见有同好爱不释手的，老舍便慷慨相赠。巴金、曹禺、荀慧生等人都曾得到过老舍馈赠的旧扇面。

（原载《南方周末》1984.10.25）

他给自己延长了十五年生命
——老作家周而复的创作生活

提起周而复，人们自然会想起他创作的继茅盾的《子夜》之后，又一部反映中国民族资产阶级命运的鸿篇巨构《上海的早晨》。在十年动乱期间，该书被作为"大毒草"，遭到全国性的批判达10年之久，而他本人也因此7年失去了自由，12年离开了工作岗位。但他却因此而变得更加名噪中外了。

为了了解这位傲雪凌霜的老作家的创作生活，我慕名登门造访。开门的正是作家本人，使我惊异的是，他虽年近古稀，但身体仍然十分健壮，体格魁梧，满面红光，无情岁月的流逝和十年动乱期间的漫长折磨，并未能在他那四方的脸庞上留下明显的痕迹。

周而复告诉我，由于早年家庭贫困，他没能上小学，只念过几年私塾，然后在15岁那年才由老师担保学费，直接进南京青年会中学读书。不久，他就开始发表短文、小诗。我约略计算了一下，40多年来，他一共创作和出版了近30个集子，包括小说、诗歌、散文、报告文学等，总字数有600万字左右（其中有一部分尚未修改发表）。

过去我从报刊上得知，他为了抗日救亡，1938年大学毕业后，毅然奔赴延安，第二年去了敌后晋察冀民主抗日根据地。三十年代，他曾参加左翼文艺活动。解放前，他做过文艺宣传工作，当过记者，办过好几种颇有影响的杂志，编过文艺丛书。解放后，他一直担任繁忙的党和政府部门的领导工作，原任文化部副部长，对外文化联络委员会副主任等。现在是文化部对外文化联络委员会副主任，中国人民对外友好协会副会长、中国书法家协会副主席。工作那么忙，怎么能有时间创作，我不由得感到奇怪，于是便问："您是利用什么时间搞创作的？"

听了我的发问，他不由得哈哈笑了起来。他回答说："不少人都问过这样的问题。大家知道新中国成立以来，我一直担任党和政府的比较繁忙的工作，我终始是一名业余作家。我的创作时间，一般是在早晨，我每天四五点钟就起床，埋头创作，写到上班时间就到所在的工作单位去了。这样每天就能有三小时左右的创作时间，一般能写一二千字。节假日，我牺牲了休息和娱乐，全都用来看书和写作，30多年来几乎没有间断。我总想以有限的时间为祖国的社会主义和人类的进步事业尽一点力量。"

聆听这位老作家的肺腑之言，我马上联想到他前年在《八小时以外》杂志上发表的一篇题为《时间与生命》的文章，记得文中的一段话是这样的："倘若我们每天除了上班8小时以外，再工作和学习3小时左右，加上星期天和节日放假时间也利用上，一年可以比别人多工作150个工作日，36年当中（指从24岁开始工作到六十岁——笔者），可以比别人多工作5400个工作日。……等于延长了15年左右的生命！"周而复顽强的工作精神，不正是这段话的最好印证吗？

周而复认为上了60岁的人，一天能写3小时以上，也就不错了。他说每个人有不同的生活习惯和工作时间，但他认为在早晨读书和写作最好，这段时间精神好，没有外界的干扰，思想集中，效率会更高一些。他的写作习惯是先充分酝酿、构思，考虑成熟了才提笔写在稿纸上，然后反复修改，印成征求意见稿，向有关同志征求意见。作品写成后，不急于发表，往往搁上一二年，然后再拿出来看看，重新修订。他创作170多万字的《上海的早晨》（四部），采取的就是这个办法。

周而复不仅是著名作家,同时也是著名的书法家。他的字挥洒自如,一气呵成,行书和草书,笔断意连,刚劲秀美,郭沫若先生称赞他的书法"逼似二王"(王羲之和王献之父子)。许多爱好书法的人都以能得到他的墨宝为幸。

周而复从事文学创作是业余活动,搞书法则更是业余的业余。他一向珍惜时光,分秒必争,从不肯浪费一分钟。在劳累一天之后,他难得有常人所能享受的休息和娱乐。他所能享受的主要就是兴之所至,铺纸挥毫。他常借写字暂时松弛一下始终绷紧的神经。

他学书法的过程有点意思。他告诉我,在他10岁以前就开始在父亲的教导下学写字。家里贫寒,没钱买纸张笔墨,就买了一块大的方砖来,每天用清水写,一直写到中学毕业。到了大学写字的时间少了;在延安,他投身于革命洪流,更少有时间写了。只是在十年动乱期间,当他可以自由活动,而又没有工作干,他才有时间和余兴继续看看碑帖,写写字。他和郭老、茅盾等前辈通信,所写的毛笔字曾得到赞赏。周而复说:"郭老说我的字'逼似二王',实在不敢当,不过,我的确喜欢'二王',特别喜欢王羲之的字。我还学过颜鲁公、柳公权和欧阳询等书法大家的字。现在,我每星期都写一点,主要是利用晚上时间写。我觉得练练书法,可以调剂生活,陶冶性情,对身体也不无好处,所以我对书法是很有兴趣的。"

周而复性格开朗,文思敏捷。他侃侃而谈,不时发出爽朗的笑声。3个小时后,我结束了这次愉快的拜访。归途中我回味着周而复先生的讲话,不禁想到,创作也需要源泉,这源泉就是生活,创作也需要才华和勤奋,而勤奋也许比才华更为重要。

(原载《南方周末》1984.5.12)

周而复谈他的抗战系列小说

《当代》4、5两期发表了《上海的早晨》的作者周而复又一部长篇新作——《南京的陷落》。作者在这部小说中,形象地再现了抗日战争时期的尖锐复杂的矛盾斗争和社会风貌,而着力表现的则是敌我友三方高层领导人之间的斗争。作品规模之宏大，场景之开阔，矛盾之复杂，以及出场人物之多，在已经出版的反映抗日战争的长篇小说中，是前所未见的。但据悉这部具有丰富内容和艺术价值的作品，还只是作者计划中描写抗日战争全过程的多部头小说中的第一部。为了了解作者创作《南京的陷落》的情况和这套抗战系列小说的总体构思，笔者最近走访了周而复同志。

周而复虽已年过古稀，满头银丝，但看上去体格魁伟，红光满面。他性格开朗，谈锋甚健，在谈话中不时爆发出豪爽的笑声，毫无老态龙钟之态。他告诉我，早在抗战胜利前夕，他就已产生了创作反映抗战全过程的系列小说的想法，但那时条件不具备。他说，四十多年来，他一直在构思这部小说，并做了长期的材料准备。他强调他始终是一个业余作家，在时间上没有保证，但他有别人所没有的有利条件，那就是他在不同地区、不同情况下亲自参加了八年抗战，具有坚实的生活基础。接着，他详细介绍了他在抗战期间的生活经历。

他说，"八·一三"抗战，我在上海，当时上海的情况我比较熟悉。我原籍安徽，出生在南京，青少年时代是在南京度过的，可以说南京是我的第二故乡。上海沦陷后，我从上海的租界到了广东，到了武汉。当时武汉是临时首都，抗战的中心。蒋介石的军事委员会，共产党方面的周恩来，都在武汉。以后我到了延安，大家知道延安是革命的抗战的圣地。1939年我又到了晋察冀抗日根据地，在那里待了四年。所以当时敌后抗日根据地的情况我熟悉。后来，1944年我到了抗战的陪都——重庆工作，同国民党方面的蒋介石，共产党方面的周恩来、叶剑英等代表都有过较多的接触。此外，我对北平、广东，以及其他许多地区，也比较熟悉。

"您能告诉我一共打算写几部？现在已经写了多少吗？"

"我现在能讲的是至少是四部。"周而复笑着回答。"一部五十万字多一点，四部合起来是两百万字以上。每部都有一个名称，如第一部叫《南京的陷落》，第二部叫《淞沪烽火》，都可以独立。各部之间又有联系，人物的性格和故事情节都有连贯性。至于确切计划写几部，已经写了多少，暂时不宣布，因为我的写作习惯不同于别的作家，我是发表一部，才说这部写完了。"

当笔者请他谈谈抗战系列小说的总体构思和主题思想时，他强调主要是反映敌我友三方高层人物之间错综复杂的活动、斗争，并通过对正面战场、敌后战场、抗日根据地的描述，力图比较全面地反映八年抗战的整个过程。他说，就涉及的人物讲国民党方面有以蒋介石为首的蒋家王朝的四大家族，何应钦、白崇禧、李宗仁、陈诚、胡宗南、陈布雷等，而且是真名真姓。国民党的部队，从最高指挥机关，到各个战区、集团军、师团的将领。下面的人物用假名。共产党方面，毛泽东、周恩来、朱德、叶剑英等，在我的小说中部占有一定的地位。

他说，小说还写到抗日根据地。当时共产党领导的抗日根据地一共是十九个，到抗战胜利时，这十九个解放区合起来有两千万人口，部队有一百二十万，民兵二百万，牵制着日军56%，伪军的95%，起了重要的作用。

在国民党的正面战场上，特别是抗战初期，打了很多战役，有的战役打得很英勇，包括打了台儿庄这样的胜仗。我们是历史唯物主义者，所以我的描写力求符合历史的真实情况。

在盟军方面，以罗斯福总统为首，后来包括史迪威、魏德迈等也都在小说里出现。因为1941年12月8日珍珠港事件后，中国和美国结成联盟，中国成为反法西斯战场中的一个战区。此外，小说还会写到苏联在战胜德国法西斯之后的两三个月出兵东北，对日本宣战。这个决定在当时是绝密，后来被中国方面知道了，曾派宋子文到苏联去会见斯大林，要苏联早日出兵。后来苏联是9月9日，实际上是9月8日夜里召见日本驻苏大使，对日宣战，然后出兵东北，消灭了日本关东军。

在敌人方面，小说接触到发动"七七事变"的日本首相近卫文磨和以后的首相、陆军大臣东条英机，以及进攻南京的最高司令官松井石根，最后一个中国派遣军总司令冈村宁次等。

在敌人方面还写了另一起人物——汉奸。在第一部小说的第一章就写到汪精卫……

周而复说，我想通过这样一部比较全面、历史的描写中国的抗日战争——世界反法西斯战争的中国战场的历史画卷，让中国人民和世界人民看出日本帝国主义和德国法西斯发动侵略中国的战争和世界大战，给人类带来的灾难，说明为什么中国人民和全世界人民今天提出反对侵略战争，维护世界和平，具有重要意义。这就是我的小说的主题思想。

最后，当笔者提到应该如何看待他作品中写到的真人真事时，周而复解释说，这部小说主要是根据历史的真实来创作的，重大事件，包括时间、地点、人物，基本上符合当时的历史情况。但小说不是历史，写小说允许作家在历史真实的基础上，进行虚构和基本夸张。所以有些事件的细节，人物的活动，不完全是一个人的。完全写一个真人，不一定会具有高度的典型性。

（原载《南方周末》1985.12.7）

在生命的边沿
——记端木蕻良家庭生活及创作

端木蕻良伴着萧红度过她生命最后四年的艰难岁月，有人议论他们的感情，然而他的确是真心爱她，为她操碎了心。萧红不幸早逝，他苦守寒窑十八年，至今仍珍藏着她的头发。解放后，他三次濒临死亡的边缘，但每次都奇迹般地复生。近十年他写了一百五十万字的作品，包括长篇历史人物小说《曹雪芹》，这除了他具有惊人的毅力之外，还得力于"贤内助"，本是演员的钟耀群。他日日"闻鸡起舞"，夜夜挑灯苦读，广泛涉猎，通古博今，堪称真正的杂家。他嗜书如命，可他占有的空间又是那样的狭小。他善诗，能画，喜欢养鱼、种花，对猫怀有特殊的感情；他，一个中外闻名的老作家，在满是泥泞和风雪的人生道路上整整跋涉了七十四年，如今又将如何打发余生？……对于这一切，也许读者和笔者同样感兴趣。

端木和萧红

兰溪西水水成雷，
情比兰溪不可回。
每到清明谷柳绿，
萧红红陌杜鹃瑰。

这首情真意切的诗篇，是今年清明前夕，端木老为悼念萧红而作的。端木老解释说，水向东流是常规，而兰溪的水偏偏向西流，水声如雷。他和萧红的结合，他是初婚，萧红是再婚，况且还比他大一岁，按世俗的眼光看来，也是违背常情的，但他们真诚倾慕，相许终身，"情比兰溪不可回"。后两句是说每到清明，嫩柳泛绿时节，萧红墓前杜鹃花开，红艳似火，象征着萧红虽死犹生，也寓有他对萧红的绵绵思念。

在对这首诗作了一番解释后，端木老强调说，因为他的夫人钟耀群胸怀博大，允许萧红在他心中占一席之地，因此，他才可能充分表达对萧红思念的感情，每年清明节，他都作诗，以寄托哀思。

我的采访，牵动了端木老记忆的线索，三十年代的往事重新浮现在老人眼前。

1936年，端木到上海不久就认识了萧红，他们同是胡风主办的《七月》文艺杂志的作者。上海"八一三"一声炮响，形势告急，孤岛上海的文化人纷纷撤退。《七月》迁到武汉继续出版。他、萧军、萧红等人先后抵达武汉，全都住在蒋锡金的院子里。比邻而居，一起跑警报，一道散步，过往密切。萧红那横溢的才华和独具风采的个性，给他留下了深刻印象。

后来由于战争扩展，武汉政治形势恶化，这一班立足未稳的文化人又匆匆奔赴山西临汾，恰巧与丁玲率领的西北战地服务团会师。但没过多久，日本侵略军逼近临汾，刚刚团聚的两批文化人，又撤离临汾，踏上新的征程。

正在此时，同居了六年的萧红和萧军除了原有感情上的巨大裂痕外，两人在对是继续从事写作，还是弃文从武的认识上又发生了严重分歧。之后，萧红就和端木蕻良等人结伴，和丁玲率领的西北战地服务团同路，从临汾动身，向西南方向进发，取道风陵渡，坐火车驶向西安。萧军则准备弃文从军，到内地参加抗日部队打游击。

这年的夏天，已有身孕的萧红同萧军离异后，便同端木蕻良回到了武汉。不久，他们便在武汉大同酒家举行了婚礼。

端木老满怀深情地说："我同萧红结合的基础，一是当时萧红遭到家庭不幸，而现实的处境又十分困难，我很同情她；二是萧红是最有个性、最富表现力的作家之一，她对文学事业怀有宗教徒似的虔诚，而我也把文学创作看成自己的头等大事，可以说志同道合，我想我同她结为伴侣，对我们的文学创作会有好处。"

"在这件事情上，你们谁更主动些？"

"怎么说呢，按当年朋友的说法，萧红更主动一些。"

对他俩的结合，外界曾有过这样那样的猜测和说法，其实在三十年代文化人圈圈里，与这人分手，与那人结合，是常见的现象，不足为怪。何况男女之间的情感，局外人难以判断，也无权过问。事实上，萧红在婚后戒烟戒酒，心情变得开朗。他俩尽量减少社交活动，专心搞创作。在创作过程中，相互帮助，端木为萧红小说画插图，萧红为端木的长篇小说《大江》起名字；一方生病，另一方续笔补写，以至相互在对方的信上写下批语，度过了一段虽艰难但惬意的小家庭生活。

不久，他们又仓促向四川转移。到了重庆，端木住《国民日报》社男子单身宿舍，无法安顿萧红，不得不托友人的家属照料。萧红产后回渝，这时端木蕻良应复旦大学的聘请，任教于新闻系，并主编《文摘》副刊，与萧红同住北碚秉庄。后由于日军对重庆的狂轰滥炸，迫使他们接受邀请，于1940年初赴香港编辑大时代丛书。

到香港不久，萧红，这位尝尽人生苦酒，在人生道路上疲倦地跋涉了二十九年的女作家，已是重病在身，极度虚弱。当时她患着肺病，经常咳嗽、头痛、失眠，但仍在一间狭小的房子里勉力创作长篇小说《呼兰河传》。不久，不得不进入玛丽医院疗养。在医院里，她时时感到难以言状的孤独和苦闷。

端木老回忆说："当时我住在九龙，一天午夜，海面上正刮着十二级台风。我突然接到医院打来的电话，说萧红病危。我一听五内俱焚，不知所措。当时所有船只都已封锁，我只好等待救急的轮渡，好不容易赶到医院，萧红的病情并不像电话中讲的那样严重。这时我怀疑医院的治疗，正好萧红也愿意回家，于是便把她接回九龙的家中。

端木老继续回忆说，1941年12月8日太平洋战争爆发，日军占领了九龙。我们本想冲破火线，逃回大陆，但因种种客观原因，最后还是未能冲出包围圈，而陷在九龙。

停火之后，萧红进入养和医院，主治医生断为喉癌，主张立即开刀，当时我不同意，因为我的哥哥曾患脊椎结核，开刀后在床上整整躺了八年。为这件事，我同萧红有过激烈的争论，但是萧红缺乏社会经验，轻信医生的话，本人在手术申请书上签了字。开刀之后，根本没有瘤子，纯属误诊。

萧红开刀后，伤口迟迟不能愈合，咽喉发不出声音，呼吸困难，饮食更困难。医生说她的病治不好，我不得不将萧红重又送进玛丽医院。谁知紧接着玛丽医院又被日军接收为野战医院，这一来，我只好又将她送往法国医院，后又搬进圣士提凡女校改成的临时医院。

当时除了日军之外，谁也没有汽车通行证，谁也没有汽油，因此，运送手术后的萧红，其困难是难以想象的。在战乱中，得不到精心的治疗，又不断地颠沛流离，可怜的萧红终于在1942年1月22日含恨离开了人间，这一年她只有三十一岁。

钟耀群来到他身边

萧红的早逝，给年轻的端木蕻良造成巨大的心灵创伤，他既为中国现代文坛失去一位卓有才华的女作家而感到悲伤，也为他与萧红的爱情生活如此短暂感到痛苦终生。此后，他把丧妻的悲痛和对萧红的哀切怀念深深埋在心底，从1942年到1960年苦守寒窑十八年。十八年间，有通过鸿雁传书的，有自个儿找上门的，有红娘为之牵线的，有意与他再续姻缘的女性并不缺少，但都未能使他萌发第二次爱情。

1960年，四十七岁的端木蕻良任北京市作协副秘书长。朋友们见他长期过单身生活，身体不好，再次热心为他介绍远在千里之外的昆明部队话剧团的演员钟耀群。端木蕻良曾看过她主演的话剧《陈圆圆》《林黛玉》，留下了美好回忆，他意识到也许同钟耀群的结合，不仅会给他带来幸福，而且有助于他的创作，于是同意交个朋友。

钟耀群这位演员今天虽已年逾花甲，但依然外貌端庄，性格开朗。她嘴边常挂着微笑，她说："1960年，我三十六岁还没结婚，在这之前，别人跟我提过很多人，我都觉得不合适。别人介绍端木给我，说他看过我的戏，对我印象不错，而我早就看过他写的《科尔沁旗》和《大地的海》，唱过他作词的《嘉陵江上》，很喜欢他的作品，钦佩他的才气。于是经过一段时间的书信往来和接触，彼此发现不仅有共同的事业，还有共同的语言，我们相爱了。那时结婚得请示领导，领导说结婚可以，但不能调到北京。我顾不了这些，当年三月的一天，我们去北京东城办事处登记结婚。当天，我就买了去山西沁源的车票。我是为写剧本《沁源人》赶去搜集创作素材的。五月份才回北京举行婚礼。后来，我们的司令员想把端木调到云南来，但不久'文化大革命'开始，一下子改变了我们的命运，就这样，我们婚后整整分居了十七年。"

春夏秋冬寒来暑往，风风雨雨十七年，他们凭借书信传递绵绵的思念，靠一年一度的探亲安排家庭生活。特别是1961年，他们有了可爱的女儿钟蕻，但异地而居，加上十年动乱，可以想见他们家庭生活之艰难，精神负担之沉重。但时空的距离，反倒缩短了他们之间感情上的差距；生活的困顿，反倒磨练了他们的意志。他们倾心相爱，患难与共，相濡以沫，共度安危。

为了真诚的爱情，也为了祖国的文学事业，钟耀群作了很大牺牲。自1975年她得以调到北京与端木蕻良团聚后，她就以端木老为生活的轴心。她精心照料重病的端木老，妥善安排他的饮食起居；她陪端木老实地考察了南京、苏州和扬州等城市，帮他搜集《曹雪芹》的写作素材；她帮端木老记录、整理有关曹雪芹的传说、故事；在端木老因多次患病，记忆力减退的情况下，她按编导的手法，详列人物小传，梳理人物关系，确定人物性格，分析情节进程的逻辑性，从旁协助端木老完成《曹雪芹》的创作任务。每当端木老写出一章草稿，她就帮助整理、抄写，然后经他修改，她再整理、誊清，如此反复多遍，才能定稿。此外，她还帮端木老应接客人，处理来信……因此端老深有感触地对我说："她是我的灵魂。如果不是耀群的细心照料，我屡经坎坷，病魔缠身，不要说写书，恐怕性命也难保哩！"

在"六米斋"诞生的《曹雪芹》

曹雪芹晚年穷愁潦倒，生活在"蓬牖茅椽，绳床瓦灶"的困境里，但他人穷志高，黄叶著书，经"披阅十载，增删五次"，终于创作了千古不朽的《红楼梦》。想不到二百多年后为他立传的端木蕻良，固然因时代不同，遭际和处境与之大不相同，但其身世之坎坷、创作之艰难却不无相似之处。

端木蕻良原名曹京平，曾祖父是个大地主。祖父不喜欢他父亲，把他父亲赶出家门，从此端木一家开始破落。端木父亲藏书丰富，幼年时他就在父亲的书房里翻阅过《红楼梦》，也许是由于《红楼梦》的作者也姓曹，引发了他的好奇心。此后，这本书成了他青年时代的心爱之物，经常随身携带，每年都要看一两遍。他还留心翻阅《红楼梦》的评论文章，搜集有关曹雪芹的资料，后来自己也研究起《红楼梦》来。随着时间的推移，材料的不断积累，早在三十年代，他就萌发了创作历史人物小说《曹雪芹》的热情。1942年，他曾在桂林写过两个话剧《林黛玉》和《晴雯》，都取材于《红楼梦》。但解放前连年战争，他过的是浪迹天涯、饱受忧煎的穷文人生活，创作《曹雪芹》的愿望根本无法付诸实现。而解放后，又身罹重病，在十年动乱中被迫搁笔，因此终究不过是个愿望而已。

熬过了一场历史灾难，而他的病经过长期治疗和钟耀群的悉心护理，好到能够拄杖下楼散步，这时他才决定着手创作这部酝酿达四十年之久的巨著。那是1978年，当时他已是一个年迈体衰、风烛残年的老人了。

创作《曹雪芹》，对端木老来说无异于进行一次足以耗尽他全部心力的万里长征。他开始阅读报刊上发表的大量的研究《红楼梦》的文章，并搜集香

逝水流年人相随——纵观名流，横看世界

港和国外的有关资料加以比较；他还阅读有关北京、南京、苏州的历史、地理和风土人情的资料；研究康熙、雍正、乾隆皇帝的生平；在健康情况稍有好转后，他又去承德避暑山庄，参观康熙和乾隆的行宫，了解清宫内幕；更为艰巨的是，他必须翻阅卷帙浩繁的《清史稿》和《清实录》。当时他血压高，摆脱不掉头晕，看字往往串行，因此实在支持不住，他就让他爱人读给他听……靠着恒心和韧性，他阅读、消化了数以百万计的各种资料，于1978年12月正式动笔写作。

当时端木老住在北京虎坊路自称"小白楼"的套间里。这"小白楼"由一间"十米斋"和一间"六米斋"组成，当时他的女儿在哈尔滨上大学，这"六米斋"就成了他的书房和写作间。室内一张小床、四周墙上钉了十二块木板，权当书架。能够归他支配的王国就只有靠窗安放的一张小桌。"六米斋"下面正对着整个四层楼的大垃圾箱，夏季如一开窗就变成了"五味斋"。为避免"五味"扰乱创作情思，他只好常常在"闷葫芦寓"中挥汗写作。

且不说创作条件和创作环境之恶劣，就说单靠曹雪芹身后留下的一鳞半爪的生平材料，要铺叙成一百五十万字的《曹雪芹》，真是谈何容易。许多人物关系要正确处理，故事情节要合情合理安排，既要符合基本的史实，又要进行艺术的虚构和夸张；还要把曹雪芹放在清朝一代广阔的历史舞台上去描写他那历经沧桑的一生。这对于一个年近七旬、左半身偏瘫的老人本是难以承受的沉重负荷，但端木老不仅支撑了过来，而且劳绩卓著。

现在摆在读者面前的《曹雪芹》上、中卷，不仅成功地塑造了曹雪芹这位文学巨匠的形象，同时也刻画了上至宫廷贵族，下至贩夫走卒等数百个人物形象，而且用细腻准确的笔触写了官僚贵族膏粱锦绣的豪华生活，市井乡里的风土人情，博得盛赞，然而没有几人知道他的"六米斋"是如何的窄小和光线暗淡，而且楼下的理发馆及窗外街上的车声人声组成的"噪音交响曲"常年回响在端木老耳边。

"秋光荏苒休辜负，相对原宜惜寸阴"，一生勤奋的端木蕻良，此刻正坐在新居的案桌前奋笔疾书，让宝贵的生命化作闪光的文字，为人民奉献精神食粮。

（原载《社会·家庭》）

书、画、猫
——端木蕻良的书斋生活

长篇历史人物小说《曹雪芹》的作者、著名作家端木蕻良,一生嗜书如命,而他的生命,也分解在这些书里。解放前,在颠沛流离的生活中,他每到一地,总是节衣缩食,苦心搜求古今中外的典籍。解放后,有机会便跑琉璃厂,逛旧书摊,每觅得一本好书,便如获至宝。但过去由于生活在动乱时代,往往随得随失。解放后,十多年过独身生活,他的小屋子到处都是书,中间安置了一个小书桌,阅读、写作,勉强可称为书斋。

"可惜好景不长,到了十年动乱,这个小单间也在劫难逃,书被'扫地出门',我只好将部分书堆成大长方块,上面放张藤席子,晚上就睡在书上。许多书因长期掷于床铺之下,结果潮湿发霉。"说到这里,端木老不禁黯然神伤。

1975年他的爱人钟耀群由云南调回北京之后,他才找人在房间通道里搞了个小阁楼,把"大部头书"束之高阁,而随手翻阅的书,则在每扇门后,钉上木板,成为"书架"。

去年1月,端木蕻良夫妇乔迁新居,才算是有了一间归他支配的书斋。

※　　　　　　　　※

端木不仅文思敏捷,下笔成文,创作了数百万字作品,而且善长书画。早在1941年,他在香港主编《时代文学》月刊时,就曾发表过一组16幅世界作家头像。当年,萧红写《小城三月》时,他又为她作了两幅插图。端木老说:"我10岁时便向民间绘画工匠学画。小时喜欢画些中国画和版画,还搞过剪纸、剪影等。后来在天津南开中学读书,还一度参加过'南开美术学会',业余时间在老师指导下练习写生,学画素描,并向刘海粟等画家学习。我对美术的爱好,至今不减。"

我翻阅他画的几幅江青的漫画,可谓惟妙惟肖。其中一幅:一只棋子上冒出了她的头脸,眼镜片后面的两只贼眼凶神恶煞,牙缝里连同口沫一起飞出了她的那句口头禅:"我是过河卒子,我要吃老帅!"寥寥几笔,便活画出江青的窃国野心和不自量力的丑恶嘴脸。

端木蕻良兴之所至,常写字画画,但多是藏之内室,无非是给自己和孩子们看看,绝少发表,因此外人很少知道他还擅长丹青。直到1980年第5期《花城》第一次刊登他的8幅国画小品——一幅泼墨《蕉林》和两幅墨写的花卉,那生动的画面,洒脱的笔墨,才使一些读者得知原来这位老作家还是个丹青妙手哩!

※　　　　　　※

端木老家里养着一只浑身纯白的猫,我采访的时候,看见它一会儿亲昵地在端木老身旁绕来绕去,一会儿张着一双忽闪的眼睛盯着端木老,有时还对他"眯呜,眯呜地叫,很是机灵、可爱。端木老笑着说:"这只猫很乖,从不上床、上桌。天长日久,跟我有了感情。一见我回来,就欢蹦乱跳,围着我打转转,真是讨人喜欢。"

猫与狗,都是有灵性的动物,机警、忠诚。端木老写作寂寞的时候,常常抚弄猫儿,有时兴致来临,即提笔画下猫的各种姿态,无疑,从中获得了莫大的精神慰藉。

(刊于《南方周末》1987.2.27)

文学民族化的探索者
——访作家邓友梅

经过二十多年的风风雨雨,十年血与泪的浩劫,多少老作家终于在粉碎"四人帮"后,如同经冬不凋的青松,在明媚的春天显示了更加旺盛的生命力。作家邓友梅,也重新拿起了交织着爱与恨的笔,创作了一批独具风格的中、短篇小说,特别为人称道的,是一组描写新老北京人物的风俗小说,为读者展现了《清明上河图》式的文学画卷,使他成为近年文坛上一位不同凡响的作家。

深秋的一天,当我来到北京东城劲松社区拜访邓友梅时,他正伏案写《烟壶》续篇。《烟壶》是通过描写几代烟壶艺人的生活命运,反映北京近八十年来历史变迁的系列小说。这篇于去年初在《收获》发表后,又经《北京晚报》连载，在广大读者中引起强烈的反响。

我开门见山地问："你写的《烟壶》独具一格，广大读者都很爱看，希望续篇早日问世。现在续篇进展如何？你能否向《南方周末》的读者透露一点信息？"

邓友梅沉吟了一会儿，说："最近作协会议多，我只能每天上午写一点，进展不快，才写了两万多字。续篇从1911年写起，打算写到三十年代，写第二代烟壶艺人的兴衰遭际。清朝封建统治倒台了，建立了民国，之后又是袁世凯称帝，北洋军阀混战，一直到日寇入侵。这是中华民族多灾多难的时期，中国半殖民地更进一步深化，多数的北京市民承受着一次次政治浪潮的冲击，所以《烟壶》续篇仍然写乌世保、寿明一家命运的变化。"

邓友梅说，军阀混战，一方面导致经济破产，民不聊生；另一方面北京文物业、古玩业却畸形发展。原因之一是军阀如同走马灯换来换去，谁上台都想捞一笔钱买珍宝、文物，既作为藏储手段，又作为相互应酬、贿赂的筹码。再有，清王朝倒台后，中国门户大开，外国冒险家蜂拥而来，造成大量文物外流。在这时期，文物市场十分活跃，买卖兴隆，出现了很多暴发户。但好景不长，随着"九·一八"事变、"七七"事变相继爆发，很多做着黄金梦的人，整个儿一垮到底，比原来穷困得更惨，而中国传统的艺术则又一次面临着彻底灭亡、彻底断根的境地。因此第二代烟壶艺人，尽管同第一代生活的时代不同了，但总的命运却是一样的，备受压迫和欺凌，面临着祖传手艺的失传、灭亡。目前我写的就是这个阶段。之后，再写一个续篇，反映解放前后的事。"我是想通过烟壶的一些小故事，从侧面反映中国八十年来的一些社会变化。"

我知道，邓友梅在抗日烽火中，八岁就当上了八路军交通员，在解放战争的枪林弹雨中，又做过解放军的随军记者。我对他说："战争生活你熟悉，写军事题材，对你来说是轻车熟路，可你近年为什么要改弦易辙，写起京风民俗小说来？"

听了我的发问，邓友梅深深地吸了几口烟，颇有感触地对我说："我从1957年离开了文艺界，直到打倒了'四人帮'才重新拿起笔。第一篇《我们的军长》还是写战争生活。写了这篇以后，该在哪里开拓我的创作题材？这时期，全国形势逐渐好转，文艺界人才辈出。在这种形势下，我思考着我如何才能在文学事业上做出自己的独特贡献来。我想，熟悉解放后知识分子这段历史遭遇的人相当多，如王蒙、丛维熙、刘宾雁等，所以写一般知识分子的改造等，难以构成什么特色。何况我没有王蒙、刘宾雁他们善于描写生活中一些尖锐题材的本领。但我有自己的长处，就是这二十年间，我在建筑工地干过零活，做过房屋管理员，挖过运河，种过田，当过冲压工。我还接触过许多的警察、游手好闲的人、落魄艺人以及八旗子弟等，我熟悉他们。我应该去写我熟悉的、而别人不大熟悉的旧北京，而这恰恰又是解放以来很少有人表现过的。况且，在北京长时期生活中，我对北京口语作过认真的学习。这样，用北京口语来写北京人的生活，容易形成作品的特色。我认为，一个作品风格的形成，首先一个因素是语言，要有自己的语言特色……"

有人认为，邓友梅熟悉北京人，写起小说来大概不怎么费劲。对此邓友梅很不以为然。他说："有了生活，不等于就会写小说。小说创作是一门艺术，有它的规律，掌握这个规律，才有可能把生活变成艺术品。我写这一组北京的风俗小说，外界不大知道我在许多方面下的功夫。"他告诉我，他为了写这一组小说，曾对清朝的典章制度、社会结构、经济样式等作过深入的调查研究。他读正史、野史、演义，也读清人笔记、竹枝词，还读今人研究北京历史、地理的著作，借以补充从生活中直接积累的不足方面。为写《烟壶》，他读的有关烟壶的笔记、中国人和外国人写的文章和烟壶的照片，就有上千件；他新结交了过去在古玩行、当铺行、玉器行供职的人；他还亲自跑旧货摊、古玩店、搜集了一些烟壶。为借鉴前人用北京话写北京生活的成功经验，他反反复复读《红楼梦》和老舍的作品。无怪乎他所刻画的人物形象，个个呼之欲出，所反映的旧北京的世态人情，篇篇力透纸背，显示了不凡的生活容量和语言功力。著名剧作家吴祖光看了他写的《那五》后，赞叹说："我让邓友梅给'震'住了。"

艺术贵在创新，作家难在独具风格。邓友梅为文学民族化所作的出色努力，难道不是值得称道吗！

（原载《南方周末》1985.1.19）

生命在于奉献
——访日本文学研究会秘书长卞立强

卞立强从事日本文学的翻译和研究工作，已整整二十五年了。这期间，他写了二十多篇评论文章，译校了二十多部著作，总字数不下二百万。今年三月，得知他即将肩负文化交流的使命，应邀第三次到日本进行考察和研究，我特地去他家里拜访。他对我说："我已经五十岁了。奉献给人民的太少了，我要加紧干，争取多出成果。这时，他的夫人在一旁笑着插话说："他一天到晚总是急匆匆的，上楼梯恨不能一步三级，我一听楼板噔噔响，就知道是他回来了。"

卞立强是安徽省无为县人。读中学时，他写诗作文，勇敢地讽刺、抨击国民党的黑暗统治，因而被"勒令退学"。解放后，他回原校读书，曾出席皖北第一届学生代表大会，兼任过中共无为县城区委员会的宣传员和治安员，参加了当地反霸、土改等民主改革运动。

了解了卞立强早年的生活经历，我不禁问道："那你后来怎么搞起日本文学来的？"

"怎么说哩，恐怕还是出于对文学的爱好吧。上中学时，我读过石川啄木、国木田独步等日本作家的作品，他们所描写的日本的山川景物、风土人情和淡淡的哀愁，深深地感染了我。后来，我又通过鲁迅、郭沫若、郁达夫等作家的作品，对日本社会和人民有了进一步的认识。于是在1951年，我报考了北京大学东方语言文学系日语专业。"

卞立强从跨进这座最高学府的第一天起，除了参加政治运动和社会工作外，几乎把一切可以利用的时间都用来看书学习和积累资料，简直忘了娱乐，忘了节假日。为了提高中日文水平，他写新诗，练翻译，至今箱底还压着好几部当年的译稿。正是凭着这种异乎寻常的勤奋，他取得了优异成绩，1955年秋季毕业，即留校任教。1959年被提升为日语教研室副主任。由于繁忙的教学和行政工作，从1955年到1960年的五年间，他只发表了几十首新诗和为数不多的译作。

卞立强真正走上日本文学研究和翻译的道路，始于1960年。那时他为讲授日本现代文学史和日本作家专题课，选择石川啄木和小林多喜二的作品为突破口，开始了孜孜不倦的研究。他累了抽支烟，饿了吃几块饼干，真是废寝忘食。

功夫不负苦心人，1962年以后他翻译出版了《石川啄木诗歌集》《小林多喜二传》，并发表了《日本无产阶级作家小林多喜二》《试论小林多喜二创作特征》等文章。这些文章论据充分，见解新颖，很快就被日本报刊译载，引起中外日本文学研究者的注目。日本学者竹内实先生指出，卞立强是新中国培养的第一个登上日本文学研究舞台的人，他从石川啄木和小林多喜二入手，反映了新中国研究日本文学的新角度。

在五十年代末六十年代初，搞日本文学的老一辈，有的因年事已高，有的因领导工作繁忙，都无暇顾及了。正是在这种日本文学研究人才青黄不接的时候，卞立强开始译介日本进步作家的作品，试图用马列主义的观点进行评论，并获得了一定的成就，所以，当时人民文学出版社和作家出版社等约请他为《小林多喜二小说选》《壶井荣小说集》《板车之歌》等译著撰写序言。我想，1979年，四十六岁的卞立强被推选为全国日本文学研究会秘书长，恐怕也是出于他是新中国培养的最早出现并有相当成就的日本文学研究者之一的缘故吧。

令人遗憾的是，在知识分子不受重视的岁月里，越有才华，越拼命苦干，反倒越招惹是非，莫名其妙地挨整。卞立强也未能例外。正如他自己所说："那时我一边不断发表译作，一边开始倒霉了，接二连三地挨整。因为同情王蒙，说了几句公道话，竟然被斥为'已经滑到了反党反社会主义的边缘'，因为是'业务尖子'，'文革'时又成了修正主义路线的'黑班底'，遭到无情的批斗。"但卞立强从未消沉。他在"靠边站"期间不仅整理了过去的论文和译作，而且还翻译了三岛由纪夫的《忧国》、小林多喜二的《为党生活的人》、增田涉的《鲁迅传》，江马修的《山民》（第一部）等作品。

1970年夏天，北大复课，卞立强被重新任命为东语系日语专业主任，讲授日语和日本概况。从那时起，他扩大了研究的范围，开始涉足日本历史和社会问题的研究。

"四人帮"倒台后，他调任北大亚非研究所副所长，兼任东北亚研究室主任。知识分子政策的落实，使卞立强感到从未有过的轻松、愉快。几年来，他一面悉心培养研究生，一面和研究室的五六位同志一道，翻译出版了几百万字的文学和社会科学的论著和资料。同时，他自己利用业余时间还翻译出版了著名华侨作家陈舜臣的《新西游记》《郑成功》（上、下）、《中国古今游》《马可·波罗》《鸦片战争》（第一部）、《重见玉岭》，以及《日本研究方法论》《日中交流二千年》等著作。

近年，卞立强主要精力放在翻译上，很少写评论文章。有人认为他吃亏了，但他并不后悔。他说："我搞翻译，有自己的想法。由于十年动乱期间的'闭关自守'，外国好的东西译介过来的太少了，许多人不了解日本，所以当务之急是尽可能多翻译些优秀作品。这样写起评论文章来，才能言之有物。拿陈舜臣来说，他是海外最有影响的华侨作家之一，问世的作品不下百部，曾七次获得日本的各种文化奖和文学奖，但是，在1979年以前，国内很少有人知道他的名字。我把他充溢着爱国主义热情的作品译介过来，不仅是为了促进中日文化交流，也是为了教育年轻一代。"谈话间，卞立强感叹现在有些人瞧不起翻译，翻译工作得不到应有的地位。

卞立强向来治学严谨，从不粗制滥造。他认为一个好的翻译工作者，必须同时是研究工作者。他搞翻译总是把翻译同研究工作结合在一起，先研究透彻，然后才着手翻译。因此，他的译笔达意传神，无生搬硬套的痕迹，在日文翻译界获得好评。一个素不相识的美籍华人曾给他来信，称赞说："本人从中国买到先生所译《新西游记》，读后非常愉快。先生译笔流畅，文字生动，处处皆见功力，甚为佩服。"又如，增田涉的《鲁迅传》中记述了一段鲁迅的话，总共几百字，在我国有几种译文，中山大学专门研究鲁迅的李伟江做了仔细的对照，认为卞立强的译文堪称信达，读来如行云流水。

多年来，他身兼多职，并受聘为几个刊物的编委，工作十分繁忙。但是为了日本文学研究事业的兴旺和发展，在这种情况下，他仍然拿出相当多的时间和精力，为相识和不相识的年轻人选书、改稿、审稿，给以真诚的帮助。

回顾自己走过的人生道路，卞立强没有陶醉在以往的成就里，他诚挚地感谢前辈们的培养，感谢日本朋友的支持。他认为自己做得还很不够，今后要加倍努力，以不负众望。目前，他正着手翻译陈舜臣的《鸦片战争》第二部、第三部，并参加编写《日本现代文学史》《日本文学辞典》《日本现代人物辞典》《日语外来语大辞典》和《日本战后的高等教育》等专著和辞书。

告辞了卞立强，在归途中，我回味着他的谈话，忽然想到：他取名"立强"不无用意，几十年来，他在日本文学翻译和研究领域中的顽强拼搏，不正是这两个字的最好写照吗？

（刊于《日本文学》1983年第四期）

高山流水遇知音

——访华侨作家陈舜臣和翻译家卞立强

旅日华侨作家陈舜臣给人的最初印象，是一个严肃、多思、胸怀激情而又沉默寡言的学者，说话只是三言两语，绝少长篇大论。1957年，他三十三岁，发表成名之作《枯草根》，从此文思如汹涌的波涛，一发而不可收。据粗略统计，迄今，他出版的作品多达一百多部。他用文学笔调编写的十四卷本《中国历史》和两卷本《中国五千年》，成为想了解中国的日本人的必读书。

陈舜臣原籍台湾，祖居福建泉州，但长期居住在日本神户。因为他的著作都是用日文写成的，而又先后七次获日本的文学奖和文化奖，是生长在日本的侨民作家中获奖最多的一位，因此，他的名字在国际文坛上，有时竟被列入当代日本著名作家之列。可是，他却是一个地道的中国人，一个精通中国历史，对于中国人民和中国的山川大地有着深厚民族情感的中国作家。他时常带着全家老少到祖国参观旅行。当他回到日本不久，一本装帧精美、图文并茂的新书便寄到国内他那些朋友的手中。其写作之勤奋和速度之快，常使国内朋友惊讶不已。

陈舜臣的作品想象丰富，情节生动，知识广博，行文优美，因而博得日本人民的喜爱。他的书往往是一版再版。可惜的是，在1979年以前，国内却很少有人知道他。

1980年，陈舜臣的游记文学《新西游记》，由北京大学亚非研究所副所长卞立强教授译成中文，在国内首次出版。接着，他的《中国古今游》《马可·波罗》《郑成功》（上下册）、《鸦片战争》（上卷）、《太平天国》（上卷）等各种不同题材、不同类型的作品的中译本，陆续在国内出版，从而引起了国内广大读者的注意。上述作品都是卞立强一个人呕心沥血翻译过来的，包括即将出版的《鸦片战争》（中、下卷），《太平天国》（下卷）以及推理小说《重见玉岭》，总字数近三百万字。

1985年9月下旬的一个晚上，我专程拜访了热心把陈舜臣作品介绍给国内读者的卞立强教授。当我提起他近年为向国内读者介绍陈舜臣的作品所作的巨大努力时，他强调说："像这样一位富有才华，热爱祖国，为祖国争得了荣誉的华侨作家，我们有必要让他的作品跟祖国的广大读者见面。你知道我一直是搞日本文学研究的，有好多事要做。但近几年，我花了很大的精力介绍和翻译陈舜臣和他的作品。我认为，我为此作出一点个人牺牲是值得的。前不久，我去香港讲学的三个题目中有一个就是《旅日华侨作家陈舜臣及其作品》，听众反映强烈。香港的《文汇报》《大公报》等四家报纸，还专门发了详细报道。"

卞立强介绍说，陈舜臣的作品大体可分为三大类：第一类是早期的推理小说，主要有《枯草根》《重见玉岭》等。他的推理小说颇富艺术魅力。日本评论家认为他是"现代推理作家中最富有文学资质的作家之一"。第二类是改编和创作的历史小说。他不仅把中国的史书，如《史记》《三国志》等改编或加工创作为日本小说，而且还以中国历史史实为素材，创作了长篇历史小说《鸦片战争》《太平天国》等。第三类是1972年中日恢复邦交后，根据他每年回国旅行见闻所写的游记文学，主要的作品有《北京之旅》《新西游记》《丝绸之路旅行》等。这些游记文学以丰富动人的想象，生动优美的文笔，渊博丰富的知识，向读者介绍中国的昨天和今天，洋溢着强烈的爱国主义感情。

卞立强说：陈舜臣一点别的嗜好也没有，就知道做学问、写东西。他回中国收集资料，参观游览后，回旅馆坐下来就写。他的知识渊博，记忆力过人，写作时很少现翻材料。他家里就夫妻两个人住，他写作，夫人理家。有时为避免干扰，干脆躲进旅馆写作。有一次我看他在一个杂志社的楼上写作，写一点，他夫人就拿下来，马上就排印。下笔成文，令人叹服。

听到这里，我不禁联想到，在性格素质和文化修养方面，卞立强和陈舜臣颇有相似之处。

卞立强1955年毕业于北京大学，三十年来，他废寝忘餐，孜孜不倦地钻研日本文学和日本问题，著述甚多。仅粉碎"四人帮"以来，他编、写、译、校的书稿和文章，总字数就约有一千万字，已经出版了近四十部书，还写了几十篇文章，培养了八个研究生。他治学严谨，译文准确、生动，在国内外翻译界享有声誉。更可贵的是，他从不看风向，逐潮流，而是看准目标，就坚持不懈地做下去，不为时势和利禄所左右。他极力推崇陈舜臣，大量翻译其作品，不也表现了他的卓识和独立不倚的性格吗？

（原载《南方周末》1985.10）

得失不计　荣辱不惊
——记中国国际广播电台台长崔玉陵

汽笛长鸣，火车像一条蠕动着的、乌黑的巨龙，喷出一团白雾，然后轰轰隆隆地驶离四川江油车站，这时一个身边带着三个孩子、长相清秀、干部模样的中年妇女正探身挥手向着月台上前来送行的人群告别。在江油，从1970年到1977年她同她的患难与共的丈夫杨栋整整生活、工作了七年。七年前，当崔玉陵离开北京时，她曾下定决心这一辈子再也不从事容易招惹是非的对外宣传工作了，而如今她却乘车直奔北京，企盼重新跨进那熟悉又陌生的广播大楼。在生活道路上，现实与初衷的多次相违不能不使她感慨万端。她一辈子都想上大学，品味当大学生的滋味，但她始终没能跨进大学的校门。她从小爱好文学、艺术，特别是酷爱音乐，但她却长期无暇涉猎，而把大部精力投入对外广播事业……列车在铁轨上呼啸着，她的思绪也随之飞向遥远的年代，前半生经历过的一切无不清晰地浮现在眼前。她预感到随着"四人帮"的垮台，一个新的时代即将到来，她个人和家庭生活也将翻开新的一页。

异国播音

1932年崔玉陵出生在长春一个铁路世家。属城市贫民的父辈鉴于兵荒马乱、灾害连年，希冀靠"闯关东"谋求一条生路。但在她上小学时，家庭依旧赤贫如洗。苦难的童年，使她从小对国民党的腐败便有直感的认识，上吉林女中时，她拒绝参加三青团。东北解放后，她的班主任是位八路军。她耳濡目染，开始向往革命。一次鲁艺三团招收学员，崔玉陵瞒着父母偷偷去应考，结果在慰问解放军时没想到一下子就被挑上了。后来仅仅因为人家考虑到她年龄太小，父母又不乐意才没有接收她。

人生往往因一些寓必然于偶然的机缘而变得不可思议。第一次文工团没去成，年幼的崔玉陵惋惜不已。紧接着吉林市新华广播电台招收播音员，她又背着父母去应考。在众多的报考者中，她又是竞争获胜的三个女学生中的一个。从此，16岁的崔玉陵同广播宣传事业结下了不解之缘。

1949年初，沈阳解放，崔玉陵随之进了沈阳。在沈阳电台工作到秋天，当时东北局应苏方的要求，选派一个人到莫斯科电台当播音员，领导推荐她，她去应考，又一次荣幸被选中。紧接着便从沈阳到哈尔滨，随着苏联专家秘密越过边界到了莫斯科。

在莫斯科台，一是完成播音任务，二是学俄文。在紧张繁忙的工作之余，她跟着配备的俄语老师苦学的同时，上职工夜校和马列夜校。自幼聪慧的她，经过两年的勤学苦练之后，俄语已能应付自如。那时苏方翻译人员不够，便让她兼做翻译工作。她先后陪同过访苏的以温济泽为团长的中国广播代表团和以朱穆之为团长的新华社代表团。她那落落大方的举止，灵活机智的应变能力和一口流利的俄语，给代表团的领导留下了深刻的印象。

1955年3月，崔玉陵回到了魂牵梦绕的祖国，进中央人民广播电台对外部工作，从事对苏寄送节目的音乐编辑工作，也兼搞点翻译。1959年，27岁的崔玉陵任对社会主义国家广播组的副组长，1960年调任对苏寄送书目组组长，1963年便任新成立的俄语部编辑组组长。频繁的调动，不断变换的工作，既给崔玉陵的专业提高带来了不利影响，但也从多方面锻炼了她，培养了她的领导才能，为她日后走上台领导工作岗位打下了良好的基础。

在政治风浪中沉浮

历史像一条奔腾不息的长河，时有曲折，甚至有一时的回流，以至于出现旋涡和暗流。而每一个生活在现实中的人，就像在这条历史长河中游泳，每当风起浪涌之际，往往会被卷入旋涡，甚至难以脱身。

1958年在超阶段革命空想思想的指导下，掀起全民炼钢和人民公社化的高潮。在许多人被小资产阶级的狂热搞得晕头转向时崔玉陵却能保持清醒的头脑。她陪外国专家到徐水参观时，凭直感意识到一切并不像舆论所鼓吹的那样。在讨论会上，她直言不讳地指出：食堂办早了，吃饭不要钱不行。更有甚者，她竟敢对早已被定性的"温邹张反党小集团"的头子温济泽的定性提出异议，认为他不像右派。崔玉陵的这一席不合时宜的发言，难免引火烧身。到1959年反右倾时她自然成了被批判的对象。只是由于反右倾明文规定被批判的对象必须是司局级以上的干部，而她当时不过是区区的小科长，才变成重点帮助对象。有人给她扣了一大堆帽子，有人批她走白专道路，说她在苏联学了一身臭毛病。她彷徨、困惑，不明白自己对党毫无二心，仅仅是讲了几句真话为何会落到这个地步。思前想后，难以排遣恶劣的心境。苦闷之际，她不得不承认自己政治上的幼稚。

1966年"文化大革命"狂飙骤起，一时间天下大乱，作为俄语组组长的崔玉陵也成了"黑线"人物，被勒令同"黑帮"一道劳动了四个月。她翻译了几批苏联专家帮助办的对苏节目，审稿时由于考虑内外有别，删掉了一些用得过多的毛泽东思想等词句，这些都成了她的罪状。

崔玉陵看到"文化大革命"造成全国思想严重混乱，经济全面崩溃，党组织建设和社会主义民主与法制遭到全面破坏，大批干部和有作为的知识分子惨遭打击、迫害，时常感到痛心，但自己又无力回天。这不能不使她日处愁城之中。到了1970年，她同丈夫整整分居了六年。身处逆境中的崔玉陵左思右想，既然对外广播风险那么大，而倒行逆施的"四人帮"一时还很得势，她看不出政治形势会很快好转，她不为自己，还得为丈夫、孩子着想，于是同老杨一商量，便决定举家迁往四川，开始走向新的生活历程。

星换物移，时间流水般过去，经历一天天增多，这就使今天的崔玉陵能够冷静地看待过去。她对笔者说："我一直比较清高、自满，政治上比较幼稚。1959年和'文革'两次挨整，对我的后半生起了滋补作用。我认为人不能太顺利，应积累正反两面的经验，正是有了以往的正反面的经验，到了1989年夏天发生'六四'政治风波，我才能基本上招架得住。"

在十字路口的抉择

一个有作为的知识分子要想把事业从自己的心里抹去，可不是一件容易的事。如果谁能轻率地抛开自己的事业，那只能说明他对事业从来就没有真爱过，可是在1970年初崔玉陵却决定永远离开自己曾经深情地爱过，并愿为之倾注全部心血的对外广播事业。

离开北京，安家江油，无非是因为坐落在四川江油市的长城特殊钢厂，是她丈夫参加筹建的，那里有他们的熟人、朋友，可以借以安身立命。崔玉陵先是在厂中心实验室从事外文资料的翻译工作，后来人家发现她居然是十七级的女干部，便让她到职工医院当党委书记，或者到职工子弟学校当党委书记，她不想去。之后又安排她当总厂宣传部长，也许是她尝够了"当官"的甜酸苦辣，推说"我只会搞对外广播"，一直没有走马上任。

提起在四川的那段生活，崔玉陵并不后悔。她认为一是有时间系统反思自己参加革命后走过的生活道路，深入思考了许多问题，大至国内外大事，小至个人前途；二是家安在工厂，左邻右舍都是工人，工厂边上就是农村，同工农群众生活在一块儿，既能深入了解工农群众，又能去掉自己身上的娇气，增强了自我生活的能力。她对笔者说："我在四川学会了炸油条、蒸馒头、打毛衣、做衣服，变成了地道的家庭妇女。"三是有时间看书。"每天晚上等孩子睡着了，老杨在厂里加班不回来，我就一直看书到深夜12点或下半夜一两点钟。除看文艺书籍外，我捡起了日语，还想学德语。至于俄语是我的本行，过去工作忙没时间看,这下可看了个够。所以回台时,俄语部同志说没想到我俄语不但没丢,反倒有长进。"

崔玉陵身在四川,却始终心系北京。她时刻关心政治风云的变幻、国家前途的走向。打倒"四人帮"后,冶金部借调老杨到华北办,负责华北片的钢铁工业。不久台里也调她回台,她重新回到了曾经为之倾注心血的对外广播事业。

"历史的误会"

崔玉陵回台工作一段时间后,先是当俄语部主任,1982 年被推荐到台里当了主管宣传的副台长,1985 年成了台长。回顾这一段经历,崔玉陵说:"1977 年回来改变了我原来不想搞宣传的想法。作为一名知识分子,我热爱这个事业。在当俄语部主任期间,我除了定稿,业余还从事翻译,帮人改书稿,有时搞到下半夜两点钟。老杨说我不要命,我说我不是为了钱,主要是兴趣。"提起兴趣爱好,上中学时,她想当工程师、当医生,因为她认为女孩子要想在社会上立足,必须有一技之长,最后还是革命形势把她推到这条路上来。她说,她一直喜欢文艺,也喜欢搞播音、翻译工作。她曾译过朗诵艺术的书、广播剧等。人家翻译长篇小说《奔》,她帮着审稿、统稿。可是现在却要她把主要精力放在领导工作上,她说:"我不想当官,但我是党培养出来的,不能只讲兴趣,我得服从工作需要。"她不无感慨地说,自己一辈子是个历史的误会,"我想干的不让我干,我不想干的偏让我干。不过既然干,就得干出个名堂。"

绝处逢生

天有不测风云,人有旦夕祸福。崔玉陵万万没有想到,1985 年 8 月 6 日刚走上了中国国际广播电台台长岗位,而当年的 12 月 28 日自己就上了北京肿瘤医院的手术台。

人们往往谈癌色变,但崔玉陵面对身患癌症的残酷现实表现得异常冷静、坚强。她思前想后,觉得自己刚刚上台,许多事情还未来得及去做,就这样走了,于心不甘。她暗暗下定决心,一定要树立信心战胜疾病,重新回到工作岗位。崔玉陵说:"术后我身体极度虚弱,一小碗饭要分三次吃,五十米路都走不了。但我自认为精神坚强,心理平衡。我一边接受中西医结合治疗,一边加强自身的锻炼，慢慢地增强了体质，恢复了体力。老杨劝我不要上班，但我觉得既然部领导把我放在台领导位置上，我总得干成几件大事，为大家谋点福利。于是我决心上班。"

生命在于奉献，不尽地奉献便是不尽地扩充生命。崔玉陵要的是生命的密度，而不是生命的长度。上班，对她来说意味着拿自己的生命去冒险。为了不使自己重新倒下去，她科学地把握度和量，不使工作把自己压垮，先上半班，半年多后改上全班。

在绝望与希望，死亡与生命的搏斗中，崔玉陵是胜利者。她征服了癌症，闯过了死神这一关。许多人无不以惊异的目光看着她迅速康复和如同健康人一样活跃在国际广播的工作岗位上。

豁出命干几件大事

中国国际广播电台用38种外语和汉语普通话及4种方言，日夜不停地向全世界广播。其广播的内容，远涉千古历史，近及时事新闻，广猎大千世界，细触事件微梢，上传天文气象，下至地层构造……因此，广大国外听众都把中国电台看作了解中国的窗口，增进友谊的桥梁，维护和平的号角，甚至有人把它当作可以与之倾诉衷肠的至爱亲朋。随着新近几年对内开播的几种外语广播，以及中央电视台和各报刊越来越多地采用国际台遍及世界各地的记者发回的国际新闻和专稿，国际电台扩大了影响，提高了知名度。无怪乎当人们得知这样一个影响遍及全球的大台其台长系女性之时，不免感到惊讶；而当他们进一步了解她曾得过绝症时，更是难以想象。以常情而论，生命属于人只有一次，有几个人愿以自己的生命为代价去换取事业上的成功？但崔玉陵之所以是女中强者，恰恰在于得失不计，荣辱不惊，愿豁出命去拼搏，以求自己任职期间能为发展对外广播事业能为全台职工多做些有益的事。她说："人总难摆脱'命运'的安排，现实的处境是一个我做一切事情的基点。不管如何，我不干成几件大事是不甘心的。"

付出了努力，总会得到补偿。应该说这一届的台领导班子的政绩是显著的，而她作为"班长"，更是功不可没。在生病之后，崔玉陵不得不重新规划自己的工作，不得不收缩战线。她不去具体分管宣传业务，而是集中精力首先解决节目的"落地"，也就是发射效果问题。

鉴于多年来我对外广播发射功率不足，在北美、欧洲、非洲等地收听效果不好，甚至根本听不到的情况，崔玉陵殚精竭虑，下决心解决这一难题。她作规划、订计划、找台内中层干部谈，接待来访的外宾时，同他们探讨节目互转的可能性，乃至亲自率团出访有关国家，一而再、再而三地谈判节目互转、租机等各种可能性。经过她和其他领导的共同努力，国际台先后同瑞士、法国、加拿大、西班牙、苏联开展了节目互转，并租用巴西、马里的发射台，从而大大改善了国际台的远距离广播的收听效果。同时国际台的各语言广播已同41个国家和地区的68家电台建立了传送、寄送节目的关系；在中秋节、新年、春节等节日期间同一些国家的电台合办节目，从而使国际电台在世界各地赢来了越来越多的听众。1991年国际台收到来自150多个国家和地区的听众来信23万多封，创自1965年以来26年的历史最高纪录。按国际上公认的计算方法，一封信代表300至500个听众，估计国际台听众为7000万至1亿人。"节目落地，来信倍增"，有谁计算得出在这八个字的背后，作为一台之长的崔玉陵付出了多少辛劳！

随着机构的扩大，职工人数逐年增多，随之而来的就是住房紧张程度的加剧。面对国际台职工住房的极度困难，崔玉陵焦急不安。但一向以办事果断闻名的崔玉陵趁国家政策许可，马上决定加快解决住房的步伐。几年之后，国际台终于有了自己的两栋宿舍楼。1991年上半年，数以百计的职工喜迁新居。

国际台人才济济，是一个大学毕业生和专业人才相当集中的单位。直到1991年上半年，"文革"前大学毕业的还有80多人是中档职称，由此可见国际台在职称问题上遗留问题之严重。为了给更多的专业人才解决职称问题，几年来崔玉陵始终在奔走，在呼号，不断向部里有关部门和领导反映国际台的实际情况，争取部里的关照。工夫没有白费，终于得到部领导和部人事司的理解，给予了国际台一些倾斜、照顾。于是，经过1991年下半年第三次评职称，国际台干部的职称矛盾得到了很大的缓解。而崔玉陵自己却因名额有限，放弃了申报最高档职称的权利。但她置个人得失于度外，从心里为许多同志拿到应有的职称而感到由衷的高兴。

人们常说国际台属"第三世界"，经费短缺，日子难过。怎么办？崔玉陵帷幄运筹，以自力更生的精神，创计划外收入，进一步解决国际台干部的待遇差、干部队伍不稳定的难题。几年来，成立了翻译联络部，筹办了中国国际广播出版社。中国国际广播出版社，白手起家，经过艰苦奋斗，七年中出书上千种。在她的支持和谋划下，国际台创办的《世界信息报》已正式出版。所有这些不仅扩大了国际台的内外影响，而且取得了良好的经济效益。这些收入，虽然不能根本改善国际台职工的待遇，但不无小补。人们不会忘记这一届台领导为谋取职工福利付出的心血。

要论崔玉陵在任职期间所抓的头等大事，恐怕无过于国际广播大楼的筹建。国际台办公室拥挤，办公条件差，办公手段落后，对外广播技术停留在五六十年代的水平，长期以来，限制了我国国际广播事业的发展。但兴建一座现代化、高技术的国际广播大楼谈何容易。这几年崔玉陵为这件事不知操了多少心，度过了多少难挨的时光。一次次开会，一次次打报告，一次次疏通，四处奔走，八方求援，总算得到中央的认可，计委的理解，立了项，列为"八五"期间的国家重点工程。然后又是派人出国考察，制定方案，项目招标，设计方案评比，确定设计单位，一次又一次听取汇报，反反复复研究，一次又一次同各方面磋商，取得理解和共识，终于确定了比较理想的设计方案。现设计部门正紧张设计中，可望在1992年第四季度破土动工。建设三年，搬家一年，预计1997年可以启用。到那时一座外形美观、内部设备先进的国际广播大厦将屹立在石景山鲁谷小区。可又有多少人知道？崔玉陵为筹建大楼，艰辛备尝，甚至遭到流言蜚语的中伤。但她毕竟不是弱者，她不屈不挠，朝着既定的目标，攻克一个个难关，终于闯过来了。回首往事，她感慨地说："现在大楼的筹建工作暂告一个段落，到1992年底我可以安心地退下来。至于大楼的启用，那是下届领导的事了。"

当好班长

国际台摊子大，业务复杂，工作千头万绪，关系纵横交错。靠一个人，有天大本事也不成，关键在于发挥台领导班子的整体力量。而班子的整体力量和每个台领导成员优势的发挥，在很大程度上取决于班长。

当我们就"如何当好班长？"请教于崔玉陵时，她结合自身的工作实践经验，谈了几点看法：

"第一，作为一个班子，要分几个层次。领导核心是台分党组，大事和重大决策集体讨论，日常工作放手让其他人去做。我认为我比较放手，我不习惯跟在人家后面，给人出点子。我让他说点子，发扬民主，充分调动大家的积极性，不使大家感到缩手缩脚，遇到问题找我，同我商量，又有民主，又有集中。

"第二，不背后议论同志，不背后指责。大家来自五湖四海，能力不一样，看问题的角度也不一样。我首先尊重副手，工作出了问题不先批评，而是先问他遇到什么困难，当时怎么想，然后彼此坦诚交换意见。

"第三，有过失自己承担。出了问题，首先承担责任，不上推下卸，不文过饰非，不整人。在班子内部建立信任感，你有错我同你当面谈；批评也考虑怎样使对方易于接受。使大家没有思想顾虑，敢于当面谈自己的看法，这也是我做人的准则。

"第四，作为一把手，要经常听取群众的意见。过去我有时间就下到部组找同志们聊聊。现在事多，精力顾不过来，下去少，找上来的，我都热情同他谈。如分房，许多人找我，我吸收群众的合理意见，及时在碰头会上研究。所以从总体看，分房比较合理，一些同志的实际困难解决得比较好。

"第五；以身作则，起表率作用。凡要求别人做到的，首先我先做到。我遵守纪律，不随便请客吃饭，用私车基本上没有。"

崔玉陵最后强调说："当领导，主要是出主意和用人。下面的干部，通过组织去考核，广泛听取意见。人无完人，主要看他的主流，一般还行的，就大胆地使用，放在岗位上锻炼。"

当一个拥有近1500人的电台的领导不易，当一把手更不易，但崔玉陵凭着她无私无畏，判断正确，决策果断和处理矛盾的高明手法，使台领导班子配合默契，充满活力。

"我是一个翻译，是历史把我推上领导岗位的。作为班长，我感谢台领导班子成员对我的支持和帮助。我考虑不周或精力顾不过来的地方，他们发挥自己的智慧和通过自己的努力，弥补了我在工作中的不足和缺陷。现在，班子过渡工作进展顺利，我认为到了我离休年限，我可以放心地退下去。"追求的不是职位、荣誉，而是事业、政绩，这样的人才能得失不计，荣辱不惊，活得坦然、自在。但她自有她的苦衷、难处，她也不时感叹，"人这个动物最难理解"，"现在办事太难"，有时也不得不妥协，甚至说些违心的话，做些违心的事。她可以战胜她生活上、身体上的一切困难，但在和旧体制和传统习惯抗争中，却感到困难重重，甚至无能为力。

壮心不已到白头

几十年的曲折而坎坷的生活道路，使崔玉陵成为一个经得起磨难，又经得起委屈的坚强女性。她从16岁参加革命工作至今整整45年，她把自己的青春几乎全部献给了人民广播事业。特别是当台领导的十年来，她为领导好全台的各项事业，牺牲了健康、娱乐和休息。回首往昔岁月，她可以问心无愧。

如今，国际台的几大难题已基本解决，对外广播也已日益发展，光辉的前景正展现在人们的眼前。而崔玉陵像一头负重的骆驼，在长途跋涉中渴望有个歇一口气的机会。她希望按时交班，然后重新设计自己的余生。她盼望自己能同患难的丈夫同步，随心安排家庭生活。她想去旅游，饱览祖国瑰丽风光；她想静静地读几本书，看看自己喜欢的外国文学作品，搞点翻译；自然她不可能完全忘怀几十年为之呕心沥血的对外广播事业。具体干什么？她说一要有兴趣，二是相处得来，如果需要她的时候，她乐意帮点忙……人们能说些什么呢？也许一切只能随着事态而自然发展，但笔者相信她的余生会是充实、多彩的，也坚信国际台的职工对她所做的一切也将难以忘怀！

（刊于《献身国际广播的人们》中国国际广播出版社1992年版）

附：电波架起友谊之桥
——记国际台开播40年

夜阑人静之时，只要你扭动高灵敏度的短波收音机的调频指针，各种电波便会纷至沓来。此刻，你会发现，各种政治倾向的广播都在表演，其激烈的程度不亚于战争。无怪乎人们称之为"国际电波战"。目前世界上所有大国和许多小国都倾其全力参加这一全球范围的"电波战"。据统计，当今全世界有160座国际广播电台，共使用148种语言，每周播音总计2.5万小时。全世界现有收音机15亿台以上，其中三分之二可以接收远距离的短波广播。由此可见国际广播的影响和作用。

中国国际广播电台作为中华人民共和国对外广播电台，目前使用38种外语和汉语普通话及4种方言，向全世界播出新闻、评论、专题节目，日播音总时数达142.5小时。在世界上，声名显赫，四海皆知。

中国国际广播电台对外播音的呼号是"北京广播电台"，它是40年前在中国人民解放战争转入大反攻的关键时刻创建于太行山下的。当时播音室设在沙河村南的一座窑洞里，连扇门都没有，发射机是用从国民党军队缴获来的一部空军导航报话机改造的。编辑部与发射台相距几十里,稿件靠人传马带。40年后的今天,中国国际广播电台就使用语种和播音时数来说,仅次于"莫斯科广播电视台"和"美国之音"。过去40年里,它传播着中国之声,用电波架起了中国人民和世界人民之间的友谊桥梁。它仅在去年一年间,就收到来自140多个国家地区的听众来信142908封。按国际上公认的计算方法,一封信代表300至500名听众。那么,中国国际广播电台听众应为4000万到7000万人。

中国国际广播电台对外广播的内容,远涉千古历史,近及时事新闻,广猎大千世界,细触时间微梢,上传天文气象,下至地层结构……它每天向五大洲听众报道发生在中国和国际上的重大新闻;它还向听众广播中外古典音乐、戏剧和文学等优秀作品,借以活跃他们的文化生活。因此,广大国外听众都把北京广播看作了解新中国的"窗口",增进友谊的桥梁,维护和平的号角。甚至有的听众还把它当作可以与之倾诉衷肠的至爱亲朋。日本一位双目失明的姑娘中村千寻在演唱她为北京广播谱写的《北京听众之歌》时,满怀激情地唱道:"北京广播,我心灵的支柱,北京广播,使我脸庞增添笑容……我的伙伴,北京广播。"西班牙听众卡门·贝特塔·比纳儿在信中写道:"每到晚上,我总是在你们陪伴下结束每一天。"……

听众对电台的信任和对播出节目的赞扬,是对中国国际广播电台工作人员的鼓励和鞭策,因为,他们每个人都为向全世界传播10亿中国人的心声而付出了心血。

中国的第一位英语播音员魏琳对笔者说:"在对外广播初创时期,编辑部门办公桌是用土坯和木板搭成的,我们就在小油灯下打字,大家吃的是小米饭,窝窝头;工作不分白天黑夜,紧张异常。但大家的精神是愉快的……40年来,我始终把自己的理想和生命与话筒、播音室紧紧联系在一起,我深深地热爱着对外广播事业。"

为了向全世界人民介绍柬埔寨爱国军民的正义斗争,揭露越南侵略罪行,中国国际广播电台多次派记者深入泰柬边境采访。这些记者历经了种种艰险。例如1985年5月至8月,记者组靠着双腿,步行上千公里,深入到距金边91公里的地方。时值炎夏,他们几乎天天穿着被雨水和汗水浸透的衣服,还曾因补给中断,两天粒米未进。4人中3人先后患病。记者组先后5次与越军正面遭遇……但他们置生死于度外,终于在极端艰险的环境中完成了预定的采访任务。

在国际广播电台创建至今40年间，先后有几百位外国专家参加了中国人民对外广播工作。日本专家添田修平和添田博子夫妇，高野广海和高野百合子夫妇，已经在中国国际广播电台工作20多年。他们参加编写节目，审稿译稿，播音和培训中国技术人员，兢兢业业，不辞辛劳，赢得了中国同志的尊敬。

今年9月11日，中国国际广播电台迎来建台40周年纪念日。最近，邓小平同志也为国际电台题写了台名，对中国人民的对外广播事业所取得的成就给予了高度的评价。相信在今天自动化、信息化和智能化的新时代，中国国际广播电台广播，将会日益发挥其强大威力和深远影响。

(原载《南方周末》1987.9.18)

杨献珍的晚年生活

怀着崇敬的心情，蹑手蹑脚走进北京医院北楼的一间病房。病房里头是那样的寂静，躺在病床上的杨老，那饱经风霜的四方脸庞比过去消瘦，满头银发略显稀疏，只有他的两眼仍像过去一样锐利，他曾经目睹中国光明与黑暗的斗争以及新中国诞生与成长的旅程，也曾深刻地观察人世的风云变幻和世界的种种悲喜剧。现在他凝视着我们，那神情含着欢迎和歉意，因为病魔使他无法与我们畅谈。

尽管由于自然老化，伤病缠身，三年前杨献珍住进了北京医院，然而病房并不能阻隔他与外界的联系，他依旧在观察周围事物，在思考哲学问题。就在去年五月，他还在医院里接见了美国朋友、中国问题专家李克柔女士，就他的《我的哲学"罪案"》英文版的出版交换了意见。去年七月二十四日，杨老喜迎九十五岁生日，又愉快地接受了中顾委秘书长李力安，中央党校常务副校长薛驹、副校长邢贲思等同志的祝贺。

这样一位饱尝人生忧患，备受身心摧残的哲学家，何以能如此长寿？问及杨老的儿子杨欣，他对笔者说："家父对生活和社会主义事业保持乐观态度，他性好清静，唯一的运动就是散步，对饮食也不讲究，更喜欢粗茶淡饭，但有一条也许是他长寿的奥秘吧，他曾不止一次对儿孙谈过：'我这一生，忠诚地为党为人民工作，没有做对不起党和人民的事，也没有做对不起子孙后代的事，没有犯过任何罪，我问心无愧，心地平静……'"

众所周知，这位中共八届中央委员、原中央高级党校校长，是"建国以来哲学战线的三次大斗争"的风云人物，被康生定为"三次大论战的罪魁祸首"。从一九五九年起到一九七八年底，有将近二十年他一直是在被侮辱被损害的境况中艰难度日的，但他把毕生献给了革命事业，为坚持马克思主义的唯物主义，坚持实事求是而遭受牢狱之灾，他并不因此而后悔，因为他亲眼看到了我们的党在十一届三中全会之后又回到了唯物主义路线上来。在一九八〇年十一月六日中央党校为他举行的平反大会上，他在讲话中说道："理论工作是很艰苦的，但也是很光荣的……我虽然身残体弱，仍愿在有生之年，同大家一起学习唯物主义、宣传唯物主义、坚持唯物主义，为党的理论建设出最后一把力。尽管那时他已是八十多岁高龄的老人了，但他不顾病残身躯，终日不倦地工作，著书立说，这期间他写了许多文章，先后整理出版了一些书籍。

长年从事哲学研究和教学的杨献珍，一下子住进了医院难免不习惯，但他的脑子仍在不停地思索。他让身边工作人员读报，晚上坚持看电视新闻，看感兴趣的京剧等文艺节目。在前两年他还能自己看报，看文件，只是近期因天气变化，卧床时间才长一些。儿孙们也时常前去探望，除了带去营养品、水果，也给他带去外界的消息。他对国内局势安定，经济繁荣，特别是现在的党中央领导全国人民坚定地走建设有中国特色的社会主义道路，感到欣慰。

（刊于《人民日报》海外版1992.6.27）

女人并非弱者
——访旅日华侨女翻译家林芳

日本最有影响的大型杂志《中央公论》1984年秋季号以显著的位置刊载了旅日华侨女翻译家林芳翻译的谌容的代表作《人到中年》，一个多月后又出版了装帧精美的单行本。

林芳博学达识，译文准确、流畅、传神，受到日本文化界名流的高度评价。文化部部长助理、著名翻译家刘德有称她"译文准确，文笔传神"。日本大学艺术系教授在《东京新闻》撰文，认为"译文精彩极了"，并特邀译者就

《人到中年》和中国文学的一些问题进行长时间的交谈。

一篇译文，反响如此之大，在日本翻译界是少见的。

在燕京饭店，我访问了随同一日本访华代表团回国的林芳。当我们相向而坐的瞬间，我发现她身体瘦弱，面容憔悴。她告诉我，那是因为当年在长崎受到原子弹的辐射留下的后遗症，也是这些年侨居日本，日夜为生活奔波，为事业拼搏，劳累过度造成的结果。

当话题转到《人到中年》的翻译时，她告诉我当她拿到散发着油墨香气的《中央公论》时，终于控制不住自己的感情，热泪断续地滴落在杂志的封面上。这眼泪，既有对不知熬过多少不眠之夜，经历多少艰难，终于看到自己心血结晶时的激动和欣喜，也蕴含着对过去的无情年华和从蒺藜地上走过来的五十多年生涯的感叹和甜酸苦辣的回忆。

林芳幼年随父母由福建漂洋过海到达日本的长崎。因父亲早逝，使家庭生活陷于困境。作为正在遭受日本侵略者铁蹄蹂躏的华夏儿女，她在异国他乡备受欺凌，度过了没有欢乐和笑声的少年时代，使她从小产生了强烈的民族自尊，立志自强不息，为国争气。十八岁时，她凭借自己异乎寻常的努力，考上了著名的东京津田塾大学，攻读英国文学。1954年毕业后，她听从母亲的"学而有成之日，即是报效祖国之时"的教诲，毅然辞别母亲，怀着为新生祖国服务的满腔热忱回归祖国。

回国后，她参加了对外宣传工作。最初几年，祖国社会主义建设热潮，使她振奋。她夜以继日地翻译、播音。可惜生活没向她洒下幸福的雨露，在此后一个运动接着一个运动的非常岁月里，缺乏世故的她时常在生活和工作中碰壁。但她仍然怀着对祖国母亲的赤诚之心忘我地工作，只是难得看见往昔她那常常挂在唇边的微笑。在十年动乱期间，政治上得不到信任，工作上缺乏必要的条件，她尚能忍受，最使她感到痛苦的是知识和才能难以得到发挥。1976年4月，从小茹苦含辛拉扯她长大的年迈母亲卧床不起，迫使她最终不得不怀着对祖国的眷恋之情，再一次踏上昔日熟悉而今十分陌生的异国土地。

路，一条新的特殊的路，在她的脚下延伸——

林芳，人虽然离开了祖国，但心却还留在神州大地，她时常想念祖国和祖国的亲人。她对我说："我离开日本二十多年，乍一回到日本，一切都是陌生的。在生存竞争异常激烈的日本社会里，一个没有根基而又年过四十的外国妇女，要想找到工作是极其困难的。过了许久，好不容易才找到教书工作，生活总算勉强有了保证。但是，人，毕竟不是单纯为了物质生活而活着。我想，我离开祖国，虽然不能直接参加社会主义建设，但还可以为祖国做点有益的事。考虑到过去我在国内主要是从事文艺作品的中译日工作，于是决定业余从事译介祖国现代文学，我想这样可以起到促进中日文化交流的作用。"

为了支撑一家三口的生活费和教育费，她白天在五个临时工作单位之间疲于奔命，晚上不得不在家教中文，以增加一点收入。此外，还要操劳大量家务琐事，她对我说："我每天真正能坐下来翻译往往要在晚上九点以后，下半夜一二点钟才能休息。凌晨六点左右就得起来。不少关心我的朋友劝我要注意休息，可我想，自己受过原子弹辐射，身体不好，不知何时就会倒下去，不如趁还能活动时尽可能多做点工作。"谈到这里，她感慨万端地补充说，"人总是摆脱不掉命运的安排，现实的处境是一个人做一切事情的基点。不管如何，我还是要向前拼的，这是我对祖国文学事业的一片心意。"

付出的劳动代价，总是会得到补偿的。近年林芳先后翻译出版了《寥天——周总理青少年时期诗词十四首》和《从文献中看周总理》、长篇报告文学《命运》和《中国姑娘》，以及部分短篇小说和几部新闻纪录片的解说词。此外，她还编译了《实用中国语会话》等。

基于林芳为促进中日文化交流所做的贡献和她本身在文学翻译方面所取得的成就，最近冯牧和萧乾介绍她参加中国作家协会；中国电视剧艺术委员会创办的《中外电视》聘请她为特约记者，原东京外语大学校长钟江信光教授推荐她为即将成立的外语大学的专职教授，现正待文部省最后审批……谁说，女人是弱者？

（原载《南方周末》1985.12.14）

千尺鲸喷洪浪飞，一声雷震清飙起
——记石鸣和他的寿山石艺术世界

往事如烟，难以忘怀。记得9年前的一天，突然收到石鸣先生惠寄的巨型彩色画册《八闽瑰宝》第一集，猜想可能是我早年采访过中国工艺美术大师郭功森，是郭老师转为介绍；也许缘于我同他是乡亲，且与他的胞弟，当时福清市委副书记陈维忠是好友的关系。

打开画册,眼睛为之一亮。细加浏览,如面对姹紫嫣红的百花园,目不暇接。我自幼视知识为至高无上,当时虽家有万册藏书,但得此鸿篇巨制,仍视为三生有幸。更让我怦然心动的是,我虽从事出版工作多年,却很少见过内容如此丰富多彩,编辑手法如此新颖别致,装帧印制如此漂亮精致的画册。

此后的 1993 和 1995 年又蒙石鸣先生惠赠《八闽瑰宝》二、三集。今年的劳动节期间,他同福州神友贸易公司董事长潘冰华女士来京参加国际艺术展,我们得以相聚,又蒙馈赠《八闽瑰宝》第四集,同时他还告我正筹划编辑出版第五集。

面对摆在眼前的四大画册,见其汇集古今中外寿山石雕刻精品佳作,辅之以历代吟咏寿山石的诗篇和以寿山石为题的书法、篆刻;尤其是出自于石鸣先生手笔的数百篇评论文章,从美学角度,大处指点,小处着墨,满含真知灼见,使文图相互辉映,令人爱不释手。故在感佩之余,总觉得应该为他的壮举写点什么。

随着近十年交往日深,从不断收到他那意态飘逸、龙飞凤舞的用毛笔书写的信函,到促膝相谈,听其细说如何同寿山灵石结缘和对寿山石文化的独到见解,愈加觉得石鸣兄超凡入圣,实乃当今一大奇才,一个卓尔不群的实业家和收藏家。在他人格魅力的感染下,如再不为他写点什么总感于心不安。

但下笔之际却颇费踌躇,因为海内外写家已写过不少赞誉有加的文章,如我再来重复别人说过的话,难免有浪费笔墨之嫌,故随兴所至,写点印象记,聊表心声。

石鸣,本名陈维棋,原籍福建长乐市,生于福清市。父母早逝,自幼失爱。家庭的变故,使他过早地感受到人情冷暖和所经受生活的磨难。60 年代初,他从福建工艺美术学校毕业,生活道路依然坎坷。80 年代初,举家迁往香港定居,先是经营旅游巴士生意,继而兴趣转向收藏、交流寿山石。从那时到现在,整整二十年,他一直痴迷于收藏、研究寿山石,自号"石鸣""卖石翁"。现石鸣先生已成为闻名海内外的集收藏、鉴定、研究、开发、传播于一身的寿山石的收藏家、鉴赏家、研究者、作家、出版家和发现、培养寿山雕刻专门人才的伯乐。

石鸣到底何许人也?印象中的他——

他像一头牛,只知耕耘,不问收获,吃进的是草,挤出的是奶。他在搏击商海,应对商业竞争,运筹帷幄,处理繁忙商务之余,尚能潜心研究,勤奋写作。他自称三个等身：一是涂鸦的手稿等身，二是所拍的照片等身，三是著作等身。仅就他用毛笔书写的手稿和他与神交的寿山石收藏家、文人墨客通信，均系在宣纸上笔飞墨舞，洋洋洒洒，短则上百字，长则上千字，就非常人所能企及。他牵头编辑出版的四大本巨型画册，从海内外四处奔波搜求寿山石藏品、遴选甄别、拍摄照片，到编辑、设计、撰写介绍、评论文章，其工作之烦琐，工程之浩大，可想而见。如无不辞辛劳的老黄牛精神，当难完成。此外，他还在香港报刊开辟专栏，撰写赏石、品石的连载文章，后结集为《卖石翁百话》出版。他告我，他一向生活简朴，惜时如金，每天都伏案读书、写作到下半夜，一天只睡四五个小时，有时为赶稿，通宵达旦奋笔不已。即便出差，他也带着文房四宝，见缝插针，吟诗写字。有时灵感突至，竟利用候机空隙写作，或梦中惊醒，便急草成章。

人的生命有限，但人的潜能无限，石鸣先生始终追求生命的高质量，他以锲而不舍、顽强拼搏的精神，将个人有限的生命线拉长为双倍、三倍，以期为祖国、为社会多做贡献。

他像一阵风，追赶时间，追求速度。他在香港创建的神友贸易总公司，在深圳、福州均设有分公司；他还在香港创办神友艺术出版公司和寿山石收藏家研究交流中心；在福州，他还创办了寿山石的教育研究机构，集中培训一批研究生。异地生意上的谈判、管理、经营需要他多方兼顾；那些研究生，更要他不时亲自授课，亲临指导；加上他在海内外不时举办寿山石艺术展和同各地收藏家、文友的交往，别无分身术，只得飞来飞去。每次出行，他都像一阵风，行色匆匆，居无定所，食难细咽。他珍惜分秒，生活快节奏，工作高效率，行文高速度。但他并不因此而降低对自己的要求，而是在动中求静，粗中有细，大处着眼，小处收拾，以求既快又好。这从他奉献给人们的四大巨型寿山石画册中的内容搭配有度，版面编排的文图巧妙组合，彩照色彩的明暗照应，以至装帧用料的精心选择，可证其思虑之周，用心之细。

他像一团火，既点燃自己，也点燃了别人。他几十年如一日，怀着满腔热忱痴迷于寿山灵石，四处觅踪，八方求购。20年来经他之手的寿山石过万件，有许多是他亲自由福州背回香港的。每得稀珍，便大喜过望。有时常人不易发现的原始宝石，经他和雕刻家或研究生反复揣摩、构思，然后经艺人鬼斧神工，精雕巧刻，化腐朽为神奇，一变而为难得的稀世之珍。他所得的寿山珍品，有遇知音雅好的同道，便忍痛割爱的；也有他视若爱女而绝不脱手的。目前他收藏的珍品达500多方。石鸣先生爱石如命，但他不像一般的收藏家将稀珍束之高阁，秘不示人，而是认为独乐乐不如众乐乐，故常邀同好，共同赏玩，交流研究心得。多年来，他神交众多海内外的收藏家，反复向他们宣扬寿山石的灵性，寿山石文化的奥秘，鼓动他们收藏、研究，共同弘扬祖国的寿山石文化。他豪爽好客，热情似火，快言快语，与友饮酒论石，侃侃而谈，终日不倦，每每在他富有煽动力的游说下，他人也会油然而生对寿山石的挚爱之情。对远方友人如我之流，既无财力藏石玩石，又无良机观石赏石，他便惠寄画册、资料，并将他自己对寿山石的珍爱，对友人的厚望，用热情洋溢的言辞，写成一幅幅书法信函，让你情不自禁受他的热情感染，加入到他的弘扬寿山石文化的大军，成为一名积极分子。

他像一棵树，根部深深地扎进沃土，不断汲取水分和营养，终由小苗而成参天大树。《尚书·旅獒》言："玩人丧德，玩物丧志。"但他却深知关键在于自己的把握，为何不能玩物长志，收藏成才呢？据此认识，他把收藏寿山石与他一生的事业追求紧密地结合在一起，使藏石成为其昭示人格，表明志趣，不断奋进的催化剂。他深知根深才能叶茂的道理，故总是一有空便手不释卷，口不绝吟，博观约取，广泛涉猎哲学、佛学、美学、文艺学、社会学、心理学等诸多学科知识，并着重研究寿山石的历史，寿山石雕艺术的源流和创作规律，乃至刀法、技法之奥妙。通过长期的学识积累和艺术实践，使他成为当今屈指可数的寿山石专家。我阅他写的寿山石珍品的鉴赏文章，深切感到他学识之渊博，艺术眼光之犀利，见解之独到和字里行间的书卷气息。

他像一盏灯，长明不灭，照亮寿山石雕后继者前进的方向。他笃信佛教，以佛教徒慈悲为怀的精神，收留了一二十个长乐、福清和福州的贫寒人家的子弟，其中不乏孤儿。他视之若子，为他们提供食宿，在生活上悉心照料，并为他们提供学艺的场所，延师教他们学识和技艺；他还亲自带研究生，教他们做人的原则和从艺技能，使他们通过长期的学识积累，社会磨炼和艺术实践，增长学识和本领，早日成才。现在，他们当中的许多人已成为出类拔萃的石雕骄子，在20岁上下就已成就斐然，所创作的作品有在评奖中获奖的，或被博物馆、收藏家收藏。

他像一声惊雷，电闪雷鸣，炸开一方寿山石艺术的新天地，炸开一条寿山石文化走向大江南北、走向世界的希望之路。寿山石的开采、雕刻，历史悠久，但因复杂的历史、社会原因，千百年来它不过是少数达官商贾和文人的私藏品，知之者甚少；许多艺精技高的艺人也湮没无闻，更谈不上普及推广。可喜的是乘中国改革开放的东风，寿山石雕艺术得以复兴。而作为以普及寿山石知识、弘扬寿山石文化、培养寿山石雕后继者为己任的石鸣先生，20年来到处奔走呼号，并倾全力、筹巨资，创办寿山石研究和教育的机构。他通过发表文章，出版画册、图书，举办展览、讲座，走访艺人农友，神交同道，不懈地搜集、保存、研究、开发寿山石艺术宝库，传播、推广寿山石文化，使"八闽瑰宝"开始走向世界。他自号"石鸣"，名实相符，多年来他不断地为寿山灵石而鸣，为老艺人的高超技艺而鸣，为新一代的石雕骄子而鸣，他的鼓与呼，如闪电，如惊雷，久久轰鸣在人们的头上。

生命的价值在于创造，在于事业，在于奉献；个人的幸福在于事业成功，家庭幸福，子女成才。世人能臻此人生境界，能拥有此生活质量者，并不多见。依我看石鸣先生，庶差无几。其关键在于他深知生命有限，而创造无限，他一生都在寻求生命的终极意义，为自己设定高于个人生命的崇高目标，发愤忘食，乐而忘忧，像一个永不停息的陀螺，脚踏黄土地，面对尘世间，不停地劳作，不息地奋斗。

更为难得的是，石鸣先生还是个至爱至孝的性情中人。他早年失母，无日不念，后请艺术大师为母塑像。1998年10月8日他深情赋诗："六十岁月思无度，点点斑斑血泪诉，幸得大师回生术，娘亲回家同儿住。"他友妻爱子，妻成贤内助，子女均早成才，秉父志，继父业。而维棋兄自己则拥有玩石、读书、写作、交友的内涵丰富的精神生活，其乐融融，其情怡怡，人生至此，夫复何求。

夜已深沉，万籁俱寂，灯下草此，聊表心迹，并还文债。

（原载《世界融音》2001.7.2）

但愿此生长作北京人
——访日本侨民山本市朗

1990年，日本岩波书店出版了一本书叫《北京三十五年》。此书一经发行，立即在舆论界和广大读者中引起强烈的反响，各地报刊纷纷发表书评，读者争购相阅，迄今已印行八版，二十八万册。此书曾荣获1980年每日新闻出版社和东京海上各务（人名）纪念财团优秀作品奖。该书作者，是居住北京长达四十年之久的日本侨民山本市朗先生。

一个晴朗的早晨，我来到东城广渠门大街，访问了山本先生。

山本先生已年逾古稀，但身体硬朗。他操着一口流利的北京话，兴致勃勃地同我谈起他所经历的北京今昔变迁。他说："我在北京住了四十年，经历了抗战、国民党统治和新中国三个时期，通过亲身经历和耳闻目睹，确实感到北京解放三十五年来的变化可真是不小啊。拿我现在所在的北京工程机械公司来说，这是一个拥有职工一万三千余人，包括自卸车厂、起重机厂、推土机厂等工厂的大公司，而解放初期，北京根本就没有什么机械工业，1954 年初由几十家小厂合并成立了人民机器厂，当时我是该厂设备科长，工厂连一台稍为像样的机器都造不出来……"

一个人在漫长的生活道路上究竟会走一条什么样的道路，每个人都是难以预料的。1944 年初，山本市朗由三菱矿业公司派来我国山东金矿开发公司招迅矿业所。1945 年 7 月辗转到了北京，没想到在北京一住就是四十年。

提起他初到北京的情形，山本先生收起了笑容，沉浸在往事的回忆之中。他告诉笔者，他到了北京一个月后，日本就宣布投降。在战后的几年里，他作为留用的日本技术人员受雇帮助一些中小企业者设计，建设肥皂厂、味精厂、面粉厂等小工厂，生活动荡不定，收入没保障。1949 年 1 月北京获得解放，他看到了古老北京的曙光和希望。当年 11 月，他欣喜地受聘进市公安局第五生产处，任技术指导。信任和重用，使他立下为建设新北京贡献才智的决心。山本先生说："我接受的第二个设计任务，是为公安局消防大队试制消防车。我的一技之长派上用场，心里别提有多高兴。"

山本市朗以他广博的学识，精湛的技术，孜孜不倦地工作着。在北京人民机器厂、北京发电机厂、北京第三通用机械厂等工厂的初创阶段，他负责技术指导，并任过现场指挥，为发展北京的工程机械工业和培训技术人才倾注了大量心血。

三十六年来，山本市朗始终关注着北京发生的变化。尤其是三中全会以后北京的巨变，更使他感到由衷的喜悦，他高兴地说："近几年来北京真是一天一个样，最显眼的是大批高楼大厦拔地而起，特别是遍布京城内外的几十片新住宅区，大大改善了北京市民的居住条件；再有，就是城市绿化，这几年的确搞得好。我喜欢逛街、游览市容，现在到处是绿草茵茵，鲜花争艳，令人赏心悦目。至于层出不穷的新生事物，我这个'老北京'，老觉得赶不上趟。这几年我抽空写了几十篇文章，向日本国民介绍北京市民的衣、食、住方面的变化，以及个体经营、农贸市场、农民客车进城、夜市、经济改革等新鲜事。可写的东西太多了，缺少的是时间。别看我今年都七十五岁了，但我不服老，还想把'余热'献给中国的'四化'建设事业。"这时在一旁的山本夫人隅子女士打趣道："我丈夫现在是北京工程机械工业公司的技术顾问，每天照例清晨七点离开家，直到下午五点才下班。他只知道埋头工作，干家务事可不算是好丈夫。"说得山本先生既不好意思又有点得意，一个劲儿冲着夫人笑。

"您在北京待了四十年，有时想过回日本吗？"

听了我的发问，他爽朗地笑了。"不少人都向我提出过这个问题，可是我无法圆满地回答，因为我根本没考虑是否要回日本。我不是不爱自己的祖国，但我对自己长期留在北京的选择，从没后悔过。我之所以乐意长期居住北京，也许是我喜欢北京的自然环境，这里有富丽堂皇的故宫，巧夺天工的颐和园，还有雄伟壮观的长城……我也喜欢纯朴的北京人，同他们相处，关系简单，感情容易沟通。但更主要的是——"他沉思片刻，接着说，"我的一技之长在建设新北京，特别是建设北京机械工业的事业中能够得到充分的发挥。一句话，我爱新北京，北京就是我的故乡。在这里我既然生活、工作得很愉快，何必非要回日本呢？"

当我告辞的时候，山本先生告诉我：《北京三十五年》已由北京社会科学研究所几个人译成中文，不久将在中国出版。他希望这本书有助于中国年轻一代对新旧北京的了解。

归途中，我想起法国作家雨果的一句名言："人生是花，而爱就是花的蜜。"我在心里默默地祝愿眷恋着北京的山本市朗夫妇，如不老青松深深扎根在京华大地上，永远生机勃发。

（刊于《南方周末》1985.2.23）

中日文化交流的伟大使者
——鉴真

在今天日本奈良市西有一著名古刹——唐招提寺。寺内的开山堂供奉该寺开祖鉴真和尚的干漆夹纻造像。这尊坐像高二尺七寸。与身等大，是鉴真弟子思托在鉴真圆寂的前一年所制作，塑像形态自然，比例匀称，花纹流畅，富有立体感。那宽阔的前额，含笑的面孔和一双紧闭的眼睛，以及交叠双手，安详地结跏坐在须弥座上的姿势，生动地再现了这位"盲圣"的慈祥外貌和坚忍不拔的精神世界，是中日雕塑史上的一件珍宝。这尊被定为国宝的坐像，虽历经一千二百多年的漫长岁月，但仍保存完好，每年只开放三天，供人瞻仰。

今年四五月间，鉴真大师像将回国巡展，安放在大明寺、中国历史博物馆和北京法源寺公开展出，让中外人士瞻仰。这是千载难逢的盛事，无疑将对促进中日友好的进一步发展发生深远的影响。

鉴真，俗姓淳于，扬州江阳县（今江苏省扬州市）人，生于公元688年。他十四岁随父出家于扬州大云寺，后在长安、洛阳等地游学，从许多名师受教，专攻佛教的律学，兼及佛教的其他学说。中年以后，住持扬州大明寺讲经传律，成为一方律宗的高僧。鉴真在从事宗教活动的同时，还施医治病，从事社会救济慈善工作，誉满苏南。

身负寻访精通律学的高僧东渡传法的特殊使命，于公元732年随第九次遣唐使团来中国留学的僧人荣睿和普照，先后在洛阳、长安（今西安市）等地研究佛学十年，闻得鉴真是律学大师，便于公元742年南下来到扬州，恳切邀请鉴真赴日传法。

中日两国隔着漫漫无际、波涛滚滚的太平洋，风云变幻莫测，在古代单靠木船横渡，战狂风，顶恶浪，凶多吉少，"百无一至"，许多人闻之色变。可是时年已五十五的鉴真却置风涛险阻和个人安危于不顾，毅然决然地说："为是法事也，何惜身命，诸人不去，我即去耳。"在他这种大无畏精神的感召下，当时有二十一个弟子也愿随同赴日。

经过短期的准备，于公元743年开始第一次东渡，一切准备就绪，正打算从扬州扬帆出海，不料遭人诬告与海盗串连，后来虽弄清了真相，但这次东渡未能实现。

当年年底，鉴真偕随行158人，从扬州乘船经京杭大运河入长江（这条古运河流贯今天扬州的南北部）开始了第二次东渡。但船行到浪沟浦（今江苏南通狼山附近），遇到恶风，浪击船破，潮来水至人腰。当时正值严冬季节，真是"冬寒风急，甚太辛苦"，第二次东渡又告失败。

连续两次失败，鉴真东渡传法的宏愿丝毫没有改变，他们修好了船，行至下屿山，住了一个月，等候好风。于次年初，又向桑石山进发（下屿山和桑石山均为浙江沿海的岛屿），偏又遇到大风浪，才离险岸，复遭暗礁，船被撞沉。人虽上岸，但水米皆无。他们只好在海水环抱的荒岛上忍饥挨饿地过了三天三夜，在风平浪静时才得到渔民的救援。之后，又整整过了五天五夜，才遇官船搭救，被收留在明州（今浙江宁波市）鄮山的阿育王寺。

阿育王寺在宁波东面鄞县境内，建于公元425年的南北朝时期，以前历代都有大小修建，占地达九万多平方米。原有房屋八百六十间，现存的还有六百多间。

阿育王寺建筑的中轴线上分布着天王殿、大雄宝殿、舍利殿、藏经楼。这些殿宇，悬崖挑檐，朱漆门窗，一律琉璃铺瓦，气势不凡。在大雄宝殿东边有一个一百多平方米的东厢房，叫舍利单。据说当年鉴真一行就在这里歇脚。

不久，鉴真又遣弟子法进前往福建省福州买船并置办粮用，随后自己则率领弟子和其他随行人员三十多人出明州，沿途岭峻途远，日暮夜暗，涧水没膝，风雪迷眼。经过两天的艰苦的行程，日暮抵始丰县（今浙江天台县）的国清寺。

国清寺创建于隋开皇十八年（公元589年），是中国佛教天台宗的发祥地。日本比睿山中有座延历寺（又名天台寺），是日本天台宗开祖最澄传教大师，于公元804年到天台山国清寺，从天台七祖道邃受学，回国后仿照天台国清寺建造的。因此日本天台宗信徒都尊天台山国清寺为"祖庭"。

国清寺现存的建筑为清雍正十二年（公元1734年）所重修，并扩建为拥有一万九千多平方米，六百多间房屋的古建筑群。寺中现有六十多个和尚，每天照旧诵经拜佛，礼行佛事。

正在鉴真离开国清寺向福州进发的途中，他在扬州的弟子灵佑，由于不愿本师远赴异国，又请江东探访使下牒诸州追踪拦截，终于在黄岩县禅林寺截住了鉴真一行，押送回扬州。第四次东渡又未能成功。

遭受挫折最为惨重的是第五次东渡。公元748年，鉴真一行复由扬州乘船东渡，不幸船一入海，即遇特大台风，被漂至浙江沿海舟山群岛附近。因遇逆风。无法开航，只好靠岸停泊，三个月后，再度出海，不幸又误入海流，随风南漂，不由自主。这时"风急波峻，水黑为墨。沸浪一透，如上高山；怒涛再至，似入深谷，人皆荒醉…舟上无水，嚼米喉干，咽不入，吐不出。饮咸水，腹即胀。"艰苦之状，难以形容。十四天后，船被漂至振川江口（今广东海南岛南部崖县）。后来，鉴真一行辗转渡过雷州海峡，取道广西、广东、江西，经陆路北返。在长期的羁旅生活中，他的得力助手日僧荣睿病死于端州（今广东省肇庆市）。为纪念荣睿对中日文化交流所做过的贡献，1963年在肇庆市风景区鼎湖山脚下，修建了荣睿纪念碑。去年六月份，又加以重修，并增建了碑亭。鉴真一行行至吉州（今江西吉安，）他心爱的弟子祥彦又病故，鉴真本人也因长途跋涉，暑热染病，以致双目失明。

在前后十二年中，鉴真六次起行，五度失败，航海三次，历经千辛万苦，付出了极大的牺牲，中日两国先后共有三十六人献出了自己的生命。但这位老人百折不挠，始终不改初衷。他夙愿未偿，壮志弥坚，在历经五次失败之后，不顾双目失明，又以66岁的高龄，毅然进行第六次东渡，于公元753年乘回国的日本遣唐使船只赴日，终于获得成功。鉴真为中日文化交流事业而勇于献身的崇高精神，一直激励着为中日友好而奋斗的后来人。

鉴真抵达日本后，受到热烈欢迎，并被安置在首都奈良最著名的东大寺中授戒传律。此后他以66岁的失明老人，留居日本，辛苦不懈地活动了十年，把辉煌灿烂的中国唐代文化成就，介绍给日本人民，对促进中日文化交流做出了重要贡献。

鉴真在日辛勤传法，推行戒律，讲解经典，传授弟子，开创了日本的律宗，并对日本天台宗的兴起给予了直接的影响。

在建筑方面，在他直接指导下，于东大寺卢那舍佛殿前立戒坛，于大佛殿西作戒坛院，特别是建造了规模宏大的唐招提寺，这是现存的日本天平时代最大最美的一座古建筑。

鉴真和其弟子为唐招提寺手造的卢舍那佛，药师如来和千手观音菩萨的干漆夹纻造像等，无不具有厚实、稳重、庄严、丰满的特点，形成了日本雕塑史上有名的唐招提派。

鉴真还精通医学和药物学，双目失明后，仍能以鼻代目，闻香判辩，鉴定真伪。在日本曾有"鉴上秘方"传世，据说就是他的处方记录。他因治愈光明皇太后的疾病在日本医学界享有盛名。据记载十四世纪以前，日本医道把鉴真奉为始祖，直到十七世纪时，日本的药袋上还印有鉴真和尚的图像。

此外，鉴真曾在日本刊刻佛教律学的三大部书，传播了中国的印刷术。鉴真赴日时，带去了一些中国著名画家和书法家的真迹，也对日本的绘画和书法艺术产生了影响。鉴真的弟子中，在不少擅长诗文的，这无疑有助于当时日本文学的发展。

综上所述，可知鉴真的渡日，实际上也是一次以僧团组织的形式，向日本传播了唐代高度发展的文化的活动，对中日文化交流做出了很大的贡献，不愧为中日文化交流的伟大使者。今天我们应该学习鉴真这种为中日友好不屈不挠的献身精神，为中日两国人民世代友好下去而努力奋斗。

为纪念这位中日文化交流的伟大使者，于1973年在扬州法净寺（即大明寺）内修建了鉴真纪念堂。

纪念堂坐落在法净寺内大雄宝殿的东面，中开古式大门，旁列石鼓，上悬匾额，篆刻"鉴真纪念堂"五字。过了门厅，经过一条花木扶疏的甬道，便到碑亭。亭中有一方卧式纪念碑，上刻郭沫若题"唐大和尚鉴真纪念碑"九字，碑阴则是中国佛教协会负责人赵朴初撰书的碑文。碑亭东西两侧，以八十米的长廊连属，左右延伸，折而向北，与纪念堂的正殿接抱，中间形成了一个较大的庭院。纪念堂正殿的构造，是参照日本奈良唐招提寺的金堂设计的。殿上供奉鉴真和尚的楠木雕像，四壁绘制有关鉴真东渡事迹的壁画，供人瞻仰。

为迎接今年四月鉴真大师像回国巡展，扬州法净寺已重修一新，寺内的天王殿，大雄宝殿，佛像贴金三十四尊，彩绘佛像一百零八尊，愈显得金碧辉煌，雄伟壮观，如鉴真在天有灵，四月他的坐像回国"探亲"时，也会感到欣慰的。

注：①日真人元开《唐大和上东征传》。

②法净寺，和大明寺一度称栖灵寺。乾隆三十年（1965年）乾隆皇帝巡回扬州。因见"大明"二字怕引起人民思念大明朝，亲笔改题"法净寺"。现已决定在四月十九日鉴真坐像回到法净寺展览时，恢复大明寺的原名。

(1980年1月15日)

广播稿： 她曾是东京大学女教授
——访著名作家谢冰心

北京电台：日本朋友们，你们好！现在是"友好的广场"节目，在这个节目时间里，播送本台记者吴绪彬采写的录音访问记——"她曾是东京大学女教授",介绍83高龄的著名女作家、诗人、散文家谢冰心的生活和创作,以及她同日本的密切关系。

(间奏乐)

在64年前的1919年五四运动中,一位才华横溢,年仅十九岁的女学生在新文坛崛起,她那一清如水,散发着时代气息的作品曾惊动了千万读者。她,就是被誉为新文艺运动最初的典型的女性作家冰心,原名谢婉莹,从那时到现在的六十多年中,她一直活跃在中国文坛上,创作了大量脍炙人口的小说、诗歌和散文。就与日本的关系而言,冰心是与日本关系最为密切的几位中国现代作家当中的一位。她曾于1946年至1951年客居日本,期间1949年还受聘担任东京大学的第一个女教授,讲授中国文学。新中国成立后,她先后5次访问日本,足迹几乎遍及日本各地,想来年纪稍长而且喜欢文学的日本朋友对冰心这个名字并不陌生。

(间奏乐)

汽车载我穿过北京西郊的林荫道,来到了中央民族学院,因为冰心的丈夫吴文藻教授,从50年代初期就一直在这个学院任教,因此冰心一家就一直住在这个学院里。一路上遇到穿着民族服装的学生谈笑而过,使人感到这个环境有着一种特殊的魅力。

到了教授住宅区,眼前出现一座朴素清雅的灰色三层楼房,大门上嵌有"和平"两个红字,冰心女士住在第三层。

当我敲门后,一位家庭女士开门把我引进了客厅兼做书房的客厅,墙角立着几个排满了书籍的书橱、书架,窗前一张方桌,顺墙放着长沙发,几把软椅。窗户对面的墙上,挂着一幅周恩来总理的油画像,窗台上的两个花瓶里,插着晚香玉和访华日本友人刚从夏威夷带来的不知名的红花,使人感到雅淡、恬适,显示了冰心好静,喜欢雅致的性格。

落座之后,冰心女士就兴奋地同我谈起她同日本的关系。

(1 放冰心的讲话, 混)

"1946年至1951年,我在日本客居期间,对日本的印象,在文字里写过了。没去之前,因为日本军国主义在我们的心里,竖立起一道高墙,使我与日本人民之间多少有点隔膜，等到我去了一看，发现日本遭受战争的破坏很厉害，我就觉得受害的不仅是中国人民，日本人民也是受害者。我在美国读书时的日本同学，穿的也很土气，吃的也不好，这就使我对日本人民多了一层了解。住久了，认识的朋友多了，对日本人民的认识更深了，就觉得自己应该为中日友好做一些工作。

新中国成立后，我第一次去日本是同赵朴初、巴金一起去的，参加禁止原子弹氢弹会议。第二次是 1961 年去参加亚非作家紧急会议。作为友好代表团的成员，至少去过三次。我去的外国最多的就是日本。

我在 1949 年至 1950 年，曾在东京大学教过课，我去之前，东大没有女性教师。在那里，我交了好多朋友，我从 40 年代开始，直接接触日本人民到现在，交了许多文化界的朋友，像已故的中岛健藏先生、松冈洋子女士，还健在的井上靖先生、西园寺公一先生等，都是常来常往，交往密切。近几年我生病住院，井上靖先生、西园寺公一先生、中岛健藏先生的夫人都到医院来看望过，我始终对日本的朋友怀着深厚的感情。在我写的许多散文里，抒发过对日本美丽的自然风光和倾心相交的日本朋友的诚挚感情。"

（间奏乐）

散文，是冰心最喜爱的文学形式。她先后写过四百多篇散文，出版过 13 本散文集。其中有十几篇是专门写日本风情和访日印象的散文。

清新婉丽，以情感人是冰心散文的独特风格。她善于撷取生活中的片断，编织在自己的情感波澜之中，凭借着敏锐的眼力和细腻的情思，把内在的深情和外物的触发融在一起，寓情于景，情景交融，给读者以崇高的美的享受。以日本为题材的《樱花赞》《一只木屐》《光辉灿烂的虹桥》等，都是这样的佳作。在这里，请听用汉语和日语朗诵"樱花赞"的开头一段。

（2 放中央台黎江和内海博子的朗诵）

"樱花是日本的骄傲。到日本去的人，未到日本前首先就会想起樱花，到了之后首先要谈到樱花。你若是在夏秋之间到达日本，日本朋友会很惋惜地说："你错过了樱花季节了！"你若是冬天到达，他们会挽留你说："多待些日子，等着看过樱花再走吧！"总而言之，樱花和"瑞雪灵峰"的富士山一样，成了日本的象征。"

"我看樱花，往少里说，也有几十次了。在东京青山墓地看，上野公园看，千鸟渊看……在京都看，奈良看……雨里看，雾中看，月下看，日本到处都有樱花，有的是几百颗花树簇拥在一起，有的是一两棵花树在路旁水边峭然独立。春天在日本，就会沉浸在弥漫的樱花气息里。"

（间奏乐）

冰心女士是本世纪的同龄人。1900年10月5日，她出生在福建省省会福州市。她的父亲谢葆璋，是一位有着强烈民族意识的海军军官。冰心出生七个月，就随着母亲、祖父移居上海。四岁，又随父母转居烟台，十二岁到了北京。1919年兴起反帝反封建的"五四运动"，当时冰心正是协和女子大学一年级学生。

我问："您是怎样开始文学创作的？"冰心先生笑着回答说：

（3 放冰心的讲话）

"我当初没想到会走上文学创作的道路，我从小一直想学医。1919年"五四运动"时期，我在学生会工作，是管宣传的。当时我受新思潮的影响，开始写些宣传性的文章登在报纸上，渐渐地就有一些读者喜欢看我的东西。同年，我写的头一篇小说《两个家庭》，第一次使用"冰心"这个笔名，渐渐我用来写作的时间多了，就把搞理科的实验时间挤掉了，只好改行搞文了。"

1921年，冰心转入燕京大学文科本科，并加入了茅盾发起的文学研究会。她在该会革新后的《小说月报》上相继发表了《超人》《寂寞》等小说，《笑》《往事》等散文，引起强烈的反响。同时，《晨报副刊》上连续发表了《繁星》《春水》等富有哲理的小诗，被誉为"冰心体"，青年人竞相学习、模仿。

1923年夏，冰心以优异的成绩毕业于燕京大学文科本科，获文学学士学位，并得到美国威尔斯利女子大学的奖学金。在旅美期间，她在《晨报副刊》连续发表《寄小读者》的通讯。时隔六十年后的今天，冰心先生回顾说：

（4 放冰心的讲话）

"小孩像花朵一样，世界上没有人不爱花，也没有人不爱小孩。在《寄小读者》里，我只是向广大儿童写信，告诉我的情况，我所经历的事情，走过的地方，让天下的小孩子，同我共忧乐。"

在这些通讯里，她寄情山水，把思念祖国、家乡、亲人的纯朴、深厚的情感，写得非常委婉、生动、清新，充满着诗情画意。特别是那些眷念祖国的篇章，更有着扣人心弦的力量。1926年，她的这些通讯被汇集成书出版。这本书几十年来，一直拨动着千千万万小读者的心弦。50年代末和70年代末，她又先后写了《再寄小读者》《三寄小读者》，使她成为最受欢迎的儿童文学作家之一。

1980年在庆祝冰心80寿诞时，《儿童文学》杂志社送给她一幅画，画中人是一个穿着红肚兜的天真烂漫的孩子，背上扛着一对大红桃正朝着人们笑，这幅画现挂在冰心的客厅里。冰心非常喜欢，每天早晨起来，在灿烂的阳光下看着她，感到满心快乐，为此她写了一篇："自从我23岁写《寄小读者》以来，断断续续将近写了60年，正是许多小读者的来信，那些热情的回响，使我永远觉得年轻。生命从80岁开始，我将努力和小朋友一道前进！"

抗战期间，冰心辗转到了昆明、重庆，用"男士"的笔名，写了些短篇小说和散文，都收录在《关于女人》的集子里。

1946年冬，吴文藻教授应邀担任中国驻日本代表团政治组组长，冰心全家随之到了日本。在那里，冰心与当时文艺界的人士有着密切的往来。1951年，在新生祖国的感召下，冰心和丈夫毅然辞去美国耶鲁大学的高额聘书，辗转绕道回到了祖国。新中国的阳光照亮了作家的心，使她文思如涌。她用饱蘸深情的彩笔描绘祖国的春天，赞颂时代的新人，相继出版了《归来以后》《樱花赞》等好几本散文集。这些散文新作，在艺术风格上既保留了她原来所独具的清新隽永、玲珑剔透的特色，又增添了格调高昂、气势雄伟的新成分，洋溢着时代生活的气息，深受国内外读者的赞赏。

（间奏乐）

1976年粉碎"四人帮"，结束了"十年动乱"，冰心以无比振奋的心情，迎接文学艺术春天的到来，她当选为全国政协常委、中国文联副主席。在繁忙的工作之余，仍孜孜不倦地勤奋写作。在短短的几年里，她写了100多篇新作，既有散文，又有诗歌和小说。

（间奏乐）

为了发展中日文化交流，1980年4月80岁的谢冰心担任中国作家代表团的副团长，受到了日本文化界人士的热烈欢迎。冰心先生兴奋地谈了当年访日的印象。

（5 放冰心的讲话）

"1980年4月去日本，是当时的大平首相邀请我们去的。首先见了大平首相，然后到各地访问。这些地方，对我和巴金都是熟悉的，但是团长巴金没有去过广岛，我去了好几次。那次访日的印象很好，日本在战后恢复得很快，跟以前相比，感受变化比较大的是东京的生活水平很高，比以往更加繁华。日本人民是很勤劳的，是很能接受新事物的。那次，我到过已故的松冈洋子家，还到井上靖等作家的家里进行家访，受到十分亲切的款待。借此机会，向朋友们表示深切的感谢！"听说冰心先生访日不久后回来就病倒了，我便询问起她身体康复的情况，冰心先生说：

（6 放冰心讲话）

"我从日本回来后，因为赶着翻译一本书，刚翻译完就病倒了。脑血栓后，又加上不慎摔倒造成骨折，进医院四次。我在医院治疗期间，许多日本朋友来看我，我很感激。现在脑静脉已经恢复，脑子还可以用。骨折之后，行动不大方便，有三年没有参加社会活动。但在家，我可以写写文章，除应编辑朋友之约写些单篇文章外，就是写我的自传，现在已写了前三章。"

（间奏乐）

83岁的冰心，仍旧耳聪目明、博闻强记、文思慧敏。她的丈夫吴文藻教授是一位在社会学研究方面深得众望的学者，与冰心同龄。他目前正在辅导攻读博士学位的研究生，并抽空整理旧著。他们有三个儿女，大儿子吴平是建筑工程师，两个爱女吴冰和吴清，都是大学的英文教师，小女儿现正在英国交换学习。他们第三代有五个孙子孙女。最近学校为照顾冰心夫妇的晚年生活和工作，拟新分配给他们两套新住房，准备让他们的小女一家同他们住在一起。我们祝愿冰心先生在这样充满天伦之乐的幸福家庭里安享晚年，为繁荣中国新时期的文学谱写新的篇章,为促进中日文化交流贡献力量。

各位听众,这次的"友好的广场"节目就广播到这里。

(写于 1983 年 10 月)

采花蜂苦蜜方甜
——漫话名人专访

蜜蜂是怎样工作的?生物学家曾经作过一个有趣的统计,一只蜜蜂酿造一公斤蜜,必须在二百万朵花上采集花蜜,要来往飞翔二十五万公里。当记者的从事采访工作,也应该像蜜蜂那样,不畏艰难,锲而不舍。回顾我二十多年的记者生活,虽谈不上有什么成就,但风里来,雨里去,从搜集材料,到谋篇立意,形成广播稿,备尝了个中甘苦;而采写名人专访,尤感不易。

从1982年初开始,我们决定在对日广播《友好的广场》节目里,每月介绍一位与日本有较多关系并在日本听众中有影响的中国名人。两年半来,我曾先后采写过二十多位名人。以下谈谈我采访中的体会。

如何取得采访的"许可证"

名人大多工作繁忙,有的还年迈体弱。记者及慕名拜访者络绎不绝,使他们应接不暇,在这种情况下,对记者的访问往往不大感兴趣。记者要取得采访的"许可证",颇费周折。这就要求记者既要有穷追不舍的精神,又要讲究点儿方式。这里谈谈我在不同的情况下怎样取得"许可证"的。

一、先从被访者的秘书和他周围的人中了解情况。有些名人配备有秘书,你想采访他,不管是打电话联系,还是直接登门求见,往往都有秘书"挡驾"。因此,必须很好通过秘书这一关。如我曾先后三次采访过赵朴初,记得头一次是请他作新年广播讲话,几次打电话联系,都遭到秘书的婉言谢绝。后来经过好说歹说,总算同意了。由此我悟到不打通秘书这一关,今后就不大可能再次采访。此后我就想法与秘书多接触,慢慢互相熟悉了。1982年5月,我想专访赵朴初得到了秘书的协助。

有的名人,如启功先生很忙,近年前去求字的人踏破门槛,我估计采访他，可能会碰钉子。于是就先从他周围的人那里入手。他有一个"文革"中的患难之交，是个书法爱好者，还是他的得意弟子。我先找了他的这位弟子，然后由这位弟子带我去访问了启先生。

二、直接访问这些名人，我都事先做好准备，以便对采访对象做到"心中有数"。如我访问冰心时，先了解到冰心近年三次住院，后来又摔了一跤，可能要杜门谢客。我直接打电话同冰心联系时，一再表明我求见的诚意，并说明我在学生时代就喜欢看她的小说和《寄小读者》，早就想拜访她，苦于无缘会面，并要求她作为东京大学的第一个中国女教授，能否向关心她的日本听众谈谈近况等。她接受了我的访问。

又如北大王力教授，年已 84 岁，向来勤于治学，极其珍惜时间，估计不大可能接见记者。我就先到北大找了一个同他熟悉的我的留校老同学陈熙中，让他带我去作一般性的拜访，见面后，我没有一开始就说明采访要求，而是说明我是他的学生，聆听过他讲授《古代汉语》，还回忆起他一次朗诵《左传》的一段课文时，抑扬顿挫引起了满堂笑声。我们说得很投机，气氛也融洽了，接着，我提出想采访他，他痛快地答应了。

在工作中我深感采访名人，要做更多的准备工作，特别是记者平时要有知识积累。对不同的采访对象，还要涉及不同的专业知识，因此，这方面多少要有一点了解，这样不仅联系工作会比较顺利，而且可以缩短采访时间，提高工作质量。

访问的艺术

名人、高级知识分子，都学有专长，性格各异，有的开朗，谈笑风生，有的寡言沉静，有的严肃。访问他们，要十分注意"艺术"。

一般对健谈者，只要记者向他说明采访要求，对方就会侃侃而谈，不必采取问答的形式。在对方谈话时，如发现新的或有趣的线索，可以提问，让他作进一步的深谈。对不善谈者，可事先把采访意图，所提问题告诉对方，让他先考虑一下，然后在交谈之中，请他补充谈谈记者所要了解的情况。无论采取何种谈话形式，记者对这些名人的专业、专长要有所了解，还须有必备的知识，这样才有可能深谈。

采访名人，我觉得如何开始正式交谈十分重要。话头开得不好，往往会影响整个谈话过程的气氛。我一般在见面寒暄后，并不马上开始正式采访，而是先就其所好，随便谈谈，然后再开始正式的访问。如有的爱养花，我们就先谈"养花"。如启功是个书法家，我了解到去年三月他在日本开个人书法展，我和他谈及我曾与人合作翻译过真田但马先生的《中国书法史》，从这里打开了谈话的话匣子。正如一位报界老前辈所说的："记者访问时不要投其所好，但要知其所好。只有知其所好，包括了解对方的脾气如何，方能顺利地完成访问任务。"

对外广播名人专访要抓住特点

对外广播名人专访与报刊登载的人物专访，在写法上既有共同点又有差异。共同之处是二者都要有生动的开头，文字起始就要能吸引住听众和读者。结尾要留有余味，能让听众和读者去回味。通篇描述要亲切、自然，有现场感，并适当穿插与专访对象有关的背景材料、增加专访的说服力、知识性和趣味性。不同的地方，依我的浅见，首先在于对外广播用的人物专访要有针对性，即要根据对象国听众的思想情况和接受能力，着重介绍听众想知道和感兴趣的事情。如对日广播的名人专访，我着重访问同日本有关系，并为中日友好做出努力的名人。此外，我还很注意介绍专访对象的特点，使听众对专访名人获得具体的、历史的了解。如曹禺写的《雷雨》，在日本上演经久不衰。我在文中就专门用了一段话介绍《雷雨》的剧情，创作经过，以及《雷雨》的主题思想。又如曹禺1979年同李玉茹结婚一事，外报登过消息，估计有些听众想了解，我在征得同意后，写了他们的结识，结婚。

其次，因为国外听众对中国情况不很了解，所以稿件中涉及的一些人和事，有的需要作些交代和解释，如我写常书鸿同敦煌的关系，就先介绍敦煌在何处，什么是敦煌石窟艺术。为说明李可染是现代山水画复兴的开拓者之一，我先扼要介绍了中国山水画特色以及山水画发展的简单历史等。

第三，人物专访要有广播的特点，使用专访对象的讲话录音，让听众闻其声，如见其人。在可能情况下还可选择一些与专访名人有关系的录音效果。我在赵朴初的专访报道中使用了他的诗朗诵，和为他的诗词谱写的古琴曲。在常书鸿的专访中使用了电视片《敦煌艺术》的实况录音和名曲《阳关三叠》。在曹禺专访中选用了他的夫人李玉茹在《镜狮子》（据日本歌舞伎名剧改编）中的唱段。在冰心专访中，请中央台播音员黎江朗诵了一段《樱花赞》等。实践证明，这样做有助于增加专访的生动性和更好地使它适应听觉功能。

（原载《国际广播》）

第二辑 书画名家

第二辑 中国文学

开一代山水画风的巨匠
——访国画大师李可染

"年老多病,遵医嘱静养,不见来客,友朋关爱,当能见谅。"看着这张贴在门上的李可染先生的亲笔"告示",我犹豫了片刻。但,我终于还是举手敲门。开门的是李先生的夫人,她带我来到书房。书房里,除了并排立着的五个书橱和上面陈放着的中外书籍、画册以及宣纸外,最引人注目的是悬挂在墙上的齐白石的一副对联和书房主人的《牧牛图》《漓江胜境图》。

我正凝神赏画,李老从隔壁画室踱了进来。他身穿白衬衫灰裤子,脚着布鞋,目光温和,风度安详。我们的话题从那幅《牧牛图》谈起。提起画牛,勾起了李老的亲切回忆。他说,"1942年我客居重庆金刚坡下一户农民家中,住房紧邻就是牛栏,和一头水牛天天见面。天长日久,对牛产生了感情,并熟悉了水牛的习性。我有感于水牛终生劳瘁为人,而不居功的精神,又见其外形轩宏无华,别有风采。从此以后,水牛牧童,便成了我爱画、常画的题材之一。"人们知道,李可染画的牛形神兼备,和他的山水画一样誉满画坛。中国现代艺术大师徐悲鸿,就曾多次用自己的作品换取李可染的牧牛图。直至现在,李可染的画室还悬挂着徐悲鸿亲笔书写的"师牛堂"横匾。

李可染喜爱画牛、画历史人物,但他的主攻方向始终是山水画。他意识到自己这一代人兼顾着继承和发展传统的双重任务,便立志从钻研传统画法和深入生活入手,通过毕生的艰苦努力,争取做一个承前启后,开创中国山水画一代新风的画家。

对于学习传统,李可染有句格言,即"以最大的功力打进去,以最大的勇气打出来"。而在1943年至1953年这一阶段,就是他向着传统"打进去"的阶段。李先生深情地回忆说:"1946年我应徐悲鸿先生的邀请来到国立北平艺专任教,得以投师齐白石、黄宾虹门下,倾心学习两位代表当时中国画最高成就的大师严谨的创作态度和高超的笔墨功夫。我看到白石师作画用笔缓慢,力透纸背;而黄宾虹师用积墨法前无古人,令我折服。我从两位老师那儿得到的教益，终生受用不尽。"

李可染有今天的成就，首先在于他具有在艺术探究的长途跋涉中，始终不畏艰险，不为时惑，认定目标，就埋头苦干到底的勇攀高峰的精神。他对我说："为了到生活中去积累创作素材，开拓山水画的新路，我从1954年开始，背着沉重的自制的水墨写生工具，先后十多次赴全国各地实地写生，行程数万里，几乎踏遍了祖国的名山大川。我不畏艰险，四处探幽访胜，细观默察大自然春夏秋冬，风晴雨雪，朝霞暮雾的无穷变化，发现了一些前人尚未发现的事物规律，然后用新的艺术语言，写下了险峻的三峡，秀丽的峨眉，雄奇的黄山天都峰，多彩多姿的桂林山水，以及蒙蒙春雨中的江南风景。在这些写生山水画中，我力求通过新的意境，表现出时代的风貌。"

功夫不负有心人，今天人们回过头来看李可染的山水画，的确可以发现既有讲求内美，讲求神韵，不重浮华等中国画传统的基本要素，又表现了现代人的思想感情和审美要求。那为了内涵丰富与宽敞而采用的"满"和"挤"的构图；那为了表现复杂事物而善于组织穿插，以最简练的笔墨画出最丰富画面的似平实奇的章法；那又黑又重的"墨面"的灵活运用；那逆光和黑中透亮的光感处理；严整而深厚的层次，凝重沉郁的笔墨，以及其版画趣味的特色……无一不是交织着他对传统的继承发展和大自然规律的新发现，并洋溢着他对祖国江山的热爱之情。

李可染一生不慕荣利，淡泊自甘，生活严谨，烟酒不沾。他性格内向，拙于交游，日夜潜心于艺术研究和探索。他作画精神高度集中，下笔如临战，一笔一画均惨淡经营。因此他作画不愿有人在旁边，更不愿当场作表演。社会上有些人说他画画有绝招，为了密而不传，才不愿让人观看，实际上是一种误解。

李可染开一代山水新画风，但他从不自傲。他认为他的创作过程，永远是自己学画、研究画的过程。他说："我不依靠什么天才，我是困而知之，我是一个苦学派。"他在年过古稀之时，还请人刻"白发学童""七十始知己无知"印章以自勉。当我建议他自己或请人写传记时，他谦虚地说："有许多人提过这个建议，但一来我身体不好，二来有点精神还想画点画，所以都推辞掉了。"

（原载《南方周末》1985.8.17）

长留春意满人间
——记著名花鸟画家卢光照

首都人民大会堂东二楼宴会厅里的那幅《红荷屏风》，使许多中外宾客驻足凝神——画面上的荷花，花大如斗，红白相间，叶大如盖，俯仰交错。远处，一双水凫，嬉戏漫游，更点缀出自然界的生趣。这幅气象博大、水墨淋漓、生机盎然的佳作，盖出自我国花鸟画坛齐派名家卢光照的大手笔。

卢光照1914年生于河南省的一个农民家庭，自幼喜爱涂抹花鸟虫鱼。进入国立北平艺专以后，他喜得学画机会，又见有名师教授，便苦其心志，饿其体肤，勤学苦练，很快就显露了出众的绘画才华，博得绘画大师齐白石的赏识。当时齐白石是国立北平艺专国画系教授，卢光照是艺专改组后的第一届学生。此后一直至1957年白石老人逝世，几十年间，除抗战八年异地而居外，他一直受到齐白石的亲授和指点。白石老人曾在他画的《夜饮图》上题道："酒壶酒杯，都是随意一挥，何其工极，超余者弟也。"这位一代艺术大师预言在他百年身后，卢光照将成为继承和发展他的绘画艺术的高足之一。

卢光照虽是白石老人的入室弟子，且毕生极其尊敬老师，他的画室亦因此取名"思齐堂"，但在艺术上，他并不专习一家之法，而是同时博采吴昌硕、任伯年、虚谷、潘天寿等各家之长，融会贯通，致力于发扬个性。他牢记白石师"欲自立成家，至少辛苦半世"，"要我行我道，下笔要有我法"的教诲，几十年来刻苦钻研，锐意创新．近年他所作花鸟，虽不拘成法，笔墨纵横，却情趣高雅，生机勃发。其画风较前愈益苍劲泼辣，爽快灵活。无怪乎人皆称许他老当益壮，画艺日见精妙。

最能代表卢光照的笔力和画风的，当推悬挂在人民大会堂的《红荷屏风》。据他介绍，这幅长五米多、宽三米多的大画，是他在精心构思之后，毕一周之功而成的。作画时，他手执如椽大笔，饱蘸水墨，或站纸外，或进纸内，左右上下，往复奔驰，大处着墨，细处收拾，一气呵成。他画巨石用大笔皴擦，荷叶用泼墨，荷梗则用中锋豪劲地"锄"下去，既准又狠，可谓拙中藏巧，雄秀兼备。

"采花蜂苦蜜方甜",白石老人这一诗句,是卢光照绘画艺术成功之路的巧妙注脚。卢老说:"我一向不与人比,乐道安贫,不把作品当商品兜售,努力作艺术探索。"诚然如是。他在艺专毕业后,曾在重庆等地教书,但作画未敢一日或忘。积少成多,遂于1945年在中苏文化协会举办个人画展。展后拟出画集,写信向蛰居北平的白石师索求封面字。后得白石老人书写《光照画集》题签,并另纸篆写"吾贤过我"四个大字。

新中国成立后他在人民美术出版社当了三十多年的美术编辑,在繁忙的编辑工作之余,对于花鸟画创作依旧从未懈怠。他以"勤能补拙"的谦语来鞭策自己,经常在节假休息和更阑夜静之时伸纸挥毫。画兴浓时,往往直画到东方发白才肯停笔。1955年他画了一幅《公鸡》,画面上一只公鸡昂首雄视前方,神态生动,笔墨灵活,白石老人见后即欣然挥笔在画上题道:"光照弟画才过我也,白石有此胆无此心。"见此题词,卢老感愧无比,深知这是老人对后辈的鼓励,故特请人书写"虚名誉抛身后"横幅,张挂在画案对面墙上,以为警策。他说:"白石老人的学问道德,仰之弥高,我要倾毕生之力学习之,以不负老师厚望。"

艺术贵在创新。卢光照一向尊重传统和师承,但亦深知艺术源于生活,不俯察山川品类之繁,熟谙花鸟生态与习性,创新就无从谈起。为此,他同夫人程莉影种过各种花草,养过鸽子、鸡鸭、小鸟和金鱼。对花鸟的生态习性,了然于心,然后遗貌取神,形诸笔墨,因而能不落俗套,自有创造。如今,他虽年逾花甲,仍雄心不已,一有机会就乐于到外地去访幽探胜,积累创作素材,然后再融古参今,化为自家笔墨。他说,一个人画风的形成非一日之功。他自己是经过几十年的刻苦钻研,多次失败,才逐渐摸索出今天的面貌的。

卢光照现在是北京中国画研究会顾问,北京中国花鸟画研究会名誉会长,中国老年书画研究会理事,同时也是文化部向联合国教科文组织推荐的中国画家之一。近年来,他的艺术成就不仅为国内美术界人士所重视,也为海外美术界人士所知晓。1980年5月,他的作品参加在东京举办的中国现代画家作品展览,博得了好评。今年3月,他的《大展鸿图》被作为国家礼品,赠送给访华的日本中曾根首相。香港报刊也曾多次载文介绍他的绘画。他还曾多次应邀偕夫人一同赴广州、深圳等地,为一些大宾馆作画。目前,他一面在孜孜不倦努力创作,另一面悉心指导艺徒,培养国画后继人才。在此,我们祝愿这位老画家人寿笔健，继续为百花写照，为百鸟传神，长留春意满人间！

（原载《南方周末》1984.9.1）

融古参今　自成一格
——记老画家周怀民及其作品

　　北京中国画院七十五岁的著名画家周怀民，早年刻意临摹大量古画，取古人之长为己用，崭露美术才华。二十八岁进京华艺专当教师，年三十所画芦塘小景，富有诗意，有"周芦塘"之誉。中年之后多写马、夏派山水。所绘大西北、黄山诸景，气势雄俊，笔墨苍劲，多次展出，博得好评。近年来他创作的着色葡萄，晶莹欲滴，富有质感，人称"周葡萄"。他擅长山水，兼工花鸟，作品功力深厚，笔墨遒劲，设色清润，自成一格。他是一位既善于继承民族绘画传统，又能融古参今，富于创造的画家。在当今中国画坛上，他是老一辈中享有盛誉的画家。

　　周怀民，原名仁。江苏无锡人。他少时学习工程设计打样，遂和美术结下了不解之缘。后因军阀混战，家境贫寒，在无锡无以谋生，遂于十九岁时只身赴京投靠亲戚，考入了电报局当实习生。当时，他每月所得的薪金虽极其微薄，但宁肯过着半饥半饱的清苦生活，却乐于把剩余的一点钱全都用来买笔墨纸，发奋练习画画，追求画技的长进。

　　青年时代的周怀民，十分崇拜清初的"四王"，尤其对王翚遍临宋、元名迹、博采各家技法，冶为一炉，更为倾倒。于是他立志从临摹古画入手，在传统的基础上扎下结实的功夫。那时他利用业余时间和节假休息，时常跑到故宫去临摹古代名画。当时故宫设有古画陈列，门票一张一元，相当于半袋面粉的价钱。但周怀民为了学习古人的画法，不计得失，往往一早进宫，就一头扎进古画陈列馆。历代优秀画家创作的风格各异、千姿百态的画图，在他的眼前铺开了一个光辉灿烂的艺术世界，使他忘掉了身外的一切。他站在一幅幅名画面前，入迷地细观默察，临摹勾勒，中午饿了就啃啃干馒头，直到天黑才恋恋不舍地离开陈列馆。后来，他进了中国画研究会，从吴镜汀学画山水。经过一段时间的刻苦努力，画艺大进。

逝水流年人相随——纵观名流，横看世界

由于周怀民在学习中国画传统方面所取得的成就，在他年刚二十八岁时就被聘为私立京华艺专的教员。历任讲师、教授、教务主任等职。周怀民特别喜爱用简劲苍老的笔法，描绘北方一带雄奇壮伟的山岳。他对马远、夏珪善画山川奇秀的一角，构图工致、秀丽，画面富有诗意，尤为折服。与此同时，他把以董源为代表的满纸烟雾和墨点的淡着色的南宗山水画法，融进北宗山水画法。早年，他居住在太湖之滨。那缥缈的远山和淡云，那浩荡的湖水、飞舟，以及出没在芦苇丛中的渔夫身影，常常使他沉醉入迷。他时常一个人在湖滨漫步，欣赏那秀丽的水乡风光，观察风雨晦明、云霞出没时湖面景色的种种变化，然后把自己的独特感受用画笔描绘下来。他写芦塘小景，一反常人以山头、树木为画面的主体，而是以娟秀挺拔的芦苇为主体，所绘芦苇叶迎风摇曳，富有动态感。在芦苇丛中，渔民驾着轻舟撒网捕鱼，再配上作为远景的一起一伏的远山，若隐若现的淡云和粼粼水波上的点点白帆，使画面极富诗意，做到了"状难言之景列于目前，含不尽之意溢出画面"，博得了"周芦塘"之美誉，山水大师黄宾虹在《周怀民山水画集》的扉页上题词称："怀民先生天资聪颖，学力研深，此册秀逸华滋，询称杰构。"可见评价之高。

艺术家的创作必然带有时代的烙印。周怀民在解放前画的山水画，多半充满了田园牧歌式的宁静情调，画面上往往缀着负薪的樵夫，泛舟的渔父，观景赏花的高人、隐士，秀逸清新，缺乏人间烟火味，但这种画风也曲折反映了画家对旧社会的不满，以及对美好生活的追求。

新中国成立后，祖国大地翻天覆地的变化和轰轰烈烈的建设情景，使他产生了对新社会、对大自然的激情。他决心走向生活，去各地观察和写生，用新的笔墨和画法来表现解放后焕然一新的祖国江山。五十年代中期，全国文联组织十多位画家和作家去大西北旅行、写生，周怀民历览了西安、延安、玉门，以及敦煌、华山和黄河。他亲眼看到了在那片广阔的土地上，各族人民共同建设社会主义家园的动人情景，以及工农业生产蒸蒸日上的繁荣兴旺的景象。创作了许多质朴苍润、情景交融的好作品，如《刘家峡口》《玉门油矿》《银川新春》《祁连山色》《贺兰山色》等。画面上的壮阔绚烂之景，为周怀民过去创作的山水画所少见。他画的《贺兰山色》，图中丛丛朱黄斑斓的秋树，簇拥着雄秀峭拔的丹崖翠壁；小巧玲珑的楼台亭榭，布置在山腰木末。一辆汽车载来了一队游人，正指指点点，纵情观赏；远处草原上牧放着羊群，皑皑的雪山和风帆点点的大河，装点得画面虚实尽致，充分发挥了传统取景的特点，这是

一幅精心杰作。

　　三十年来，周怀民上西北，下两广，亲历名山大川，探幽访胜，行程数千里，走遍了大半个中国。祖国山水的瑰丽风光，激起了他的创作热情，启发了他的创作构思，无疑对他画风的改变起了推进作用。这从他后来画的黄山风景，便可以明显地看出来。

　　黄山是自然界的奇景，也是画家取之不尽的宝库。周怀民自幼憧憬黄山，但只有在新中国成立后才有机会几度登临。最末一次是1976年10月，当时他年已六十有九，但仍精神矍铄，手持画夹，勇攀高峰，一路上不停地观景、写生，积累创作素材。为了生动地描绘黄山变幻无穷的景物，他苦思冥想，探索新的章法和笔墨技巧。从现存的百幅黄山草图和成品看来，他是用雄奇简练的笔法，水墨苍劲的大笔皴擦描绘黄山巍峨奇特的石峰，苍劲多姿的青松，用淡墨烘染，略施皴擦的技法画波涛起伏、烟云变幻的云海，颇具匠心。

　　现在黄山宾馆大厅的迎面墙上高挂的那幅《黄山春色》，就是周怀民的一件精心杰作。那巍峨秀丽的峰峦，峥嵘挺拔的苍松，烟雾迷蒙的云海，使人有身临其境之感，充分表现了画家高深的造诣。画上原有邓拓的亲笔题诗一首，谁料，这在"四人帮"横行时代竟是一大罪状，题诗硬是从画上抹掉了，直到去年安徽老书法家赖少其受周怀民之托，才为此画补上邓拓遗诗：

云海迷蒙耸巍峨，黄山丛笏瀑成河。

蒸腾万里丰收景，浩荡千村跃进歌。

削壁松风传劲节，擎天柱石制颓波。

高峰俯瞰朝晖起，大地光明胜慨多。

　　周怀民擅长山水，兼善花鸟，所作梅竹构图简练，笔势遒劲飞动，墨色灵活。近年他老当益壮，又不辞辛劳，亲自到京郊古长城下虎峪存的葡萄之乡写生，对葡萄有新的感受和体会。他画水墨葡萄，吸取西洋画的透视法，注重葡萄的颜色在阳光照射下的明暗变化，然后用酣畅的笔触，醇厚的墨法加以描绘，晶莹欲滴，不仅十分逼真，而且富有立体感。曾被选送到联合国展览，博得好评，于是又有了"周葡萄"的雅号。

　　周怀民不仅是一位画家，而且还是一位美术鉴赏家、收藏家。长期以来他节衣缩食，淡泊自甘，过着朴实无华的生活，而把画画所得几乎都用来购买古画，在他收藏的一百多幅古画中，"明四家"，清初"四王"，新罗山人，以及扬州"八怪"的作品，都不乏精品。尤其是著名的一幅宋人画的"四喜图"

更是难得的珍品。可以说,他在保藏祖国的美术遗产方面是有功绩的。

"老骥伏枥,志在千里",年逾花甲的周怀民,依旧天天手不停挥,不断地进行艺术上的探索和追求,以他的余生为发展祖国的美术事业继续做出贡献。

(原载《南风》)

心中宇宙,笔底世界
——访著名书画家董寿平

今年 1 月,我国画坛颇具影响的画家董寿平在东京等地举办个人水墨画展,引起日本艺术界的极大兴趣,连日参观的人络绎不绝,原来准备的一千册《董寿平画集》仅在三天内就被抢购一空,主办单位不得不立即赶印。画展在东京、大阪展出后,又在日本各地的画廊巡回展出,以便让更多的人了解董老的艺术成就。观众在留言簿上赞道:"董先生的画每看一次都有新的感受,好像他的画是'动'的,是'活'的。"

董寿平,原名董揆,后因仰慕清初画家恽寿平而改为现名。他 1904 年出生在山西省洪洞县的一个书香世家,祖辈均以诗书见长,尤喜收藏文物书籍。董寿平家中世代广集的历代名家字画,文物多达十万余件(卷)。由于家庭的熏陶,他自幼喜好金石书画。1928 年董寿平定居北京,从此致力于中国书画的研究和创作。1938 年后,他在四川一住十二年,饱览江川瑰丽风光,探寻独特的表现方法,常秉烛达旦,乐在其中。他曾多次在四川各地举办个人画展,和徐悲鸿、赵少昂过从甚密。大书法家沈尹默先生 1940 年曾赠诗赞道:"君今年少笔已老,才堪绍述同襟期,自是君家有根底,不比寻常称画师。"可见董寿平时已名扬巴蜀,深受名流的推崇。

新中国成立后,董寿平在荣宝斋长期从事书画的编辑、出版和鉴定工作,同时又是北京画院的画师。

董老擅长水墨黄山山水画和松、竹、梅、兰"四君子"画。这次他在日本展出的九十七件作品中只有一件着色的《红梅》,其余全是水墨画。由于构图巧妙,笔墨灵活,线条富有韵律感,给人以深刻的艺术享受和丰富的联想。董老笔下的艺术世界,之所以耐人寻味,原因正如董老所说:"我画画,力求每一条线既要表现事物的精神实质，同时每一条线还要有作者的生命。""我不是摄影师，画山水不追求毕肖一山一石，而是根据山水的本质，创造自家山水、自家意境。"

黄山，自古以来就以它的奇山千姿，云幻百态，成了丹青妙手驻足流连之地，三百年前这里曾造就了称雄一时的黄山画派，也哺育了黄宾虹这样的山水大家。董寿平在传统的基础上，自辟蹊径。他说："我是看黄山，不是画黄山，看黄山后创造黄山。"他曾每天细观默察，终于悟出黄山之所以千变万化，奇异壮观，主要是由于黄山云在山峰中穿插游动，使黄山变化无穷，层次丰富，气势雄伟。董老在把握了黄山的灵魂，捕捉了黄山的声、光、色、形的凝聚点后，终年累月刻意进行艺术的再创造，努力展现画家心中的黄山意境。因此他画黄山而非黄山，非黄山而似黄山：山，意境清远，奇峰突兀；云，渲染得宜，层次分明；松，一改前人用线之法，以湿墨点擦，显其苍润氤氲。因此观其黄山山水画，往往使人先觉气势磅礴，渐觉山谷生风，风动而云起，云随风涌而成雾，雾随气变而峰现，确有身在画中游之感。

董老的松、竹、梅画作也别具新意。他画松，能手执两管笔同时挥毫泼墨，方丈巨幅，但见水墨淋漓，大气磅礴。他画梅，枝干挺拔，生机盎然，涂点花蕊，婀娜多姿，似有寒香扑鼻之感。在构图上，董老善于运用对立统一法，密处特密，虚处特虚，虚实相互衬托，错落有致。他画竹，潇洒纵横，劲健清爽，用墨更为巧妙，湿笔过处，有如雨后翠竹；枯笔落后，有如临风飞舞。

近年来，董寿平先后创作了《青松图》《红梅颂》《天都春晓》《万壑争流》等佳作。他的作品成了许多国家博物馆和艺术家收藏的珍品，也被作为珍贵礼品赠送给一些国家的元首和政府首脑。他还曾先后三次赴日进行艺术交流。现在他是北京中国画研究会的名誉会长，中国书法家协会的理事。

（原载《南方周末》1985.9.21）

丹青难写是精神
——访著名人物画家刘凌沧教授

在中国历史博物馆古代史大厅内；陈列着一幅堪称鸿篇巨制的中国历史画

《淝水之战》。这幅画描写公元383年东晋和前秦的一次大战。画中交战双方官兵数百人，沿着淝水水陆交错的阵地展开生死搏斗。画家以鲜明的形象，浓重的色彩，生动地表现了战争高潮的瞬间，场面大而有气势，人物多而不乱，既刻画了将士上下同心、英勇杀敌的凌厉气概，又表现了秦军溃败时夺路奔逃、草木皆兵的狼狈情景，显示了画家处理重大题材、描绘复杂场面的圆熟技能。这幅巨作，出自中央美术学院刘凌沧教授的大手笔。

这天，当我登门访问的时候，刘老正在创作一幅李白诗意画。老画家笑笑说："我钦佩李白不畏权势的骨气，喜欢他豪放豁达的性格，所以常画李白像。我刻画面容，力求清秀，塑造身躯，务求潇洒，着力表现出这个具有浪漫主义诗风的伟大诗人的形象。但是描绘古代人物难度很大，构思再三，才能下笔。"由此可见刘老创作态度之严肃。

刘凌沧是我国当代画坛资历深、有影响的工笔重彩人物画家之一。早在三十年代，就已驰名于人才济济的北京画坛。他的作品传统功力深厚，笔墨工致谨严，色调清丽典雅，浑厚沉着，富有诗的韵律，在当今人物画家中独树一帜。

刘凌沧出身贫寒，十五岁拜民间画师李东园为师，后又进中国画学研究会，前后刻苦学画长达八年，终于掌握了民间和文人的画法。他说："在三十年代，我画画，编辑画报，译介过不少外国的美术、戏剧。那时候，我宣传过别人，别人也宣传过我。我擅长的是中国古典人物画，但解放后，有人认为只有画工农兵才算是真正的人物画，于是我只好长时间搁笔。直到1975年我才重新拿起画笔。开始画儿童读物的插图，后来才画古典人物和历史画。"言谈之间，刘老抚今追昔，感慨万端。

继承传统画法与学习西洋技巧的关系，是当前国画界争议的一个问题，我便借此机会向刘老请教。刘老认为，我国的传统绘画技法，是经过千百年来无数画家千锤百炼、推陈出新而形成的一种独特的民族艺术形式。有志于学习和创作中国画的后辈，如果不学习历代画家千百年来创造出来的精炼的绘画语言，那么就不可能画出一幅真正具有民族风格、民族气魄的中国画。他说："我不反对学习外国，也不反对中国画'变形'，但不能脱离中国的实际，要顾及传统和人们的艺术欣赏习惯。这两年，从一些画展上看，有些作者塑造的人物形象，出现了蒙特格里尼、毕加索的画风，我不敢苟同。没有民族性，就没有世界性。从历史上看，纯外国的东西在中国站不住脚，所以我对中国画的前途并不悲观。"

作为一个著名的人物画家，刘凌沧是靠着非凡的毅力登上中国画坛的。在青年时代，他奋发图强，天天伏案作画，几年之内，就积有百幅之多。他的创作主要是工笔人物面，表现历史人物及仕女。除在《北洋画报》和北平的《晨报》画刊上发表外，更多的则流入社会，备受世人称道。

如果说他的创作旺季是在青年时代，那他的艺术高峰却是在老年。近几年，他除创作《赤眉无盐大捷图》《淝水之战》等巨幅历史画外，还创作了不少历史人物画、仕女画。这些作品笔墨苍劲、刚健，画风浑厚沉着，运用传统技法达到了炉火纯青、挥洒自如的境界。1982年，他为邮票发行局创作了一组《中国古代文学家》邮票画稿。在这套邮票画稿中，他采用了在典型环境中塑造典型形象的方法，生动地再现了唐代四位文学家的性格特征和精神风貌，得到广泛的赞誉。

刘凌沧先生一生不慕名利，淡泊自甘，只知潜心艺术。他最大的嗜好是跑书店、买书，唯一喜爱的就是探求新知识。他不仅博览中国古代诗文、绘画论著，而且关心世界政界和文艺界的变化。他崇尚陶渊明的"悟以往之不谏，知来者之可追"这句话，刻章以明志。他还喜欢写日记，五十年来从不间断。

当我结束了这次愉快的采访时，一个有着返璞归真的性格，独立不倚的艺术见解，把教书、治学和艺术创作作为生活目标，"一息尚存，此志不容稍懈"的老艺术家形象，深深地印在我的脑海里。

（原载《南方周末》1985.8.3）

迁想妙得　功在画外
——访中央美术学院黄均教授

鸿篇巨制《红楼梦》问世以来，不知有多少丹青妙手为其众多的人物和脍炙人口的故事写意而挥毫泼墨。但能自出机杼，推出独具风格作品的，并不多见。近观中央美术学院黄均教授近年来画的十几幅《红楼梦》仕女画，构图巧妙，用笔细腻，着色艳而不俗，特别是通过各具特点的人物脸部表情，生动地再现了人物的内心世界，给人以耳目一新的感觉。

请看《史湘云醉眠芍药圃》，实属一幅难得的佳作：小巧玲珑的角亭；鲜花盛开的芍药圃；身段苗条、发髻蓬松、脸带醉态的史湘云，正手托香腮，头枕在花手帕包着花叶作的枕头上，横卧在一张大理石榻上，手中的扇子滑落地上，她的四周是婀娜多姿、艳丽多彩的芍药花，几只蝴蝶正在花丛中翩翩起舞，这画面多么富有诗意。为了丰富画面的层次，画家在亭子与花圃中间设置了一组假山，绕过假山，贾宝玉、林黛玉等惊奇地发现了醉眠的史湘云……

这幅作品，花美、人美、建筑美，充分体现了黄均先生经营布局、绘影传神的不凡功力。

在介绍了创作过程后，黄老笑着说："我一画画什么都忘了，只一心一意想把它画好、画美，但很不容易。《史湘云醉眠芍药圃》这幅画，就几乎费了我一年的工夫。"

黄均祖籍台北淡水县，生在北京，其曾祖黄笏山是咸丰年间的名画家，所画松、鹤、兰、竹，为时人称道。祖父是在台湾中的举人，也会画几笔。幼年的黄均受家学渊源的影响，爱好涂鸦和绘画。十二岁进北京中国画学研究会，随徐燕荪、陈少梅、刘凌沧等名家学画人物，后又随溥心畬学山水。抗战胜利后，他进北平艺专任教，得徐悲鸿先生亲授。新中国成立后一直在中央美术学院从事美术教育工作，桃李满天下。他的学生中包括了孙其峰、范曾等当今画坛名家。

如今黄均先生虽已年过古稀，但依然一边在课堂上传授画艺，一边业余作画不辍。他画工笔，也画写意，人物、花鸟、山水皆精，尤以仕女见长。他画的巨幅历史画《郑成功收复赤嵌城》，曾受到周恩来总理的称赞，现陈列在中国历史博物馆。

在庆祝建国三十周年时，他几经反复，精心创作的一幅《文姬辨琴》，荣获"庆祝建国三十周年美展"的二等奖。去年，为庆祝建国三十五周年，他又画了一幅《心花怒放》，用怒放的牡丹象征祖国的春天，明媚的阳光照在花朵上，照在正在花丛中写生的小姑娘的脸上，花面相辉映。黄老就这幅画解释说："画小姑娘实际是画我。俗话说老小老小，我也是老孩子嘛！现在正赶上艺术的春天，我的心啊，也真是乐开了花。"

黄均先生不仅谙熟中国古典诗词和西欧古典音乐，而且能填词赋诗，练就一手好字。正是由于他兴趣广泛，知识丰富，加上他具有不懈的探求艺术真谛的精神，才使得他所画的作品，不落前人窠臼，而呈现个人的鲜明风格。

这天，黄老还长时间地谈了绘画与文学、音乐等的关系。他说："文学与绘画从表面看似乎关系不大，其实不然。拿诗歌与绘画来说，历来有'诗是有声画，画为无声诗'的说法，可见二者关系十分密切。如清代词人写的'为爱吴江晚景，渡口斜阳相映，点水似桃花，无数游鱼错认，风定，风定，一样落红堆径'。本身就是一幅生动的画面，我曾据此词意画了一张《红叶仕女》。又比如杜甫的'感时花溅泪，恨别鸟惊心'，表现了在国破家亡的战乱时期，诗人对花鸟的特殊感受。我们今天看花、看鸟，虽然心境不同于杜甫，但应该带着感情去看待花鸟，在这一点上，道理是相通的。我看有些年轻的美术工作者不大喜欢文学，只一味追求笔墨技巧，结果画出来的只是重复他所看到的东西，缺乏意境。而意境恰恰是中国画的灵魂。所以我常劝年轻的同志要努力提高文学修养。"

趁黄老端杯喝茶，中断谈话时，我站起身观赏他放在书架上的全套高级录音设备。"您大概很喜欢听音乐吧。"我问。

"很喜欢。我画画所得的笔墨费大都花在买录音设备和音乐磁带上了。我常常是一边画画，一边欣赏贝多芬、莫扎特、施特劳斯等的不朽名曲，真是一种享受。我认为美术同音乐在节奏、韵律、意境等方面都有相通之处，画家完全可以从音乐中得到启发。"

在我起身告辞的时候，黄老郑重地说："我年纪虽然大了，但从艺术探索道路来说还很年轻。艺无止境，无穷无尽的美妙前景，足够我探索一辈子。今后我还要继续努力，争取不断拿出比现在水平更高的作品来。"

(原载《南方周末》1985.10.26)

山青水绿　人情似醇酒
——访在京的广东女画家肖淑芳

吴作人、萧淑芳夫妇住在北京西郊的一个公寓大院里。当笔者走进这个公寓大院，老远就看见她家门前那一片在北京少见的绿森森的竹林和草丛中盛开的各种鲜花。进门后，书架上丰富的籍藏，墙上挂着的吴作人先生画的神采飞动的奔犇，萧淑芳女士画的活色生香的紫鸢，窗台、地上摆的各种各色盆花，缕缕清香扑鼻而来。来到这高雅艺术之家，令人舒心开怀。

一见面，萧淑芳就笑着说："我是广东人。但不能算是地道的。我的父母是广东中山县人，青年时就来到北京。我出生在天津。不过，我的外祖母家在中山石岐，小时候，每隔两年我母亲总要带我回一趟外祖母家。"

萧淑芳告诉我：中山县是她的父母之乡，那里除有她亲爱的外祖母一家外，还有她敬仰、爱戴的叔父萧友梅——中国革命音乐的先驱者，以及她童年的朋友。人对自己的故乡总难忘情，直到现在，当她在任何表格上填写籍贯"广东中山"时，每每在眼前还会浮现出故乡的青山碧水，红花绿叶，以及那零碎而又亲切的童年往事。

我问她："您成年以后，还常回去吗？"她说："解放前，兵荒马乱，关山阻隔，加上有一段时间我在英国学画，就再也没有回去了。直到解放初期，我作为许广平率领的广东土改工作团的一个成员，到广东四邑参加土改，在那里待了近半年。后来因为在中央美术学院教学较忙，很少再回去。1979年春天，广东省人民政府约请我们去广州休息、作画，参观走访了许多地方。1982年底，我们应邀回广东参加广东画院的落成典礼，顺便回到中山老家去看看。"

我请她谈谈近年两次回广东的印象．她兴奋地说："要说印象可就多了，三言两语谈不完，说点总的印象吧。从天寒地冻的北方，回到山清水秀的广东，第一个感觉就是南国风光真是美得很，山是青的，水是绿的，小溪流清澈见底。院子里鲜花盛开，满街都是新鲜的水果，可饱了眼福和口福了。除广州外，我们还到过佛山、从化、中山、珠海、深圳、肇庆等地方。粉碎"四人帮"后，这些地方变化真大，市场繁荣，东西应有尽有，人们穿着的服装时髦，看得出生活好了。农村的大路两旁尽是鱼塘，鱼儿欢蹦乱跳。农民、渔民盖了很多新房，每幢房屋的式样、颜色都不一样，非常漂亮，要是从前真不敢想象。深圳更是一天一个样，1979年那次去，我们住的是一个小招待所，周围还比较空荡．1982年底再去一看，四周已盖起了许多漂亮的房子，紧靠小招待所，一幢现代化的高级旅馆已经拔地而起。蛇口已经成了新型的工商业区，建设速度之快，令人惊讶。"

谈到这里，萧淑芳转身向在旁的吴作人开玩笑地说："广东朋友说你是广东女婿，人家不是叫你'半个广东人'吗，你来补充谈谈吧。""我毕竟是'半个广东人'，感受总不如你深呀！"说着，他也笑了。

吴作人先生说："近几年我们两次回广东，印象最深的是广东人都很热情、好客。每次去广东,都受到热情款待,照顾可谓周到。愿借《南方周末》的宝纸,转达我们的谢意。"

萧淑芳是著名的女画家,精于以水彩画和国画的传统相结合,取材广泛,无不得心应手,近年尤以善画花卉而闻名于世。

萧淑芳早年随汪慎生、汤定之等学习中国画。1926年进国立北平艺专就读,三年后去南京中央大学艺术系旁听,从徐悲鸿学习素描和油画,后又赴英国伦敦专攻水彩画。在欧洲留学时,她还学习过雕塑和木刻。广泛的兴趣和多方面的艺术实践,为她六十年代后转向重点画中国画花卉,奠定了坚实的艺术基础。

萧淑芳爱画花,也爱养花,养花是为了画花。她画花卉,把水彩画色彩的微妙变化同中国画色彩的沉稳结合起来,把西洋画的层次对比同中国画的善于突出主题统一起来,取得了理想的艺术效果。她用墨和国画色石绿、石青等画枝叶,形成强烈的质感!利用水彩色的比较透明的特点渲染出花朵的活泼和明快,从而使她画的花卉显得色彩和谐,既绚丽又淡雅,称得上流光溢彩,栩栩传神。

正因为她是个画家,近年又主要是画花卉,因此每次回广东,她对南国故乡的鲜艳、活脱的奇花异草,总有着格外敏锐的感受。她说:"尤其是1979年那次,一回到广东,满眼花开,又赶上花市,不免喜出望外。我们虽然不常回广东,但广东的乡亲、朋友,倒不时来看望我们,我的确感到故乡是难以忘怀的。"临告辞时,萧淑芳对笔者说:"借你的笔向广东的乡亲、朋友问好,请告诉他们,有机会我们乐意再回广东重温乡情。"

(原载《南方周末》1984.8.11)

状物抒情　寓有新意
—— 记胡絜青和她的作品

胡絜青声名远布,与其说是由于她是中国现代著名作家老舍的夫人,毋宁说首先因为她本人是一位著名的画家。

胡絜青擅长花卉翎毛,能工、能写。她笔下的花卉仪态万千,情趣各别,既有醇厚的齐派韵味，又具有独特的个人风格，写意中带有写实的色彩，遒劲中寓着妩媚婀娜，清新可喜，饶有生活情趣。尤其是她所画的菊花、牡丹，更为精妙。她的作品多次参加国内外展览，无不博得好评。

胡絜青是满族人，出生在北京。她的祖父是清宫的护军，喜欢画画。在这样家庭环境中生活的胡絜青，从小就喜好信手涂鸦。等到她上师范，家里又特意请著名画家汪祁先生教她。她从汪老师那里学水粉画、铅笔画、钢笔画、水墨画，从而打下了一个坚实的基础。后来，她上了北京师范大学国文系，还抽空选修了杨仲子、孙涌招两位老师开设的美术课。

尽管胡絜青有过不少绘画老师，但对她影响最大、教益最多的当推齐白石老人。一般人都以为胡絜青是1951年正式拜齐白石为师的。实际上早在"七七"事变后，她由济南返回北京，在实验女子中学任教时，就通过齐白石的学生杨秀珍，同齐白石老人过从甚密了。她经常为齐白石老人办些事情，深得老人的喜爱。谈起正式拜师，当时的有趣情景，胡絜青至今仍历历在目。她开心地对笔者说："解放后我开始在北京定居，经常到齐老家去。有一次大伙开玩笑说：'你既然那么喜欢画画，就拜齐老师为师吧。'于是把我的头往地上一按，给齐老磕了个头，就算是正式拜师了。"由于胡絜青原有的底子好，所以学起来进步很快。开始她学写意，学了一段时间后，遇到名画家胡佩衡。胡先生劝她不能老画大写意，那样会越画越野。于是她又开始学画工笔。在学习过程中，她没有门户之见，除学齐白石的以外，还广泛涉猎历史上各名家的花鸟画法。与此同时，她还十分注重师法自然，重视写生，强调"永远要看见真东西，然后独出心裁，设计画稿"。

老舍同胡絜青都爱花，也爱养花。他们在四合院的院子里，窗台上，甚至房间里养了很多盆花，最盛时达一百多个品种，其中仅菊花就有二百盆。老舍有腿疾，不利于行，也不利于久坐，写作的时候往往是写几十个字，就到院子里侍弄花草，借以健身养神。而胡絜青没事时就对花写生。她把感情寄托在花草上，天天亲自培土，浇水，细观默察，所以对每种花如何出叶，如何开花，一目了然。她于1960年冬天画了一套菊花邮票，获得了最佳奖。这套菊花邮票，是她在捕捉了菊花的种种动人形态之后，采用勾填和没骨相结合的画法画就的。用笔既工致，又不失简法，敷彩鲜妍，能充分表现出菊花的特点，给人以一种欣欣向荣的感觉。

得天独厚的师承，加上自己茹苦含辛的奋斗，胡絜青的作品很早就具有自己的风貌。从她的作品中虽然看得出师承的影响，但显然已跳出了齐白石的圈子。她画的花鸟，有的严整工致，造型逼真，设色艳丽；有的笔简意繁，充满笔墨情趣；有的是把阔笔写意的花卉与微毫毕现的草虫巧妙地结合在一起，富有野趣，给人以画外的丰富联想。胡絜青在绘画上表现出来的出色才华，得到了齐白石老人的赞誉，白石老人曾在胡絜青画的一幅藤萝图上题道："此幅乃絜青女弟之作，非寻常画手所为。"

在交谈中，笔者还了解到这样一件有趣的事情：白石老人92岁高龄时，有一天午休，作为门生的胡絜青，利用在书房等候的片刻，画了张扇面。待老人醒来一看，颇为欣喜，当即提笔在画上题道："青偶然一挥，足可与予乱真，是可爱也。""偶然一挥"，竟赢得严师"乱真"的赞许，由此可见胡絜青绘画技巧之高明。

胡絜青是1931年夏天同老舍先生结婚的。在他们结伴而行的35年的旅途中，风雨同舟，患难与共，堪称模范夫妻。现在老舍虽不在人世，但胡絜青仍继承老舍的遗志，做着老舍未完成的工作。近几年，她除了同子女一道整理、编辑老舍的遗稿外，还写了许多回忆录和纪念文章。

同时，她作为齐白石的女弟子，依旧日不停挥，在国画创作的道路上，不断地进行探索和追求。

（原载《南方周末》1984.4.21）

妙在朦胧美
——访中年画家朱军山

当我长时间看书或写作感到疲劳的时候，往往会习惯性地把目光移向挂在墙上的朱军山画的《漓江烟雨》。画中那优美的线条，清新、淡雅的色调，朦胧、幽深的意境，梦幻般的诗情，给了我赏心悦目的艺术享受，绷紧的神经顿时便松弛下来。

的确，朱军山笔下的艺术境界是独特的，与之画风相近似的，就我所知是日本画坛巨匠东山魁夷。后者为唐招提寺画的壁画，那完全运用水墨渲染的《桂林月夜》《黄山晓云》《扬州薰风》，别有一种雅静温柔的诗情，而这种宁静之美，在朱军山的作品中也可以明显地感觉到。

在采访的时候，朱军山承认东山魁夷对他的巨大影响。他说，人民画报曾刊登过他画的山水画《春雨》，东山先生看后发觉这是超脱一般中国画的新创。之后，张仃、李可染等著名画家又加以推荐，于是日本"美乃美"出版社于1981年5月特邀他到东京、大阪等举行个人画展，并出版了他的画册。

我在朱军山那陈设雅致的书房里，选阅了摆在书架上的《朱军山之世界》《花之叙情》等豪华本画册。看到东山魁夷亲自撰写的序言，内有这样的话："……在中国美术传统基础上，克服重重困难，创造了独特的艺术风格，表现了诗一般的意境。……这本画集收进的作品，描绘了中国富有生气的感人场面。相信以他年轻的艺术活力和创造性，将会继续活跃在世界艺术舞台上。"由于东山魁夷的推崇，他那次在日本举行的个人画展获得了圆满成功。日本报刊赞誉他是"梦幻般的彩色巨匠""彩色的诗人"。

朱军山自幼喜爱美术。他回忆说："上小学时，我常在一旁观看母亲绣花，不一会儿枕套上和鞋面就会呈现出精美的花卉图案，常使我心往神驰。于是我开始用红土作颜料，画起农村和城市小景。不久我画的庆祝解放的速写，相继在报上发表，这对我鼓舞极大。"1955年朱军山考入中央美术学院，次年转入中央工艺美术学院。毕业后留校任教，长期主讲装饰绘画和水彩这两门课程。

水彩画源于欧洲。朱军山致力于探索水彩的民族化，努力在水彩画中引进中国画的技法，因此他的水彩画，既不同于英国水彩画，又不是我国先辈水彩画的仿制品，有着自己独创的风格。在探索水彩画民族化的过程中，朱军山对中国传统山水画产生了极大的兴趣，因此近年他把精力转向山水画，致力于山水画的创新。他在装饰性山水画方面所取得的成果，引起美术界的重视。

朱军山介绍说："我探索山水画的创新，主要是追求意境。为了创造深远意境，第一，我改变了传统山水画随类赋彩的技法，不去画红花绿叶，而是吸收水彩画用色的长处，追求每张画都有一种基本的统一色调，我喜欢那种冷调子、灰调子"……当然在'统调'中还有节奏、音符的变化；第二，在构图上我更多地考虑装饰性，力图改变传统的山水画近大远小的设景方法，着重表现空间感、云雾感，让画面有一种若隐若现的朦胧感。"

艺术贵在创新，但创新又谈何容易。为了探索装饰性山水画的创作路子，朱军山一面广采博取，有意识地吸收傅抱石绘画浑然一体的整体感，钱松喦苍劲的骨法用笔、富有流动感的云的走势，李可染处理逆光的高超手法，融会贯通，灵活地运用在自己的画上。另一方面他十分注重师法自然，深入生活。他曾多次深入桂林和西双版纳等地，孜孜不倦地观景，写生，并进行艺术的提炼。他认为桂林山秀、水青，色调柔和，作为点景的江上风帆、山坡竹子，也极具装饰性。特别是晨曦中的桂林山水，云雾缭绕，景物若隐若现，别有一种朦胧美。这种朦胧美，把复杂的景物归纳为简练的东西，追求大的色调和逆光效果，形成了独特的朦胧美、装饰美和意境美的山水画风，得到美术界名流的肯定。1983年他在桂林举办个人画展，美协广西分会副主席李骆宾观后题词赞道："妙在朦胧美。"

（原载《南方周末》1985.5.18）

陈雄立与《百鹿图》

前些时候，中年画家、中央民族学院艺术系讲师陈雄立完成了一幅《百鹿图》，笔者得以先睹为快。当他把长卷渐次展开，我从头看到尾，似乎是在跟着活泼可爱的鹿群在大自然的山山水水之间嬉戏、遨游。先是一群生机勃勃的鹿群奋蹄奔驰；累了，就在芳草如茵的草坪上散心，母鹿在前面领路，不时深情地回盼稚气的小鹿；继而是公鹿春季发情的角斗，群鹿上坡、越涧，一只只纵身而过，显示了强劲的生命节奏。随着长卷的延伸，我看到鹿群欢聚在河滩上，或左顾右盼，或俯首吃草，或追逐撒欢，充满了野趣，不一会儿，它们全都进入了梦境；然后又涉江而过，来到了山清水秀的理想世界，最后是鹿场放鹿的生动场面。这幅巨作，想象丰富，构图富于变化，一百三十多只鹿无重复动作，充满了活力和情趣。在笔墨画法上也有独到之处，他用画藤的方法画鹿脚，把鹿脚加以夸张、典型化。画鹿脚，缩短上肢，加长下肢，让鹿显得细高，给人以亭亭玉立的感觉。画鹿身，用李苦禅先生画荷叶的泼墨法，挥洒之间，墨分浓淡，呈现强烈的质感，显示了不寻常的功力。

艺术源于生活。陈雄立画鹿能有今天的面貌，是他长年累月深入生活，细观默察鹿的生活习性，孜孜不倦地学习、创作的结果。陈雄立从小酷爱画画，早年就显示了过人的画才。一次，他参加北京中国画研究会的活动，带去新画的六尺大鹰向画坛前辈请教，正巧李苦禅先生在场。有位画家朝李老说："苦禅老，这是您那一派的。"苦禅先生过来一看，连声说。"好，你胆子大，路子也对头……"当即留下了家庭地址。在此后的二十多年间，他每星期都带着自己的新作登门求教。一次他花了几天工夫，精心临摹了李苦禅先生的一幅画，几可乱真。不料李老看后沉默了好一会儿，然后才语重心长地对他说："雄立，我拜齐白石为师，就是佩服他的革新精神。你也要学我的笔墨技巧和创作精神，用我的笔墨走自己的道路。"几句话使他茅塞顿开。从此他发愤忘食，深入北京大山之中，写生野花佳卉，禽鸟飞鸣之态，异常刻苦勤奋。鉴于鹿性情温驯，群居友爱，惹人喜爱，而别的画家又很少涉笔，于是他从1972年开始，决心集中精力画鹿，想通过画鹿锻炼自己的笔墨，闯出一条新路。那时，他在中学教美术，一有空就去动物园、鹿场，对鹿写生，一画就是一天。……就这样，他画了足有半米高的速写稿，练就了一手默写鹿的动态的硬功夫。掌握了自由挥写鹿的神态的技巧后，他又精心研究如何化为自己的笔墨，开始用填墨、勾填，都不理想，后来经过几年的摸索，才决定采用现在的泼墨法。

近几年，陈雄立已是画鹿名手，曾应邀在劳动人民文化宫、中国美术馆，为外国客人作现场表演，博得赞誉。去年夏天，他的八幅鹿图，被选送参加了在日本举办的"李苦禅父子及部分弟子画展"。李苦禅先生生前曾在他的《鹿鸣图》上题道："雄立画鹿有年，此幅为得意之作，唯其画志远大，当然不以此为止境也。"

陈雄立现在是中国美术家协会会员，北京中国画研究会理事。几十年来，他潜心艺术，不求功名，但只追求自家笔墨，实难能可贵。我们祝愿这位异常勤奋的中年画家，继续奋进！

（原载《南方周末》1985.4.6）

他有一双奇妙的手
——访著名篆刻家、书法家李文新

去年十月，李文新应日本泛亚细亚文化交流中心的邀请，再次访问日本，并在中国青铜器赴日展览会上，为日本和西方观众作现场的篆刻表演。据日本报刊报道，他握石稳如山，挥刀快如风，一刀入石，一面如利剑劈削，斩钉截铁；一面却如斧击凿穿，侵蚀斑驳，极尽金石之妙。尤其难得的是布局极具匠心，章上的密处都能显示出分明的层次和厚密的效果；而虚处则有缥缈含蓄和灵动活脱的意境。仅短短的一刻钟，一方精美的"百花齐放"印章就摆到了观众面前，观者喝彩叫绝。有人惊叹地赞道："真是一双奇妙的手！"

眼见为实。笔者倒很想见识一下李文新那双与众不同的手。春节过后的一天上午，我来到了坐落在北京著名文化街——琉璃厂东街的萃文阁。李文新是这家久负盛名刻字店的著名篆刻师和书法家，每天来这里向他求刻求字的中外宾客络绎不绝。我进了他那陈设简朴的刻字间，他热情地迎了上来。他，中等个头，敦实，魁伟，头发虽已斑白，却显得老而不衰，圆圆的脸额下，一双剑眉飞舞，目光炯炯有神。他伸出手来同我握手，我发现这不过是一双普普通通的手，只是由于常年握石操刀，略显粗糙、厚实。但那清晰暴出的条条青筋却告诉我这是一双经过艰苦磨炼的手，是一双无一日懈怠的手。

李文新告诉我：他十二岁开始学习篆刻，老师是开设萃文阁的著名书法家魏长青。在当学徒的头几年，他白天买菜、做饭、打杂，忙得团团转，只有到了晚上，才有时间练习写字、刻章。他给自己立下规矩：每天必须熟记背写六十个《说文解字》上的篆字。会写之后，便开始练习着刻。先是学元朱文印（现称铁线篆），一笔一刀，孜孜不倦。有时，他拿根木棍在地上不停地划，有时又找块石头一刀刀地刻，即使躺在床上，手还不停地在肚皮上划来划去，小小年纪，即为刻章而身心憔悴。

李文新颇有感触地说："业精于勤，这话不假。小时候我家境贫寒，只上过六年私塾，并无艺术根底，全凭笨鸟先飞，勤学苦练，天长日久，才慢慢摸出了门道。但对我治印产生关键影响的是我有机会目睹前辈篆刻名家的刻章。那时候，萃文阁常为社会名流包揽刻图章为活。我趁着去各家家里送活、取活的机会，留心观看齐白石、张志渔、刘博琴等名家的篆刻。其中对我影响最大的当数齐白石先生。白石老人是用单刀刻章，他在笔画的正中下刀，然后自内向外一刀冲去，一边残破，一边不破，显得大气磅礴，饶有画意。我常常默默地站在一旁观看，整个身心全被他的手牵动着，他左一刀，右一刀，我也左一划，右一划，到了忘我的地步。后来，我把各个名家治印的特点吸收过来，用到自己的刀下，才渐渐有所发挥，这样我就逐渐形成了自己的风格。"

如今，李文新已是一位技艺圆熟，风格独具的篆刻家。他刻字讲究"书从印人，印从书出"，布局如绘画，刀法有生气。他擅长单刀刻章，人称"单刀大将"。观其所刻图章，无不构图精美，婉转奔放，疏密相宜，锋刀毕现，方寸之地，气象万千。他的书法古朴苍劲，妙趣天成，同样为人称道。李文新刻章在国内外享有盛誉，因此近十多年来，不仅国内许多名家请他治印，而且有越来越多的外国名人，慕名求他墨宝，请他治印。他先后为日本前首相田中角荣、大平正芳；现首相中曾根康弘，加拿大前总理特鲁多，芬兰总统吉科宁，以及西园寺公一、井上靖、詹姆斯·赖斯顿、韩素音等人刻过印章。他在这些图章上留下这些著名人物的名字，也把中国人民的友好情意铭刻在他们的心上。

（原载《南方周末》1985.7.27）

半世风流　五本翰墨
——石鸣书法之我见

　　石鸣，本名陈维棋，原籍福建长乐市，生于福清市。父母早逝，自幼失爱，幸得养父母收养，茹苦含辛地将他养育成人。家庭的突然变故，早年的艰难困苦，感悟人间的不公与不平，使他过早地感受到人情冷暖和人生遭际的无助、无奈。但他始终不畏艰难，不避艰险，直面苦难，笑对人生。1960年他从福建工艺美术学校毕业，人生路途依然坎坷。但在生存环境残酷，生存竞争激烈的现实中，他却以七尺男儿的铮铮铁骨，肩启命运的闸门，靠顽强毅力，不懈奋斗和永不放弃、永不言败的精神，硬是闯出一条生路。1979年迫于时势举家前往香港定居，先是经营旅游巴士生意，在商海波峰浪谷中挑战自己，成就自我。待稍有积蓄，兴趣开始转向收藏、交流寿山石。靠名师指点，凭自身悟性，刻苦磨炼成才，由一个中专生而成为闻名遐迩的集收藏、鉴定、研究、开发、传播于一身的寿山石收藏家、鉴赏家、研究者、出版人和发现、培养寿山石雕专门人才的伯乐、良师。他曾先后编辑、出版过四部巨型彩册《八闽瑰宝》，并写了数百篇见解独到、文采斐然的品石评石的文章及诗歌、散文；还拍过数以千张的精美照片，成为写作与摄影的高手。近十年来，因身患严重的哮喘病，坐卧不宁，行动不便，于是开始转向修身养性，沉潜于书法艺术的创作。

在膜拜金钱、急功近利、物欲横流、道德滑坡的当下，有多少人能拥有心无旁骛，不为利诱，不为钱动，而能潜心夜读，品茶论道，对月吟诗，临湖垂钓的闲情逸致。更不用说像石鸣先生那样多年如一日，一心向佛，痴迷于读书、写作和潜心于艺术创作。更为难能可贵的是，石鸣以年过花甲的孱弱之身，从天刚破晓，直至夜阑更静，手不停笔，躬耕墨坛，创作了数以千计的各体书法作品。其书法作品曾多次在国内外举办个展，并结集出版了《石鸣书法》寿山篇，儒家篇，佛家篇；即将出版的还有好几册。特别是创新的书法名篇，世誉"天下描金佛书第一长卷"（108米）等鸿篇巨制，不能不令人心灵为之一振，油然产生钦敬之情。故石鸣先生实为当今艺坛一大怪才，一大奇人。

石鸣书法就像一座姹紫嫣红的百花园。综观石鸣书法作品，五体兼备，内涵丰富，形态各异，风格独具。观之令人目眩，品之令人叹服。

石鸣善写多体书法，兼及正书、行书、隶书、甲骨文、篆书、新魏体、自由体，且无不得心应手，无不皆精。生动多变的笔姿，富有神韵的笔法，让不同书体的书法作品，互为映衬，互为补充，从而形成异彩纷呈的石鸣书法大观园。

石鸣书法内容涵盖时政热点、伟人名言、古今诗文、名家对联、处世格言、思亲怀友、儒、道、佛真言，几乎无所不及，无所不包。观赏其书法作品既可得到情操的陶冶，心灵的净化和艺术的享受，还可拓宽视野，增长知识，提升文化修养。

石鸣书法作品，形式、尺幅各异，有直幅、横幅，对联，条屏，扇面，手卷，册页等；既有鸿篇巨制，也有精致小幅，构成琳琅满目的书法长廊。

石鸣书法，兼采众家之长，集合诸体之美。他的书法，字由心生，笔随情移，运笔老练，笔墨纵横，通过点画线条的强弱、浓淡、曲直等丰富变化，兼以字距和行间的分布，或朴厚劲挺，力透纸背，或瘦劲清逸，精灵秀挺，或飞舞飘逸，潇洒生动，从而构成华美的篇章，如同一幅赏心悦目的画卷。

他的隶书，在传统名篇的体方笔拙、遒劲稳健、浑厚雍容、气质高旷的基础上，推陈出新，加以改造、变化，显得密疏纵横，遒劲丰润，爽利挺秀，英气逼人。

他的行书，纵横潇洒，笔势飘逸隽秀，点画跳跃，以欹为正，体势开合，体现如行云流水般流畅自然的特点。

他的"自由体"书法，更是随心所欲，笔到情生，挥洒自如，飞舞飘逸，气象万千，生意盎然。

石鸣部分书法作品的一大特点是，犹如昂扬激越的时代进行曲。作为一个在商海拼搏数十年的商人，一个痴迷于艺术的老文人，既身世坎坷，又历经人事纷争的洗礼，深受政治风云变幻的良心拷问，却能不以物喜，不为己悲，始终满怀家国情怀和秉持人文关怀，为祖国过往的贫穷、落后而忧心忡忡；为祖国的浴火重生和为中华民族的伟大复兴而感到欢欣鼓舞。因此他才会在获悉"神九飞天""航母服役"，中国海军从近海开向远洋时而心潮澎湃；因聆听习近平主席向国人呼吁为实现中国梦而奋斗，向世界发出维护国家主权的最强音而怦然心动，欢欣鼓舞，当即满怀激情写下《人民对美好生活的向往，就是我们的奋斗目标》《中国梦》《扬我国威，壮我军威》《强国梦、强军梦》等充满当今时代精魂的书法作品。以书法作品及时反映时代跳动的脉搏，撼人心灵，催人奋发；用书法服务于政、经大事，这在一般书法家中是很少见到的。

石鸣书法，更像一支灵魂交响曲。他从一个商人蜕变为一个文人，有赖于他长期沉浸在书海，广泛猎取文史哲知识，并以批判性的思维鉴伪识真，不断提升自己的综合文化素养，从而使自己成为一个颇有造诣的"杂家"。近十多年，他面壁自省，苦心创作，不仅借书法修身养性，以精神疗法强身健体；而且是把个人的悲欢苦乐倾泻到纸上，融汇于书法作品中。他把对祖国的热爱，对民生的忧虑，对尘世的观察，对人情的感悟，对亲友的思念，对弱者的同情，种种交织于内心的思绪、情感，全都通过一件件书法作品，特别是"自由体"书法，淋漓尽致地体现、表达出来。动乎情，发乎声，聚焦于笔端，通过长短、粗细、曲直和一波三折的线条，兼具用笔之徐急、轻重、虚实呼应及空间构架，乃至纸的底色、墨的浓淡相互呼应，从而构成左右匀称、上下平稳、轻重均衡、布白停匀、对比调和、笔姿生动、笔法自然、飞舞飘逸的神妙之作。可谓"音乐之韵律，飞舞之姿态"。故有观众留言，称之为"纸上的舞蹈，无声的音乐"。

石鸣创作的"自由体"书法作品，之所以显得那样潇洒灵动，飞舞飘逸，正是因为他的笔端，时而奔泻热烈奔放的感情，振奋昂扬的精神；时而凝聚着隐藏在心底的情愫，刻骨铭心的怀念；时而流露怅然若失的茫然，难以名状的孤寂……而这一切复杂交错的思绪、情感，都会在他挥毫落笔之际，心慕手追，幻化成一篇篇挥洒自如、一气呵成的"自由体"书法佳作。

中国不缺书法爱好者，不缺以卖字换取钱财的文人墨客；但欠缺把书法当成崇高的文化事业，不以卖字为生而又深有造诣的书法家。如是观之，石鸣先生的生命格调和个性特色更值得赞赏。这由他的书法个展内外好评如潮，足可印证。作为同龄老友，我衷心祝福他永远充满生命的活力，并继续焕发艺术的青春，创作更多、更好的书法珍品。

（草于 2014 年 10 月 27 日）

第三辑 装饰艺术家

第二篇　苏轼与宋诗

白头不减青春志
——访造型艺术大师郑可

我在中央工艺美术学院特艺系主任袁运甫先生家里认识了郑可教授。袁极力推荐我采写他，说郑可教授是我国工艺美术界的元老，一生遭际坎坷，但不改爱国初衷，而今年逾八旬仍不离教席。就其工艺美术才华来说，几乎可以说是无所不能。他有个雅号叫"破烂教授"，破铜烂铁到了他手里，也可以变成工艺品。后来我见到著名的油画家、敦煌学家常书鸿先生，提起郑可教授，也夸奖不已，说他第一个到法国学习工艺美术，四十年代初就创办了塑料模具厂，开始制造塑料制品，是极力倡导工艺美术与现代科学技术相结合的第一人。过了不久，我又碰到郑可带的研究生吴少湘，说起他的导师，崇敬之情溢于言表，他认为郑老多才多艺，特别是在雕塑上的天赋，难有人超过他，但他不善于处理复杂的人事关系，看不惯就说，为此吃了不少苦头……

传奇般的经历，非凡的才华和与众不同的性格，使我急于了解郑可教授。一个星期天的早晨，我敲开了他的家门，进了他的书房兼工作间。房间里靠墙的书架上堆满了书籍、文稿、画稿和他制作的金币、异形陶瓷工艺品，书桌上凌乱地摆放着他画的草图，写的教学计划，以至自制的炭笔、刀具和油泥。

一见面，郑老就不无自豪地说："我生于1905年，经历清朝、国民党、共产党三个朝代，但我眼不花、耳不聋、腿不弯，现在每天还能工作十二三个小时。除了教课，我还带研究生，跑邯郸、清河和房山，给技术人员和工人讲课，指导他们生产。我没坐小车的福气，来去都是挤公共汽车，要说挤公共汽车的艺术，我可以写一篇论文。"说完他开怀地笑了。笑过之后又不无感慨地说："我二十二岁去法国学工艺美术，今年都八十一岁了，还能干几年？很可能明年就站不起来，干不了。现在我想干的事情太多，恨不得一天当两天用，但设想蛮多，建议也提了不少，可实际做起来又谈何容易，所以有时我自嘲是'白日做梦'。"

八十一岁的老人，尽管无情的岁月，坎坷的遭遇，在他那宽大的前额上刻下了一道道不规则的纹路，但并不给人以老态龙钟的感觉。在他那清瘦的躯体内，似乎蕴藏着无穷的活力。我的提问，勾起他绵绵不尽的回忆，他时而深沉、时而激动，带着浓重的广东口音，断断续续地叙述了他的过去和现在——

郑可原籍广东省新会县，生于手工业发达的广州。住家周围的几条街，一条街做家具，一条街以象牙雕刻为主，另一条街的手艺人专做牙刷。幼年的郑可，老爱往那几条街钻，常常入迷地站在一旁观看工人师傅一双巧手如何制作那些既好看又实用的小工艺品。十六岁时，他一面读书，一面跟随老艺人学象牙雕刻。郑老说，他至今还能刻象牙。

在中学读书时，他的物理、化学成绩很好，加上又有实际操作技能，于是1925年孙中山逝世时，他便开始制作孙中山纪念章。做好后拿到中华书局广州分局去卖，一元钱一个，总共卖了几千元钱。

1927年，二十二岁的郑可听说法国的艺术教育非常发达，唤起了他的强烈向往，于是他带着美丽的梦想，只身漂洋过海，来到了花花世界巴黎。先是在哥伦诺布市初等美术学校学木雕，第二年考入巴黎国立美术学院学雕塑。1928年受工业救国思想的影响，改进巴黎工艺美术学院，选择当时很少人学的工艺美术。他不迷恋巴黎的灯红酒绿，不涉足酒吧舞厅，而是专心致志学习雕塑、陶瓷、染织、室内装饰、家具雕刻、造币和金属工艺。毅力加勤奋，使他很快掌握了多方面的技能，成为一个工艺美术家。他雕塑的一个意大利同学的头像，在巴黎沙龙展览时获奖。

"我先后两次去法国学习，第一次学了十年，十年间拜过四个老师。"郑老回忆说。"一个搞雕塑的叫让朴舍，他的作品风格是浪漫主义的，但又具有浓重的现实主义成分，构图十分严谨。我和刘开渠同是他的学生。一个搞室内装饰，一个搞工艺美术，一个搞金币制造。其中对我的人生观和美术观点的形成影响最大的是波里老师。他原是个工人，经常跟我说他每天要工作十六个小时。后来他靠自己的努力考上巴黎装饰美术学院，毕业后到一个小城镇职业学校当教师。他和他的夫人、女儿，把我当作家人；波里老师不仅教我工艺美术，而且常同我谈人生，谈艺术。他非常勤奋，画很好。一次他的画送去巴黎沙龙展览，可我去观看的时候，找遍整个沙龙也没见到他的画，后来终于发现挂在楼梯下面。对此他无所谓，他说他画画是为了艺术，不是为名为利。我后来只问耕耘，不问收获，只知道工作，从不计较待遇，就是受他的影响。

他有一个观点，干就是理论，不干有理论也没用。一次他讲'图案'，我听不明白，就向他借'图案'书看。他说这书讲的很有道理，但你看了没用，你画多了，就会明白'图案'是怎么回事。我同意他的观点。我们现在有些年轻教师，讲起理论有一套，但没有创作能力。比如写文章，要想写好文章就得多写，光看如何写好文章的书，是写不出好文章的。自然，我并非反对学习理论。"

二十年代初，同郑可先后赴法留学的常书鸿、王临乙、刘开渠、冼星海，不是学油画、雕塑，就是学音乐，而郑可却偏偏选择了工艺美术，走当时还很少人愿意走的冷僻道路。为什么？郑可颇有感触地解释说，那时中国已经推翻了帝制十多年，但社会却并不因此而获得安定发展，科学技术落后，工艺美术更谈不上，从建筑装饰到纺织印染，以至铸造货币，都得依赖从外国请来的技师。他不甘心祖国永远落后，立志通过自己的奋发努力，改变这种事事依靠洋人的屈辱局面。

"我原先在国内喜欢音乐，从未学过美术，但后来却一辈子搞工艺美术，也许这是命运的安排。"他继续回忆说。"在广州上中学时，我吹黑管。我还出面组织了'中华音乐学会'。当时冼星海是岭南乐队的指挥，我拉他参加了我们的学会。以后我们俩先后到法国勤工俭学，住在同一间旅馆。那时，冼星海常常在饭店、咖啡馆拉手提琴，挣不了多少钱，没法子又到旅馆帮人家修脚。我的境况比他好一些，因为我会做手工艺品，可以卖钱，有时在经济上还能帮他一把。"

"在巴黎期间，有一件事对我后来的生活道路影响很大。一天，有个人叩开我的房门，经介绍知道是十九路军的军需官，他从国内到美国，打听到我在法国学工艺美术，便找到巴黎。他说蔡廷锴、陈铭枢希望我学室内装饰，回国后帮他们在上海搞个大旅馆，我答应了。后来，陈铭枢又准备在广州开办艺术大学，便拿钱资助我、马思聪和冼星海，让我们学成回国后进这间大学任教。

时间过得飞快，转眼郑可在法国已经度过了八个春秋。当时他已取得了令人注目的艺术成就，本可以在巴黎安安乐乐坐享一个艺术家所能享受的优裕生活，但他却一心思念着自己的祖国，渴望把自己掌握的艺术献给中华民族。1934年，他告别了老师和同学，离开了风光明媚的巴黎，回到了广州，在勷勤大学建筑系任室内装饰教授，同时在广州美术专科学校兼教雕塑课。

1937年，郑可受命去法国参加世界博览会，博览会结束后他继续留在巴黎几家工厂学习技术。但他时时感到处在水深火热之中的祖国在召唤他，因此第二年再次决意回归祖国。由于当时广州已陷于日本侵略军的铁蹄之下，他只好中途滞留新加坡，在一家家具公司担任设计。

1940年，在蔡廷锴、陈铭枢的支持下，郑可在香港开办了中国第一家自行车厂，之后又相继搞了建筑美术厂、塑料模具厂、汽灯厂、陶瓷厂等八个工厂。他每天废寝忘餐地奔走于八个工厂之间，尽其所能把工艺美术与现代科学技术紧密地结合在一起，利用现代科技的进步不断地推动工艺美术的发展与革新，取得了可喜成就。郑老说，直到现在香港还有以他名字命名的工厂。

1949年秋天，当郑可听到中华人民共和国成立的喜讯，毅然决定抛弃他所经营的那几家规模不算很小的工厂。1951年，他应廖承志之邀，带着四名技术熟练的工人和机床，举家回到了北京。年轻的共和国敞开胸怀，拥抱了这位归来的儿子。

刚回国，他在廖承志任院长的中国青年艺术剧院搞美术工厂。当时，他年富力强，渴望工作，他忙、他累，但他激动、兴奋，他打算在祖国工艺美术园地上大显身手。

1953年，徐悲鸿、江丰、张仃推荐他到中央美术学院实用美术系和雕塑系任教。遗憾的是，历史开他玩笑，仅仅因为他不是党员，又有海外关系，加上秉性耿直，说话不留余地，他并不受重用，他的才能无法充分发挥。1956年，他转到中央工艺美术学院任教。第二年，在反右斗争的浪潮中，因为他支持庞薰琹副院长关于传统的工艺美术必须改革，民族的工艺美术必须借助现代科学技术才能得到发展的观点，被错划为"右派分子"，戴帽下放到北京工艺美术研究所。

他怀着救国的理想出洋留学，抱着报国的信念回国工作，做梦也没想到会被打成反党反社会主义的什么"分子"。但母亲误解了他，他并没嫌弃母亲。为改变北京工艺美术研究所落后的生产状况，他呕心沥血，大胆革新，连续取得了"用工业电解原理处理工艺美术品""超声波雕刻玉器""改手工磨玉为电动""旋压加工金属器皿成型"等多项科研成果。这些成果现在已被广泛采用。郑老满怀深情地回忆说："回国三十多年来，在北京工艺美术研究所的四年，是我最得意的时期之一。你听着也许会感到奇怪。实际是我尽管是'右派'。但当时的轻工业部人事局长赵品之和所长杨明副并没有歧视我。我到现在还感激他们两人对我的关心和支持，感谢同我合作的工人兄弟们。不幸中的大幸，使我在逆境中看到前途，我决心把自己掌握的知识和工作中积累的经验整理成文，奉献给国家和人民。我花钱请了一个人帮我写作，五年间共写了二百万字初稿，可惜我没有精力作进一步的整理，直到现在还压在箱底。后来我又写了约二百万字的东西，加起来总共有四百万字。我相信这些东西现在拿出来还是新鲜的，有用的。"他的话说得很平静，却在我的心灵的回音壁久久回响。

我翻阅着一本本装订成册的《现代工艺设计教育纲要》《设计基础》《轻工业品设计总论》《现代工艺运动及其发展》《振兴我国陶瓷事业》《小型工艺美术品生产计划》等等，思绪万千。透过字里行间，我仿佛窥见一个老工艺美术家的一颗赤诚的爱国之心。

几经磨难，历尽人世沧桑而毫无怨言，为了祖国的工艺美术事业而殚精竭思，贡献一切，难道还有什么比这更能说明郑可先生的为人和心迹吗？

中国有些事情真是奇怪，不学无术，善于钻营的可以飞黄腾达；而有真才实学，又愿意报效祖国，仅仅因为秉性耿直，敢讲真话，却往往命运坎坷，忧患随身。

十年动乱期间，批斗、审问、抄家、打骂，像阴影般一直追随着郑可。三年蹲"牛棚"，连厕所都不准上；为防止自杀，通夜开灯……后来因为他是"死老虎"，榨不出什么油水，就把他下放到乡下。尽管丧失人身自由，处处受到监视，但他依旧尽力为社会作贡献。他给农民老乡画像，帮社员修脸盆、水桶、饭锅、茶壶；捡破铜烂铁、碎木头，制作烟斗等小工艺品，被人称作"破烂教授"。那是一段苦涩的记忆，郑老不愿意细说。他强调风暴毕竟已成为历史，阳光重新照耀到他身上。他说："粉碎'四人帮'后，一切都在好起来，党和政府支持我继续工作，我没有理由不尽心竭力。我已苦干了十年，希望还能健康地为祖国再工作十年！"

为了夺回那丧失掉的十年宝贵时光，粉碎"四人帮"后，年迈的郑可教授争分夺秒，同生命作竞赛。

为了装饰北京饭店，郑老亲自到邯郸陶瓷研究所，同那里的工人相结合组成了一支几十个人的创作队伍。他们在郑可先生的言传身带下，只用了短短的三个月就完成了1800余件装饰陶瓷。这些造型独特，手法夸张，形神兼备，具有第一流水平的作品，除去满足北京饭店的室内装饰外，一经投放市场很快就被抢购一空。

1977年刚刚粉碎"四人帮"，他便接受财政部的委托，搞了一个训练班，为财政部代培金币设计人员。现在这些人都成了我国金币制造工业的设计骨干。

至今，年过八旬的郑可教授还活跃在教学第一线。他带三个研究生，教一个装饰雕塑班，并负责郑可工作室的领导工作，那里有十几个他的助手，他给他们讲解现代工艺美术理论，作素描、速写示范，同他们一道创作大型装饰雕塑作品。

他热衷于社会公益事业，有求必应。眼下他在北京郊区清河办了一个模具班，一个星期去两次，挤公共汽车，一趟倒三次车，花时一个半钟头。他还答应为北京房山县培养四十名工艺美术人才，帮他们设计一个公园。

为振兴祖国的陶瓷事业，除跑北京郊区外，他还奔走于外地的几个陶瓷工厂。邯郸磁州窑是他的教学基地。在那里，他不仅先后为当地培养了五个厂长，而且为厂家设计了许多大大小小的异型的烟缸、茶壶，以及动物作品。

他设计烟缸、茶壶，摆脱传统的造型规范化的原则，极夸张，提炼之能而无矫揉造作之态，造型奇特，形态生动，且式样繁多，无一重复。

他的动物作品，造型可爱，不但表现了动物的生态，并且抓住了一个动物的某一部分，夸张它的特征，赋予它以人的感情和性格，如象的纯朴，驴子的天真和俏皮，狐狸的娇媚……

郑可教授的陶瓷作品独具风格，为人称道；而他的人像浮雕，更是个性鲜明，不同凡响。他改变传统的"比例压缩的浮雕表现方法"，提出并实践"纳光纳阴"的浮雕理论，巧妙地利用人们视觉上的错觉，以虚代实，以凹代凸，将人的面部、五官、头发都统一在一个平面上，利用先在体面上产生的浓淡变化，塑造了许多栩栩如生、极富立体感的形象。凡看过他创作的古代诗人、人类伟大的思想家和政治家，以至炼钢工人、农民的人像浮雕作品，无不印象深刻。

郑可教授是一个难得的艺术家，他具有渊博的知识、卓越的艺术才华和娴熟的操作技巧。更为难得的是他赤诚爱国，忘我工作。按他的话："我积几十年的经验，脑力劳动可以锻炼身体。我脑子没有一分钟停下来，老在思考问题，考虑如何振兴和发展祖国的工艺美术事业。"

最近，他受院领导的委托，正筹备金属工艺专业，写教案，培师资，准备自1988年开始招收第一批本科新生。

他连年被评为中央工艺美术学院和轻工业部机关的先进工作者，北京市人民政府和轻工业部聘他作工艺美术顾问，山东轻工业学院聘他任客座教授。同时他还曾经是全国科协主席团中唯一的一个艺术界人士。

他淡薄自甘，不求闻达，虽不像一些绘画大师那样名闻四海，就其才华和造就而言，他的的确确无愧于"大师"的称号！

（原载1987年《装饰总汇》第七期）

呼唤服装设计的春天
——访服装专家白崇礼

中央工艺美术学院服装设计专业创始人白崇礼副教授，是我国第一个服装教授。几年来，他不辞辛劳地办班、讲课、编教材、写书、亲自设计新式服装，积极参加服装展览和评奖活动……为培养人才，为美化人们的生活，他像是蜜蜂不停地在服装百花园中采花酿蜜；又像是春燕在不住地呼唤服装设计春天早早到来！

造就人才

1980年初夏的一天，轻工业部两位副部长找到中央工艺美术学院张仃院长，要求当年秋季开设服装专业。院长找来白崇礼，让他挑起这副重担。要在一缺教师，二无教材的情况下，两三个月之内就开始招生，并非易事。但白崇礼想到人才奇缺，是服装工业上不去的一个主要原因，如果不赶快培养大批服装设计人才，百花盛开的服装春天是盼不来的，便毅然承担了下来。

经过几个月的紧张筹备，终于开设了我国第一个服装专业，并从全国挑选了十五名优秀学生，加上十个在职进修的，开始了艰难的拓荒事业。

白崇礼告诉我："五年来，已经有几届学生毕业了。除外，我们还根据轻工业部的要求，办了十几期全国性或地区性的短训班，一共培养了上千名服装设计人才，分布在全国各省、市。从教学效果看，有的学生救活了一个工厂；有的回厂后很快使本厂的新产品投入批量生产；还有不少学生回到各地后自己独立办班。北京的李艳萍、天津的陈兰琦、广东的庄寿明等，都已成为知名的服装设计师，并培养了不少人才。

"学生在校期间，我就让他们参加社会上的服装设计和全国性的服装评奖活动。例如在北京、桂林、呼和浩特、烟台等地综合工厂的产品进行服装设计。像第一、第二届的'中国时装文化奖',以及中央电视台和《时装》杂志联合主办的'春秋时装设计大奖赛',我们的学生的得奖大约占三分之一"谈到这里,这位两鬓披霜的服装专家欣慰地笑了。他接着说:"我希望将来有一天,我们的学生得的奖品占十分之一二,那就说明全国的服装设计力量雄厚了。"

我们正谈得热烈,一个打扮得体、中等个儿的青年女子推门进来,经介绍原来就是天津的陈兰琦。她于去年九月在天津人民礼堂举办了个人时装展览,今天特地带着好几卷彩照来向老师报喜。

二百多个新颖别致,美观大方,既有民族特点,又有时代感的中青年女装和男青年时装款式,展现了这位青年服装设计师的不凡才能。陈兰琦自我介绍说:"我原来在天津服装一厂工作。1980年考取中央工艺美术学院服装专业,在老师们的精心培养下学习了两年。毕业后被分配到天津电影制片厂工作,先后担任《失去的歌声》《书剑恩仇录》和《伟大的历史转折》等影片的服装设计。业余时间,我抓紧时间设计生活服装,这次时装展览展出的各款时装,就是我利用业余设计的。"

"我能有一点点成就,多亏老师们的栽培。在校得白老师亲授,毕业后我经常来向白老师请教。这次我搞个人时装展,就是在白老师指点下准备起来的。去年九月十八日那天,白老师特地赶到天津参加开幕式,给我以力量和鼓舞。"

白崇礼的另一个出色学生是北京的李艳萍。三十五岁的李艳萍,是近年来初露头角的时装艺术界的佼佼者,曾荣获首届"中国时装文化奖"优秀奖。过去她是中国铁路文工团的舞蹈演员,1980年,她曾为她所在的文工团设计了演出服装,不久她进入中央工艺美术学院服装专业进行深造,两年后毕业。

近几年她为国内外设计了好几百套服装。1984年国庆节,她为国庆游行的文艺方队设计的乳白色男西服和洋红色女旗袍受到称赞。

今年三月,她携带自己设计的二十件旗袍参加在东京举办的中国商品展销会,获得巨大成功。《朝日新闻》以家庭副刊的四分之一版面介绍了她的作品,醒目的标题是:"你不想穿一穿中国的服装吗?她的设计突出了女性的曲线美,吸收西方营养又保留了中国传统。"

赴日之前,李艳萍多次登门求教于白老师,从白崇礼那儿得到具体的指点。

辛勤笔耕

近两年编辑出版服装书籍成为热门，各种各样的服装书籍陆续问世。但在八十年代初，白崇礼主持筹办服装专业时，这方面的书籍却寥寥无几。为了给学生提供基本的教材和参考书，他在繁忙的教学工作之余，牺牲节假日、休息和娱乐，或独立著述，或组织服装师傅、青年教师、进修生一块儿编写，把自己长年累月的研究心得和教学经验，加以系统的总结和提高。几年来，他和他的同事们，先后编写了《服装造型工艺基础》《服装美术基础》《服装设计基础》《服装概论》《服饰美学》《中国服装史》《外国服装史》等教材。此外，为适应社会上广大读者的需求，还利用寒假组织学生编绘了《新式男装》《新式女装》《新式童装》《实用服装剪裁法》等书籍，为社会提供了一千多种基本的服装款式。

在编书的过程中，白崇礼他们参考借鉴了国内外有关资料，并通过试讲和到一些省市服装基层单位征求意见，集思广益，几经修改才最后定稿。因此这些书既有理论性的阐述，又有很高的实用价值，受到普通好评。

在这些书籍中，白崇礼要求服装设计者要有广博的知识和多方面的艺术修养。要具有欣赏能力，掌握设计的原则、成衣知识、服装市场的变化、服装历史、服装与社会的联系，懂得色彩的性格，配色的方法，以及布料种类、花布印制等；同时还要熟悉不同国家和地区的不同爱好、习俗，以及服装款式，面料色彩的变化趋势。

更值得指出的是，不管是编写理论性的教材，还是普及性的小册子。白崇礼始终坚持自己独立的服装观。他认为服装是人创造的，应该为人服务。服装设计应该为方便人们的劳动、生活，表现他们的爱美情操服务。为方便人的劳动，服装就要合体，要适合不同人的不同职业要求，以穿着舒适、美观为原则。对外国流行的时装款式，也要有分析，有选择，要适合自己的工作、身材和风度，不要一味追求时髦。他认为应当把外国有关服装的科学知识和先进技术拿过来，为我们的服装业走向现代化服务。为了体现人的爱美心，要利用服装面料和款式藏拙，掩饰某些人的体型缺陷。但中国人有中国人的审美观。他亲自带领学生到少数民族边远地区采风，搜集民族民间服饰资料，他论述搞民族化的服装，也是为了符合中国人的审美心理和现代的生活习俗。他认为不仅外面的衣服要美，里面的衣服也要美，心灵更要美。美也有各种各样的美，中山装有中山装的美，西装有西装的美，不要片面认为中山装过时了。当然，人的审美观总是不断变化的，所以服装的款式也要不断变化，要多样化。

美的追求

白崇礼认为培养人才，特别是让年轻一代的服装设计工作者迅速成长起来，比他亲自设计服装更为重要，因此近几年，他只着重搞些与群众关系面大的服装设计。

去年我国海关人员开始换装，一改过去的土黄色的陈旧款式，代之以黑色的新颖、庄重的新装。而新的海关服就是白崇礼领着四个教员共同设计出来的。

白崇礼告诉我说，前年万里同志提出海关人员的服装要改，海关总署同志找到他。他觉得海关既代表国家、法律，又是个国际窗口，设计新的海关服意义重大，便满口答应。在设计前，他们到海关、民航机场作了大量的调查研究，并且仔细观察、研究进出海关的中外旅客穿什么颜色，什么款式的服装，然后提出连同海关服、帽徽、肩章的全套设计方案。为取得满意的效果，他们主张不仅看服装设计效果图，还要看成品的效果。为此他们自己选料、打样，选了几个海关工作人员，按他们的身材设计。服装做好后，让他们穿上，在工作现场拍成彩照，送各地海关征求意见。经过几个月的艰苦努力，终于一次成功，一次审查通过。

北京西苑饭店新楼顶部有一个大转台，分设中、西等各式餐厅，每个餐厅的服务员要穿不同服装。白崇礼和毕业留校的青年教师关键进行了精心的设计，结果全都被采用了。

电视剧《金房子》是一部彩色音乐舞蹈片。白崇礼带着几个学生设计并制作了六七十套服装，其中有许多日常生活服装。这些服装造型新颖，色彩丰富，图案别致，富有民族特色。其中服装上的彩色手绘，都是白崇礼一笔一画精心勾画的。

前不久，白崇礼又为推行少年儿童的健美操设计了十几种服装，并且亲自联系工厂制作。他认为通过电视台和报刊的宣传报道，随同健美操的普及，他设计的服装也将在社会上产生影响，使我们的孩子们更加健美。

白崇礼认为，中国服装要走向世界，不能跟在别人后面仿效，而必须把我国民族的传统的服饰风格，同当代时装新潮流、现代化生活的需求和当代最先进的服装加工技术综合起来。也就是说，要以民族特色和时代感取胜。至于面向国内市场的服装，他认为必须考虑到人们的生活水平，目前还不是强调个性化、时装化的时候，主要是要合体、舒适、多样化。他说这也是他设计服装的指导思想之一。

命运之路

白崇礼，1932年生于桂林一个贫苦家庭。山清水秀、风光绮丽的桂林，培养了他从小爱美的情感和追求美的性格。刚解放时，他在桂林上高中，就开始为校秧歌队设计秧歌服，为演戏的同学设计戏装。1951年他考上中央美术学院实用美术系，开始接受专门训练。1956年他作为研究生留学捷克，专攻染织。有一次社会主义国家服装会议在捷克举行，我国代表团缺翻译，临时借用了白崇礼。会议结束后，白崇礼向大使馆建议，让国内派人到捷克学习服装设计。后国内派不出人，指示就地解决，于是白崇礼同时作了染织和服装两个专业的研究生，攻学服装设计。1961年回国后，他被分配在中央工艺美术学院染织系任教。

在国外学就一身本领的白崇礼，一心想报效祖国。为把在国外学的东西与国内的生产实际结合，他下到北京被服厂向师傅们求教。但后来接二连三的政治运动，却使他难以左右自己的命运，更谈不上充分发挥自己的才能，为此他苦恼过，伤心过。但正直知识分子的良知不容他消沉：对理想的执着追求，即使在逆境中他仍处处留心我国服装设计中存在的问题。产生改革服装颜色单调，款式陈旧的强烈欲望，可惜英雄无用武之处。

后来他被调回北京，为"样板团"设计戏装。接着体委要派武术队去美国、加拿大，又让他设计服装。他从未设计过武术装，便深入下去同教练、运动员住在一起，从而进一步了解了服装与人体，服装与人体动作的关系。这为他以后成功地为参加第七届亚运会的我国运动员设计各式服装，打下了坚实的基础。

在回顾自己走过的坎坷道路时，白崇礼为逝去的无情岁月和才能的无谓浪费而感到无限惋惜。他感慨地说："今年我已经五十四岁了，回忆过去总感到贡献太少，有负人民对我的培养；展望今后，总感到要做的事情太多，所以我老有一种紧迫感。我希望自己能在有生之年多干点实事，多为振兴我国的服装业出把力！"

语重心长

白崇礼认为虽然这两年我国的服装业有很大发展，群众买衣难、做衣难的紧张情况有所缓和，但问题并没有根本解决，比起发达国家来，我们的服装业还是比较落后的。当我请他就当前我国服装业存在的主要问题发表意见时，他坦率地谈了自己的看法：

第一，我国服装设计人员太少。他说，我们这样十亿人口的大国，服装设计人员、技师和特级技师才千把人，这种状况和群众对服装新式样的迫切要求是极不相称的。

第二，生产部门对设计不够重视，没有给设计提供足够的条件。他说，这几次全国性和地区性评奖得奖的服装不少，但投入生产，供人们穿着的很少。主要原因是生产部门保守，结果就造成外来品、舶来品占领市场的局面。

第三，对新款式缺乏热情。中国国内市场大，服装供不应求，所以厂家不乐意接受新款式，因为新款式投产需要新的设备，新的工艺流程和一个熟练过程，生产率相对减低，而售价对厂家又没有刺激性。

第四，生产领导部门没有把款式新颖看成是服装的质量。在质量评比时，只注重内在质量，款式占的分数很少，这不利于鼓励人们创新。

第五，对服装的科学研究重视不够。现在的一些服装研究机构，忙于赚钱，或忙于应付做领导同志的出国服装，真正坐下来进行深入研究的很少。

第六，一些工厂盲目引进成套西装生产流水线，但没有作好人才的培养和衣料的准备。许多工厂主要为外国客户来料加工，这一来一旦订货少，连工资都发不出去；反之订货过多，又把内销挤掉了。

第七，全国缺乏管穿的统一口子。他认为本来纺织行业等于开粮店，服装行业等于开饭铺。现在大量衣料不能做成成衣，影响销路，纺织行业很着急，因此也想开饭铺，搞一条龙生产成衣。结果纺织部门同服装部门争面料，造成人为矛盾。他建议轻、纺、商、贸共同设立一个权威机构把穿统一管起来。而且工作重点应放在让十亿人穿得干净些、整齐些、漂亮些这样一个方向性方面，提高全民族的衣着文化水平。

最后白崇礼强调说："目前培养服装设计技术人才的现状远远不能令人满意。以前，服装业的专业人员来源一是技校培养，一是拜师学艺，主要是学裁、缝。中央工艺美术学院1980年开始招收服装设计专业学员，1984年才改为服装系，但每年招生不过几十个。"他说，"我去年去日本考察，一亿多点人口的日本有几百所服装院校，每年在校生上万人，而我们十亿人口的大国却没有一所服装大学。他呼吁尽快在北京建立一所面向全国的综合性服装大学，如果'光打雷不下雨'，一拖再拖，我们将对不起社会，对不起时代！"

(原载20世纪80年代中期《装饰总汇》第五、六合期)

建筑设计五十秋
——访北京市建设设计院总建筑师张镈

没有人能够统计出他一生究竟画了多少幅设计图，搞了多少个建筑模型，主持过多少幢住宅、宾馆、大型古典建筑的施工。连他自己也记不清大体有多少。这位年逾古稀的著名建筑师始终认为建筑设计是综合艺术，是集体劳动的结晶，他个人不过是尽了为人民服务的职责，做了自己应该做的那部分工作，不值得留下什么作为个人纪念的资料和照片。然而，对他劳绩的最好纪念，恐怕无过于他亲手参加设计、亲自主持施工的北京人民大会堂、民族文化宫、北京饭店东楼，以及那许许多多至今仍然受到人们赞赏的别具一格的建筑物。

1911年，张镈出生于广州市的"一个封建官僚家庭"，他的父亲是清末的总督。也许是历经了官场沉浮之后悟出一条人生之道，他要他的儿女学点实在的东西，身有一技之长。于是，1930年张镈考进了东北大学建筑系，因为他认为建筑既是技术，又是艺术，提供给个人发挥才能的余地很大。第二年"九·一八"事变发生，学校停办，张镈逃难到了天津，进了清华大学。但他嫌清华大学没有建筑系，三个月后便转到由梁思成任系主任的南京中央大学建筑系，在那里他茹苦含辛，日夜攻读，成了一名引人注目的高才生。

1934年大学毕业，他进了当时中国最大的基泰工程公司工作。这个工程公司的后台是旧中国四大家族之一的宋子文，资金雄厚，人才济济，拥有杨匡宝这样的出色建筑师。从1934年起，到1951年从香港回国，张镈在旧社会整整在这个公司干了十七年。先后在北京、天津、上海、南京、武汉、广州和香港工作过。经他设计的有北京的北大医院，北京大学宿舍，清华大学生物馆，先农坛体育场；天津的百货公司、造冰厂；南京的中央研究院，国际俱乐部；

上海的聚兴城银行，第一百货公司，以及四川大学，华西大学等重要建筑物。

在旧中国像张镈这样住洋楼，拿高薪，有自己汽车的建筑师，并不多见，他自己也说他是一帆风顺。但是，1951年他却坚决谢绝公司老板许诺的六百两黄金的红利分成和要他去台湾工作的诱惑，执意返回大陆，为新生的祖国和获得解放的人民服务。为什么？张镈解释说："我在旧社会主要的服务对象是三大敌人，尽管我设计了不少豪华的建筑，但我始终觉得我的工作没有多大社会意义，我自己不过是供资本家驱使的高级奴仆。在香港工作期间，面对着香港社会的尔虞我诈，建筑界的你争我夺，我时常感到精神空虚，内心十分苦闷。1951年抗美援朝，中国敢于出兵朝鲜，公开同美国对抗；在联合国大会上，伍修权用汉语发表演讲谴责美国对朝鲜的侵略。我知道这些情况后，第一次感到作为一个中国人的自豪，精神上受到很大震动。于是我下决心回国，我要以我的一技之长为站立起来的新中国和英雄的人民服务。谈到这里，张镈强调说，"一个爱国心，一个事业心，促使我抛掉洋房、汽车等身外之物，于1951年3月回到了北京"。

市委的照顾，时代的召唤，新生活浪潮的推动，时刻在激励、鼓舞着张镈，他很快就投身于人民首都主要公共建筑的设计工作。早期他设计了新侨饭店、前门饭店和友谊宾馆，以及一些医院和疗养院。这些建筑物的设计，至今看来仍很有特点。特别是1953年由他主设计，1954年建成的友谊宾馆，总建筑面积达19万平方米，有主楼、南楼北配楼和小南北工字楼五幢主体建筑，四周环绕数十座台宴式楼房，红椽绿瓦，雕梁画柱，庭院宽敞，廊榭错落，碧草如茵，环境幽雅，是一座极富民族特色的建筑群。

但当我提起友谊宾馆的设计时，张总却严肃地说，友谊宾馆主要是供来华工作的外国专家居住，当时我想突出民族风格，使他们住进去能有宾至如归的感觉。但我的设计思想有片面性，有些地方为了美观，忽视了经济效果。1955年批判建筑上的复古主义，也就是"大屋顶"，梁思成是主张者，我是实践者，因此对我教育很大。从此以后，我搞设计总爱算经济账。

为庆祝中华人民共和国成立十周年，从1958年开始，北京动工兴建十个大型的公共建筑。其中人民大会堂和民族文化宫是由张镈负责主设计的。张总兴奋地介绍说，人民大会堂总建筑面积达十七万多平方米，比拥有九千多间房屋的故宫的建筑面积还多两万多平方米。这样大的建筑从设计到完工只用了十个月时间，的确很了不起。十个月间我一直在现场负责设计，指挥施工，深深体会到党的领导和群众路线的威力。当时周恩来总理对人民大会堂的设计作过五点指示：一、要实用、经济、美观；二、要"以人为主，物为人用"；三、在艺术上要吸取中外古今的精华，为我所用；四、要走群众路线，广泛听取意见，反复进行修改；五、思想方法要留有余地。1972年，我参加设计北京饭店东楼，周总理又指示设计要有实践观点、群众观点和全面观点。周总理的话对我教育很大，在后来的设计工作中，我始终牢牢记住，并努力照着去做。

作为一个建筑师，张镈视建筑设计为自己的生命。在回国后的头十几年中，他为装扮首都，美化人们的生活环境，日夜辛勤地工作着。尽管早在旧中国，他就已经是一个著名的建筑师，但他始终没有停止对建筑艺术的追求，他总是不断地吸取外国建筑设计的长处，借鉴中国古代建筑设计的精华，并结合自己积累的丰富的实践经验，努力推陈出新，又经济、美观，能够充分发挥建筑物本身的各种实用功能。他在七十年代初期，除设计北京饭店新楼外还设计了友谊商店，国际俱乐部等大型公共建筑。这些建筑物无不体现了他的"古为今用，洋为中用，推陈出新"的主导思想。但是，当他回顾回国后的三十多年来走过的历程时，不无遗憾。他感慨地说："1962年我参加改造旧北京城的总体规划工作时有很多想法，我希望把北京建成文化古城，现代城市，但是在十年动乱中，我本身受到严重冲击，家被抄了十四次，人被关了七个月，这还是小事，更令人痛心的是整个建筑业遭到空前破坏，加上乱了章法，各自为政，各自胡乱建房，打乱了城市的总体规划。所以今天看来，北京城的总体规划不理想，许多建筑物的分布不成格局，对此我一直感到惋惜。

张镈是我国建筑界享有较高声誉的为数不多的老建筑师之一。几十年来，他不仅亲手设计了许多在北京占有显著位置的大型建筑，为装点新北京做出了贡献，而且通过言传身教，带出了一批高徒。像环保部原设计局局长龚德顺总建筑师，文化部常学诗总工程师等都是他的学生。目前在台湾的五大名建筑师中有两个也是他的学生。为表彰他在建筑设计领域所作的贡献，前年北京市建筑设计院举行了"张镈从事建筑设计五十周年"的纪念活动。张总感慨地说，人老是自然规律，现在虽然精力大不如前，但我总希望晚年还能为建设北京作些力所能及的事情。我想起1958年我搞完北京建设总图向党中央汇报时，毛泽东主席笑着问，1985年能不能把北京建好？当时我就想我能不能活到1985年。现在我已经七十五岁了，但我不甘心养老。目前正在兴建或即将兴建的北京饭店贵宾楼、北京食品街、天桥商场的改建、扩建、友谊宾馆和民族文化宫的扩建，以及新建首钢第一轧钢厂，我都帮忙设计，能为建设北京添砖加瓦，锦上添花，我心里高兴。

老来不肯坐享功名，不肯赋闲在家，还要尽其所能，发挥余热，也许这一点最能体现这位著名建筑师今天的精神风貌。而他在我即将结束采访时，同我谈的作为一个建筑师应有的十条修养，则体现了他一贯坚持的职业道德和建筑艺术素养。他强调作为一个建筑师要有如下的修养：

一、政治思想：为人民服务的思想不能没有；

二、思想方法：用"两论"的思想去分析问题，解决问题；

三、经济观点：处处讲究节约；

四、法律观点：严格依照法律办事；

五、历史观点：用历史唯物主义看待过去，看待现在；

六、美学观点：设计要讲究比例、尺度，要有艺术性；

七、科技观点：必须用科学态度对待设计，设计是综合艺术，不是单一技术；

八、要有技巧：没有技巧连图也画不好；

九、规划观点：要有全面观点，正确处理人、环境和物的关系；

十、总结：要善于总结，只有不断总结自己对的和错的，才能前进。

如果说一个著名建筑师的设计，都有其独特风格的话，那么张镈的设计风格又是什么？要是可以用几句话概括的话，那就是在保持浓郁的民族风格的前提下，讲究经济、实用；既注重建筑物本身的美观大方，又兼顾周围环境与建筑物的整体谐调。下面列举几个代表性的设计，也许可以集中体现他的设计风格。

人民大会堂 ——雄伟壮丽

人民大会堂的设计表现了我们时代的新的美，它在内容和形式上有如下特点：

1. 壮丽：人民大会堂给人们的突出的感受是整个建筑的宏伟，而柱子作为对建筑的支撑力量的象征，则给人一种挺拔有力的感受。人民大会堂的主体部分的柱子设计，高与粗的比例为12∶5∶1，而且与两侧的柱子在粗细色彩上加以区别，近看十分雄伟。

2. 开朗：整个建筑的基本色调是采用浅杏黄色的暖色调，而台基是黄中微红，墙面是杏黄，枋是淡黄，平檐是金黄，国徽是耀眼的金色，并加上红底。这些色调配合在一起，很协调，在单纯中见出丰富，给人以温暖而明朗的感觉。

3. 严整：人大会堂整个建筑的立面像个"弓"字，分为五组，中部略高，两翼稍低。在严整中见变化，既突出主体又显得有变化，不呆板。

4. 亲切：除台阶宽平，坡度徐缓外，附近又点缀了一些松树，还有些花圃，整个广场辽阔自由。

5. 空间处理很有艺术性，如大厅顶篷采用了"水天一色"的穹窿形。顶篷与墙面圆角相交，再加上暗槽中灯光的效果；在屋顶与墙面圆角相交处，柔和的光亮融成一片，使空间变成一个浑圆的整体。和这种浑圆的空间相适应，建筑的其他部分大多采用流动的曲线，使人既感到柔和、亲切，又感到壮丽、雄浑。

民族文化宫——瑰丽多彩

这座总面积达三万零七百平方米的瑰丽的宫殿，是由博物馆、图书馆、礼堂、舞厅、餐厅和招待所六部分组成的建筑群。当你来到这座具有民族风格的高层塔式建筑前，你会看到这座设计新颖、造型壮美的台基是斧剁土黄色花岗石，外墙墙面都是用纯净的白色彩面砖砌成，塔楼室顶和两侧角楼的屋顶，采用中国古建筑特有的垂檐孔雀蓝琉璃瓦大屋顶，使整个建筑更富于中国气派。大楼的造型呈"山"字形，中央部分高十三层，最上一层是塔楼的垂檐室顶。八角形的了望亭高十米，四周都是落地玻璃，窗外是阳台。当你倚栏极目眺望，北京胜景尽收眼底。塔楼东西两翼对称的三层建筑向前延伸，环抱着面前宽大的广场。广场四周有翠绿挺拔的苍松，中央有花坛一般的喷水池。建筑物的主体与周围环境融为一体，足见设计者匠心独运。

北京饭店东楼——巍峨华美

地处北京城中心广场和繁华的王府井商业街之间的北京饭店东楼，建于1974年，总建筑面积为8.84万平方米，巍峨华美，驰名中外。高楼地上十七层，地下三层。地上首层与二层为公共用房，设有门厅、休息厅、中西餐厅、宴会厅、冷热饮、弹子房、商店以及邮电服务等，功能比较齐全，非常实用。三层以上为客房层，每层设三套间一套，双套间六套和单间客房三十五间，全楼共有客房六百九十五间。考虑饭店的级别标准，房间、走道、卫生间都设计得很大，平均每间客房面积多达127平方米。

在北京饭店东楼的建筑中首次采用了我国自行研制的感烟报警器、感应自动门、群控电梯，可控照明调光开关和风机盘管空调降温等现代化装置。外装修用浅黄色马赛克，底层柱台基为花岗石，檐部贴黄绿色玻璃花砖。门厅、休息厅和餐厅为重点装修部位，其中门厅的圆柱和线脚采用沥粉贴金，金碧辉煌，华丽壮观。建成后，业务兴隆，成为中外旅游者及一些商业派出机构向往的住所。

（原载20世纪80年代中期《装饰总汇》）

海的梦　画的梦
——访著名装饰画家袁运甫

我面前站着一位身材魁梧的画家，国字脸面，浓眉大眼；丰满的天庭，显示出他的敏感和聪慧。他，就是首都机场《巴山蜀水》巨幅壁画的作者、中央工艺美术学院特艺系主任袁运甫副教授。

落座以后，袁运甫递给我两本在国内出版的他的画册。其中有水粉画、彩墨画、水墨画、壁画，以至书籍装帧、宣传画等。看得出他作画喜用墨色作底，同时敷以多层次的色彩，追求色调和情致的和谐。作品结构严密，笔墨洗练，工写结合，中西合璧，颇具个人风格。

常言道："日有所思，夜有所梦。"袁运甫小时候做的梦多半是海的梦、画的梦。他说："我是从小在长江和大海边长大的，喝的是长江水。长江，雄浑、博大，气象万千。我站在江边，望着那奔腾不息、一泻千里的波涛，常常浮想联翩，感慨不已。我多么想自己有一天能拿起画笔，把哺育我长大的长江、大海，变成美丽的画面。这就是后来我的作品中常常出现长江、大海、水乡的主要原因。"

袁运甫的家乡江苏南通，素以文化气息浓郁而著称。南通寺庙里有许多壁画、彩塑；居家崇尚悬挂民间画师以工笔重彩绘制的祖先挂轴；每年，南通都举行儿童绘画比赛。这一切促使他从小对美术产生了浓厚的兴趣。

1949年，袁运甫进入杭州国立艺专学习。那里曾是新兴的现代艺术运动的大本营，拥有林风眠、吴大羽、倪贻德、关良等名教授，以及黄宾虹、潘天寿等著名国画家。1953年初，袁运甫转到中央美术学院学习，得张仃、张光宇、庞薰琹、雷圭元的亲授和董希文、李可染的指点。袁运甫说："我得到两代人的培养，受到南北两方、中西两种艺术的熏陶，而自己从中又有所选择，因此受益不浅。我认为，东方美术和西方美术各有自己的创作法则，各有长短处，应当取长补短，洋为中用，达到中西合璧，创作出既是民族的，又是现代的崭新艺术。"

近年来，袁运甫在教学之余，主要致力于大型壁画的创作。他除为首都机场创作《巴山蜀水》外，还先后为燕京饭店创作《智慧之光——历代艺术集锦》；为北京建国饭店创作《长江万里图》；为中国社会科学院创作《山魂水魄》；为北京地铁建国门站创作《中国天文史》等巨幅壁画。这些壁画，无论是从构图、技法、设色、工艺材料的选用，还是从装饰性壁画与现代建筑环境的巧妙结合来看，都不落窠臼，多有创新，博得了国内外人士的好评。

1972年，袁运甫沿着长江作了一次长途旅行，时代的脉搏，人间的烟火，昭然于他的眼前，这为他后来绘制《长江万里图》长卷提供了丰富的素材。1979年，他把长卷画稿中的《巴山蜀水》部分加以修改充实，画成首都机场候机大楼的壁画。画中的山城小镇、千家万户、幽谷飞瀑、云形雾气，均服于东西向平面展开，南北向纵深经营，借以体现长江运动回旋的磅礴气势这一总的构思，从而收到了"致广大，至精微"的艺术效果。

《巴山蜀水》仅是《长江万里图》的首卷。1982年，袁运甫又经过一年的艰苦努力，终于完成了安装在建国饭店中央大厅的《长江万里图》的全图（240×2500厘米）。该画分二十块画面，由五个部分组成：一、雾城三峡，二、平湖远眺，三、松林云海，四、钟山长虹，五、江南水乡。写千里之遥于咫尺之间，置万物于同一画面，工笔重彩，绚烂夺目，给人以艺术享受。袁运甫向笔者介绍说："长江是历代许多画家表现的题材，记起江边狼山山门上那副石刻对联：'长啸一声，山鸣谷应；举头四顾，海阔天空'。这也可以说是我创作《长江万里图》的立意。后来我又两次沿江旅行写生，看到长江两岸面貌日新月异。新的时代精神激发了我，这是创作这个画卷的另一动机。"

袁运甫不仅通过自己和组织特艺系师生进行壁画的创作实践，为我国古老的壁画艺术的勃兴作出了巨大努力；而且极力提倡工艺美术应面向社会、面向生产，为美化人，美化现代建筑，美化环境服务。他说："艺术来自生活，艺术应当回到生活中去。包括艺术壁毯在内的工艺美术品制作，应当是工、贸、设计三结合，使我们的艺术家、设计家的聪明才智面向生产、面向群众，更好地为祖国的现代化建设服务。"

（刊于《南方周末》1986.11.7.）

装点人间无限美
——记装饰画家朱军山

朱军山是我佩服的中年画家之一。他生涯坎坷，百经磨难，但始终不放弃在艺术道路上的追求和探索。我是他的绘画作品的热爱者，我喜欢他清秀、淡雅的装饰绘画，也爱看他那富有民族特色的水彩画和带着浓厚装饰性的山水画。他的室内装饰设计，总是力求使精美的艺术装饰和现代化的建筑设计融为一体，如果你有机会到由他担任美术总体设计的北京的京伦饭店，也许对这一点会留下深刻的印象。

他的装饰画——如同一支小夜曲

装饰绘画的共同特色，表现在单纯的色彩，夸张的造型，均衡、对称、求全的构图和具有强烈的装饰味。但高明的装饰画家创作的装饰画，又具有自己的风格和特色。原中央工艺美术学院院长、著名老画家张仃的装饰画，传统性强，线条讲究，人称城隍庙加毕加索，它既有中国庙堂艺术的特点，又融进了西方现代艺术的手法；而朱军山的装饰画的突出特点是清秀、淡雅、宁静，如同小夜曲，两人各有千秋。

1979年，新建的首都机场的候机大楼，在北京东郊拔地而起，它的设备荟萃了世界上的先进技术，现代化程度在国内首屈一指。为了使现代的建筑艺术语言与中华民族工艺美术语言达到和谐的统一，首都机场负责人邀请以张仃为首的五十多位优秀的艺术家和工艺美术工人，为候机大楼创作大型现代化壁画群。朱军山也在被邀请之列。

在这间气派轩敞的大厅，朱军山的才华、智慧，压抑在心头的抱负，挣脱了一切羁绊在喷涌。他在炎热的夏天，猫着腰，手中执着画笔，不停地描绘勾勒大稿，随着手中画笔的来回移动，画面上出现了小巧玲珑的傣家竹楼，充满活力的热带植物的群体，天然质朴、独具美感的傣族妇女。尤其是那一个个身穿紧身的筒裙，身材修长，步履轻盈，仪态大方的傣族少女的形象，尽管是变形的、装饰性的，却不失其天生丽质和独特风韵。这就是朱军山创作的长6.2米的壁画《傣家春》所产生的艺术魅力。后来，在朱军山指导下，由青岛贝雕厂将这幅画稿制成贝雕画。现在，这幅构思巧妙、工艺效果优美的装饰画，悬挂在候机大楼贵宾厅，博得许多来访的外国元首的赞赏。

朱军山创作的另一幅6.2米的大幅壁画《岩溶奇观》，成了桂林榕城饭店的引人注目的装饰。这幅壁画采取蓝色作为基调色彩，给人以凉爽的感觉。排列有序而又错落有致的石笋、石柱，虽然比自然形态的石钟乳规整，但通过运用装饰线条的巧妙勾勒，而富于装饰美。在处理手法上，他采取装饰的单线平图的手法，追求对称、均衡，以区别于自然溶洞的萦回曲折，雄奇瑰丽，但并不显得呆板，反倒给人以多层次的立体感，使壁画的装饰效果更为明显，表现了朱军山创作装饰画的高明手法。

他的装饰性山水画——妙在朦胧美

朱军山，1934年生于河北怀来县，其父朱景嵩是个颇有名气的教育家，母亲是位绣花能手。上小学时，他常在一旁观看母亲飞针走线，不一会儿枕套上和鞋面便呈现出精美的花卉图案，从而诱发了他对美术的浓厚兴趣。于是，他开始用红土代替颜色，画起农村和城镇小景。1955年朱军山以优异成绩考入中央美术学院，第二年转到中央工艺美术学院染织系，学习染织设计。1960年毕业后留校任教，长期主讲装饰绘画和水彩这两门课。

在教学中，朱军山对中国工艺美术的装饰性作了长期的研究，致力于探索水彩的民族化。近年，在探索水彩民族化的过程中他又对中国传统的山水画产生了极大的兴趣，便把重点转向山水画，追求山水画的创新。

朱军山介绍说，我探索山水画的创新，主要是追求意境。为了创造深远意境，第一，我改变了传统山水画随类赋彩的技法，不去画红花绿叶，而是吸收水彩用色的长处，追求每张画都有一种基本的统一的色调。我喜欢那种冷调子、灰调子……当然在统调中还有节奏、音符的变化；第二，在构图上更多地考虑装饰性。我改变了传统山水画近大远小的设景方法，通过比较清晰的近景，如树影、竹林，后景衬以虚幻的景物而前后相互衬托，着重表现空间感、云雾感，让画面有一种若隐若现的朦胧感。

朱军山曾多次深入桂林、西双版纳等地，孜孜不倦地观景、写景，并进行艺术的提炼。他抓住桂林山秀、水清，色调柔和，以及云雾之中若隐若现的景物，把复杂的景物归纳为简练的构图，追求大的色调和逆光效果，形成了独特的朦胧美、装饰美和意境美的山水画风。画中那挺拔、优美的线条，清新、淡雅的色调，朦胧、幽深的意境，梦幻般的诗情，常给人以赏心悦目的艺术享受。

朱军山的装饰性山水画，融合了中国传统绘画技法、日本东山魁夷大师的画法和西方装饰画的某些技法，特别注重汲取染织美术的装饰特点，将东方的线条与西方的色彩作了巧妙的结合，从而使他的画既受中国人的喜爱，也得到日本和西方美术爱好者的赞赏。1981年5月和1985年10月，他曾先后两次应邀赴日本举办画展，获得巨大成功，被日本舆论界誉为"彩色的诗人"。

他的装饰设计——中西合璧， 别有天地

朱军山近年先后担任中加（中国和加拿大）合资的京伦饭店，以及八达岭元首餐厅等重要场所的美术总体设计工作。他的美术设计思想，始终追求中国古典艺术和现代建筑设计技术的巧妙结合，并在这方面作了一些大胆的尝试。

朱军山在设计京伦饭店的内部装饰时，为展示我国汉唐艺术的精华，组织了以"敦煌之梦""彩陶艺术""汉画像砖"等专题。在传统工艺上，他采取蜡染、刺绣、烧瓷、刻花、漆画、彩绣、民间刻画花等手法，而在现代工艺方面，则采用了马赛克镶嵌、漆板绘画、丙烯装饰画、毛绣等手法，但反映的大都是古典艺术的内容。在饭店走廊上，他设计了许多小洞，洞内摆上小陶俑、唐三彩、古代浮雕，这在北京各大饭店中是别具一格的设计。

尤其值得一提的是，从京伦饭店第二层到第十二层电梯出口的对面墙上，都有朱军山画的一幅带有启示性的装饰画，如第二层是双塔寺，三层是三座门，四层是四合院，五层是五龙亭，六层是六里桥，七层是七舟竞渡，八层是八达岭，九层是九寨沟，十层是十渡风光，十一层是"十一"之夜，十二层是十二版纳（西双版纳的别名）。外宾上下电梯一出电梯门，瞥一眼画面就知道是到了第几层。这种独出心裁的设计，备受宾客的赞扬。目前，新建的国际饭店等三个饭店，已约请朱军山担任美术总体设计。由此可见朱军山的学识、艺术修养和不凡的设计构思。

生涯坎坷——从艺术创作中得到了精神补偿

朱军山自幼聪慧过人。当他带着对美术"朝圣"的感情，考入高等美术学院后，便废寝忘食地在知识海洋中探珠觅宝。他的学习成绩和绘画功力在班里是拔尖的，同时又是学生会主席，美好的未来在向他招手。但他万万没有想到，仅仅因为赞同庞熏琹院长关于传统工艺美术必须进行改革，创新，以适应现代化建设的需要的观点，就被打成庞熏琹反党集团成员，受到留团察看的处分。只是因为被认为本质好，为人老实，尚可教育，才被作为内部控制使用，让他到中南海参加中直机关节约展览会的美术设计和人民大会堂的花灯设计工作。在工作中，他不计政治上的沉浮和个人得失，孜孜以求，发愤努力，出色地完成了任务。他设计的人民大会堂两旁树林中的玉兰花灯，得到周总理的肯定，被批准投入生产。

命运似乎故意跟他作对，在十年动乱中，他又被发配到石家庄滹沱河农场。那时候，读书无用，画画有罪，许多人放弃了艺术，但朱军山却以被管制的身份，天天带着经过伪装的速写本，在劳动的间隙偷偷地画小树、小房和各种花草。看管人员来了，他就赶紧合上本本。

此后，在任何逆境中，朱军山都不甘沉沦，不肯虚度年华，他怀着对生活、对大自然的热爱，身不离速写本，手不离画笔，苦练基本功，大胆进行艺术实践，从艺术创作中，他得到了精神的补偿。

艺术的道路永远是宽广的，相信朱军山会把每一个成功，当作艺术创作的新起点，不断地有所发现和创造，为祖国的工艺百花园地增添奇花异卉。

（原载《装饰总汇》1986年第三期）

善于寻找传统与现代交叉的人
——访建设部室内设计研究所正副所长饶良修、黄德龄

从阙里宾舍谈起

新近在山东曲阜阙里街，紧挨着孔府孔庙兴建了一幢现代化的旅游宾

馆——阙里宾舍。这座宾舍以其与孔府孔庙古建筑环境十分谐调的建筑外形和内部装修,家具及陈设具备现代功能,即传统与现代的成功结合,受到人们的广泛好评,特别是由黄德龄负责的室内设计,处处都可以看到按照现代功能和美学观点,借鉴传统的形式,加以简化,提炼,创新的匠心。

当您风尘仆仆来到曲阜,踏上阙里宾舍门廊的台阶时,昭然于眼前的"有朋自远方来,不亦乐乎"十个大字,似乎一下子缩短了您和两千多年前的孔子之间的时空距离,使您有宾至如归的感觉。步入门厅,象征着吉祥如意的鹿角立鹤向您致意,作为背景的古乐声在大厅中回荡;当您信步来到休息厅,巨幅壁画《六艺图》(孔子门徒学习的课目——礼,乐,射,御,书,数)展现在您的眼前,您可以看到栩栩如生的习乐者正弹奏悦耳动听的古乐。要是您乐意参加合奏,还可以去敲敲跑马廊上的铜锣哩。还有,那跑马廊上部扭壳下的板梁,东北西三面饰以石膏浮雕的《孔迹图》,南面的彩釉壁画《问礼图》……这一切都将使您犹如置身于古老中国文化的海洋之中。

从时空观点来看,传统与现代是不可能交叉的,但从某些理论或处理手法来看,这种交叉是存在的。我们从阙里宾舍的设计中,看到在一定条件下,现代的内容是可以与传统的形式结合的,新的建设是可以与旧的文化遗产协调的。关键取决于建筑师的学识素养和设计水平。

把过去拉向未来

黄德龄出生于广东省台山县一个建筑艺术之家,父亲从事土建施工,母亲上过美专,姐姐搞建筑,姐夫是园林行家。家庭的熏陶,使她从小迷上了建筑,爱上了艺术。"要不是中央工艺美术学院设立了室内装饰系,我就会报考建筑专业。黄德龄在室内设计研究所办公室接待我的采访时笑着介绍说。

建设部室内设计研究所,是在原先建设部建筑设计院室内专业设计组的基础上建立起来的。据介绍,目前室内设计作为所的建制,单独对外承包任务,全国仅此一家。我请黄德龄就阙里宾舍的室内设计思想作些介绍。她说:室内设计是建筑设计的一部分,好的建筑物应有好的室内设计配合,像人一样,有好的外表,还要有好的、健康的内涵。一个成功的设计,其室内外环境在风格、形体、室内、色调、用材,以及设计观念上,都应是高度统一的。我们在阙里宾舍的室内设计中,着力追求的就是这种统一。阙里宾舍是以灰砖瓦的墙为主调的建筑辞,室内也以黑白灰及釉本色为基调。如门厅的墙、柱及栏板为白大理石，地面为灰大理石，顶部扭壳是白色喷涂，高2.9米的梁饰用暖灰色的浮雕装饰带……再一点，从室内设计风格上讲，我们力求避免泛滥一时的"港风"，寻求现代与传统的结合，突出民族特色和地方风格。但这是以满足现代生活的要求为前提的。阙里宾舍的主题墙壁画均取材于历史，而表现的材料和手法则是传统与现代相结合的。如门厅的石膏浮雕《孔迹图》、高温釉的《问孔图》，三层休息厅的结晶釉和高温釉的《六艺图》，大餐厅三幅立粉丙烯画"孔子活动片断"等。这些装饰既展现了传统的民族文化的美，又适合来自异乡他国的旅游者的审美观念和趣味爱好的追求。

立足于创新

"人类历史上的各个时代，各个民族所形成的建筑艺术风格和传统技巧是一个巨大的宝藏。我国古代建筑中也很重视室内设计，形成了独特的民族形式和多彩的地方风格，我们应该认真继承借鉴，但继承和借鉴毕竟不能代替今天的创造，我们在室内设计中总是立足于创新"，这是饶良修和黄德龄共同强调的设计的指导思想。接着，他们向笔者介绍了由他们负责的北京国际饭店的室内设计方案。

相当于国外四星以上的国际饭店，建筑面积近11万 m^2，地上29层，地下三层，客房1050间，拥有2000个床位。设有各种风味餐厅，大小功能厅，室内游泳池，商店和各种康乐设施。采用剪力结构，滑模施工，现正在建设中。

饶良修和黄德龄的室内设计目标是，既要为客人创造一个舒适的生活环境，也要为主人们开辟一个良好的工作环境；既要充分体现中国的民族和文化特色，又要具备现代的功能。以餐厅的设计为例。国际饭店三层设有一个高档的素菜餐厅，他们在设计之前对菜种、文化来源作了一番深入的调查，力求设计符合吃素人的心理状态。他们从色调，造型到线条，都力求保持柔和、淡雅的风格。采用的工艺材料也考虑到这一点，尽量使用竹和藤，包括墙纸也采用自然材料，突出自然气息，使就餐的人得到置身于大自然的感受。同时，将传统和现代的室内设计手法结合起来，如运用大面积的镜面，使中国传统的借景、对景手法得到充分的发挥，达到在较小的空间内扩大空间感的设计效果。

风味餐厅也在三层，它的旁边是和式餐厅，这就存在着中日两国建筑师设计水平的比较问题。他们在设计时，考虑到既要适应南北风味菜，也更适应宫廷菜。因此用得较多的是木装修，顶棚和矮墙的隔断。柱面，全都采用木装饰，并且从空间处理上进行一些分隔，创造一些小的空间，满足现代顾客喜欢环境安静的就餐心理。此外，还采用了大面积的花岗石，结合人工瀑布局部的浮雕和一些水的处理，种些攀缘植物，把自然的景色引到餐厅内，使餐厅内外成为一个有机的整体。

建筑师的素养和品德

黄德龄和饶良修都是六十年代初中央工艺美术学院室内装饰系的毕业生。二十多年来，他们一直从事室内设计，装修工作，先后参加过北京人民大会堂，民族文化宫，国际列车高级包厢、餐车，几内亚大会堂，斯里兰卡国家会议大厦，塞内里昂政府大厦，巴基斯坦体育中心等现代重要建筑物的室内设计。他们热爱自己的专业，不计得失，不分上下班，经常风里来雨里去，跑工地，下工厂，参与琐碎的事务性工作。在设计上，他们善于学习民族优秀的设计传统和外国先进的设计手法，设计思想开放，灵活，处理手法细致、新颖，富于开拓和创新，从而博得各方面的好评。

由于过去高层建筑少，室内设计工作得不到应有的重视，早期他们更多地从事工业产品的单项设计。他们搞过卫生陶瓷，水胶五金、灯具、家具等设计，并且经常亲自动手制作。黄德龄还搞过玻璃画，木烫画，做过面砖、挂盘。饶良修长期研究灯具，造诣很深，现在是北京灯式总公司的顾问。他还搞过很多书籍装帧的设计，已出版发行的有六七十种，其中《日本现代的建筑界》一书的封面设计，在全国评比中获奖。由于他们熟悉从产品设计到室内设计的全过程，并具有实际制作经验，因此他们的设计方案，就比较切合实际，也容易取得经济效益。

饶良修和黄德龄认为，室内设计是建筑设计的延续，室内设计受建筑设计的制约，又要同建筑设计谐调，确实比较困难，这就要求搞室内设计的人，不仅应该是室内设计的行家，还应该有广博的知识，同时又要懂得建筑设计。黄德龄说："我同饶公参加过许多建筑施工图的绘制，这些年搞下来等于重新又上了一次大学。"这正是他们取得设计成功的有利因素。

他们认为，国内许多设计师的设计水平高于香港的设计师，但国内的装饰材料品种比较单调，质量也差一些。因此，他们总是尽可能多地利用传统和地方的装修材料，以及国产的新材料，而在设计上多动些脑筋，吸取国外好的设计，结合传统手法，创造出有着新的特点的设计风格。

　　在即将结束采访时，饶良修所长强调说：我国的室内设计，目前正处于一个继承过去，融入外来，走向未来的历史进程。我们不能走传统老路，也不能盲目抄袭资本主义的一套，只能在继承传统，借鉴外来的基础上，开拓一条新路。就我们的研究所来说，虽然面临着人力、工作条件和可供选择的装修材料的限制，但我们大家树立了立足本国，走向世界的信念，勇于承担国内许多高档公共建筑设施的室内设计任务，为国家节约了许多外汇，同时也陆续承接国外的室内设计任务，为传播中华民族的精神文明和增进中外室内设计技术交流做出了自己的努力。"

（原载《装饰总汇》第四期）

第四辑 怀念亲友

第四評　株公業之

第四辑　怀念亲友

无言的父爱

　　2007年7月底，我接到父亲病危的信息，立即由北京乘机赶回福清老家。我深知卧病在床达10年之久的父亲，随时都有可能离我而去。依父亲的性格和对我的深爱，不到万分危急之际，是不会同意打电话叫我回去的。一路上我心急如焚，恐怕见不到父亲最后一面。及至一脚踏进家门，只见父亲鼻孔里插着氧气管，整个人奄奄一息。见我来到他跟前，俯身告他我回来了，听我叫他一声"爸"，他"嗯"了一声，失神的眼睛透出一丝欣慰。

　　父亲晚年卧病10年，因全身发毒，两腿生疮化脓，且由于身患老年结核病，各处伤口时愈时坏，导致腿部肌肉日见萎缩；加上心力衰微，时常休克或半休克，苦不堪言。全赖相濡以沫、情笃意切的老母亲和在家弟妹的照料。作为父亲寄予最大希望也是他的最大安慰的长子，因远隔千山万水，难以在病榻前尽孝，常怀负疚和谦然之感。

　　父亲是一个平凡的农民、小生意人。他一生筚路蓝缕，栉风沐雨，但时乖运蹇，虽披星戴月，拼死劳作，仍衣无完采，食不果腹，时常囊空如洗。可父亲从不悲观厌世，面对如此严酷的生活境况，他总是以坚忍的意志，百折不挠的拼搏，同母亲一道全力支持着拥有7个嗷嗷待哺的子女，一度家徒四壁但却和睦温馨的家。人们常说父爱如山，厚重深刻，深沉无言。而唯有我深知父亲对妻儿的爱，深不见底，厚难度量。他一辈子粗茶淡饭，早年经常穿用母亲陪嫁剩下的粗布、麻布缝制的衣服，一辈子也舍不得下一次馆子。他节省每一个铜板，为的是供养儿女读书。据母亲讲，在她生养第五个孩子的月子里，有次一天都无人煮点东西给她吃，直到晚上才让婆婆煮点稀饭。我父亲听伙计告诉他，"你老婆又生了个男孩"，他才趁去福州进货的机会带回一条黄花鱼和一包江米条，这算是他稀罕的一次"大方"。在他临终的前几天，见我下半夜轮值服侍辛苦，一次还在醒来时不忘提醒我休息。父亲平时少言寡语，几乎没见他直白如何疼爱儿女，但他装满整个心胸的只有对亲人的大爱和无比怜惜之情，唯独没有他自己。用"物我两忘"来形容我父亲无言的父爱，绝不为过。

　　父亲早年在家务农，脸朝黄土背朝天。但艰辛劳作一年，所获却难以维持起码的生计，不得不东凑西借一点本钱，到离家3公里的龙田镇，当了一名布店的伙计，专门负责到百里之外的涵江等地进货，抛妻别子，风餐露宿。记得我上小学时，常怯生生地站在柜台前开口向父亲要钱，每次父亲虽脸有难色，但总是二话不说地把血汗钱递到我手里。

1955年赶上全国私营工商业改造，不久布店倒闭，父亲回家待了一年多，因家庭生活无以为计，又不得不离乡背井，到远在县城之外的宏路碾米厂工作，终年与米糠和粉尘为伴。父亲超乎常人的刻苦操劳，一天从早忙到深夜。他的勤劳、廉洁、随和，深得好评，多次被评为先进工作者。为了一个月24元的工资，他住在厂里，吃在厂里，数月才回家一趟。碾米厂的工作环境极差，每天机器轰鸣，糠麸四溅，整个人灰头土脸，连呼吸都感困难。但唯一的好处是我的两个弟弟，可以用板车或自行车长途贩运糠麸挣点小钱，贴补家用。每每忆起日复一日的艰辛导致日渐衰老的父亲的面容和弟弟们拉着糠麸装成小山的板车，或自行车上驮着3百多公斤的糠麸，艰难跋涉在崎岖不平的山路上，一幕幕负重爬行的惨景，不免悲从中来。

为了供我从小学到北大毕业，整整17年寒窗苦读所需的费用，我的父母和我的弟妹们付出了他们的一切。虽然我不负他们对我的殷切期望，但我确实时感愧疚和不安。本想"四人帮"粉碎后，中国改天换地，我得以有用武之机，可以用我劳动所得回报父母，却万万没想到自1997年父亲一病不起，漫长的10年不得不与卧榻、轮椅相伴。我远在老家千里之外，既无法随侍尽孝，而父亲又难以安享晚年，实为人生一大憾事。

父亲是一个毅力超强，只知劳作、付出，不求个人享受的人；只知退让、忍受，从不与人计较、争执的人；只知为家庭挡风遮雨，不求儿女物质回报的人；只把对妻儿的大爱深埋在心里，不善言辞表达的人。他视妻儿超越他自身的生命。他的最大梦想就是把子女培养成才，而一旦他的这个梦想濒临威胁，也就等于掏空了他的整个身心。据母亲事后告诉我，在我于1961年上北大四年级时身得肺结核，并有空洞，隐瞒多时之后不得不轻描淡写地奉告父母。父亲看到信后，一时心急中风，一下子瘫倒在床上，三天几乎不吃不喝，差点就丢了性命。知情之后，我心如刀割。这就是深沉如山的父爱，让我感铭终生。

2007年8月7日父亲终于离开他眷恋的世界和他深爱的妻子、儿孙们，到了另一个世界，享年89岁。天人相隔，徒唤奈何！谨以此文祭奠于父亲的坟前。呜呼：

毕生刻苦耐劳，节衣缩食，呕心沥血，为家、为妻、为儿孙

一世安贫乐道，忘我利他，行善积德，得爱、得寿、得千古

2010 年 4 月 20 日

悠悠寸草心
——漫忆我的母亲

  茫茫世界，滚滚红尘，多少人事变幻，多少情感交错。世事难料，没有不变的关系；情感莫测，没有恒久的情愫。唯有那无私的母爱如影随形，相伴终生；唯有那母子情深，任风狂雨骤，永恒不变。难忘母亲为我节衣缩食，终生操劳；为我牵肠挂肚，担惊受怕。更难忘当我风尘仆仆踏进家门，母亲捧上来亲手烹饪的喷香饭菜；当我遭受伤害时，母亲用她那博大的胸怀包容我，为我擦干眼泪，抚平伤口；当我遭到艰难险阻，彷徨不定时，母亲用她那坚定的信念，语重心长地勉励我奋勇前行；当我卧病在床，茶饭不思时，母亲夙兴夜寐，一刻不离地守护身旁；当我千里远行时，母亲的心随我而去，千嘱咐，万叮咛，分手时那伤心的泪眼……啊，人间纵有千种爱，没有一种爱有如母爱，不夹一点杂念，不带一点私心，就因为是亲生的，就因为是她身上掉下的一块肉，就因为一段脐带连着母亲同儿女的两头心。母亲愿一个人承受人间所有的艰难困苦，所有的精神负荷，所有的不幸折磨，但愿子女能衣食无忧，快乐幸福，一世平安，前程似锦。母爱包含着多少期盼，多少辛酸，多少牺牲，多少血和泪；又有多少子女能细细思量，细细品味，真正懂得"可怜天下父母心"。

  十七岁，正是父母膝下撒娇承欢的花季少女，一根红丝带，一方红头幔，母亲同父亲从此开始了一生相依为命、相濡以沫的家庭生活。十九岁，十月怀胎，历经折磨和痛苦生下了我。过早成熟，过早背负沉重的家庭生活十字架，晨钟暮鼓，养儿育女，做饭、洗衣、舂米、磨面、织布、缝衣、喂鸡、养猪，年年岁岁如同陀螺。上为媳，中为妻，下为母，终年不息，穷于应付，不知道什么叫休闲，什么叫娱乐。丈夫就是她唯一的依靠，儿女就是她唯一的希望。为了他们，母亲从不畏惧艰辛，从不怨天尤人，千头万绪打理得井井有条，千

难万苦安排得游刃有余，不让父亲操心，不让儿女受罪，治家有方，理财有术，我的母亲，一个平凡的女性，一个伟大的女性。

　　由于社会的不公，历史的误解，观念的扭曲，角色的错位。母亲，作为农村妇女，注定不能有自身的自由，个人的选择。她只能恪守妇道，竭尽己责，孝敬公婆，伺候丈夫，照料儿女。曾记得父亲长年在外为生存奋斗，母亲不得不独立挑起家庭的重担，饱经忧患，健康透支，压垮了她柔弱的双肩。每隔三四年就有一个新的生命来到世界，总共七个嗷嗷待哺的幼儿吸干了她的乳汁，终于使母亲过早地得上了胆管疾病，但在缺医少药的农村却一直误以为胃病。难忘每隔一段时间，母亲一犯病就满床打滚，痛不欲生，呕吐涟涟，粒米不进。那扭曲的身体，惨白的脸庞，呕出的绿汁，凄惨的呼喊，曾让我胆战心惊，神思昏乱，痛彻心扉。使我顿感儿女的长大，不仅是以父母的衰老为代价，而且几近于以父母的生命为交换的筹码。亲爱的妈妈，儿女欠您的情，欠您的债，何时才能还清！

　　也许是您感天动地的伟大母爱感化了我，也许是见您过早地备受人间苦难的煎熬，使我早早地懂得了人世的艰难、自强的重要。我下定决心经受千锤百炼，发奋求知成才，改换门庭，让您和父亲过上幸福的后半生。1957年我终于考上了北京大学，山长水远走天涯，断肠分手各风烟，难忘送别时您泪如雨下，我强忍泪眼。在北大，五年寂寞与书伴，孤灯挑尽未成眠，始终激励我奋发向上的是您的爱与盼。异地求学、谋生、成家、立业，其间历经多少艰难曲折，备尝人生甜酸苦辣，但每当我想起您、梦见您，我都会倍感欣慰，平添力量。为了不负您和父亲的厚爱，为了让您为儿感到自豪，我始终坦然面对人世间的一切痛苦和不幸，用百折不挠的不息奋斗，去攀登事业的云梯，借以回报父母，回报家庭，回报社会！

　　母亲，在我眼里永远最漂亮，永远最勤劳，永远最贤惠。她看似柔弱，实则坚强。20世纪70年代中期，母亲曾卧病在床8个月，先后动过三次手术，数次濒临死亡边缘，但凭着她坚强的求生意志和顽强的生命力，在从医的表哥的精心救治下，却奇迹般地活到今天。晚年，她曾两次遭受失子之意外变故，经受住常人难以忍受的白发人送黑发人的人间惨剧。在母亲年届79岁高龄之际，父亲病倒了，她竟然以年迈体弱之躯，至今整整服侍照顾了患病的父亲达7年之久。2002年春节前夕，母亲不幸跌了一跤，脊椎受伤，卧床两个月，竟然又一次奇迹地站立起来。眼下，86岁高龄的母亲，依旧思路清晰，手脚利落。她不仅对病重的父亲关心备至，呵护有加，而且心中依旧装着儿孙的喜怒哀乐，命运和前途，不忘时时提醒、叮咛、指点。耄耋之年，依稀可见当年丽人风采；风烛残年，依旧爱心不减当年。母亲虽无文化，但深明大义，通情达理，只知奉献，不求回报。她的高尚品德和为人处事风格，已然融进子女的血脉，化为我的思想理念，将永远激励我在人生道路上风雨兼程，并引发我对母亲的绵长思念。

2004 年 7 月 26 日

刻在心上的爱
——追思我的母亲

最爱我和我最爱的母亲，于 2017 年 3 月 19 日凌晨驾鹤西去，魂归天国。母亲享年百岁，按农村习俗算是喜丧，因此我只默默流泪，没有痛哭。但母亲突然离开尘世，仍让我心灵深处不时涌上一股莫名的哀伤。回望往日频现母亲音容笑貌的老家院落，空荡荡，静悄悄，我一下子意识到"家"没了。以往，我每年春节，都要由京返闽，到福清老家探望生我养我的父母，在我意念里那叫"回家"。十年前父亲离世，现在母亲又没了，此后我再回老家，虽有弟妹安在，但那叫"做客"。一词之别，让我顿时意识到母亲的存在，对于我而言，具有何等真切、特殊的生命含义。

母亲一生，为生育、抚养七个子女，所历经的艰难困苦，乃至身心所承受的万般痛楚，她用心血和泪水所凝成的无比深沉的母爱，将永远镌刻在我的心上，留在子孙后代绵长的记忆里。

母亲出生于农村大户人家，一次父亲走亲戚，瞥见过我母亲一眼，虽未晤面，但再也难以忘怀。后在"媒人"牵线下，十七岁就下嫁给我的父亲。母亲生前总对我们说，她出嫁时，娘家陪嫁了多少银圆、布料，据说并非真有其事。但她在娘家深得父母和兄弟的宠爱应该不假。我小时候，常到外祖父母家做客，外祖父母对我百般呵护、疼爱有加。我在龙田镇上读小学，寄住在姑妈家，后上初中虽寄宿在校，也依旧常到镇上开店的二舅、尾舅家做客，我从他们对我的浓浓爱意中，间接体会到母亲小时在娘家的地位和获得的宠爱。但就是这样一个虽没有文化却拥有美貌的年轻女子,自踏进我父亲的家门,却夙兴夜寐,日夜操劳,舂米、磨面、摘菜、做饭、洗衣、缝补衣服,心甘情愿地操持一大摊家务。待十九岁有我,后陆续又有弟妹问世,则更是茹苦含辛,日夜操劳。母亲不仅要经受生育之苦、抚养之难,而且在家庭经济拮据、缺粮短菜的困境中,要养育嗷嗷待哺的那些儿女,还要准备一大家子的一日三餐(那时,我父亲底下还有两个弟弟,没有分家时都在一起过),可以想见其万般艰难。但我母亲从无怨言,有累自己忍,有苦自己扛。印象深刻的是母亲在夜深人静时,还在脚踏老式织布机,两手不停地来回穿梭织布的场景。

母亲自幼缠脚,中年时放脚,但仍属小脚女人,走路十分艰难。我不知道妈妈哪来的勇气和毅力,能独立支撑起一大家子的繁杂事务,并精心照料那么些孩子!妈妈每天都是起早贪黑,想陀螺一样不停地旋转。夜晚,待孩子们睡下,她又开始她那没完没了的针线活,不是缝补旧衣,就是用她亲手织就的粗麻布,缝制新衣,直到更阑夜尽。我在家过夜时,有时中途醒来,会瞥见妈妈一个人坐在椅子上,静静地抽几口水烟。她那疲惫的脸庞,在昏暗的油灯下,在缕缕的烟雾中,时隐时现,令人心疼。

母亲除了是一个坚忍不拔,能吃常人不能吃的苦,受常人不能受的罪,有着超人的心理承受力和身体耐受力的女性外,在我的印象中,她还是一位心思很重,多愁善感,常为儿女过分担忧的母亲。母亲也有快乐、开心的时刻,她会为儿女取得的每一个进步,每一个劳绩,以及获得的哪怕是小小的成功,展现她温馨的笑容。比如,1957年高考发榜,我被北大中文系录取。当我手持录取通知书,飞奔回家时一边挥动录取通知书,一边对母亲高喊:"我中状元啦!"母亲腾地站了起来,冲我哈哈大笑。那笑容是那么的灿烂、开心、洋溢着醉人的爱意。

但是,在我的记忆里,相较于母亲的笑声,令我印象更为深刻的,却是她的眼泪和哭声。不管是心酸的泪水,还是悲切的哭声,多半都是源于中国改革开放前,沉重的家庭经济负荷,多子女的千钧重担压身和父亲的人生挫折,以及有的子女的不幸遭际和发生的意外变故。

发生在我身上的就有三件令母亲痛彻心扉的变故:一是我两岁半时,据我母亲说,我曾独自爬上二层阁楼的楼梯上端,然而一脚踏空,一下子摔到了地上,半小时昏迷不醒,母亲魂飞魄散,惊诧万分。二是1961年,我上北大四年级时,身患肺结核空洞,差点送命;我虽一时瞒过父母,但最终还是让父母知晓，让父母为我担惊受怕。据母亲后来告诉我，父亲三天茶饭不思，一言不发；而她自己极度伤心，断续哭了好几天。三是1970年时我得了严重的肝病，再次让父母为我担心、忧虑。

更为不幸的是，我两个弟弟分别于1989年和1994年相继英年早逝。我父亲晚年长达11年因病卧床，病情时好时坏，全赖我母亲精心照料，而我母亲自己常年身患胆管疾病，反复发作，每次犯病都疼得满床打滚，痛不欲生。更不要说我母亲在1974年10月因病相继动过三次手术，命悬一线。

遭此种种无法预知的突然变故，在彼时彼地，不管是一下子跌入人生险境，还是陷入叫天天不应、叫地地不灵的精神绝望，作为深爱丈夫和子女的母亲，也只能用泪水表达她的无助、无奈和伤心。妈妈不时地暗自流泪，掩面而泣，伤心呜咽，乃至失声痛哭，撕心裂肺的恸哭，那闪现在她双眼的泪花，那从她双眼流下的成串的泪珠，往往让我不知所措。

我从妈妈身上，深切地感受到中国传统优秀女性的吃苦耐劳，万难不避，万险不辞的高贵品德。而我母亲更是从来没有自我，心甘情愿地为丈夫和儿女忍饥挨饿，无私奉献。她身上所呈现的母性光辉，深深感染了我，让我为之动容，为之肃然起敬。

我的母亲，以她的挨饿忍痛，以她的衰老乃至生命换来儿女的健康成长和美好的今天。母爱无私，母亲伟大！对于我，至今留在脑海中，那些体现深沉母爱的一件件细节，仍是那么鲜活。这里我仅举两例，以小见大。一是，每当我回家探亲时，住在老家的二楼，一大早母亲便会端着亲手调制的面糊蛋花汤，爬楼送到还没起床的我的床前，直到她八十好几依然如此；二是，直到她逝世前不久，每当我与她通话时，到最后妈妈总是不忘提醒我，早晨要吃两个鸡蛋。这是因为我曾告诉过母亲，早餐我一般是一个鸡蛋，一杯牛奶，她总以为那会营养不够。现在最爱我和我最爱的母亲走了，再也听不到她的叮咛，再也感受不到妈妈那难以比拟的母爱。

我的母亲，是柔弱的，又是刚强的；是弱小的，又是强大的；是没有文化的，又是深明事理的。她的善良、忍让、坚强和不甘人后的秉性与精神，深刻地影响着我的一生。母亲的百年生涯，过得平凡，但很精彩。她为丈夫和子女尽了所有的责任，付出了所能付出的一切。她没有自己的自由时间和空间，没有自己的生活享受，她唯一的心思和希望，就是七个子女健康成长，早日成才。今天我没有辜负母亲的期望，取得了事业的成功，也过上了幸福的生活。

但是一辈子受累受苦的母亲也走到了生命的尽头。自去年底妈妈病重，直到 3 月 19 日魂归天国，我曾于 1 月、2 月和 3 月，相继回老家三趟探望。没能在母亲生命最后关头，一直侍奉左右，深感内疚。

最爱我和我最爱的母亲走了，去陪伴她情投意合、心心相印的我的父亲。愿母亲一路走好，到那边能卸下沉重的负荷，好好安息！

母亲走了之后，这几个月我情不自禁地时时怀念、追思，耳边不时响起"世上只有妈妈好"那首温馨而又感人的歌声。歌声随风飘散，若隐若现，直到人生的彼岸……

2017 年 6 月 8 日

音容长留天地间
——痛失父亲卢光照

卢盼盼　吴绪彬

父亲离开他饱经沧桑而又难以割舍的人间，离开他深情眷恋的亲人和他倾注毕生心血的中国画艺术创作生涯，已经将近两年半了。随着时间的推移，我们因父亲离去而留下的悲哀虽有所减轻，但我们对父亲刻骨铭心的思念却与日俱增。端详父亲溢满有如孩童般纯真笑容的照片，我们感到他的躯体虽不复存在，但他的慈爱和关怀仍时时环绕在我们身边，看着悬挂在墙上他的画作，我们从他苍劲古朴、形神兼备的画面中，感受到父亲的生命已化为他的作品长留世间，永远激励着生者奋发向上。人类生于斯，长于斯，死于斯，这是自然规律。父亲享年 88 岁，走时没有经受太多的痛苦，也算是高寿善终。但对于他的爱妻和子女们来说，始终不肯相信那样达观乐天、幽默风趣，那样痴迷于国画艺术创作事业，直到逝世前一个月，仍坚持每天看书、作画，自称"不朽者"的父亲，竟在 2001 年 10 月 17 日晚，刚从北京协和医院出院回家两天的那个晚上，猝不及防地一个趔趄扑倒地，就永远离我们而去，永远不再回家。父亲早已化为青烟，这个世界上，不会再有一个父亲，往事并不如烟，对父亲的深情思念伴随着在心底潜流的悲戚时时袭来，迫使我们拿起笔述说我们无法述说的隐痛。

父亲生命垂危之际想的仍是他人

父亲出身农村，早年生活磨难，造就了他的硬朗身板，虽身材瘦小，看似柔弱，但却具备过人的心理承受能力，不管遇到什么困难，总能举重若轻，不受情绪起伏的干扰，而能一门心思扑在中国画艺术创作上。写意花鸟画的创作完全融进他那不息的生命，从艺术创作中他得到了无穷的乐趣和精神上的莫大享受，因此他一直身体很好，极少求医问药。直到八十岁以后，他都想不到自己会病倒，更没虑及自己生命的终止期。但自1996年开始，也许是长期为艺术过度付出，身体严重透支，父亲的心脏慢慢变得脆弱，几次出现危险信号，心肌缺血，不时发生梗塞现象，不得不住院治疗。但每次住院治疗，一旦抢救过来，病情稍有好转，心脏跳动趋于稳定，他就又对未来充满信心，我们几乎看不到他为自己将不久于人世而感到黯然神伤。住院期间，只要病情稍有好转，他总是坚持自己下床、上厕所，从不肯多麻烦护工或护士，还不时同医生、护士开开玩笑，护士们都很喜欢他。在最后一次住进协和医院治疗期间，在生命之火即将熄灭之际，心里还总是牵挂别人。子女去探望时，父亲总说："我没事，你们不用老来，忙你们自己的事吧。"一次我去探望他，父亲突然问我："你身上带钱没有？"乍一听我还不明他的用意，接着他告诉我护工的妹妹生病，让我单给她300元，还特地向护工交待这不算在工钱里。小女儿在国外定居，父亲其实非常想见她，但当那次我们见父亲病况凶多吉少，建议他让小女儿回来时，父亲却说："她找个工作不容易，刚走没几个月，别叫她回来。"父亲对自己病情估计乐观，总说不会那么早去见马克思，他出院回家还要继续画画，把艺术水准再提高一步。因此，直到临终父亲也没有同我们子女谈及身后事。但我们心里清楚生命正在一天天离开他。我们也是为人父母，不免想起儿女的长大总是以父母青春的流逝乃至衰老为代价的，这过程，总是在人们不知不觉中悄悄地进行，没有人能够阻止这过程。我们只是遗憾在父亲生前，没能更多地照顾他，更多地陪他说说话，为他多做点什么，这将永远成为我们心头的遗憾。

2001年10月15日上午，父亲从协和医院高高兴兴地回家，母亲和我们子女都感到庆幸和欣慰。自1996年他发生第一次心肌梗塞以来，幸亏得到协和医院心脏病专家范中杰大夫的精心治疗和监护——他把父亲看作可尊敬的师长，自愿充当"私人保健医生"——再加上父亲自身的坚强，对疾病抱着

"既来之，则安之"的泰然态度，使他五年来还能继续从事他无比热爱的事业，为中国画坛继续做出贡献。

回到家两天里，母亲显得特别高兴，她想多陪陪父亲，多同他聊聊。据母亲后来讲，那两天他们有说有笑，显然"家"的感觉让父亲很开心。10月17日晚上吃过晚饭后，父亲坚持自己到洗脸池那儿去刷牙，突然他痛苦地大叫一声，母亲赶紧趋前抱着他。他的手紧紧地抓住母亲的衣服不放，接着扑通一声倒地，溘然长逝，中国画坛一代名家卢光照就这样像一阵风飘然离我们远去。突如其来的噩耗，如同晴空中的一声惊雷，震撼他的亲人和每一个熟悉他的人的心弦。亲人悲痛欲绝，朋友们老泪纵横，同事们垂首默哀，学生们满脸悲戚。人们不仅为失去中国当今花鸟大写意画派的杰出代表之一的卢光照先生，而深切地意识到这是中国美术界的一大损失；而且为他高尚的艺德，他的不慕名利、宽以待人、谈吐幽默、童心永存的旷达，而痛切地感到失去了一个智慧的长者，一个挚友。

10月29日，北京医院的告别室里，里里外外摆满了上百个花圈、花篮，挂满了几十幅挽联。有王光英、王兆国、习仲勋等现任和过去的党和国家领导人与书画界同道，生前友好送的，也有国务院办公厅、统战部办公厅、民革中央、国务院参事室、中央文史馆、国家新闻出版总署、新华通讯社、中国国际广播电台、中国人民对外友好协会、中日友协、河南卫辉市委市政府、福建福清市委市政府等国家机关、民主党派组织送的，来向卢老作最后告别。为他送行的，有各级领导人、德高望重的文化界名流，也有书画界、新闻出版界的年轻朋友。在父亲生前喜爱的豫剧轻柔乐声中，父亲安详地睡着了。他的灵魂不知飘向何处，但他终于走完了无愧于家庭和社会的一生。在父亲逝世后的一段时间里，新华通讯社及《人民日报》《光明日报》《北京日报》《北京晚报》《北京晨报》《南方都市报》和诸多电台、电视台等媒体，相继报道父亲逝世的消息或发表纪念文章。

父亲走了，但他的风范长存、音容永在

父亲一生的为人立世，待人处事，对社会、对工作、对艺术创作，对家庭、对师友，深受传统儒家思想的影响，始终坚持珍惜生命，看重经世致用、自强不息、道德为上、平等待人的处世方式。在他身上融汇了知识分子的坚持操守、不趋炎附势与平民百姓的朴实无华、安贫乐道两种性格成分，造就了他

不随波逐流和富有个性的说话、行事态度和方式。

父亲于1914年4月生于河南省卫辉市（原名汲县）一个农民家庭。1932年在河南省立第五师范肄业，于1934年考入国立北平艺术专科学校中国画系，受业于齐白石、溥心畬、黄宾虹诸名家。1937年"七七事变"后，北平沦陷，父亲返回原籍。国难当头，一向爱国的他毅然于年底投笔从戎，奔赴抗日前线，参加了张自忠所部五十九军，历任艺术干事、宣传队长、抗敌剧团副团长。他参加过临沂、台儿庄、徐州、潢川、快活铺等重大战役。在行军途中和战地，他张贴标语，编写快板，教唱抗战歌曲，创作了独幕话剧《寒衣》和《清乡》，并亲自兼任导演和演员。父亲的抗日救亡热情和工作积极性，遭到抗敌剧团内部"右派"势力的排挤和刁难，心情抑郁、苦闷。1940年夏，张自忠总司令在湖北快活铺督战时不幸以身殉国，形势剧变，父亲不得不离开剧团，投身到教育战线，辗转各地从事艺术教学工作。

父亲对生他育他的故乡，对自己生活的国家，怀有深厚的感情，他总想以自己的学识和技能报效祖国，回报社会。1944年曾在重庆中苏文化协会举办个人画展。后经齐白石推荐，受徐悲鸿校长聘请，北上在北平国立艺专任教。1950年冬他被调入人民美术出版社，并且主要是从事文字编辑工作。但他毫无怨言，积极参与研究选题、联系作者、审改稿件，为他人做嫁衣裳，在平凡工作岗位上做出不平凡的成绩。

"文革"期间，父亲被下放到湖北咸宁五七干校劳动，这时他已年过半百，身体瘦小，干不了重体力活。干校分配他放鸭，他戏称自己是"鸭倌"。这期间，他的二女儿和儿子也都随知识青年下乡的热潮，分别到内蒙古和山西插队，在长达六七年的漫长岁月中备受煎熬，但父亲只是默默地承受心灵重压，并不怨天尤人。

在改革开放年代，曾饱受旧中国苦难，又在建国后的政治运动中受到不公待遇的父亲，忘掉不快，尽释前嫌，看到在中华大地上发生的日新月异的变化，重新焕发了艺术青春，忘我地投入中国画创作。他常说："我们生有工作，退有所养，连害病吃药，死了火葬都不要自己花钱，有什么理由不把自己的精力凝聚在事业上，多为社会作点有益的贡献呢？"父亲教导我们：人生在世上，要对社会、对家庭负起责任，一定要自强不息，舍得付出，发挥专长，做好本职工作。他反复强调不能依靠父母，依靠别人，一切都得靠自己奋斗。每当看到儿女们在学习上、工作上取得进步、成就，他都从心底里感到欣慰和高兴,往往连说:"好啊,好啊!"我们的爱女吴小雪自幼聪慧好学,她先后考进北师大实验中学、北京大学,父亲就乘兴为小女画画以资勉励。

作为父亲,他时时处处率先垂范,用自己的模范行动感染和影响下一代。在五七干校的劳动之余,他也不忘偷偷看书,偷闲作画。国画《小鱼》和《干校小屋》就是当时的作品。他在《小鱼》上题记:"十年动乱期间,余躬耕咸宁干校为鸭倌,以水为屋居,此景习常所见。"1975年,父亲按规定年龄退休。当时居住条件很差,一个不到八平方米的平房充作画室。父亲从早到晚不是看书,就是作画。不管是炎炎夏日,还是风雪严冬,他上下午都坚持作画,成为雷打不动的生活规律。后来迁居西坝河新居,他和母亲各有自己的画室,又在同一套房内。独立作画时,安静如相距千里之遥,互不干扰;每有神来之笔或画完一幅作品后,互相招呼,交换看法,言笑之声可闻,又有近在咫尺之意。他们是生活中的亲密伴侣,艺术创作中的良师益友,一辈子相亲相爱,相濡以沫,越老感情越好。父亲常画双鸭、双翠、一对松鸟,用来比喻他们之间的亲密无间,恩爱如初,令我们儿女羡慕不已。

即使是到生命的晚年,父亲仍从无懈怠,出于对绘画事业的执着而不停地画呀画呀,已成为他乐此不疲的生活习惯,融进了他奔腾不息的生命进程。1996年父亲在参加中国美术馆一画展开幕活动时突发心梗,被急送协和医院抢救。一个月后逐渐康复,出院后又继续作画。此后多次心梗,一出院又接着画画。他在《花篮寿桃》画上题写:"人生七十古来稀,老夫今年八十四。阎王不叫自不去,我就这个犟脾气。"

父亲一生崇尚俭朴,对物质几乎没有什么要求,甘于粗茶淡饭,生活极为简单。除为出席重要社交场合或出国访问,母亲为他量身定做了两套西装和两件大衣外,平日他总是有什么穿什么。每当子女为他购买衣服,不管是时新的还是传统的,他穿在身上总是自得其乐。对于饮食,他更不讲究。母亲和我们子女为他做什么饭菜,他都吃得津津有味。他爱吃红烧肉、猪耳朵、面条,有时爱喝一点点白酒。出席宴会,山珍海味对他来说反倒吃不惯,常常戏称自己是"土包子"。他深知粮食来之不易,在很长一段时间里,在家吃饭最后打扫盘底饭菜的总是他。因此我们都觉得父亲是一个非常好侍候的老人。

父亲不爱广泛交际,原因是他认为时间老不够用,来日无多,要抓紧时间多看些书，多画些画。他最怕画兴正浓时，突然来客造访。但他和志同道合、性情合得来的朋友、晚辈在一起时，总是谈笑风生，不知疲倦。父亲喜戏善谑，爱开玩笑，爱抬杠，许多年轻人都爱和他在一起相处。比如，《南方周末》原主编左方，是吴绪彬北大同届同学，父亲每次见他，一谈及国内外大事和对政治、对生活的见解，多长时间也觉意犹未尽。

父亲一生不慕名利，知足常乐。他作画一不为获奖，二不为卖钱，无论巨作、小画，只论艺术价值，不计市场价值。他从不媚俗，不随画坛潮流，始终坚持走自己的创作道路，画"自家样"。他有方印章刻道："一钱不值，万钱不卖。"遇有知音，他便欣然作画相送；若碰庸俗之辈，即便持有巨金也不肯出手。父亲一直坚持自己的做人标准，自有其风骨。他的一些画作上题有"三不子老人卢光照"。"三不子"是他的座右铭："一不摆架子，即不做两眼朝天恃才傲物的骄子；二不充壳子（四川方言），即不做胸无点墨，头脑空虚的壳子；三不当孙子，即不做奴颜婢膝，势利取媚的孙子。"父亲对阿谀奉承，专事溜须拍马，或以画作为结交权贵的敲门砖之流，十分厌恶。他坚持堂堂正正做人，老老实实作画。他认为画品即人品的体现，常说："一个人很庸俗，满脑子铜臭，肯定画不出好画。"他相信只要有真本事，拿出真东西来，内行人定会认可。

1997年人民美术出版社出版《卢光照程莉影近作集》大画册时，父亲坚持不用别人作序，而是自己写前言。1997年5月，父亲在中国美术馆举办个展，王光英、何鲁丽、万国权、刘延东和有关部委负责人出席开幕式，成百上千知其名识其画的观众从四面八方汇聚而来。展览期间，每天都有书画学院学生或美术爱好者成群结队来现场观赏、临摹。许多观众为卢老已八十三高龄，尚能推陈出新、自开生面，其画不拘成法，笔墨那样苍劲老到而赞叹不已。画展办得非常成功。父亲见美术界、媒体和观众反响强烈，为自己呕心沥血终于走出一条不同于白石师及其同门画家的创作道路而感到欣慰。但他也意识到自己的不足，他决定继续探索，继续创新，把大写意花鸟画的创作水准提高到一个新的层次。只可惜上天不假父亲以时日。母亲多次惋惜地说，如果父亲能再活二三年，他的绘画水平定能更上层楼，再创新的辉煌。

父亲把绘画创新看成至高无上的使命

父亲虽出生于农村，但其兄卢星桥是豫北一位知名的教育家。受农村生活环境和家教的影响，父亲自幼亲近大自然，喜爱涂抹花鸟虫鱼。长大后考入国立北平艺专，师从虽多，但独喜齐白石大师。此后一直到1957年白石老人逝世，几十年间，他一直受到白石大师的亲授和指点。他在抗敌剧团任副团长期间结识了母亲程莉影，后来成了志同道合的终身伴侣。而在父亲自1946年任北平艺专教师期间，母亲也就学于该校，师从的也是白石大师。解放后，父母亲定居北京，与白石老人过往更为密切。因此白石老人的人品、思想、学问和艺术才能对父母亲有极深的影响。父亲的画室取名"思齐堂"，可见他对老师的尊崇。在平日的言谈中，父母亲常怀感激之情地谈起白石老人的崇高人品和出神入化的画艺。父亲认为白石老人之所以能成为享誉世界的中国画大师，除有极高的艺术天赋外，更是"天道酬勤"，得力于他一辈子的不息奋斗。为不负白石老师对他的期望，父亲总是时时刻刻严格要求自己，把继承和发扬光大中国大写意花鸟画视为至高无上的人生使命，丝毫不敢有所松懈。

父亲在国立北平艺专学习期间所画作品，深得齐白石老师的青睐而奖掖有加。白石师曾在父亲数幅画作上题曰："光照弟画此粗叶有东坡意，乃同校之龙也"；"光照弟画既似缶老（吴昌硕），又欲似予，亦可自呼二石矣"；"光照弟别有思想，近世不易有也"；"酒壶酒杯，却是随意一挥，何其工极，起余者弟也"。父亲把白石师的赞誉看作是对自己的期望和鞭策，终其一生孜孜不倦地为继承和发展白石老人开创的崭新的大写意花鸟画艺术而奋斗。

父亲虽极其尊崇白石师，但他更不忘白石老师"欲自立成家，至少辛劳半世"，"学我者生，似我者死"以及要"自己画出自己的面目"的告诫。检视父亲中青年时画的画，虽不落俗套，别有韵致，但仍可看出白石老师的影响痕迹比较明显。其画取景布局，视野还不够宽广；经营构图偏于细巧，气魄不够大；用笔着墨多秀润清逸，不够苍劲有力，简练老辣。对此，父亲自己也不满意，经长期苦苦思索，他决定突破自己几十年形成的框框，突破前人的窠臼。他常对我们说"艺术的生命在于开拓"，"真正的画家要敢于否定自己的过去"。从80年代中期开始，父亲以古稀之年开始了漫长的变法探索。父亲认为变法、创新，一是要继承传统，吸取一切有益的东西，二要师法自然，到生活中去。父亲的绘画创作，除师承齐白石大师外，同时还博采吴昌硕、任伯年、虚谷、潘天寿等名家之长，融会贯通，致力于发扬个性。新中国成立后，父亲曾在人民美术出版社从事编辑工作长达25年。这期间他广泛涉猎中国古代文化艺术各门类的知识，通过编辑画集和美术论著，深入钻研中国古代画论和各名家生平与艺术成就。他主持编辑出版的三大册《齐白石作品集》，更是倾注了他的大量心血。因此，他在中国古代传统文化和中国美术史论方面有着深厚的修养，这对他后来的绘画创作以及衰年变法、自创画风所产生的影响是深远的。直到晚年，他在作画之余还习惯手不释卷，刻苦钻研明清"文人画"以及近现代美术名家的艺术主张和创作实践，从中吸取营养。

父亲在尊重中国画民族传统和师承关系的同时，更深知艺术源于生活，不俯察山川品类之繁，熟谙花鸟生态习性，创新就无从谈起。为此，他同母亲种过各种花草，养过鸽子、鸡鸭、小鸟和金鱼、小鱼，对花鸟虫鱼的生态习性了然于心，然后遗貌取神，形诸笔墨，因而能不落俗套，自有创造。父亲在古稀之后，仍雄心不已，一有机会就乐于到外地访幽探胜，积累创作素材，尔后再融古参今，化为自家笔墨。他常说，一个人画风的形成非一日之功。他自己也是经过数十年的刻苦钻研，反复探索、实践，历经多次失败，才逐步形成今天的画作面貌的。

综观父亲晚年画作，他的画风较之于中青年时期的画风确有较大变化，更能体现出自己独特的风貌。其突出特点是：

（一）时代感更强，更重性灵的发挥

父亲的画属于"文人画"。传统"文人画"不外乎两种类型：一是积极入世，歌颂赞美型的；二是消极遁世，愤世嫉俗型的。父亲大半辈子历经磨难，晚年喜逢改革开放带来的国泰民安的繁荣盛世，他的兴奋和喜悦之情经常难以抑制，形诸绘画形象，见之于题记。人们无不一眼看出并深受其感染。晚年他常画荷塘，那满塘盛开的鲜艳荷花，那蓬勃生长的荷茎，那翠绿舒展的荷叶，以及在水中嬉戏漫游的小鱼、鸳鸯、野鸭，无不展现一片欣欣向荣的景象和在作品背后隐藏的画家的愉悦心情。在《盛荷》画作中他题道："鱼游荷叶东，鱼游荷叶西，鱼游荷叶南，鱼游荷叶北。此鱼之乐也，余之心情舒畅不亚于鱼，故每喜画此。"父亲的作品不仅有强烈的时代感，而且紧贴现实生活，能让人感到一种亲切。他在其《蔬菜图》上题道："科学大发展，四季都有菜。喜坏年迈人，甩掉老咸菜。"热爱新社会、热爱生活的赤子之情，溢于言表。

而这种对家园的热爱，对生活的钟情，又通过灵活生动的画面，挥洒自如的笔墨，淋漓尽致地表现出来。

父亲画画强调有法又无法，似又不似，重在抒发性灵，体现画家个性。因此不管他画什么题材，追求的是抓住客观事物的特点，画出它的典型，必要时还有意进行夸张、概括。他非常重视布局、剪裁，通过他的思维、感觉、理解，使客体得到升华，变得更有韵致，更有精神内涵，更能体现时代特色和画家个性。上述特点，在父亲晚年画作中体现得尤为充分。

（二）气魄更宏大，笔墨更苍劲，画风更老辣，挥洒更豪放

父亲为追求画风的改变，除上述钻研传统、尊重师承、师法自然、重在体验生活之外，就是反复苦思冥想、日夜揣摩。我们常见他下笔作画前，总是面对宣纸，屏气凝神，反复端详，在自认为构思已经比较成熟的情况下，才断然落笔，挥毫泼墨，一气呵成。他对构图布局，力求小中见大，更具气势，显出气魄。用笔重侧锋，用墨重皴擦、泼墨，并喜用焦墨，意在使之更显苍劲老辣。敷彩重浓墨淡彩或浓彩淡墨，以形成强烈对比，强化视觉效果。父亲晚年画作的章法、笔墨、用色，题字显得更加不守成法，不拘一格，更具个性和表现力。尤其是用笔更大气，更有力度，显得简练、苍劲和老辣，别具一格。正如父亲的老朋友、著名山水画家秦岭云所说："人到晚年，书画艺术日臻奇崛苍古，在齐师的基础上，别开生面，显示出苍劲、老辣、天真、任意的化境，意趣出众，不同一般。"最能代表父亲笔力和画风的当推悬立在人民大会堂二楼东大厅的《千顷荷花送清香》。这幅长五米多，宽三米多的大画，是在精心构思之后，毕一周之功而成的。作画时，他手执如椽大笔，饱蘸水墨，或站在纸外，或进入纸内，左右上下，往复奔驰，大处着墨，细处收拾，笔断意连，相互呼应，整个构图显得非常大气。他画巨石用大笔皴擦，荷叶用泼墨，荷梗则用中锋豪劲地"锄"下去，既准又狠，可谓拙中藏巧，雄秀兼备。全图荷花怒放，叶大如盖，荷塘留白处似波光潋滟的湖泊，两只野鸭在水面悠然自得地遨游，观之令人骤感满目生辉，身心愉悦。

（三）笔墨的老辣苍劲与构图用色的稚拙天真相结合，达到返璞归真，大俗大雅的化境

父亲既淡泊明志，宁静致远，不慕名利，随缘自适，又能宽以待人，忘怀

自我，普施爱心，知足常乐，故他极少有无谓的烦恼，看他每天都是乐呵呵的，笑口常开。每遇创作了一幅得意之作，更是眉开眼笑，按捺不住心头的高兴。更兼他思想解放，作风民主，从不受任何条条框框的约束，这种生活态度和生活作风反映在画作上，往往是用老辣苍劲的笔墨来画稚拙天真的事物。在《卢光照程莉影近作集》中收有一幅名为《姐妹俩》的儿童人物画，乍看似是孩子画的，再看题跋："余外孙女小雪五岁时画，有此模样，摹之。卢光照七十又六。"原来是他见我们的爱女习作，受到启发，获得灵感，一时兴来之作。又如78岁那年，父亲画了一幅《小老虎》，画面上题道："小老虎，虎眈眈，见鞭炮，也不窜。真叫虎胆能包天。"画中的小老虎幼稚可爱，使人难以相信出自古稀老人之手。美术评论家包立民在《耄耋顽童》一文中，赞誉卢老淘得像个孩子，像个顽童，人淘气，画也淘气，并说："返老还童，是人生最后阶段，也可称最高境界。"父亲的终生挚友，著名山水画家秦岭云伯伯对父亲知之最多，了解最深。他在《人画俱老一顽童》中写道："画界多视春塘（春塘为卢老另一别字）为奇人，走笔不俗，出言惊众……花甲之后，变得更加天真散漫，调侃戏谑，玩世不恭，风采气度，一如魏晋竹林中人……他的画越画越辣，近作多求似与不似之妙，神出像外，一片天机，不落常态，怪异生拙处，更现炉火纯青之功。"诚哉斯言！

父亲走了，那永远思索的头脑进入了永恒的休息状态，那不停劳作的双手彻底停止了挥动，他生命的辉煌乐章已经停止。他用生前的奋斗不息，建功立业，换得死后的声名永存。他的一生始终生活在大写意花鸟画的创作中，作为"一位对传统绘画深有研究并做出杰出贡献的著名艺术家"（著名美术史家邵大箴语），他给人间留下了可供人们长期欣赏和研究的巨大艺术财富。父亲走了，虽然生死之间有着不可思议的阻隔，但他的风范永存，音容长在，将永远活在他的爱妻和他的子女们心中。他所创造的绘画艺术世界，将会长久地被人们记起、提起，随着岁月的流逝而愈显其不减的魅力。

最后，我们想用一幅自拟的挽联作为这篇言犹未尽的悼念文章的结尾：
八八载生涯坎坷，艺胆薄天，画笔千秋，高风典范垂后世；
半世纪风雨同舟，丹青为伴，比翼双飞，功成名就慰九泉。

2004年3月21日夜

（刊于《三不子老人画家卢光照》人民美术出版社2011年版）

长留花香满人间
——写在花鸟画大师卢光照逝世之后

据《北京晚报》2005年2月1日报道，为庆祝建院80周年，今年10月故宫博物院将举办首届中国当代名家书画收藏展。邀请函发出之后，收到来自全国各地书画家捐赠的作品，文化部与故宫博物院特地共同为李可染、李苦禅、卢光照三位大师举行了隆重的其遗孀捐赠的遗作的接受仪式。国内最具权威性的收藏单位，把卢光照列入为数极少的大师之列，充分说明卢光照是当代中国当之无愧的花鸟画大写意的杰出代表之一。

卢光照，1914年4月生于河南省汲县（现卫辉市）一个普通的农民家庭。1934年考入北平国立艺术专科学校，受业于齐白石、溥心畬、黄宾虹诸名家。1937年秋投笔从戎，参加抗战4年。1941年入川，从事艺术教育。1943年在重庆中苏友协举办过个人画展。1944年应徐悲鸿之邀，北上就任北平国立艺专教师。1950年被调入人民美术出版社，一直工作到退休。

卢光照先生一生不懈追求艺术，为中国画的"变法"与创新，不断进行艰苦的探索，刻苦的创作实践。他长达23年追随齐白石大师，深得白石老人的赏识与赞誉，白石老人曾题"吾贤过我"赠之。他毕生极其尊崇其师，画室取名"思齐堂"。他牢记白石师"要我行我道，下笔要有我法"的教诲，始终不忘锐意创新，晚年仍执着于"变法"。他深得齐派大写意之精髓，并吸收任伯年、吴昌硕、虚谷等大师的笔墨精华，同时又俯察山川品类之繁，熟谙花鸟生态习性，了然于心，然后以貌取神。形诸笔墨，从而走出了一条不同于前人的、自己独有的艺术道路，使他成为美术界公认的当今中国大写意花鸟画的杰出代表之一。

1997年5月，他在中国美术馆举办个人画展，王光英、何鲁丽、万国权、刘延东和有关部委负责人出席开幕式。成百上千知其名识其画的观众从四面八方汇聚而来。展览期间，每天都有书画学院学生或美术爱好者成群结队前来现场观赏、临摹。许多观众留言，盛赞83岁高龄的卢老，尚能推陈出新，别开生面，其画不具成法，尤其为其笔墨苍劲老辣，几近炉火纯青而赞叹不已。据中国美术馆负责人介绍，个展办得如此成功并不多见。卢光照创作的大写意花鸟画，不求形似，而重心灵描写和表现内在的神韵。落笔重如泰山，苍劲古崛；构图布局小中见大，造型生动活泼，色彩单纯明快，对比效果强烈。其艺术风格不落尘俗，品位甚高，再配以雅俗共赏的诗句或题词，突现赤子之情，深得中国"文人画"之三昧，在画坛享有盛誉。他曾应邀为中南海、人民大会堂、毛泽东纪念堂、天安门城楼休息室、新华社主楼一层大堂和北京饭店等重要场所作巨幅花鸟画。其作品还曾先后作为国礼赠送给多位外国首脑。

最能代表卢光照大师笔力和画风的当推悬立在人民大会堂东二楼宴会厅的"红荷屏风"和新华社主楼一层大堂的通壁长幅巨作。这两幅大画都是在他精心构思、打好腹稿之后，手执如椽大笔，饱蘸水墨，毕一二周之功而一气呵成的。他从大处着墨，细处收拾，笔断意连，相互呼应。全图荷花怒放，叶大如盖，荷塘留白处似波光潋滟的湖泊，野鸭在水面悠然遨游，观之令人骤感满目生辉，身心愉悦。

2001年10月17日，中国画坛一代名家卢光照先生因病离世，人们为失去一位不慕名利，宽以待人，谈吐幽默，童心永存的智慧长者和国画大师而深感痛惜。10月29日，北京医院的告别室里里外外摆满了上百个花圈，花篮和挽联，有王光英、王兆国、习仲勋等现在和过去的国家领导人和书画界同道、生前友好送的，也有国务院办公厅、统战部办公厅、民革中央、国务院参事室、中央文史馆、国家新闻出版总署、新华通讯社等国家机关、民主党派组织送的。来向卢老作最后告别，为他送行的，有德高望重的文化界名流，各级领导；也有书画界、新闻出版界的年轻朋友。生前辉煌，死后哀荣，从一个侧面足可反映他的艺术定会永存，人们也会长时间怀念他。

卢光照生前淡泊明志，不重金钱，故他的画作留落市面的很少，因此他的作品更具收藏和欣赏价值。他所创造的绘画艺术世界，也将长久显示其不减的艺术魅力。

（原载《兰亭》2005 总第四期）

柯岩永生

敬爱的柯岩大姐走了，留给风雨相伴58年的贺敬之及其子女的是无尽的哀痛和绵绵的思念；而留给似我与柯大姐有着近30年深交的故旧是永久的心痛。

虽然柯大姐近年大病时有，小病不断，但当我得悉她12月11日逝世的噩耗时，却怎么也不敢相信，然而披之于报端的消息却是真真切切的。转眼间天人相隔，我顿觉命运无常，不禁一下子悲从中来，黯然泪下。

我不相信柯大姐这回真的离开她眷恋的世界和她爱、爱她的亲人和朋友，是缘于2011年春节，我去探望柯大姐和贺部长，本来贺部长在电话里事先告诉我说："今天我陪你说说话，柯岩在赶一套建党90周年的献礼书，恐怕没时间陪你。"我说："没关系。"可没等我在她的客厅与贺部长谈上10分钟，在书房正忙碌的柯大姐便闻声出来。见我，她高兴地拥抱我，并坐在沙发上靠近我，兴致勃勃地向我介绍由她主编的《与史同在——中国当代散文选》，特别是喜形于色地告诉我，她找到好些难得的配文的图片。当时柯大姐神采依旧，谈笑风生。谁也没想到，只过了七八个月，一向坚强、乐观，多少次与死神擦肩而过的她，这回却未能熬过去。老天不公，为什么像柯岩这样的好人，不让她多活几年？但生死乃自然规律，谁也无法掌控自己的寿命。不过，令我有一丝慰藉的是，如果真有天国和极乐世界存在，柯大姐一定会在天国安息；会在极乐世界依旧受到大众的爱戴。因为她是一位胸怀博大爱心，忧国忧民，时刻关注和帮助弱势群体，尤其是关爱、呵护青少年的好人。她对"文革"毁掉年轻一代的信仰和道德情操，痛心疾首。为挽救堕落的年轻一代，她几进工读学校，以老师的身份，与工读生打成一片，用一颗炽热的爱心，谆谆教诲他们，不断鼓励他们，让一时失足的工读生幡然悔悟，改过自新，重新萌生生活的勇气和开启人生的新航程。后来她据这段难忘的人生经历，创作的长篇小说《寻找回来的世界》，以及改编的同名电视连续剧，引起轰动的社会效应，一段时间几乎人人争读，人人争看。作家中，有几人能写出如此贴近现实，贴近生活，具有如此深刻的思想内涵和高度艺术表现力的作品？！无怪乎在两年前的研讨柯岩创作60周年，也是她的八十诞辰和十卷本《柯岩文集》的首发会上（柯岩亲自打电话给我，让我参会），北京工读学校的校长，一个昔日的工读生，满怀对柯岩的感恩心情，作了感人肺腑的讲话。一个从山东远道而来的癌症病人把柯岩视为救命恩人，是柯岩的《癌症≠死亡》一书，重燃他战胜癌症的信心和勇气。这位癌症病人的发言催人泪下。从这个意义上讲，柯岩不仅仅是一个热爱祖国和人民，一辈子以文学作为武器，歌颂真、善、美，鞭挞假、恶、丑的人民文学家；而且是社会学上，拯救人的灵魂，引领人们，特别是青少年做好人、走正路的精神导师。

我与柯岩相识于20世纪80年代初，当时我是《南方周末》的特约记者，因仰慕柯岩而登门采访。后写成《从石缝中生长出来的小树——记柯岩》一文，发表在1985年4月20日的《南方周末》上。过了一年，我又根据平日接触和采访的素材，写了《柯岩的魅力》一文，发表在1986年3月8日的《南方周末》上。

1986年初，《社会与家庭》月刊社向我约稿，希望我作为特约记者，能为该刊写一篇关于贺敬之与柯岩的恋爱与婚姻的专稿。鉴于贺敬之时任中宣部和文化部的要职，我不敢贸然答应。没料到当我向贺敬之与柯岩这一对模范伉俪提出采访愿望时，他们在思虑、商量之后答复我说，鉴于我的为人和此前看过我写他们以及其他的一些文章，认可我的职业道德和自然、朴实的文风，同意由我采写这一敏感话题。同时告诉我，此前《八小时以外》等报刊记者都曾提出过同样的采访要求，但他们都婉言谢绝。为此，我十分感谢他们夫妇俩对我的信赖，格外用心采访。后写了一篇七八千字的长篇专访《诗人之恋》，发表在1986年第四期《社会与家庭》上。专访发表后，产生良好的社会影响，不仅《华夏诗报》等报刊全文转载，更有一些他们夫妇的老友阅读此文后欣喜地给他们打电话，重新接续上友情交往。

可以说，我同贺敬之与柯岩这一对德高望重、才华横溢的作家伉俪，是从以文会友开始，由相识、相知到成为至交。此后，我每年都去拜访他们。我们在一起开怀畅谈，谈话内容无所不及。特别是交换彼此对当下社会风气，人们的道德情操的看法。柯岩对当下物欲横流，拜金主义盛行，道德滑坡，文坛个别人全无羞耻心，痛心之情溢于言表。

贺敬之和柯岩几乎每有新作都亲笔题名送我。我手头藏有柯大姐送我的几十本书。包括长篇小说《寻找回来的世界》《他乡明月》，报告文学集《船长》《癌症≠死亡》等单行本，以及她主编的《古今中外文学名篇拔萃》（青年卷）十大本，十卷本《柯岩文集》等。柯岩赠书题款，开始是"绪彬同志""绪彬友"后改成"绪彬弟"。足见随着岁月的推移，我们愈加互为知己，彼此之间的友情历久弥坚。

特别是柯大姐亲自打电话给我，让我前去参加她的创作60周年的研讨会和《柯岩文集》首发式。散会后，我挤到她落座的前排，告她我来了。柯大姐高兴地站起绕行到边上拥抱我。同行略为诧异,我随口答道:"是我姐。"不仅柯大姐,近几年,贺部长每见我,也总是如见亲人,与我相拥问候。现在,亲爱的柯大姐终于离我而去,这几天我的内心久久不能平静,痛惜之情始终萦绕在我的脑际耳边。柯大姐,愿你九泉安息!你的音容笑貌将永远活在我的心中!

积我近30年间的交往与感知,我以为柯岩真正算得上是一位奇女子。她才华横溢,才能全面,其创作几乎涵盖文学领域的所有体裁;她文思敏捷,倚马千言,行文如行云流水,读她的作品无疑是一种享受。

柯岩既具有女性的温柔,又兼男性的阳刚。她衣着得体,淡妆素雅,气质不凡,谈吐儒雅,情感丰富,心思细腻。在文坛上,她叱咤风云,名噪一时;在家里她相夫教子,竭尽作为一个主妇之所能。她与贺敬之,半个多世纪互敬互爱,互帮互助,情笃意切,相依为命,堪称模范夫妻。但柯岩又具有男子汉的侠义豪情。她信念坚定,从不动摇,性格率直,爱憎分明,不以物喜,不以己悲,铮铮铁骨,快言快语,豪气逼人。她具有强烈吸引人、感染人的人格魅力。正如我在1986年初写的《柯岩的魅力》一文中所述:"柯岩,这位著名女诗人,长篇小说《寻找回来的世界》的作者的魅力,不在于她一双大眼睛总是饱含热情,嘴角时常挂着甜甜的微笑;也不在于她思维敏捷,才华横溢,熟谙戏剧、诗歌、散文、儿童文学、报告文学、长篇小说等各种体裁的文学创作;而在于她三十多年来,在政治运动的波峰浪谷中,始终不改她对生活的态度,不为时势所左右,不因荣辱而动摇;在于她不断向上,不懈追求,不断用美好的心灵去展望生活,不断以她的出色作品去教育人民,鼓舞人民。"

真爱无边,真情无价。无比热爱祖国、热爱大众的柯岩,我的好大姐,一路走好,天国安息吧!

2011年12月21日晚

(本文发表于《今日文艺报》,后收入《永远的柯岩》作家出版社2012年版)

巨星陨落举世同悲　斯人已逝风范长存
——写在林绍良先生逝世一周年之际

享誉世界的金融巨擘、实业霸主、侨界领袖、慈善先导、"世联"旗帜,一代名人林绍良先生虽已离世一周年，但他的传奇人生，他在印尼经济领域的卓越建树，为发展居住国印尼的经济文化事业所做的突出贡献，在家乡福清经济文化建设中所发挥的无可替代的巨大作用，以及他的高风亮节，坦荡胸怀，为人风范和巨大的人格魅力，赢得世人的广泛赞誉，至今仍深刻影响着在印尼、东南亚以及拼搏在世界各地的福清人，引领他们继续前行；他在福清当地妇孺皆知，有口皆碑，受其资助，获益于他，乃至今天福清人从闽江调水工程中享用活水时引发的饮水思源，都会让玉融儿女深切感受到林绍良先生带给福清繁荣富强和百姓福祉的点点滴滴，涓涓不息。林绍良先生的影响无时不在，全世界的融侨，全体的福清人民将会永远缅怀他的丰功伟绩，长忆他的音容笑貌。一代又一代的福清人将以他为楷模，激励自己奋发有为，为实现强国富民的中国梦，为建设宜居宜业的美丽福清而不息奋斗。林绍良先生永生，他将永远活在我们的心中。

林绍良先生不仅筚路蓝缕，艰苦创业，凭借个人的过人胆识、智慧和才干，并吸纳重用一批杰出人才，经数十年在商海的矢志不渝，顽强奋斗，出奇制胜，终于打造横跨世界五大洲，涵盖金融、地产、汽车、机械制造业、矿产开采、石油、化工、通信、林材加工、食品加工等数十个行业的庞大企业王国，造福于社会，造福于人民。更难能可贵的是林绍良先生拥有博大高尚的爱心，海纳百川的胸怀，不计个人得失的气度，与人为善的雅量和乐善好施、不求回报的行事准则，以及气闲心静、和蔼慈祥的待人作风……所有这些都给后人留下深刻的印象和不可磨灭的影响，让后人受益终生。

在这里，我仅举亲身经历的几件小事，以彰显林绍良先生的人性光辉。一是1999年，林绍良先生应中国党和国家领导人的邀请，趁来京参加建国50周年的庆典之际，前来北京福清同乡联谊会指导工作，并看望部分在京乡亲。在他与我的交谈中，提及金融危机给他造成的高达60亿美元的巨大损失，但告我其骨干企业仍然保存，一定会很快渡过难关，重振基业雄风；并不忘提及他为闽江调水工程认捐2亿元人民币，已到位1.2亿元，剩余8000万元，以后他会想法补齐。二是问我同乡会会所是借的还是给的，并关心同乡会的会务工作。因此北京福清同乡联谊会得以拥有长久固定会所，乡亲们都感念林绍良先生的悉心关照和韩国龙先生的慷慨捐赠。三是2003年夏天，"世联"第三次代表大会在福清召开，一天晚上9点多，林绍良通过秘书找我到他下榻的融侨大酒店。在亲切会见中，他就有人对他的不实之事和误解，说明事实真相，以澄清视听，并没有过多指责他人。其容人之气度，不计嫌隙的雅量让我深受感动。他还向我强调"世联"需要团结，说话办事均要以大局为重，希望大家都要去说和去做有利于国内外玉融儿女的团结，有利于加强"世联"内部凝聚力的事。希望我发挥作用，做些这方面的协调工作。四是2006年6月的一天，我从北京打电话给林绍良先生的秘书，代表北京福州商会会长诚邀林绍良先生出任商会名誉会长，时已年届90高龄的他，仍亲自接过电话，不仅慨然应许，而且希望北京福州商会能成为在京福州人的家，殷切期望之情溢于言表。

让我留有遗憾的是，林绍良先生曾有意让我去印尼、新加坡待上一段时间，为他撰写传记。但因我当时实在脱不开身而未能成行。但我坚信，除先前已出版林绍良先生的传记，以及这次由"世联"总秘书处和"世界融音"编辑部共同精心编纂的内容丰富、史料翔实、评价公允、装帧精美的大型纪念画册外，日后还必将有视角更新、内容更全的传记问世，以永远纪念这位传奇伟人和福清人杰出的代表性人物，发挥其巨大的引领、教育后人的作用，从而激励一代又一代的福清人以林先生为楷模，鞭策自己、挑战自己，共同联手打造更加美好的未来。

林绍良先生辉煌的一生和他所建立的丰功伟绩将载入史册，与日月同辉，永垂不朽！愿我们大家共同爱戴的林绍良先生天国安息！并衷心祝愿由林绍良先生开创的多方面事业得以发扬光大，再创新的辉煌！

2013年7月1日

（原载《世界融音》）

直面磨难，笑对人生
—— 有感于启功先生的达观

出身皇族，贵为帝胄，但福祸无门，时乖运蹇。周岁丧父，十岁那年连失五位亲人，包括唯一还能庇护他的祖父撒手人寰。孤儿寡母，相依为命，从11岁到18岁，仅靠其祖父门生发起的"孀媳弱女，同抚孤孙"的捐款所得利息，艰难度日和维系中学学业。18岁，汇文中学尚未毕业，即被迫辍学求职，

第四辑　怀念亲友

三进辅仁，前两次均因低学历而遭不公辞退。1957年，45岁的启功突遭早年守寡的母亲和终身不嫁的姑姑相继离世，深感养育之恩重如泰山，惜无以为报，而天人相隔，只能终身抱憾。紧接着第二年他又莫名其妙被划成右派，一下子被打入另册，跌入深渊。继而在"文革"的血腥岁月中频遭身心摧残。1975年，与他40年患难与共，无怨无悔，且心心相印，相濡以沫的爱妻章宝琛竟魂归西天，刹那间他锥心地体验到物是人非的悲戚和人去楼空的凄凉。

幼年丧父，中年丧母，晚年丧偶，膝下无子，一个人孤苦无依，形影相吊。如此变幻莫测的身世，荆棘丛生的人生历程，如此沉重的经济和精神重压，加上爱他怜他的亲人全都先他而去，孑然一身，顿感世界抛弃了他的孤独与凄惶。晚年，他认为其夫人在他心中的位置无可替代，立志不再续弦，而同内侄夫妇生活在一起，空屋孤灯，常静夜悼亡，潸然泪下。"吟成七字谁相和，付与寒空雁一声"。当是他当时内心愁苦世界的真实写照。

在似乎全世界的痛苦都集中在他一个人身上的情况下，换成他人则会万念俱灰，潦倒一世。但启功先生却能直面血淋淋的人生现实，以坚忍不拔的意志去承受接二连三的打击，以七尺男儿的铮铮铁骨，肩起命运的闸门，自强不息，奋斗不止。他靠名师指点，凭自身悟性，刻苦自学成才，从一个中学肄业生，成为北师大最早一批的博导。他博古通今，学冠群儒，被公认为国学泰斗；他经史子集皆通，诗、书、画皆精，文物鉴定独具慧眼，令人叹服。更令人钦佩的是，他经92年的风风雨雨，悲欢离合和孜孜奋斗，看多了人心善恶，历经了际遇沉浮，尝遍了人情冷暖，却练就了宠辱不惊的一颗金子般的心。他学会了以坚毅和乐观面对一切，"如烟往事俱忘却，心底无私天地宽"，淡忘道路以目，噤若寒蝉，无所适从的惶惑；原谅了曾经卑视、伤害过他的同类，视成败得失，功过荣辱，如过眼烟云，始终以幽默的眼光看世界，以风趣的谈吐来倾诉，乐天知命，旷达处世，超然物外，笑对人生。能如此物我两忘者，古有苏东坡，今有启功，不能不令人肃然起敬。但凡能透视其内心世界，则不会不无感触，他常说"动物比人可爱"，由此可见其内心的苦涩和处世的无奈。

晚年他功成名就，众星捧月，地位、荣誉、金钱，接踵而来，但启功先生依然故我，过着清心寡欲、粗茶淡饭的平民生活，而把所得财富全用于设立以他恩师陈垣命名的"励耘奖学金"和接济生活困难的他人。

他以书法名世，堪称"中华第一笔"，但他对慕名而来、索求墨宝的，只要有闲空无不慨然书赠,其结果为名所累,为书所累,为世人牵绊所累,以至于到最后只能以门上张贴"大熊猫病了,谢绝参观"的幽默告示,闭门谢客;再不然,"狡兔三窟",东躲西藏。世上见利忘义的人模仿他的字,以赝品谋利,他视而不见,还自嘲"比我写得好",悲天悯人,宽容大度,古今罕见。

启功先生,于2005年6月30日终于走完了他92年万般坎坷的人生路程,安详地离开了令他身累心碎的红尘世界,摆脱了人间牵扰,远离了世俗纷乱,忘却了浮华与名利,得以彻底安息,也算是一种解脱。更何况他的盖世才华,高风亮节,将永留青史;他的童心未泯,幽默风趣,将长存人们脑海。因此,在某种意义上,他的死未尝不是一种生的开始,他将永远活在我们的心中。

附记:

20世纪八十年代初,我有幸与启功先生在一次笔会上相识,此后相交十多年,期间断续多次谋面,有幸领教先生高论,终身获益。启先生的渊博学识,高尚人格和风趣笑谈,留给我的是难以磨灭的温馨记忆。印象尤为深刻的有三次:一次是我作为《南方周末》的特约记者前去采访,谈起他的治学生涯,他的谆谆教诲,寄厚望于后生,令我为之心动,后写成一篇《启功先生谈治学》发表在《南方周末》上。一次是我到北师大小红楼拜访他,启先生兴致勃勃地谈起书画创作,虽对当代书风、画风略有微词,但却极力称赞一些同道。闲谈中,触及他的晚年生活状况,启先生谈了他立志不娶的原因。记得我说了一句"常人都以您的笑口常开误认为您对生活心满意足,但我深知在您的笑声背后隐藏着难言的情感苦涩和处世的无奈",启先生当即指着我"知我者,你呀!"当天他高兴地书写了一幅中堂赐赠,并请我到北师大小食堂用餐,让我受宠若惊;一次是因池田大作先生在北京民族文化宫举办摄影展,通过日本创价协会副会长三津木俊幸先生托我请启先生抄写他的诗作,惠赠墨宝。当我辗转找到启先生在师大办公楼的另一窟,言明来意,启先生风趣地说:"我从不抄别人的诗,只抄我自己的歪诗。"但当我说明池田先生长期致力于日中友好,并拜求他看在我的面上,启先生当即说"那好,铺纸!"这幅墨宝在"池田大作摄影展"上展出后,池田先生一直视为瑰宝,曾让日本《圣教新闻》作过隆重介绍。

国学大师、书坛巨匠、青年导师和慈爱老人启功先生,虽然离世两年多,但他所创造的真、善、美将与时俱在,永存不朽。近阅晓莉编的《启功的坚与净》一书，掩卷沉思，百感交集，故草就这篇读后感，聊表高山仰止，怀念直到永远的心迹。

2007 年 11 月 19 日
（刊于《中外名流》2013 春总第五期）

中国心　广播情
——记内海博子

1993 年 8 月 4 日，在北京友谊医院病榻上，与罕见的白血病病魔苦苦搏斗了一年零九个月的内海博子，终于撒手人寰，永远安息，不再经受痛苦的煎熬。一个平凡而伟大的日本女性，一个把一生交给中国，把生命融进工作，呕心沥血，培养了国内三代日语播音员，对谁都心无芥蒂，真心相待的日本专家，一个难得的好人，终于过早地离开了她眷恋的中国，第二故乡北京，离开了她深爱的丈夫和儿女，离开了她挚爱一生的话筒，以及中国国际广播电台日语部的同事和她的学生。

人终有一死，但好人不该走得那么快，不仅她的亲人抱憾终生，留下无尽的痛苦和绵长的思念，也让日日夜夜与她一起战斗在对日广播岗位上的同事们，尤其是亲临教诲、亲受恩泽的三代女播音员，感到无限的惋惜，久久沉浸在悲痛情绪中。

作为笔者，内海博子与添田修平夫妇，不仅是我二十二年的同事，也是我自学日语的老师和交情甚笃的老朋友。在整个采访和动笔写作的过程中，我也多次心头涌上悲凉的思绪，感叹人生无常，平生难得一遇的好人，况且还是一位数十年如一日倾尽心力帮助中国工作的日本女专家，上天为何对她如此不公，不能再假以时日，让她活得更久，走得更远呢？

心系中国

内海博子，1930 年出生于日本神奈川县镰仓家境殷实的一家农户。毕业于东京女子大学。她与后来成为终身伴侣的添田修平，都曾供职于日本电波通讯社。1962 年 4 月 13 日，32 岁的她与大她一岁的添田走进婚姻殿堂，踏上红地毯，在主婚人面前许下了一生相爱、永不分手的诺言。

受当时世界无产阶级革命思潮的影响，内海夫妇在20世纪五十年代末，先后参加了当时的"日共"组织，成为日本共产党地下党员。在业务上，他们都经过播音专业的训练；内海拥有一副好嗓子，还是"日共"一个合唱团的成员。

出于对正在崛起的社会主义国家的好奇心，当年满怀革命激情的添田夫妇，一心想到俄罗斯、中国和越南工作，最终选择了中国。

1963年9月，他们泪别父母和亲人，来到北京，先是在日文版"北京周报"从事改稿工作，半年后调入中国国际广播电台日语部当播音员。

到日语部工作的第二年，内海就生下了第一个女儿添田民子，三年之后，又生下了儿子添田武人。民子和小武的先后出世，内海面临孩子的教育难题，她担心孩子日后讲不好日本话怎么办？他们原先只打算在中国工作三年，这时却面临去留的两难选择。但后来又为何终生留在中国？

中国当时虽然经济落后，物资匮乏，但社会安定，政治清明，人际关系和谐。内海夫妇眼见中国政府、中国人民，特别是日夜厮守、一起工作的日语部同事们，对他们视同老师，关系亲密有加，让他们感到亲切、温暖。而当时的周恩来总理，外专局和国际台的领导，又十分看重他们，给他们提供特殊的待遇和多方面的生活关照，让他们住国际台专家楼，到北京友谊商店购买外面买不到的商品；生病可到友谊医院诊治，享受高质量的服务。所有这一切，都让他们深感中国北京已成为他们难以割舍的第二故乡，日语部同事已成为他们的亲人和战友。于是思虑再三，反复商量，他们决定留在中国继续工作下去。

选择中国，从此不再动摇，即便是"文革"期间，绝大多数外国专家纷纷离去，他们也信守自己当初的选择。1976年，唐山大地震，他们与两个孩子跟中国同事一样生活在楼外的地震棚里，担惊受怕之际，国际台的外国专家大部分都离开了北京，不是回国，就是由外专局安排到中国南方避震，而他们夫妇却留下来，坚守播音工作岗位，依旧满腔热情地早来晚走，赶播一条条新闻，一篇篇文章。

内海和添田，对中国的热爱，特别是对北京的偏爱，对中国文化情有独钟。他们喜欢到中国各地旅游，感受不同的风土人情。在北京，他们夫妇也爱穿街走巷，了解民俗风情，体验市民生活。至今添田已年届八十四岁，仍爱手持《北京地图》册，坐公共汽车，闲逛北京各处名胜古迹。

他们还喜欢收藏中国字画、瓷器，笔者早年就曾介绍他们认识了一些书画家，并为他们收集了一些字画和瓷器。时过数十年，10月5日下午，我到添田家采访时，墙上仍悬挂着卢光照、刘炳森等名家的字画；一只我送他们的瓷瓶，仍摆放在客厅显眼的一角。

炽热的中国心，执着的广播情，让人感动。内海培养的第一代中国播音员平文智告诉笔者，1972年10月，中日友协为中日邦交实现正常化在人大会堂举行招待会，周总理挨桌敬酒。同总理碰杯的内海，在回台的车上，多次提起，激动不已。添田告诉笔者，1973年"三八"妇女节，周总理在人民大会堂接待外国宾客，不但同他们夫妇握手，还同他们两个孩子握手，并说孩子很可爱，此情此景，他终生难忘，在那天会上，因红卫兵把愿意继续留在中国工作的英国专家斯密斯赶走，周总理做了自我批评，这让他们夫妇感到极为震撼和备受感动，所以他们愿意奉献他们的全部力量。他们认为有这样领导人的国家，即使有再大的困难，他们也要坚持长期工作下去。

在采访过程中，同是当时日语部播音组老师的归侨郑友惠还告诉笔者一件事：内海平时穿着整洁，但特别朴素，一次张振华台长路上碰到她，还开玩笑地说现在是八十年代，你还穿这种衣服。但一次内海几位亲戚来中国看望她，郑友惠见她打扮得十分光鲜靓丽。内海说，今天我特地穿好衣服，是要让他们感觉我在中国生活得很好，不能让他们对中国留下不好印象。

播音至上

中国国际广播电台日语广播，创建于1941年12月3日，至今已走过72年峥嵘岁月，风雨历程，它的悠久历史和在对外宣传中占据的重要地位，其所发挥的巨大作用，仅次于英语广播。限于中国人的日语水平，第一个播音员就是日本人原清志。因此，1963年内海夫妇调入日语部，马上就作为一线播音员上岗工作。

缘于作为早期日共党员的革命激情和对新中国的热爱，内海夫妇一开始工作，就表现出一副不寻常的热情和极为严谨的工作作风。作为外国专家，内海每天早来晚走，一早就从专家楼提着装满开水的暖水瓶来办公楼，还从家里拿来抹布打扫办公室卫生。早八点参加日语部的早班会，然后开始数十年如一日的播音组集体练声，接着就是自己反复备稿，并帮助中国年轻播音员、她的学生练习发音和数十遍的备稿，直至每个音符、音调和每句话的轻重音都准确无误，要一直忙碌到中午。下午就得上播音间播音，不管是自己播音还是辅导学生播音，都跟打仗一样，精神处于高度紧张状态。特别是"文革"期间，在中国同事忙于开会、游行，而外国专家大多先后离开的情况下，内海夫妇不仅是播音主力，而且还成为随时应急的救火队员。采访时，添田告诉我，"文革"中，毛主席三更半夜接见谁，电话铃一响，他们就得立马起床赶到电台。内海说"国家重要，广播不能停机，不能中断，再大的困难，我们都得克服，我们都得顶上去"。

唐山大地震期间，广播大楼也存在危险，外专局对外国专家有照顾，可以疏散避险。但添田和内海夫妇坚持留下来。每天上班、播音，向日本人民报道唐山大地震的情况，传达中国政府和人民抗震救灾的决心以及救灾工作进展的情况。

视播音工作为神圣的工作，投入全部时间、精力和心血，可以说是把自己的生命放进对日广播的工作。播音至上，兢兢业业，高度认真，一丝不苟。内海奉献了30年自己的全部，直到1993年8月生命终止。

下笔至此，我想起1985年以前，我在日语部工作时，好几年都是负责《友好的广场》这个节目的记者、编辑。中文稿由另一个日本女专家谷内百合子精心译成日文，播音一直由内海担任。现在，内海已离世20年，想到这里，停笔良久，思绪飞向当年，往日情景历历在目。

严于育人

1970年以前，对日广播的播音员不是从日本请来的专家，就是像郑友惠、林叔猛这样的归侨。直到1970年后，平文智、潘琦民、苏克彬他们那批中国大学的毕业生入职，才开始由添田和内海夫妇，及仰木夫妇从头培养。原日语部主任李顺然告诉笔者，添田夫妇培养了几代的日语播音员，这是对中国对日广播事业的至关重要的贡献。"他们以身作则，严于育人，出奇的认真负责，因此在年轻一代的播音员中享有崇高的威望"。

内海主要负责培养年轻的女播音员，从1970年到1990年的二十年间，她培养了平义智、潘琦民、王宝荣、董燕华（中途调日语部新闻组工作），王蓓、李丽桃、胡一萍等三代女播音员。

平文智告诉笔者，1968年她从北京外贸学院毕业，1970年到电台。因为碰上"文革"，她只学了两年日语。一来日语部，就让她当播音员。她一看周围不是专家,就是华侨,心理压力特别大。她说:"内海是我的老师,她平时教我,不厌其烦,那种认真劲,真没见过。我烦了,她都不烦,一个字一个字,一句话一句话,反复纠正。几个月后,就让我上马,她主张在实践中提高。播稿,她先录一遍,让我听,我至少要听十遍。然后我试播,她再听,再纠正。""内海还教我们'腹式呼吸法''母音无声法',告诉我们重点在哪里。她能根据每个新播音员的长短处,有针对性地辅导。我们有进步,她给总结出来,肯定,表扬。然后又指出来这次提高在哪里,还欠缺什么。""日复一日,每天数十遍教我们,纠正我们的不正确发音,辅导我们练声,从未见她急过,她的个人修养真的太少见了。"

内海培养的第二代女播音员王宝荣告诉笔者:内海老师针对中国人难发的音反复纠正,让我们反复练习。"比如'经济'和'中国共产党',受中文影响,不管是声调高低,还是轻重音、长短音,我都发得不对。内海老师辅导我反复练了几百遍,我自己都哭了,想放弃,但最终还是练成了。有时我真觉得老师过分严格,但严师出高徒,真的很感激她。"

平文智和王宝荣都告诉笔者:"早晨练完发声,个别指导直到中午。下午,我们去播音室播音前,内海老师在办公室辅导,到了播音间再辅导一遍。我们播音时,她又在播音间外头仔细听我们播。"

尽管内海培养的一代又一代的女播音员,中途有离开国际台去日本工作的,她几度感到伤感,但后来终于想通了,觉得为中国培养日语播音人才,值得。不过,毕竟平文智、潘琦民,内海培养的第一代中国女播音员,还是长期留在国际台,并成为业务骨干。就是第二代的王宝荣后来去了日本,但也在日语部工作了十三年。中国对日广播的播音,后继有人,内海和添田夫妇、仰木夫妇等功不可没。

师生情深

内海与她的学生的关系,可以用"出奇严格,罕见关爱"八个字来加以形容。这次我采访的所有她的同事与学生,都异口同声地说,内海对她的学生,就像母亲对自己的孩子。那时候,学生都是单身,年节时内海把她们请到家里,亲自下厨,给她们做喷香可口的饭菜,我也曾多次在内海家吃过她做的红豆粥、日本寿司等,至今印象深刻。郑友惠说,有时下班晚,食堂没饭,内海就叫大家去她家吃饭。平文智说,"73年我生孩子,坐月子,内海从友谊商店买只大母鸡带到我家来看我；孩子满月，她来我家一起包饺子。工作上帮你，生活上关心你，像一家人一样"。谈到这里，平文智留下了感激的泪水。郑友惠还告诉笔者，王宝荣结婚时，内海带她去友谊商店买结婚用品，连自行车也买。要知道当年买什么都要票证，中国同志缺布票、粮票，更谈不上能随意购买自行车那样的奢侈品。

郑友惠还告诉我，她结婚时，内海随中国同事凑份子，然后又单送礼物。缺什么，她都帮着去买。"她的学生生孩子，内海把自己孩子用过的尿布，穿过的衣服先给我，让我再分给需要的中国同事"。情之深，心之细，难能可贵。点点滴滴，都让她的学生感激不已，牢记终生。

生死关头

1991年，病魔突然降临到内海博子身上。发病初期，身体已很不适，但她依旧坚持工作。到了11月，一去友谊医院检查，就发现她得的是一种罕见的白血病，当即住院治疗。在这生死关头，内海表现得异常坚强、乐观。当时她清楚自己得的病情，但仍坚持每天记病中日记，不仅记录治疗情况，也记下了每天都有谁来看她，送什么慰问品，同她讲什么话。她平素施恩不求报，但别人对她的一点点好，她都牢记在心，时常挂在嘴上。

内海住院一年零九个月，打针、吃药、输血、化疗，可以想象这样一个危重的病人，时时刻刻要忍受的肉体和精神的痛苦，非常人可以忍受。当我10月5号下午那天到添田家采访时，他拿出一捆共11本内海在医院记下的日记给我看，我一页页翻阅，内心受到震撼，一时泪光盈眶。

内海生病住院，牵动了外专局、国际台和日语部领导的心，先后多次探望，关照医院尽全力救治，挽救其生命。而日语部的同事、她的学生更是常去探视、慰问。每周五下午都去探望的郑友惠、李健一夫妇，每次都在家里做些好吃的带去。郑友惠告诉笔者，内海同她说，自己得的是罕见"骨髓纤维化"的一种白血病，每次输的血都要经过分离，这种血很贵。她强调花中国政府这么多钱，心里不安。还说要是在日本，不会得到这么好的治疗，感激之情溢于言表。

内海于1993年8月4日离世，走完了她平凡而伟大的一生，享年仅63岁，令人痛惜。内海的病中日记，最后一篇落款是1993年7月28日。采访时，添田让我看7月25日他补记的一篇日记，内中记述那天晚上内海同他的告别谈话。她对丈夫说:"我在友谊医院生孩子,又从友谊医院走了,我死后要把我的器官捐给友谊医院,供作医学研究,为人类医学发展做最后的一点贡献。"无私、无畏,心中没有自己,只有中国、人类,可歌可泣!

内海临终前,只有一息尚存,但已无清醒意识。当她的一双儿女从日本、香港赶来医院,哭天号地,千呼万唤"妈妈"时,也许她有朦胧的感觉,但已说不出话来。人间生离死别的惨景,令人唏嘘。

内海逝世后,家人遵嘱把她身上有用的器官捐给医院;并把火化的骨灰分成两份,一份送回日本,安葬在添田家族墓地;一份留在中国,安放在万安公墓。生前,身在中国心在华,身后,魂游天外绕神州。

好人内海

由于对中国广播事业做出的突出贡献,1987年,内海夫妇被国务院确定为可以终身定居中国的外国老专家。内海一生没有叱咤风云、惊天动地的业绩,她只是一个平凡的好人,但好人内海,善良正直,品行高尚,对中国无比热爱,对播音事业不懈追求,严于律己,宽以待人,其为人处事备受称赞。对学生,她更是呕心沥血,倾力培养,视同自己的孩子,关爱有加。

生命重要的不在于长度,而在于高度、深度。虽然内海只在世上生活63年,但她声震长空,传入千千万万日本听众耳朵的声音,永不消逝。她的音容笑貌,为人风范,永远留在听其教导,受其恩泽的人们心中,包括笔者在内。念其情,感其恩,下笔之际,内心感慨万千。愿以此文祭奠内海:好人内海,永远走好,天国安息!

2013年10月15日

(原载《CRI外国专家风采》中国国际广播出版社2012年版)

独步诗名在,只令故旧伤
——悼念莹姿伯母

鸡鸣风雨,逝者如斯,算来莹姿伯母已离开人世八年多了。每每念及,心中不免怅然若失。依我同其子林阿绵长达数十年情同手足的交情,再者,莹姿伯母生前对我的几多关爱和慰藉，论理早就该写点什么以寄托哀思，但我迟迟没能动笔。究其原因，是我既知伯母一生坎坷，平生落寞，心中蕴藏着太多的愁绪，但她却极少提及自己年轻时驰骋文坛，以诗文名世的往日辉煌，又自我封锁心灵，不肯多倾吐经历的磨难和心中的难言之隐，故我每察言观色，深感其孤苦心灵的颤栗，愿以言相慰，可又无从谈起，唯感惘然。交情甚笃，又知甚少，自觉若写些浮泛之话，则对不起伯母在天之灵，故终延宕至今，实感歉疚。

我第一次见莹姿伯母是在60年代末，她由长沙中学教坛退下迁来北京同儿子、儿媳住在一起的时候。虽在战火和动乱中，半世漂泊，备受岁月煎熬，身心疲惫，脸面略显苍老，但终于在闯过风雨、踏过泥泞之后，得以倦鸟回巢，享受天伦之乐、颐养天年，已感到心满意足。在此后长期的交往中，深感她虽不信佛，但却比一个佛教徒更能忍受生活对于她的折磨。她把一个老人的爱，一点也不剩地给了晚辈和一切她所能接触到的生灵。她不计自身的伤痛，却时刻关切别人的痛痒，在我心情不佳的时刻，反倒劝慰和鼓励我直面现实、善待人生，使我不免为之动情。

近观阿绵整理的《莹姿诗文选集》文稿和评介作为战前活跃在马华文坛的著名女诗人的创作业绩的报道材料，不免增一份崇敬之心，多一层思念之情。她自1934年随夫赴马来亚，旅居海外七年，先后在新加坡、吉隆坡和马六甲等地华文学校任教。在祖国备受日本军国主义铁蹄践踏的民族危亡时刻，她在执教之余、满怀高昂的爱国激情，拿起笔创作了大量无情揭露日本侵略者野蛮凶残的本性，鼓舞人们奋起抗敌的优秀诗篇。作为一个女诗人，她还以入微的观察和细腻的笔触，反映马华妇女在海外漂泊中的悲惨遭遇，给她们以深切的同情和慰藉。她多才多艺，除诗歌外，还写了不少小说、散文和戏剧。其作品主题鲜明，构思精巧，行文自然清新，深受马来亚华人的欢迎。但令人扼腕叹息的是，1941年8月因母病危，她冒死回国探视母病，终因日寇发动全面太平洋战争，交通受阻，音讯不通，遂失去了同丈夫、儿子的联系。这一惨剧造成一别就是十个春秋，直到1951年林芳声先生返回北京工作，才与林家接上了关系。十年间，她因家乡沦陷，只得四处漂泊，八方谋生，饱受磨难，九死一生。试想一个弱女子，她的身体和心灵所受的双重创伤，何日才能平复?！

她背负民族的苦难和同家人生离死别后刻骨铭心的相思，常夜不能寐，以泪洗面。在1942年春写的《书愤》一诗中,她哀怨悲愤地写道:"家仇国难一肩挑,夜雨凄风路正遥。讯息曾从何处问,离魂经得几回消。自由只有黄金买,幸福全归战火烧。翘首问天天不语,睁睁泪眼盼明朝。"一别数月,家人音讯全无,翘首南望,云蔽雾遮,能不令人肝胆欲碎。"欲从何虑寻芳草,既隔潇湘又九嶷";"一幅罗巾分劈半,可怜两地拭泪痕";"浮生常有相思种,乱世难开幸福花"。字字句句,和泪写就,读之黯然。

时代的风雨,尘世的艰辛,无以寄托的对亲人的魂牵梦萦,日夜噬咬着她的心。但她并没有消沉、颓丧。"平生肝胆慕须眉,万折千磨志不减";"匹妇兴亡责,双肩荷爱憎";"难忘爱国怜民意,谁计生前死后名"。这些充满豪情英气的诗句,展现了莹姿伯母坚贞不屈的性格和以天下为己任的爱国心志。正是在这样巨大的精神力量的支撑下,使她能在十年惊魂不定、颠沛困厄的岁月中,全身心地扑在教书育人的事业中,以博大的胸怀和可贵的挚爱之心,施之于受教于她的学生,培养了一批又一批有用人才。

严寒过后迎来春光,1949年11月安顺解放。虽然此时丈夫、儿子仍杳无信息,但祖国的命运转折,却化解了她心头的郁结。她在《立志》一诗中写道:"辜负华年四十春,枉劳笔墨写私情。从今不再吟风月,全心服务为人民。"

战争结束,一个伟大新时代开始。这对像莹姿这样饱受战乱惊怕和孤身无望、生活痛楚的女诗人来说,不啻石破天惊,福自天降。她自感苦难已经过去,新生活即将开始。她决心将自己融入时代的洪流,用笔服务于社会和人民,所以从她以后所写的大量旧体诗和新诗中,虽然不时仍有历史的忧郁,个人生活的烦恼和难以排解的落寞心绪从笔尖下流泻出来,但更多的却是歌颂新社会、讴歌新生活,欢呼社会主义革命和建设中涌现出来的新生事物,以及对她倾毕生心血培养的学生的挚爱和期望的充满乐观向上革命激情的诗篇。虽然有些诗句显得平白直露,艺术性不及早年的旧体诗,但毕竟是凝铸着诗人与时代相通的真挚感情,今天读来仍让我为诗人的真诚而火热的情怀所打动。

写到这里,我顿觉下笔的沉重。作为一个早年驰名海外文坛的才女,一步跨过国门,犹如跨越阴阳两界的门槛,铸成此后数十年漫长道不尽辛酸的坎坷生涯,毕竟难免会在她的心灵中,深深地镌刻下时代的颤憟与悲哀,我想这也许就是在我见到已年过花甲的她,时不时脸上总弥漫一层拂不去的淡淡愁绪。但她毕竟不同于寻常妇女,她没有终日沉浸在个人的悲欢离合的愁云惨雾中。

在我同她的接触中，总看到她手不释卷，不是看报，就是读书，孜孜不倦地吸收新知识。一生劳苦惯了，晚年仍闲不住，除繁忙照料孙辈的生活，对他们进行悉心教育外，她还竭尽所能为从事儿童文学创作的林阿绵抄缮稿件；同时她还借吟咏诗句和创作诗歌来调节自己的生活。她在反观自己不幸的同时，以更大的爱心欣喜地看着下一代的健康成长。我从她身上感染了正视现实，承受重荷，善待人生，普施爱心的人格影响力，这对我日后性格的形成产生了积极的影响。

我不愿更多地追忆那如烟似梦的过去。莹姿伯母虽然背负历史的不幸，生活的磨难，走过80多年甜酸苦辣兼具的生活历程，带着留恋和遗憾离开了人世。但倘若死而有灵，她定会感到欣慰。今天她的儿孙都生活得比她幸福，开辟了一条通向美好未来的人生道路。

"居高声自远，非是借秋风"，一个茹苦含辛，一个充满爱心，一个一辈子勇于同命运抗争的平凡而又伟大的女性，将永远活在人们的心上。

夜已深沉，我一边聆听贝多芬的《命运交响曲》，一边怀着深深的敬爱之情，写成此文，以寄托对莹姿伯母的悼念之情！

（原载《莹姿诗文选集》内蒙古人民出版社2001年版）

真爱无边　真情无价
——阅《岁月留痕》续集原稿感言

徐桂秋女士，上天赋予你智慧、热情和才干，但没能给你留下足够的生命时间，你过早地走了，留给亲人的是无尽的悲戚。

你活在世上，为的是追求事业的辉煌，为的是创造家庭的温馨，为的是把你的爱，一点也不剩地奉献给你的亲人和一切你能接触到的生命。你的生命价值在于奉献、创造和关爱他人。无怪乎你走后，我看到的是数以百计的充满哀思和赞美的悼文把你比作"家佛"，比作金三元酒家的灵魂……在这种情况下，我又能再写些什么呢？

因为1997年梅庆吉撰写的《沈青传奇》一书在我任职的中国国际广播出版社出版，我与沈青先生的夫人徐桂秋女士曾有过两次谋面，脑海中依稀留下一位总带慈祥微笑,言谈思路清晰,既有女性柔情又带男子刚强性格的女强人印象。承蒙沈青先生厚爱和信任,惠赠《岁月留痕》一书,又将新征集的《岁月留痕》续集的原稿和照片全部交付给我,约我写一篇带有综合性质的纪念文章。盛意难却,我接受了这项"任务"。当我翻阅了全部文稿之后,一位勇于直面人生,敢于挑战生活,既懂得企业管理,又善于理家,博得家里家外一片赞誉的女中英杰,便活脱脱地浮现在我的眼前。我一边翻阅那些字里行间溢满哀情,怀着无限敬意、眷恋,对逝者称赞备至的纪念文章,一边也想我理应为她写点什么。最终取了"真爱无边,真情无价"这个标题。希望能为徐桂秋女士的在天之灵献上我的敬意和悼念。

生而无憾

诞生与死亡,是自然界的两大奥秘,我们永远无法知道,我们从何处来,又向何处去?茫茫宇宙,大千世界,人类生于斯,长于斯,死于斯。"未知死,焉知生?"从死看生,往往可以看出一个人在尘世如何度过,如何作为。

徐桂秋一生历经磨难,备受艰辛,但她从不向命运屈服。好不容易乘改革开放之春风,经不懈努力,顽强拼搏,待到丈夫沈青事业辉煌,三个儿女事业有成,孝敬父母有加,第三代也崭露头角,前程可以预期,按理应该到了享享清福,领略儿女膝下承欢的天伦之乐的晚年了。只可惜命运不公,自 1998 年历经胃癌大手术之后,到了 2003 年又发现身患乳腺癌。长达六年的病榻生涯,几经化疗,几经抢救,闯过了道道生死鬼门关,其所承受的锥心痛楚,非常人所能忍受。然而,她面对绝症和死亡,却能心无恐惧,坦然应对。2003 年 8 月 2 日,她在病榻上写下《如歌的岁月,无悔的人生》一文,对自己走过的一生作了坦诚的交待,深刻的剖析。她在文中深情地写道:"子孙后代就是自己生命的延续,你有付出,就有收获,所以人们把种种希望寄托在子子孙孙的身上。那么,我要留给子孙什么呢?金钱可以花光,财物可以用尽,唯有人类的精神是最大的财富,所以我望我的后人要做到:做人要诚信,学习要刻苦,工作要认真,对人要宽容,生活要愉快,身体要健康。"在 2004 年 2 月 4 日与亲人永别的前几天,在自己生命之火即将熄灭的时刻,她平静地说,她梦见她妈妈向她招手,她要去找她妈妈了。临终前的一个晚上,她当着儿女的面留下了最后的遗嘱:"一要好好照顾你爸爸,他也不容易,他想干什么就多支持他;二是家里大事多商量,多听听你姐夫俞利的意见;三是要教育好自己的孩子，培养成才。我这一辈子没什么遗憾的，最后留给你们一句话：'功德圆满无遗憾，留得光辉照子孙。'"

人往往乐生而怕死。一般人，生的欲望远远大于死的欲望，所以想到死就想到生命的短暂，人生值得留恋，于是对死就怀有极大的恐惧。而徐桂秋深知生命的唯一性，死的不可逾越性，况且她生前无愧于祖国、社会和家庭，故能做到坦然面对死亡。仅从这一点，也可看出她确非寻常的女性。她用生前的奋斗不息，建功立业去获得死时的安危适意，身后的声名永存。写到这里，我禁不住从心头涌起对这位竟能如此参透生死、彻悟人生的不凡女性的敬佩之情。

殁后哀荣

古人曾经说过：人固有一死，或重于泰山，或轻于鸿毛。这句话，不仅在于强调杀身成仁，死有所值，更在于从生说死，即要活出精彩，活得有质量，这样才不至于死时有过多的遗憾。依我看，一个人活在世上，如能事业有成，家庭幸福，子女成才，友朋天下，即算幸福。如再加上能对社会、对人类做出应有的贡献，则不枉在尘世走一趟。生命的价值不在于活在世上的长短，而在于质量。徐桂秋女士离世，按目前北京人的平均寿命是过早了一些，委实可惜。但她自1958年与沈青先生结婚后，两个人相濡以沫，风雨同舟，终致沈氏家庭事业兴旺发达，子女个个继承家风，大有作为。更难得的是，徐桂秋患病期间，年过花甲的丈夫及其儿女们四处奔波，求医问药，悉心照护，不离左右。所雇保姆和护工，视她同亲娘，侍奉床前，日夜护理。古人云"久病床前无孝子"，人在病魔缠身时，能得如此关照、呵护者，世间能有多少？更何况她撒手人寰之际，老伴和子女撕肝裂肺，亲朋好友潸然泪下，至今仍令亲人们魂牵梦绕，念念不忘。我阅《岁月留痕》和续集的所有纪念文章原稿，心绪难平，感慨良多。沈青先生和子女的哀文，历数徐桂秋生前种种高风亮节，细述其真知灼见和对子女的谆谆教诲，为其前半生备受磨难和后半生的艰苦创业而倍加赞赏，悲情浸透纸背，催人泪下。亲友或哪怕是仅有过断续接触的各界人士，乃至保姆、护工，金三元酒家已离职的员工所写悼文，均情真意切，痛感失去一位好领导、好长辈、好朋友，留念和痛惜之情藏于字里行间。一个人能得到如此众多的亲戚朋友的热爱、尊敬、赞佩、思念，亦可含笑于九泉。

除了形诸文字的悼亡哀思的纪念文章之外，擅长书画的亲属和生前好友，还通过书画作品寄托哀思。综观纪念书画作品，其书法作品：楷、行、隶、草，各有千秋，有的朴茂沉雄、笔力遒劲，有的挺拔秀逸、墨彩灵动，有的龙飞凤舞、挥洒自如。绘画作品：花鸟、山水、人物，各色兼具。花鸟画中有傲霜斗雪的梅花，有清香雅秀的兰花，有虚心劲节的修竹，千姿百态，溢光流彩。山水画，则多为青山不老，绿水长流，重峦叠嶂，松柏常青。这些书画作者，心到手到，抒情表意，通过书画艺术手法形象地表现了徐桂秋女士的高风劲节和人格魅力，传达了人们对她过早离世的深切哀悼。

有的人，人死如灯灭，不留痕迹；有的人，虽躯体不在，但精神永存，声名远播。徐桂秋女士，虽然走了，阴阳两界，永难再见，但她的子女继承遗志，奋发有为，正发扬光大沈氏家族事业，等于在延续她那有限的生命。而她的音容笑貌，她的可贵品德，通过《岁月留痕》将得以代代相传，永远活在亲人和读者的心中。姑且不论灵魂之有无，但"雁过留声，人死留名"，人活到她这个地步，死后能得到她这样的名声，可以说达到了生死的至高境界。

女中英杰

由于千百年来社会对女性的轻侮和压迫，以及传统偏见的根深蒂固，女性的角色定位往往与弱者等同。作为一个传统的中国女性，要想取得与男性平等的地位，进而取得人格独立，乃至取得经济独立，往往要面对比男性多得多的艰难和付出双倍、三倍的努力。许多女性，往往年轻时雄心勃勃，想有所作为，但几经碰壁、挫折之后就退缩不前，甘于现状。然而，综观徐桂秋的一生，你不能不钦佩她为自己所作的角色定位和她对角色定位的突破、超越。她最后终于获得成功的胆识、智慧和才干，无不有其过人之处。

不畏艰难：徐桂秋生于日本军国主义铁蹄践踏之下的牡丹江，四岁丧父，孤儿寡母相依为命，偏又遭遇战火遍燃，朝不保夕，疾病缠身，哭求无门，家徒四壁，一贫如洗。"一个冬天吃了三大缸咸菜，吃一回豆腐就像吃了一顿肉，过了一回节。这样的日子，我们却没有苦的感受……"伟大而无私母爱的照拂，从小铸就了她坚强和乐观的性格，培养了直面艰难生活的勇气和力量，使得她在早年坎坷生涯中，时常怀着美丽的梦想，数着天上的星星，幻想着美好的未来。

自强不息：1947年土地改革在东北老根据地进行时，十四岁的徐桂秋当上了儿童团副团长。"领导同学去站岗、放哨、查路条、抓懒汉……因家境贫寒，身体太弱，我患上了跟骨结核，这在五十年代就是绝症。一病三年，在哥哥姐姐的大力支持和关怀下，千方百计寄钱来，使我用上了当时最新的抗结核药——链霉素，又开了三次刀，才把我从死神手中抢救出来……"就是在这样的险恶生存环境中，她也从未动摇对生活的信念，而是百折不挠，顽强奋斗。"我因病失去了上正规中学的机会……利用业余时间，学知识学文化……我担任高小语言教学的课程……又考上了牡丹江教师进修学院的高中和中文专业班，经过五年的刻苦学习，在1963年7月5日经过考试我领到了毕业文凭。……在我怀孕七个月时，教育局、市工会教育部，还让我挺着大肚子在70多个人面前进行语文观摩教学……"

宁折不弯： 在建国后，不断开展政治运动，对知识分子实行彻底"洗脑"的高压政策下，且不说堂堂男子汉都畏缩不前，只求平安，更何况一个弱女子，哪有不明哲保身？但徐桂秋柔弱的身体内蕴藏着侠义肝肠，绝不屈服于权势。1979年全国历经十七年工资分毫不动之后第一次长工资；作为一个政工干部，她见只有一个副支书把已研究好的名单列出来，大家一举手就算评定了，根本不经群众讨论。她就径直去问党委书记。第二天政工支部召开全员大会，准备批判她。她第一个抢先发言，直言不讳，据理力争，结果主持人只得向她赔礼道歉。依她的吃软不吃硬的性格，竟然当场表态放弃个人这次长工资的机会。

另一件事是，1958年9月她同沈青结婚。婚后不到半个月，沈青就被当作"只专不红"的人，天天挨批判。据她对丈夫的了解，她冒着政治风险，单枪匹马找到教育局尹局长，质问为什么要拔沈青的"白旗？"迫使他们第二天就停止了对沈青的批判。不畏强权，敢于维护正义与公理。没有不计个人得失，不怕打击报复的过人胆量，是断难做到的。

事业至上： 徐桂秋从小就养成了不服输的性格，她做梦都想干一番大事业。但是在改革开放前，她虽满怀一腔热血，敢想敢干，也有不俗的表现，取得显著的业绩，但却无从发挥自己的全部才干。二十世纪八十年代，国家实行了改革开放的政策，有发明家称号的技术改革能手沈青如鱼得水，干了许多别人不敢干的事。九十年代，沈青以五十五岁高龄只身跑到北京搞环保，为还祖国的蓝天而四处奔走，呼号，推广他发明的"锅炉喷射消烟助燃器"和进行锅炉改造事业。在人们普遍追求经济高速发展而忽视环保的年代，沈青是致力于环保事业少数先行者之一。

为支持丈夫的事业，照顾丈夫的生活，1990年10月，徐桂秋辞去牡丹江穗江公司的党支部书记兼工会主席职务，毅然南下北京。初到北京，人生地不熟，经济拮据，生活无着，但她毫无怨言。1992年她退休，忙里忙外，帮丈夫运送零件，管理财务，整理文件，发送信息，早出晚归，再苦再累，也心甘情愿。

1993年，小儿子沈晓峰承包三元桥附近一家经营不善的三元中餐厅。徐桂秋高瞻远瞩，敢冒风险，将仅有的一点积蓄拿出来帮助儿子办酒店。她还将酒店改名为"金三元酒家"，帮助协调各方关系，培训员工。并协助沈青开发出中国第一道专利菜"扒猪脸"。1996年4月申报"扒猪脸"专利成功。1999年10月金三元酒家被英国皇家公司批准为在中国餐饮业第一家通过ISO9000认证的质量可信单位。

生意火爆，饭店更加注重企业文化、企业科技，注重服务，赢得了中外顾客的交口称赞。为把金三元酒家的企业文化推向新高度，徐桂秋创作了"金三元"店歌。如今"金三元"已成为集团公司，事业如日中天，而这首店歌，也在"金三元"各连锁店的员工中唱响。

相夫教子

根据报刊披露的社会调查结果显示，当代中国百分之七八十的家庭都是凑合家庭。真正志同道合，相濡以沫，做到事业、家庭两不误的只是少数，而沈青夫妇就是这少数的幸福伴侣之一。

综观沈青的人生旅迹和在事业上所取得的辉煌，不能不让人肃然起敬。这固然有赖于他的天赋、执着和毅力，有赖于他胸怀大志，乐为祖国和人民奉献自己的智慧和才干。但也必须承认，如果他不是与徐桂秋结合，不是身后站着这么一位乐于为丈夫、为子女做出牺牲，把职业女性的角色同相夫教子的贤妻良母的角色很好地结合在一起的伟大女性，沈青是不可能拥有今天的成就和声望的。

沈青是杰出的男人，也是幸运的男人。说他杰出，这里借用顾海兵教授在《沈青传奇》一书序言中的概述：只有初中学历的沈青，年仅十九岁就发明了珠算速算法，并出版专著，成为牡丹江市劳模；二十一岁就编写独具特色的《扫盲速成识字法》教材；二十三岁编出《拼音识字法》扫盲提高教材；二十四岁率先搞起股份制企业——砖厂；二十六岁办起了子母厂——向砖厂提供生产工具的机械厂；三十一岁时以毫不起眼的校办企业兼并了部属企业、局属企业，成为全国电压互感器生产行业的一匹黑马；三十七岁时创造性提出木材综合利用的十种方法，为节约宝贵木材资源做出了贡献；四十四岁时创办了我国第一所地方电视大学，在全国率先以职工文化竞赛方式选拔干部，是我国人事制度改革的最早探索者之一；四十八岁时利用水泥快速养生法开技术有偿服务之先河，使科技成为实实在在的第一生产力；五十岁之后辞去公职，扔掉铁饭碗，办起了全国第一家技术改造公司，制定了要把木材"吃光榨尽"的绿色发展战略，取得了多项发明专利，其中有在全国影响很大的"锅炉蒸汽喷射消烟助燃器"，这些成就使沈青以初中学历成为全国知名的环保专家，担任了全国环保工业协会锅炉消烟除尘委员会常务副主任；六十岁以后发明金三元"扒猪脸"，成为全国菜肴中申请专利第一人……

说他幸运，是因为他有幸同徐桂秋结为伉俪。徐桂秋既深知女人不能单纯作为男人的依附，必须有独立的经济地位和成功的事业；同时，在另一方面，她也清楚地知道，作为女人，她不可能把工作的成绩，乃至获得诸如牡丹江市优秀教师、劳动模范等光荣称号作为自己成功的标志；她还必须全力以赴去完成作为妻子和母亲的艰巨任务。她把子女看成是她生命的延续，是她未来的全部希望。她从抚养儿女的劳累中体味到欣慰感、满足感和成就感。因为抚育孩子为她的生活撑开了一方新天地。她为生命的延续中留下一行不灭的足迹而深感自豪。正是基于这种人生价值观，她才会对子女倾注自己全部的爱和乐于付出毕生的心血。据她自述："三个孩子从幼儿起就教他们认字、背诗，大一点儿（六七岁），就让他们做一些简单的家务，十几岁每个人都担负一部分家务劳动，而且自己管理自己的生活起居，从不娇惯他们；三个孩子立事早，勤学、肯吃苦，培养了他们独立自主的性格。"但她自我反思对子女过于严格，过于主观，关爱不够，觉得有愧于儿女。毋庸讳言，徐桂秋教育子女，有时代的烙印；有望子成龙、望女成凤，过于急切的一面。但在她勤学、苦干、不甘人后、勤俭节约、富有爱心、贤惠明理等中华民族妇女拥有的传统美德的熏陶下，在她的悉心培育和倾力帮助下，她的三个子女都比一般家庭的孩子更早自立，更早成才，更早事业有成。眼下，大女儿沈红和女婿俞利在中关村开办一家电子科技公司；大儿子沈晓东从事木材贸易；小儿子沈晓峰是中国烹饪协会理事、北京延庆县政协常委、北京金三元新世纪集团董事长。

感慨系之

生与死，是永恒的主题。不管生命旅程长短，人总有一天要离开尘世。谁都希冀安享天年，活到高寿，但生命的价值体现更有赖于活着的质量。一个活在世上，让人羡慕的重要原因往往是在于一个人得到了多少，是否活得精彩；而死后让人惋惜，乃至痛惜，却在于他给了别人多少，留下了什么。徐桂秋女士的过早离世，之所以让人痛惜和赢得广泛的赞誉，就是因为在她身上鲜明地体现了千千万万中华民族优秀女性拥有的传统美德。她用自己的平凡而伟大的一生，诠释生命的广度和深度，诠释真爱无边，真情无价，堪称模范妻子、模范母亲。

徐桂秋女士在不该走、不能走的时候走了，不免让人有些凄然、惘然，但她留下的是事业永存，爱心永恒。她的思想精髓和言谈举止已化作儿女的血脉，成为激励他们奋发向上，追求卓越的巨大动力。只可惜天人相隔，无缘再会，亲人们和受惠于她的人只能用声声叹息，道出人生无常和世事无奈。行文至此，但愿平凡而伟大的徐桂秋女士，一路走好，天国安息。

最后，我愿向读者特别是年轻朋友们推荐《岁月留痕》及其续集，相信各位能从中悟得人生的真谛。

（原载《岁月留痕》续集　亚太国际出版公司 2005 版）

第五辑 序跋

蒙正解中庸

第五辑　序　跋

忧患与逍遥

　　人生奥秘，系永恒的疑问；人生苦乐，有万种答案。
　　自古至今，形诸文字，多见人生如梦的感慨、人生悲苦的哀叹。《诗经》中就有"我生之后，逢此百罹"的怨嗟；汉乐府辞的"生年不满百，常怀千岁忧"，也曾引发无数愁人的绵长哀思。乱世称雄的曹操发出"对酒当歌，人生几何"的感叹；仕途不得意的李白狂吟"白发三千丈，缘愁似个长"；就连宦海不定，历经万劫而仍能随缘自适、乐观旷达的苏轼，痛定思痛后也悟道："人生识字忧患始，姓名粗记可以休。"
　　至于千百年传布不衰的基督教更是强调人一生下来，在上帝面前就是一个"罪人"，这"罪"是与生俱来的，即所谓"原罪"，故基督徒的一生就是赎罪。而早期佛教的基本教义即持"四谛"说，其中的"苦谛"强调社会人生原是一大"苦聚"。全无幸福欢乐可言。这一教义，成了全部佛教的出发点。人生"悲苦"说，发展到德国悲观主义哲学家叔本华那儿，则把人生本质上看成是一个一贯不幸的状况。他认为人生本身就是一场悲剧，只在细节上才有喜剧性质；人生又犹如钟摆，总在痛苦与倦怠之间摇摆。
　　人生悲苦的观点之所以引发骚人墨客的共鸣。连凡人也常存此念，是因为数十年人生匆匆走过，其间有生、老、病、死的生理痛苦的困扰，有挫折、失败、庸碌等精神痛苦的缠扰，真正体验到快乐与满足的时日并不很多，正如常言道"不如意事常八九"，"天有不测风云，人有旦夕祸福"，"世事茫茫如大海，人生何处无风波"。
　　但人生的航船毕竟有逆也有顺，人世的生活毕竟有苦也有乐。旧时不也有人生"四喜"之说吗？即"久旱逢甘雨，他乡遇故知，洞房花烛夜，金榜题名时"。更何况我们生活在物质文明发达的今天，生活的大环境今非昔比。依我看人生从来不像意想中那么好，也不像意想中那么坏。正如西方一哲人所说，"人生是一杯甜蜜的苦酒"，既苦又甜。
　　古往今来人们对人生的不同看法，对人生苦乐的不同感受，既反映了个体的不同遭遇，也映照出个体的不同思想境界和素质上的差异。叱咤风云，不可一世的拿破仑断言："人生如河流，我从不怕逆水行舟。"捷克的革命者伏契克宣称："应该笑对人生，不管一切如何！"毕生献身于科学的居里夫人豪迈地说："我们要把人生变成一个科学的梦，然后再把梦变成现实。"伟大的无产阶级作家高尔基感慨地说："人生易逝，唯事业有时得以垂诸永久。"

话说回来，以常人而论，人生的确是苦多于乐。然苦从何来？众说纷纭。基督教的"原罪"说和佛教的"四谛"教义，显然旨在麻醉人。依拙见，人生痛苦不外乎来自于客观、主观和主客观兼而有之三个方面。客观上，小至世路艰难，人生无常，福祸难料，谁又能完全抗拒？大至社会动乱，异国入侵，民族危亡，志士仁人怎能不忧心如焚？因主客观兼有的原因而带来的人生困惑与烦恼，如：个人与环境难以协调，怀才不遇；或因局面复杂，处事不当而铸成大错；或因遭际不一，思想不同，性格不合，形成人际矛盾而又找不到沟通、弥合的办法；或因偶有闪失而带来不平待遇、不公舆论，一时苦无对策，悒郁难排，等等。

但论及人生的忧患、痛苦，无论是哲学家还是宗教家，都认定自我、意志、欲求是人痛苦和烦恼的根源。如叔本华就认为，欲求和挣扎是人的全部本质，而一切欲求的基地却是需要、缺陷，也就是痛苦；所以人从来就是痛苦的。由于他欲求无止，没有满足之时，因此痛苦也就没有尽头。

的确，人生的有限性与无限性相冲突、相激荡产生的生之痛苦，无疑是人类最普遍的精神现象。造成这种永无宁日的痛苦的内在原因，就在于人是世上唯一知晓他终有一死的生物，对死的发现使人类不能安于暂时性和有限性的生存现状，于是就从生命内部产生追求无限、追求不朽的激情，从而化为物欲、权欲、情欲等。因而苦心疾作、劳神焦虑，精神又常常浮荡于患得患失之间，"苦不得者，则大忧以惧"，这就使人类陷入普遍的生存困境。

要摆脱这种精神困境，解除痛苦，宗教和悲观主义的哲学家都强调，唯有从痛苦的根源——"欲"字上寻求途径。叔本华认为，幸福之道不在财富而在智慧，这种生存智慧指引出的途径有二：一曰暂时性的解脱，这可以通过道德的净化，艺术的审美、哲学的沉思、宗教的麻痹，使人得以暂时忘却痛苦；二曰永久性的解脱，这就要压制一切本能，碾灭一切激情，泯灭一切欲求，麻痹一切感觉，宁静一切情绪。其说实际上就是基督教的主张：绝欲。

而佛教的主张是戒欲，儒家的主张是制欲，道家的主张是"无欲"。据云，由此而获得的快乐境界、逍遥方式也就彼此不同：宗教的极乐世界系在死后灵魂升入天堂；儒家的梦想是与天下同乐；道家的逍遥是与"大道"同翔，通过物我相忘、身心皆空而达于精神的"绝对自由"。因而其人生态度也彼此有别：宗教信徒为了来生快乐，而愿今生受苦受难；儒门子弟为了实践"仁义"主张，身处穷闾陋巷亦坦然；道家为了心合大道，性随自然，多怡情山水林泉。

其实，宗教徒执着于死，此生无快乐；儒家执着于生，其心少快乐；道家执着于心，其身难快乐。似乎唯有禅宗主张"自性清净""佛性平等""即心即佛""顿悟成佛"，故禅僧们无须在古佛青灯下参禅打坐，苦修苦练，而能挥洒自如，超然物外。他们可以不再独居幽室，闭门思过，而能寻幽觅丽，怡情山水，过着在红尘中看破红尘，在名利场中不逐名利，在生死劫中勘破生死的惬意生活。即所谓饥来吃饭，困来即眠，随缘消旧业，任运着衣裳，处处逢归路，头头达故乡——其心似乎无所执着，则无所不逍遥矣！但哲人解脱的许诺和宗教的拯救术，显然是自慰欺人。正如鲁迅所说："劝人安贫乐道是古今治国平天下的大经络。"试想，如果人人都不关心社会痛痒，不问民生疾苦，乐天安命，听其自然，这社会将成为何种社会！

何宗思的《旷达经——增广醒世语》以旷达为主旨，以"忧患—逍遥"为线索，以优美为尺度，集贤哲之名言，醒世持世，字字哲理禅机；撷经史之菁华，韵谐金石，句句沁人心脾；铺天地之灵秀，语带烟霞，篇篇诗情画意。读之可以清心，诵之可以提神，悟之则心旷神怡。当然，先人的思想也有历史的局限性，对此，我们不应过多地挑剔，而应更多地去寻找对我们现代人有启迪的东西。我想，读者阅读此书后若能有所感悟而逐步做到既能淡泊明志，宁静致远，不慕名利，随缘自适；又能宽以待人，忘怀自我，普施爱心，知足常乐，则也许真能少些无谓的烦恼，在一定程度上保持精神上的逍遥。

在当今世界，我们在看到科技发达、物质繁荣的同时，也深切感受到弥漫在各个角落的物欲横流、腐败严重，拜金主义、享乐主义泛滥，人格扭曲、精神沦丧等现象。故有识之士呼吁重返精神家园，或者重建精神文明。但我们寻求精神家园的出发点，不应是机械地返回到旧有的价值观念体系，而要基于社会生活的现状和人们实际的思想境界。力求在"外化"中保持"内不化"，保守精神家园不被物质和贪欲继续鲸吞或蚕食，从而保持自己精神的自由与活力。

逝水流年人相随——纵观名流，横看世界

世界充满矛盾和纷争，人生道路满是蒺藜和沟坎。正视人生痛苦，承受人生痛苦，是迈向人生的第一步。人生不仅注定要在无尽的大痛苦、大烦恼中创造自己的未来。而且应胸怀"先天下之忧而忧，后天下之乐而乐"的大志，排除痛苦与烦恼，挣脱名缰利锁，直面人生，顽强不息地奋斗，以求服务于国家，奉献于人类，如此才有可能创造完美的人生！

1996年4月5日于晓夜斋

（原载《旷达经》中国国际广播出版社1997年版）

《天下才子必读书》序言

50年代末60年代初求学于北京大学中文系期间，一方面深知金圣叹因腰斩《水浒》而蒙罹"千古罪人"的恶名，心存疑虑；另一方面借阅金圣叹批点的《水浒》《西厢记》却不得不叹服其艺术眼光之高明，见解之独到。后来随着时日的推移，看书日多，阅历渐深，方知金圣叹非但不是"文化罪人"，相反他对中国传统文化的保存和弘扬功不可没。

金圣叹（公元1608—1661年），明末苏州府长洲县（今江苏吴县）人。原名采，字若采。明亡入清以后，他效陶渊明晋亡入宋的故例，改名人瑞，又名喟，字圣叹。廖燕《金圣叹先生传》记载了金圣叹对自己名字的解释："《论语》有两'喟然叹曰'，在'颜渊'则为叹圣，在'与点'则为圣叹。"俨然自比圣人，以当代孔子自居，由此可见其抱负之大。他少年时，就聪慧过人，卓尔不群，博览群书，读过《诗经》《离骚》《妙法莲华经》和《水浒传》等书。他生于乱世，历经坎坷，饱尝人间的辛酸，故深恶官场腐败；他秉性耿介，狂放不羁，酷爱饮酒，好发议论，终因年终考试文章"怪诞不经"，而被革去学籍。后来冒名应试，以优异成绩举拔第一，补吴县庠生。难能可贵的是在科举热门，士子都以寒窗十载博得功名，以争得一官半职为荣的时代，他却无意仕途，而埋首于读书著述，一生以评书衡文，设座讲学为业。金圣叹博学强识，口若悬河，谈经释义，纵论古今，针砭时弊，常妙词迭出，语惊四座。座下受业弟子，闻所未闻，无不叹未曾有。金圣叹好读《易》，亦好讲佛，常以佛诠释儒、道。他不满时人目小说、戏曲为雕虫小技，极力推崇

《水浒》《西厢》，将二书与《庄子》《离骚》《史记》、杜诗并列为天下才子必读的"六才子书"，并打算一一评点。惜因在1661年顺治帝死去的"国丧"期间，组织吴县士民开展"抗粮哭庙"活动，要求斥逐贪官酷吏吴县县令任维初，竟以"震惊先帝大不敬"，"策应海盗、袭击江南"的莫须有罪名，于当年7月被杀害于南京，妻子家产亦被籍没。结果只完成了《水浒传》和《西厢记》的评点，《杜诗解》只完成了一部分，实乃千古憾事。

金圣叹遭害前写有两首绝命诗，其一是《与儿子》：

与汝为亲妙在疏，如形随影只于书。

今朝疏到无疏地，无着天亲果宴如？

另一首写给族人金昌的绝命诗：

鼠肝虫臂久萧疏，只惜胸中几本书；

虽喜唐诗略分解，庄、骚、马、杜意何如？

大义凛然，视死如归，已属不易，而死到临头竟无别的遗言，而念念不忘的倒是读书和写作的未竟之业。由此可窥金圣叹精神风貌之一斑。

金圣叹一生勤于著述，其著作据族人金昌叙录，有《唱经堂外书》，包括《第五才子书》《第六才子书》《唐才子书》《必读才子书》《杜诗解》《左传释》《古诗解（二十首）》《释小雅（七首）》《孟子百问》《西域风俗记》《法华三昧》《宝镜三昧》《圣自觉三昧》《周易义例全钞》《三十四卦全钞》《南华经钞》《通宗易论》《语录类纂》《圣人千案》《唱经堂杂篇》，包括《随手通》《唱经堂诗文全集》。多属未完成稿，或只存片断或全佚。部分作品收入今传之《唱经堂才子书汇稿》。1985年江苏古籍出版社将金圣叹现存的全部文字汇集在一起，出版了《金圣叹全集》，方便了学术界和广大读者的阅读与研究。

金圣叹虽著作甚丰，但真正使其名传万代而家喻户晓，当推他批点的《水浒传》和《西厢记》。他以博古通今的渊博学识，明快如火的辛辣笔触，直抒胸臆，将作品绝妙之处一一揭示出来，所发议论往往出人意表，令人耳目一新，"一时见者，叹为灵魂转世"。李渔在《闲情偶记》中赞道："读金圣叹所评《西厢记》，能令千古才子心死。"又说："自有《西厢》以迄于今，四百余载，推《西厢》为填词第一者，不知几十万人，而能历指其所以为第一之故者，独出一金圣叹。"同样，从金圣叹选批的《天下才子必读书》中，也足可证明金圣叹慧眼独具，才华横溢，确系千古罕见的异才。

中国古代散文，源远流长，作品汗牛充栋，卷帙浩繁，而人生有限，任何人都难以一一卒读，故在明清两代出现了各种散文选本。在金圣叹之前，除已佚的朱右的《八先生文集》外，还有唐顺之的《文论》和茅坤的《唐宋八大家文钞》以及明末陈仁锡的《古文奇赏》等，其后出现的有受到金圣叹明显影响的吴楚材、吴调侯的《古文观止》。和这些选本相比较，金圣叹选批的《天下才子必读书》具有如下明显特色：

一、选文篇幅适中，繁简适度。本书所选先秦、秦汉文共239篇，三国、魏晋、唐宋文共113篇，共计352篇。其中以短文居多，与《古文观止》相比，篇幅容量多三分之一，更为适合一般读者阅读。

二、从选文范围看，本着选录重点作家的作品与选录一般作家的作品相结合的原则，除侧重选录《左传》《国语》《战国策》以及司马迁、韩愈、柳宗元、欧阳修、苏轼、王安石等名家作品外，还选录了不少知名度不很高的作品，使读者在一定程度上得以窥见中国古代散文的全貌。

三、从选文批语来看，多是画龙点睛，独有会心，能发前人所发或所不敢发。金圣叹在本书各篇散文的批语中，或指出文章的题旨要领，行文结构，精彩段落，妙词佳句，或指出其文章源流，行文风格与作家气质的关系等。要言不烦，点到为止，但多真知灼见，足可给人以启迪。读者据其批语进而学习选文，冀可收到事半功倍之效。

我对金圣叹素无专门研究，略叙于上，旨在帮助读者了解金圣叹之为人和他作为一代著名文学批评家在中国文学批评史上的地位。不妥之处烦请不吝指教。

（刊于《天下才子必读书》中国国际广播出版社1997年版）

序言： 由显赫归于沉寂的林启东

林启东，生于乱世，长于乱世，但他没有苟全于乱世。17岁加入同盟会，18岁成为北伐学生军的一员，并于1911年10月在南京参加辛亥革命。1914年8月，21岁的林启东升入保定陆军军官学校，时任保定军校第三期保安第一旅参谋长。1926年10月，33岁的林启东在广东投身北伐，历任副团长、旅参谋长、淞沪警备司令部参谋处少将副处长、师参谋长等要职。由于战功卓著，1935年5月9日，在南京被授予陆军少将军衔。抗日战争期间，他胸怀守土有责的爱国情怀，奋不顾身扑向纷飞的战火，先后参加三次长沙会战、"豫、湘、桂"战役，与入侵日军血战到底。直到1946年7月从军队退役，才结束他金戈铁马的大半生。从戎马生涯到卸甲归田，从叱咤风云到赋闲在家，一下子从人生巅峰跌入人生的低谷。

新中国成立后，他历经203天的牢狱之灾，复归于福清县政协委员，晚年从事文史资料的撰写和对6个侄子女的培育，度过平民百姓的余生。

在风云多变，战火迭起，多种政治力量不断分化组合的大变动时代，林启东胸怀爱国青年的满腔热血，在风雨如磐，鸡鸣不已的岁月里，投身北伐战争，为结束长达17年的北洋军阀群雄割据的乱世，基本实现全国统一，做出了自己的贡献。特别是在腥风血雨、民族危亡的关键时刻，他置个人的生死于度外，全身心投入艰苦卓绝的抗战战场，并成为三次长沙会战和豫、湘、桂战役的数十位前线指挥官之一。在薛岳的统一指挥下，他率部绝地反击，同凶残的日军作殊死的搏斗，终使日军攻占长沙，打开入侵中国西南大后方门户的战略企图化为泡影。要知道当时的武汉会战、长沙会战和此后的豫、湘、桂战役都是战况最为惨烈、双方伤亡极为严重的关键性大战役。其胜败决定了中国长期抗战的前途与中国存亡的命运。因此，林启东即使不算抗战英雄，也是抗战有功之臣，其英名和历史功绩将永垂不朽。

胡适说，历史不是一个可以任人打扮的小姑娘。但遗憾的是在过去漫长的现实生活中，经常会看到一些人总喜欢按照个人意愿或适应"某种"政治需要而随意"打扮"历史。今天随着思想解放，实事求是和近年对中国近代史的深入研究，对许多历史人物，特别是对国民党的军政人员，才有可能给予客观、公平的评价，还历史人物之本来面目。

纵观林启东将军的一生，有功有过，但应该承认其功大于过。解放前，他为保家卫国，出入枪林弹雨，九死一生。解放后，他积极参政，建言献策，度过波澜不惊、无怨无悔的坎坷余生。作为一个人，他身处光明与黑暗，统一与分裂，正义与邪恶，和平与战争，进步与倒退，各种思潮迭起，各种政治力量较量的乱世，不大可能完全把握自己的命运，因此他往往会在道路的选择，权力的取舍，以及个人走向定夺等两难处境中，一时迷失人生的方向，陷于困惑、迷茫之中，当属常态，不应苛求。林启东的从显赫归于沉寂，地位的变化，角色的转换，不难推想其恍如隔世，心潮难平。我推崇他在关键的历史时刻，不受高官厚禄之诱惑决定放弃去往台湾而留在家乡，当属明智之举。

现斯人已逝，功过留待后人评说。但不管怎么说，林启东也算过往岁月里福清的一位名人。他在历史上留下的人生痕迹，不会轻易就被抹去。因受其侄林民湛之托，盛意难却，勉为之序。如上如有不当之论，敬请指正。

2011 年 2 月 12 日夜

（刊于《抗日将领林启东》湖北科学技术出版社 2015 年版）

甘于寂寞，矢志以求
——有感于林阿绵毕生钟情于少年儿童文学事业

五年北大同窗，21 年广电部同事；半个世纪亲密交往，五十载互为知己，如友如兄。能与阿绵相识、相知，引以为幸。我深感其操守之坚，人格之高；更钦佩他半个世纪钟情于中国少年儿童文学事业，矢志以求，始终不改初衷。他是一个真诚朴实而又幽默风趣的人；一个爱憎分明，嬉笑怒骂皆形于色的人；一个始终保持不泯童心，达观乐天，乐做青少年引路人的"大哥哥"；一个为中国儿童电影事业奔走呼号，亲力亲为，终获成功的"电影人"。佛说"魔由心生"，唯有沉下心来，做到六根清净，处变不惊，心如止水，方能大彻大悟，提升人生品质，从而达到至高无上的境界。我不敢说阿绵真能做到六根清净，毫无私欲，但唯因他数十年来耐得寂寞，安于平凡，才能走出一条属于他的人生道路，得以在中国少年儿童文学阵地占一席地位，终成广泛涉猎少儿文学的各个领域，并颇有建树的专家。

林阿绵从中学时代就开始给中央台"小喇叭"写故事。到 1962 年北大毕业进入"小喇叭"广播组工作，并于 1964 年 7 月以"怎样才能正确地让青春放出光辉"一文，（与高鑫合写），参加《光明日报》的《让青春放出光辉》大讨论，从而在文坛上崭露头角。从那时到现在的近半个世纪间，他的写作题材涉及故事、童话、短篇小说、中篇小说、剧本、散文、散文诗、报告文学、文学评论、速写、通讯、连环画等。其创作题材之广，作品数量之多，产生的社会影响之大，在中国少儿文学领域中，就我的视野而言并不多见。

第五辑　序　跋

尤为难能可贵的是，在血雨腥风的"文革"岁月，他被误认为"反党急先锋"；被错批为"现行反革命"，下放河南"五七干校"，蒙冤数年。在那抛妻别子、迷茫绝望的日子里，他并没有意志消沉，放弃理想，而是坚忍等待，苦苦思索中国路在何方。相信云开雾散，阳光灿烂之日必将到来，自己的儿童文学梦必将实现。待到"四人帮"粉碎，改革开放春风吹遍中国大地之时，他作为有良知、有作为的知识分子，重新焕发青春，文思喷涌而出。这一时期，他创作的革命老一辈的少年时期的故事《信鸽》《除奸》《我是中国人》等连环画，以及对当时中国儿童文学创作现状的评论等，相继出现在各报刊上。其间他与高鑫合作的中篇小说《骊山营火》，一经出版，大受各地少年儿童欢迎，好评如潮。著名作家杜鹏程专门来信，称赞"你和高鑫同志给孩子们写了这么一个有益的书，是干了一件好事"。

1983年，阿绵因受排挤并不情愿地离开他工作了21年的中央人民广播电台少儿部《小喇叭》广播组，调到中国儿童电影制片厂工作。在时任厂长的著名艺术家于蓝的赏识和支持下，阿绵将主要精力转向中国儿童电影事业，为处于草创时期的中国少年儿童电影事业竭诚尽力，笔耕不辍。经他组织、编辑的儿影文学剧本，并拍成电影的《豆蔻年华》《哦，香雪》《火焰山来的鼓手》等9部影片，其中8部在国内外获得了32项大奖，包括了3项国外大奖，特别是《豆蔻年华》破天荒独揽七项大奖。

《豆蔻年华》公开放映，轰动一时，鲜花和掌声属于剧作者、导演和演员，又有谁知晓从事为他人作嫁衣裳的编辑工作的林阿绵，为组织、编辑、摄制《豆蔻年华》电影文学剧本，曾六下江南，历时四载，所付出的汗水和辛劳呢？

1985年秋，他专程到南京拜访女作家程玮，发现她创作的《走向十八岁》，但如何让《走向十八岁》拍成比他此前刚完成责编工作的《十四、五岁》更富有新意，却成为难题。于是他一面向于蓝等老艺术家请教，一面深入一所中学跟班三年。经一年准备，二下南京与作者共商改编剧本的详细提纲。但时隔半年，作者却因改不下去而搁笔。为此他提出用"春夏秋冬"四季的框架结构全剧，集中塑造人物形象，刻画人物内心世界。一个多月后剧本寄回，却遭到儿影厂艺委会的否决。鉴此，阿绵坚持吸收各方意见，再对剧本动一次大手术。于是他又毅然三下南京，与作者长时间讨论修改方案。一个月后新剧本送审，他和文学部领导阅后仍感还有不足之处，于是阿绵亲自动手，奋战几个通宵，就剧作中的重要细节及结尾，做了必要的修改。1987年底剧本顺利通过审稿关。但虽向多位导演推荐，却无人接手拍片任务。后南京电影厂愿与儿影厂合拍，阿绵又两下南京，与剧作者、导演，就剧本中某些情节的修改进行商榷，使其日臻完善。

《豆蔻年华》一经放映，不仅荣获政府奖、金鸡奖和童牛奖等共7个奖项，而且经中宣部推荐，被调到中南海放映，受到党中央领导的高度重视。江泽民总书记就此片对整个儿童电影工作做出重要批示："对培养下一代来说，究竟是造就我们的接班人，还是培养我们的掘墓人，这是摆在我们面前一个十分尖锐的现实问题。"再次对儿童电影创作提出了更高的要求。

林阿绵一生热爱少年儿童，与少年儿童结下不解之缘，为了让中国少儿健康成长，他调到中国儿童电影制片厂工作后，珍惜一分一秒的时间，精心挑选剧本，潜心进行加工，经他手推出一部又一部优秀的儿童电影文学剧本，但他并不以此为满足，而是处处留心，不断探寻中国儿童电影走向世界的机会和路径。1990年底，《豆蔻年华》编剧程玮在柏林学习期间，邀请到德国著名纪录片编导、摄影师李博德先生等人来华访问，并到林阿绵家相聚，他立马敏锐地意识到机会终于来了。他向德国友人介绍中国儿童电影现状，并当场播放了新摄制的《哦，香雪》，引起德国同行的极大兴趣，并咨询如此优秀影片为何不送往在德国举办的儿童电影节参展。凭着职业的直觉和期望中国儿影走向世界的急切心情，来不及向上级汇报，便委托德国友人回国后向儿童电影节组委会洽商此事。待得到对方首肯后，他又亲自骑车到东单邮局，自费将《哦，香雪》录像带寄到柏林，从此开启了中国儿影走向世界的大门。获准参展的《哦，香雪》首场放映，反映极好，荣获第41届儿童电影节的艺术最高奖——国际儿童青少年电影中心奖。柏林电视台做了专题采访，影片当即被德方购买了在全德和北欧的电视播放权。1994年德国还做了该片16毫米拷贝发到各个城市，作为德国中小学的影视教材。

1993—1995年，林阿绵又通过他的第二故乡——马来西亚亲友的大力支持和帮助，在没花国家一分钱的情况下，连续策划、组织和运作了三届在该国的中国儿童优秀影片的巡回义演。甚至在他退休后，他还于1999年建国五十周年之际，通过有私人关系的美国太平洋彩虹有限公司的大力支持，与中国儿童少年电影学会会长陈锦俶，北影导演王君正三人组团前往美国休斯敦举办第一届"亲情"影展，播放的《鹤童》《天堂回信》等影片，引发美国小朋友和家长的强烈共鸣,反响出乎意料地强烈。我国驻该市总领事吴祖荣在接见影展代表团时高兴地表示:"这次举办中国儿童影展,是我大陆首次打入亚裔节,非常好。亚裔节每年以一个国家为主题,过去办过五届尚未有以中国为主题的活动。"

在影展开幕式上,市政府委托亚裔传统协会主席玛丽·依沙致欢迎词,并授予代表团成员荣誉市民和亲善大使称号。该证书由市长及14位市议员签名,其礼遇非同寻常。

此后,2000年5月和2006年10月,林阿绵又两次参与第二次赴美国和首次赴澳大利亚举办中国儿童影展。截至2009年底,已有59部影片在26个国家和地区参赛,并先后荣获各种奖项129项。中国儿童电影走向世界,林阿绵功不可没。

在当今喧嚣的社会,浮躁的年代,多少国人怀揣"发财梦",竞相逐利,不甘人后,一时间疯狂炒股、炒楼、炒黄金,蔚为一大奇观。就连学术界也成了追名逐利的"竞技场",你争我夺,不惜弄虚作假,沽名钓誉。又有多少人能耐得住寂寞的考验?!《圣经》上说:"人哪,你为什么跃跃欲试?你为什么这样急于求成?你需耐得寂寞,因为成功的辉煌就隐藏在它的背后。"而我的挚友林阿绵即使在年逾古稀,依旧默默无闻地为恢复中国儿童电影制片厂的建制和为中国电影博物馆儿童厅的筹建做着大量繁杂的文档和事务性工作。

提起2005年建成的中国电影博物馆十个展厅之一的儿童厅,其背后还蕴藏着一个鲜为人知的故事。当初筹建中国电影博物馆,原设想并无儿童电影展厅,林阿绵得悉后,即向时任厂长的于蓝汇报。他认为目前全国已有44部儿童电影,在国际上获得了100多个奖项,没理由不设儿影厅。经于蓝等人的力争,获得同意。此后,林阿绵从2003年到2005年埋头苦干了三年,从展厅的设计,展品的搜集,到文字说明和整个布展,无不亲力亲为。更为难得的是该展厅的大部分展品属他无偿捐赠的私人藏品。一个人如此专注、执着、用心地花三年时间做成一件极富意义的事,不说伟大,也应得到人们的敬重。

林阿绵晚年还做了一件一般人也许不敢做的事。1995年5月9日,伴随着电影体制改革的推进,在没有征询广大儿影工作者和教育界意见,并进行论证的前提下,中国儿影厂就被并入中国电影集团公司,仍然生产儿童影片。但2000年底,儿影厂全部厂房设备却无偿交给中央电视台电影频道使用,从此儿影专业制片的生产基地在地平线上消失。2005年,中影公司干脆宣布撤销原由国务院批准成立的中国儿童电影制片厂。见此情况，作为一个有良知、有责任心和热爱儿童电影事业的林阿绵，忧心如焚。情急之下，他斗胆于2006年11月22日直接上书胡锦涛总书记。胡总书记让国务院信访办复函。之后在各方关照和干预下，中国儿童电影制片厂终于2008年8月1日恢复。但经此前的折腾，已元气大伤，今非昔比。

林阿绵遵循"吾心自足，不假外求"的古训，淡泊明志，宁静致远，造就了他在中国儿童少年文学领域的成就，成为公认的儿童文学作家、资深编辑、资深的儿影工作者和中外儿影交流的民间"大使"。

目前，林阿绵已独自完成了几十万字的中国儿童电影记事（1922—2009）。他还在兼任北师大文学院兼职教授期间，利用自己拥有400多部外国儿童影片和中国100多部儿童影片的光盘，以及大量儿影评论资料等丰富的个藏，为6个研究生提供了撰写毕业论文的方便条件。

最后，我谨以此文表示我对挚友林阿绵继两卷本《友情集》出版后，三卷本的《学步集》又即将面世的预为祝贺，并送上我的一份敬意，是为序。

2010年4月18日—29日

（刊于《学步集》中国文化传媒出版社2010年版）

传播中国儿童电影的当代愚公
——林阿绵对创作推动传播儿童电影的贡献

一个人全神贯注，全力以赴，持之以恒地专做一件事，十年有望成为行家，二十年有望成为专家，三十年则有望成为业界权威。林阿绵自1962年从北大中文系毕业后，数十年如一日，钟情于中国儿童文化事业，自1983年由中央人民广播电台少儿部，调入中国儿童电影制片厂文学部工作起，到如今的三十年间，他为创作、推动、传播中国儿童少年电影呕心沥血，矢志以求，做了大量拓荒性、开创性的工作，博得学界和社会的高度评价。为此由中国教育技术学会和电影教育专业委员会联合举办的"全国电影第六次研讨会"于2010年向林阿绵颁发奖牌，誉他为"创作推动传播中国儿童少年电影的愚公"。"愚公"之谓，切合实际，因为很少有人会像林阿绵那样甘于寂寞，甘坐冷板凳，不为利诱，不为名惑，三十载春夏秋冬以坚忍不拔的毅力为他人作嫁衣裳，并通过自己的关系，没花国家一分钱，把中国儿影推向世界，并屡次获奖，为中国的电影事业赢得声誉；更没人愿意去钻故纸堆，搜寻、摘录、筛选、整理，为中国儿影留下百万字的珍贵史料。因此，作为他的老同学和知心朋友，我推崇他的人生核心价值观和永不放弃、永不言败的精、气、神。

为他人作嫁衣裳

每见幸福的新娘步入婚姻殿堂，身穿松紧合体、款式新颖、缝制精致的洁白婚纱闪亮登台，尽显风姿绰约，仪态万千。但在艳惊全场宾客的时节，又有几个人能想起为他人作嫁衣裳背后的辛勤付出！

林阿绵自调入中国儿童电影制片厂文学部后，就全身心扑在工作上。作为编辑，他的主要任务在于挑选、加工优秀的剧本。有句行话说"剧本、剧本，一剧之本"。不论是哪一条渠道来的稿件，都要经过编辑审阅后，提出修改意见，并和作者反复磋商，直到与作者共同几经修改到他认为可以上交厂艺术委员会讨论，才送去打印成册。其间的艰难与困苦，非身临其境则很难理解透彻。

林阿绵在儿影厂任职十五年间，经他组织、编辑的儿影文学作品剧本并拍成电影的《豆蔻年华》《哦，香雪》《火焰山来的鼓手》等9部影片，其中8部在国内外获得了32项大奖，包括了3项国外大奖；特别是《豆蔻年华》破天荒独揽七项大奖。

《豆蔻年华》公开放映，轰动一时，鲜花和掌声属于剧作者、导演和演员，又有谁知晓从事为他人作嫁衣裳的编辑工作的林阿绵，为组织、编辑、摄制《豆蔻年华》电影文学剧本，曾六下江南，历时四载，所付出的汗水和辛劳呢？

1985年秋，他专程到南京拜访女作家程玮，发现她创作的《走向十八岁》，但如何让《走向十八岁》拍成比他此前刚完成责编工作的《十四五岁》更富有新意，却成为难题。于是他一面向于蓝等老艺术家请教，一面深入一所中学跟班三年。经一年准备，二下南京与作者共商改编剧本的详细提纲。但时隔半年，作者却因改不下去而搁笔。为此他提出用"春夏秋冬"四季的框架结构全剧，集中塑造人物形象，刻画人物内心世界。一个多月后剧本寄回，却遭到儿影厂艺委会的否决。鉴此，阿绵坚持吸收各方意见，再对剧本动一次大手术。于是他又毅然三下南京，与作者长时间讨论修改方案。一个月后新剧本送审，他和文学部领导阅后仍感还有不足之处，于是阿绵亲自动手，奋战几个通宵，就剧作中的重要细节及结尾，做了必要的修改。1987年底剧本顺利通过审稿关。但虽向多位导演推荐，却无人接手拍片任务。后南京电影厂愿与儿影厂合拍，阿绵又两下南京，与剧作者、导演，就剧本中某些情节的修改进行商榷，使其日臻完善。

《豆蔻年华》一经放映，不仅荣获政府奖、金鸡奖和童牛奖等共7个奖项，而且经中宣部推荐，被调到中南海放映，受到党中央领导的高度重视。江泽民总书记就此片对整个儿童电影工作做出重要批示："对培养下一代来说，究竟是造就我们的接班人，还是培养我们的掘墓人，这是摆在我们面前一个十分尖锐的现实问题。"再次对儿童电影创作提出了更高的要求。

史海钩沉苦耕耘

儿童电影资料的收集、整理，历来乏人问津。这样吃力不讨好的爬格子工作，也只有对儿童电影事业无比钟情，又甘于忍受日复一日埋首书城的艰苦的林阿绵，才会乐此不疲。

近十多年来，经林阿绵之手，编纂的儿童少年电影资料业已出版的有《中国儿童电影八十年》（19万字，2003年出版），《百年多姿多彩的儿童银幕》（2004年出版），《中国儿童电影编年纪事》（36万字，2012年出版）。

中国儿影从1922年拍摄的以儿童为主角的短片《顽童》开始，至2003年共拍摄了322部儿童片，其中不乏影响深远的佳作，并频频在国内外获奖。中国儿童少年电影学会将百年来在国内及国际上25个国家荣获490项各类奖誉的影片汇编成册。而这件有历史价值的工作，正是由林阿绵牵头，并由他出任《百年多姿多彩的儿童银幕》一书的主编。

这本精美的儿童电影画册，共介绍了129部获奖影片。每部电影均刊发故事简介（中英文对照），所获奖项，并配发一幅或多幅剧照，其工作量之大可以想象。

《中国儿童电影编年纪事》是将90年间所发生的有关儿童电影的大小事项，按编年做了准确、详尽的记述，保全了中国儿童电影所走过的历经风雨的坎坷历程，以及期间发生的种种史实，这不仅是对曾经为儿影的发展壮大付出辛勤汗水的"电影人"所作的创造和贡献，是一种肯定和褒奖；也是对当下电影工作者的一种激励，将会使他们更关切祖国下一代的命运，愿意为他们提供更多更优秀的精神食粮。

目前，林阿绵正承接北师大中国儿童文学研究中心委托的《中国幼儿文学百年集成·1911—2011》中的"影视篇"的编纂工作。该书将列入重庆出版社十二五国家重点图书出版规划，于2015年底出齐。

中国儿影的国际形象大使

林阿绵在儿影工作期间，经他组稿、编辑的9部儿童影片，在国内放映后大获成功，大受赞扬。但他并不满足，而是千方百计寻求中国儿童电影走向世界的机会和路径。

1993—1995年，林阿绵通过他的第二故乡——马来西亚亲友的大力支持和帮助，在没花国家一分钱的情况下，连续策划、组织和运作了三届在该国的中国儿童优秀影片的巡回义演。甚至在他退休后，他还于1999年建国五十周年之际，通过有私人关系的美国太平洋彩虹有限公司的大力支持，与中国儿童少年电影学会会长陈锦俶、北影导演王君正三人组团前往美国休斯敦举办第一届"亲情"影展，播放的《鹤童》《天堂回信》等影片，引发美国小朋友和家长的强烈共鸣，反响出乎意料地强烈。我国驻该市总领事吴祖荣在接见影展代表团时高兴地表示："这次举办中国儿童影展，是我大陆首次打入亚裔节，非常好。亚裔节每年以一个国家为主题，过去办过五届尚未有以中国为主题的活动。"

在影展开幕式上，市政府委托亚裔传统协会主席玛丽·依沙致欢迎词，并授予代表团成员荣誉市民和亲善大使称号。该证书由市长及14位市议员签名，其礼遇非同寻常。

此后，2000年5月和2006年10月，林阿绵又两次参与第二次赴美国和首次赴澳大利亚举办中国儿童影展。截至2009年底，已有59部影片在26个国家和地区参赛，并先后荣获各种奖项129项。中国儿童电影走向世界，林阿绵功不可没。

更值得大书特书的是，他编辑的三部剧本，被拍成的影片，连续三届参加德国的柏林电影节，并获三连冠，打破了中国儿影在国外的获奖纪录。

1991年第四十一届柏林电影节的第十四届儿童电影节，经林阿绵几经努力，几经周折，终于获准参展的《哦，香雪》，首场放映，反应极好，荣获第41届儿童电影节的艺术最高奖——国际儿童青少年电影中心奖。柏林电视台做了专题采访，影片当即被德方购买了在全德和北欧的电视播放权。1994年德国还做了该片16毫米拷贝发到各个城市，作为德国中小学的影视教材。

此后，参展1992年第四十二届柏林电影节的第十五届儿童电影节的《火焰山来的鼓手》，又获儿童评委一等奖；1993年带去《天堂回信》参加第四十三届柏林电影节的第十六届儿童电影节，再次荣获国际儿童青少年电影中心大奖。

为普及电影知识而努力

林阿绵一生喜爱孩子，永葆一颗不泯的童心，始终为儿童的健康成长，早日成才而竭诚尽力。因此他总想通过自己熟悉的儿童电影，来熏陶、启迪、影响广大儿童少年的健康成长。2003年至2005年的三年间，他为中国电影博物馆儿童厅的展厅设计、展品收集、文字说明和整体布展，无不亲力亲为，劳苦功高。其最主要的目的，就是想通过文字、图片、实物和现场的直观感受，丰富儿童少年电影知识，提高儿童少年欣赏电影的能力。

现在呈现在中外读者面前的《电影的奥秘》一书，又是林阿绵为普及儿童电影知识所做的一次努力。这本书分"你了解电影吗？"和"你会看电影吗？"两大部分，深入浅出，通俗易懂地介绍了电影的起源，蒙太奇的应用，从无声电影到有声电影，再到五花八门的电影，以及影片如何表达其含义，我们应如何去分析影片中的人物形象，特技是怎么回事等。特别是书中关于"中国电影的发展历程""一部电影是如何完成的"，以及"电影是一门综合艺术"等章节，不仅是对儿童少年读者，即使是对成人读者，也是开卷有益，并会勾起阅读的兴趣。相信，读者购买这样的图书是值得的。

"人生最重要的是，不在乎增高地位，乃在乎善于使自己的才能，用到最高的限度"。林阿绵一生的付出和取得的劳绩，印证了这句真言。

是为序。

2014年7月30日

（刊于《电影的奥妙》彩虹出版公司2014年版）

《中华文明大辞典》序言

中华民族素以刻苦耐劳、善于学习、勇于开拓、敢于抗争而著称于世。在漫长的历史岁月中，中华儿女以其聪明才智创造了辉煌灿烂的华夏文明，并且代有高峰，蔚为奇观，令世人赞叹不已。

中华文明，上下五千年，源远流长。神秘的《周易》，以孔子为代表的儒学，《孙子兵法》，至今仍在国际上广为传播；唐诗、宋词、元曲、明清小说，各放异彩，享誉四海；秦始皇陵、兵马俑，敦煌石窟艺术，精美绝伦的明清陶瓷制品，独步一时，冠绝古今；出神入化的中国书法，传神写照的水墨绘画，千姿百态的京剧表演艺术，异彩纷呈，各具魅力；被视为中华民族象征的万里长城，雄伟壮丽的北京故宫，更令四海游人目眩神迷；至于那汗牛充栋的典籍，遍地皆是的文物宝藏，更是他国所望尘莫及；而造纸、印刷术、指南针、火药的发明，则远远走在世界的前面，对世界文明的发展做出了独特的贡献。中国人完全有理由对中华民族历代祖先所创造的如星汉璀璨的古老文明而感到骄傲。仅仅因为近代西方列强的入侵，靠枪炮强加给中国人民的种种屈辱，才使得中华文明发生大滑坡。20世纪以来，从孙中山到毛泽东，无数的革命先哲为重新唤醒沉睡的中华民族，振兴绵延数千年的中华文明，前仆后继，不屈斗争，终于使伟大的中华民族得以重新屹立在世界东方，使中华文明重放异彩。

当前，我们正处在改革开放的新时代，中国正经历其现代化的光辉历程。但"改革"不是简单的否定和抛弃，而同时意味着继承与创新；"开放"也不等于"引进"，它也包含着"输出"；现代化更非"全盘西化"。任何一个民族既没有权力，也根本不可能完全割断与传统的关系，更何况拥有举世倾慕的文明成就的中华民族！自然，我们应该加强同世界各国的交流与合作，凡是有益的东西我们都要吸收，为我所用，但决不能失却自己的"灵魂"，这"灵魂"，便存在于悠悠五千年的文明积蕴之中。

卢德平求学于中国人民大学中文系，对中华文明素有兴致且颇有研究。后虽供职于出版界，仍执笔不辍，乐此不疲，是一个勤奋、有为的青年学者。此次他集一批青年学者联袂编成百万言的《中华文明大辞典》，虽非十全十美，但亦属不易。嘉其志而感其诚,遵嘱草上,是为序。

1992 年 3 月 27 日

(刊于《中华文明大辞典》海洋出版社 1992 年版)

功在当代,利惠千秋
——评《中华当代吴氏宗贤大典》

一、收录人物,不囿成见,不拘一格

中国人历来重视姓氏,追求传宗接代,为子女的姓属而夫妇反目,甚至对簿公堂,时有所闻,由此可见人们是如何的重视自己的"根"和"脉"。只有在知识素养高、民主意识强的家庭,才有可能出现子女随母姓的情况。正是基于中国的历史传统和文化背景,中国各地普遍存在敬奉祖先的传统,这在漂泊海外的华人家庭中尤为突出。故自古至今潜心研究姓氏之学的人不在少数。有关记载姓氏的书籍,据统计有300余种。但遗憾的是,绝大多数姓氏专书收录的人物,不仅人数少,而且都是有地位、有声望的"名人",而默默无闻的平头百姓是难以入流,见之于史册的。故就吴洪激宗长主编的《中华当代吴氏宗贤大典》(称《大典》)而论,其第一个特色就是突破传统名录的框框,重"贤"不重"贵",既收录各界吴氏名流,也收录地方部分族彦乡贤,体现了虽有分工不同,业绩大小之分,但无地位高下,人格尊卑之别。凡尽了努力,作了奋斗,正正直直做人,坦坦荡荡生活的吴氏儿女,均可在《大典》中占一席位置。因此,《中华当代吴氏宗贤大典》可以说是一部中华吴氏的名贤录,一部中华吴氏儿女的奋斗史。既可让报效祖国、服务人类的吴氏宗贤,得以名入史册,流芳百世;也可借以为吴氏后人提供比较、学习和仿效的对象,起到树立楷模,激励后人的良好感化作用。因此,《大典》的编纂、出版,是一件功在当代,利惠千秋的姓氏文化大工程。

二、内容丰富,涵盖面广

《大典》收录的吴氏宗贤多达1354人,涵盖政治军事、新闻媒体、文化

教育、科学技术、财政金融、医药卫生、五商食业和族彦乡贤等八大领域。其中不乏当代吴氏精英，他们以自己的不息追求，顽强奋斗，谱写了辉煌的人生篇章，其人生态度和显著成绩值得弘扬和传播。

许多"寄语"富含人生哲理，倡导奋发图强，报效祖国；鞠躬尽瘁，造福人类；清廉刚正，扶危济困；尊老敬贤，谦逊礼让等中华传统美德，极具激励作用。

尤其是《大典》还收录了许多国内少数民族吴姓宗贤和散居世界各地的吴氏名贤，从中可窥由于历史上吴氏家族的迁徙和民族融合。今天的吴氏体现了中国民族大家庭和睦相处的特色。同时还可看出吴氏家庭发展史上的一个有趣的现象，即吴氏家族虽在国内王气不兴，漂泊海外的吴氏家族却声名显赫，功业非凡。

《大典》的编纂、出版，架起联系海内外吴氏宗亲的桥梁，便于彼此的交往联络，信息交流，利于吴氏宗贤人力资源的优化整合，以便更好地为中国现代化建设贡献力量。

三、结构合理，体例得当

《大典》的内文分两部分，在"吴氏名贤录"前安排吴洪激主编精心撰写的《中华吴氏血脉源流歌》《吴氏祖称根源记》等诗文，并附《史记》：《吴太伯世家第一》的文白对释全文和几份吴氏渊源的图表，再加上吴洪激主编的序言和"三让公吴泰伯公"等吴氏始祖的画像，使平时很少涉猎姓氏学，对吴氏的源流、变迁及其与政治、经济、文化等方面的关系不甚知晓的读者，能从上述所附诗文、图表中大体了解吴氏的形成和渊源，以及后来的迁徙、演变和民族融合等吴氏发展史的概貌。

四、注重装帧设计，特色突出

大到《大典》前后内封的图案设计，小到编委会印章和三让篆刻的设计，无不体现主编和编委的思虑周密，别具心裁。特别是以古代"瓦当"和"八卦"形体相结合的《大典》典徽的设计，更足匠心独运，别具特色。

《大典》的编纂、出版，是个复杂的系统工程。从选题决策、征集小传、筹集经费，到文稿的整理、编辑、校对、联系出版单位，以及大量的通信联络、寄发《大典》等工作。特别是在《大典》出版过程中，还编印了多期

《大典通讯》，其工作量之大可以想见。所以在钦佩之余，不免多了一分歉疚，因为作为《大典》编委会的顾问我并没有做多少工作。中华姓氏文化源远流长，对中华姓氏文化开展多学科、多层次、全方位的研究，探本溯源，联系中华文明的起源，社会形态的演进，民族的分裂和融合，以及其与历代的政治、经济、文化与社会习俗变化的关系，深入揭示姓氏文化的深厚底蕴和家族、家庭的内涵精神，彰表著名姓氏家族、业绩突出的人物，确立其历史地位，对于继承发扬中华民族的优良传统和美德，增进民族的凝聚力和世界华人的团结，都将具有重要的历史意义和现实意义。因此，《大典》编委会决定从明年元月起将《大典通讯》改为《中华吴氏文化研究》，无疑是个有眼光的决策。在此，我衷心期望该刊和《大典》第二卷的早日问世，并向编委会全体宗贤致以崇高的敬意。

2003 年 12 月 7 日
（刊于《中华吴氏文化研究》）

一部研究角度新、论述透彻，并有理论深度的美学论著
——张凡《美学语言学——兼论汉语民族性格》的审稿推荐意见

美学是一门跨越哲学、心理学、社会学、文艺学和伦理学的综合交叉学科，这就要求美学研究者拥有广泛的知识积累和具备社会历史科学以及科技工艺的综合理论素养，由此可见，研究美学的难度。难能可贵的是张凡老师多利用在教学之余，潜心研究美学的文学、语言学，并勤于笔耕、著述颇丰，可喜可贺。

我曾拜读过她赠阅的《美学修养》，虽属普及读物，但广征博引，条分缕析，汇总东西方的美学观点，将深奥的美学理论知识，作了深入浅出的论述，并融入了自己的研究心得，在综合介绍的基础上提出自己独到的看法，是一部介绍美学基本原理和中西方艺术不同特征的雅俗共赏的美学论著。

这部新作《美学语言学——兼论汉语民族性格》，则是她继《美学修养》

之后的一部力作。其学术价值表现在以下几个方面：

一、研究角度新颖，在某种程度上属拓荒之作

中国传统的语言学偏重于考据、实证，多为文字的训诂，语义的解释等，少有理论上的深入研究。近十年来，虽然有关语言理论文章逐渐增多，但也少见对汉语汉字的系统的理论著述，而以美学的原理去解释语言现象则更不多见。故我认为张凡老师的这部以美学原理全面、系统地透视，分析汉语汉字的语言文字现象的新作，拓展了美学研究领域，有拓荒之功。

二、说理透彻，自成体系，有较高的学术价值

在世界上通行拼音文字，且因中国长期处于落后状态的情况下，作为方块字的汉字，作为单音语系的汉语，在国际语言学界长期没有什么地位。张凡老师在这部新作中，运用美学原理，全面系统地论述了汉语的科学美，汉语的表现性艺术美，汉语的形式美，并从美学的角度审视汉字，论述了汉字与汉语具有共同的美学特征，以及对汉字作了具象和抽象的深入思考，从而力证汉字汉语有其独特的民族性格，是全人类的瑰宝，为恢复汉字汉语在国际语言学界的地位做出了贡献。

三、具有理论深度，是一部有理论建树的学术论著

张凡老师根据中国的国情，与西方将语言理论注入美学的诸学派做法不同，力图将宏观与微观相结合，运用美学原理去深入解释具体的语言现象，从而对语言的社会美、语言的自然美、语言的科学美，以及汉语汉字的民族性格进行了论述，许多见解发前人所未发，在语言学和美学两方面都有一些新的建树。

综上所述，可以说这是一部研究角度新颖，论述系统、透彻，内容丰富，且有理论深度的学术著作，是一部值得推荐的、符合出版质量要求的学术书籍。唯因目前图书市场不景气，出版界存在某种媚俗现象以及受一般读者的文化素养的限制，许多学术著作难有销路，故张凡老师的这部著作的问世，恐怕其前提是必须有出版补贴，希望有关方面能给予一定出版资助，以促成其顺利出版。

1997 年 6 月 8 日

第六辑　岁月流金

未来在向你招手
——寄语爱女小雪

雪，亲爱的孩子，时间飞逝，转眼 14 年，你已由咿呀学语、蹒跚学步的孩童长成亭亭玉立、光彩照人的姑娘。今年 4 月 4 日，你第一批加入了共青团，这标志着你在人生旅途上踏上了一个新的台阶，在你的面前人生的道路变得更加宽广，爸妈为你感到无比高兴。相信今后你会更深刻地洞察人生，更理智地对待事物，更自觉地通过不懈的努力，去一步步实现你在少女时代编织的梦想。青少年犹如初升的太阳，孩子，你就像沐浴在和煦阳光下蓓蕾初放的鲜花，光辉灿烂的未来在向你招手。你定会在阳光雨露的滋润下，初则花儿怒放，芬芳散播四方，继而硕果挂满枝头，造福于祖国和人类。

亲爱的孩子，爸妈用全身心爱你，这不仅因为你是我们身上的血肉所化而爱你，还因为你如花似玉而不自傲，天资聪慧而不懈怠，家庭优越而不依赖。你自小知道勤奋，懂得追求，立志高远，不甘人后。爸妈企望通过你，亲爱的孩子，延续自己的生命，也延续与发展爸妈为社会、为祖国、为人类所能尽的力量。我们没有实现的梦想，希望靠你去实现。因此我们花费大量心血培育你，希望你早日成才，这也是我们对祖国、对社会、对人类世界所应尽的一项神圣的义务与责任。此刻爸爸深深感到内疚的是，他因长期肩负领导重任，且又希冀走通既从政又从文的双向道路，所以没能抽出更多的时间与精力同你相处、交流，分担你的烦恼，分享你的快乐。但也许使你感到慰藉的是，你妈妈为你无私地付出了她所能付出的一切，辛劳倍加，情深似海。同时，你也不应忘却幼儿园、小学、中学老师为你的健康成长，早日成才所洒下的汗水，付出的心血。

亲爱的孩子，人无完人，你也有你的弱点，你的不足，你应该客观地看待自己，时时学会解剖自己，懂得取人之长，补己之短。在你加入共青团，成为先进青年一分子之际，爸爸已到人生之秋，妈妈也已日过中午。在往后的人生道路上，更多的时候，将靠你自己潜心学习，刻苦磨炼。爸妈希望你不仅要保持本质的善良，天性的温柔，还要有开阔的胸襟，坚强的毅力，把兴趣集中在学习上，事业上。愿你以居里夫人为榜样，心怀天下，志存高远，练好身体，学好本领，报效祖国，服务人类。同时，也要学会思考，懂得生活，善于保护自己，勇于克服人世的艰难困苦。谋事在天，成事在人，美好未来正向你招手。

亲爱的孩子，在你迎来人生黄金年华之际，作为父母该送你什么礼物，作为永久的纪念？几经思虑，几经衡量，最后我们决定送你一本你爸爸自学日语时作的学习笔记，一本你爸爸同另一位学者合著的《日语常用词例解、词典》，用意在于让你学习你爸爸刻苦学习，勤于笔耕的可贵精神。你爸爸出身贫寒，历尽磨难，但他始终自强不息，顽强拼搏，终成一位在国内外都有影响的学者，为表彰他对我国新闻出版事业的突出贡献，1993年，国务院给予特殊津贴；美国名人传记协会授予他"永久性世界500名人"的荣誉证书。我们相信"青出于蓝而胜于蓝"，以你的天赋，以你的毅力，以你目前所展现的出众才华，在北京市乃至全国的数学、作文比赛中所取得的优异成绩，可以预言将来你的成就定会在你爸爸之上。亲爱的孩子，爸妈衷心祝愿你永葆美丽与青春，愿你开辟人生的新天地，创造人生辉煌乐章。

亲爱的孩子，在你的漫漫人生征途中，爸妈将始终护佑你平安地度过大大小小的风波，让你的人生航船乘风破浪，安抵光明的彼岸。

在这一封值得你永远保存的非同寻常的信函的最后，爸妈衷心地祝福你14岁生日快乐！愿这一天度过的愉快时光给你留下美好的回忆！

永远深深地爱你的爸妈
爸爸执笔草于
1996年4月13日夜

成人冠礼仪式
——父母给女儿的贺信

亲爱的孩子，自从你来到这个世界的那天起，爸妈就对你满怀无私的父爱和母爱，对你寄予了莫大的期望。岁月匆匆，从你咿呀学语，蹒跚走路，到你带着可爱的童真和娇娜的舞姿，在中央电视台的春节晚会上翩翩起舞，爸妈欣

第六辑 岁月流金

喜地看着你一举手一投足,情不自禁;从你四岁半学拉小提琴,到你九岁半学弹钢琴,从你小手下流泻出活泼轻盈的旋律,曾带给爸妈醉心的艺术享受;从你作为共和国国宾的献花女孩,成为国门的一道风景;到你通过自强不息,在全国学生作文大赛和北京市数学比赛中频频获奖,爸妈为你感到骄傲;从你自小学三年级开始任班长,到你初三时担任团支书,爸妈为你健康成长,不断从幼稚走向相对成熟而感到欣慰。

时光流逝,你由娟美的女孩成长成妙龄少女,荣幸地跨进了北师大实验中学的校门,成为理科实验班的一员,从此,你开始面临新的学习环境,迎来了新的挑战,生活开始对你加压,考验接踵而来,学习任务愈加繁重,心灵负荷陡然增加。但是,孩子,你应该明白随着年龄的增长,注定要面对人生漫长道路上的风雪和泥泞,你为闯过人生风雨,曾付出辛劳的汗水和宝贵的心血,你得到许多也失去不少,这一切都在常态之中。人生不会一帆风顺,学海也不会没有风起浪涌,成功固然可喜,失败何尝不是财富,关键在于直面现实,正视困难,要相信雨过必然风和日丽,黑夜逝去将迎来黎明,只要你设定奋斗目标之后,坚持不懈,百折不挠,始终满怀自信,脚踏实地一步步往前走,你就一定能到达胜利的彼岸。

亲爱的孩子,11月26日晚,爸妈为你举行了既隆重又简朴的十八岁生日仪式,用一个繁花盛开的大花篮,映衬你如花似月的青春年华;用红通通的烛光点燃你旺盛的生命之火;用深情的祝福话语,祝愿你加入成人行列之后,能扬起生命的风帆,劈波斩浪奋勇前行。

再过几天,也就是12月9日那天,学校又将为你们举行隆重的成人冠礼仪式,从此你将进入人生关键转折期,光明在望,前程万里,未来属于你。"长江后浪推前浪",每一代青年都是接力赛的选手,从前一代已经达到的水平出发,向着光辉的目标奔跑!亲爱的孩子,相信自己,不畏艰难,既志向高远,又脚踏实地,据自身的实际,定切实可行的措施;既不降低要求,也不过于苛求自己,自觉努力,无意成功,有付出必有收获,不必计较是否能完全达到预想的目标。

青春年华是一生中的黄金岁月,在最值得骄傲和怀念的岁月中,你会继续感受到父母的深切关爱,老师的谆谆教诲,同学的真诚友爱,学习的莫大乐趣,取得成绩的由衷喜悦……但你同时也会面临功课的巨大压力,竞争的逼人态势,考试对身心的磨炼,体能的超量消耗……你也许会觉得生活中不尽是阳光灿烂，竟也有不时烦恼缠身。但只要你能以平常心去对待，不畏惧，不退缩，不怨天尤人，勇往直前，你就一定会战胜自己，跨越障碍，从一个高度攀登到另一高度。

亲爱的孩子，成人意味着你将逐渐减少对父母的依赖，对老师的依从。你将会有更大的生活空间，更多的独立思路，更广阔的发挥自身潜能的天地。唯望你还应清醒意识到自己还不够成熟，不够老练。要知道如今社会充满着太多的诱惑，太多的陷阱，你要警惕诱惑，防范陷阱，矢志不移地追求成功，追求卓越！

"学而有成之日，正是报效祖国之时"，爸妈祝愿你能考上自己向往的名牌大学，成为国家未来的栋梁之材。但进了大学校门仍前途漫漫，还需树立终身受教育的思想，继续奋发图强，更上一层楼！要想成为高素质、高智慧、高技能的优秀人才，干出一番有益于社会、有益于人民的事业，拥有美好的未来，就得从青年时代开始。你要充满自信，相信自身拥有巨大的潜能，要想把青年时代的梦想和理想变为现实，为振兴中华民族肩负重任，全赖你自己。向着光辉的理想，向着美好的未来，亲爱的孩子，你就执着地奋发前进吧！爸妈将永远给你以信心，给你以力量，伴随你一道风雨兼程！

最后，热烈祝贺你正式步入成年的行列，衷心祝愿你拥有美好的人生，并能以自己广博的学识和出色的劳绩回报祖国和人民。莫负父母的养育，老师的期望，祖国的重托！

爸妈写于 1999 年 11 月 28 日

社长兼总编辑寄语：

风雨兼程　十年创业路

时光飞逝，转眼就是十年。十年，中国国际广播出版社经历了初创、发展、到初具规模的非凡征程；十年，我们当中许多人从风华正茂到两鬓挂霜。风雨兼程，走过了十年创业路，我们饱尝了创业的艰辛，承受了种种心理压力，但也分享了成功的喜悦，领略了书香王国的绮丽风光。往事如云，难以尽记，只能略述一二，聊表心声。

早在1984年,中国国际广播电台分党组就开始酝酿成立出版社。作为中华人民共和国唯一的对外广播电台,每天用38种外语和汉语普通话及4种方言,日夜对世界五大洲广播,其影响遍及世界的各个角落,拥有2亿多听众。但有声广播既有快捷、覆盖面大的特点,也有它的缺陷。为了弥补有声广播之不足,辅之以出版图书和音带,向多种宣传媒介扩展,则成为必然的发展趋势。

1985年初,经过当时国际台总编室主任、现国际台台长张振华和国际台名记者杨淑英等同志的努力,并在原广播电视部部长吴冷西,原国际台台长崔玉陵的关心和支持下,1985年3月7日,经中华人民共和国文化部的批准,中国国际广播出版社宣告成立,也算是圆了一个办社的梦。

1985年4月,我由原从事对日广播的工作岗位调社工作,同先期已在社主持筹备工作的张品兴同志,以及从国际台各部门和外单位调来的几位骨干,一起开始了艰苦的创业。当年秋天,张品兴同志调离,年底邓法奇同志来社,同我一道负责边筹建,边开展出版业务,继续为我社的开创事业而奋斗。

往事如烟,难以忘怀。办社初期没有资金,崔玉陵台长亲自出面,通过原广电部副部长徐崇华,向部设计院借了30万元;没有办公用房,只得暂租两间小学办公室,作为临时的栖身之地;没有汽车,就以自行车代步,四处奔波,八方联系;发行书带,没有汽车,发行部同志硬是用自行车驮,三轮板车拉……就这样上靠广电部和国际台领导的关怀和支持,下靠全社员工的顽强拼搏,加上社会各界朋友的鼎力相助,中国国际广播出版社这棵小草,终于在出版社林立的空隙间争得了一席生存之地,并不断成长壮大,发展到今天,已成为一家在国内外有一定影响的出版社。

十年来,我社本着立足国内,面向世界,宣传中国灿烂的古老文明和今天的辉煌成就,以及中国的改革开放政策,以推进"两个文明"建设和增进中外文化交流的办社宗旨,多出书、出好书,共出版了2000多种图书,200多个盒号录音带和少量录像带,年最高发行码洋达2500多万元。

十年来,我社领导带领全体员工,以强烈的事业心和奉献精神,本着"社会效益第一,兼顾经济效益,确保质量"的出书、出带原则,积极策划,慎重决策,严格把关,认真三审,编辑出版了大批博社会好评、获读者喜爱的好书,并逐渐形成自己的出版特色。我社虽也出过一些生活类图书和学生用书,但始终以出版国际广播专业书、展示中国风采的中外文图书、简明实用的

逝水流年人相随——纵观名流，横看世界

外语书和重头工具书作为出书的四大支柱，努力在激烈的图书市场竞争中拥有自己的读者层。在建社伊始，为配合国际台成立四十周年就出版了《中国国际广播史料简编》《中国之声，友谊之桥》《五洲四海遍知音》《为人类的和平与进步》《国际广播艺术漫谈》等专业书，反映了国际台走过的四十年艰难曲折的历程，汇集了国际台工作人员的编、采、译、播经验和国际广播的理论探索成果，从而填补了国际广播业务书的出版空缺。以后又陆续出版了国际台历年的对外广播优秀稿选和介绍世界各国对外广播、电视状况的专业书。特别是为适应世界范围的汉语热，为配合国际台各语言广播部开办的教汉语节目的需要，我社受国家教委的委托，出版了《中国国际广播电台汉语教学丛书》（已出 15 种），为在国际上推广汉语提供多语种教材。

中国国际广播电台几十年来，坚持不懈地通过电波向海外听众介绍中国的发展情况，而作为国际台主办的出版社，则通过文字和图片，系统地介绍中国，特别是宣传中国的改革开放政策，和在改革开放政策指引下取得的令人注目的建设成就。为此我社先后编辑出版了《邓小平改革思想研究》《当代中国的精神支柱——邓小平的思想新论》等，生动记述了邓小平在事关中国命运的重大问题上的思路、心态和轨迹，以及中国奉行的改革开放政策。中英文对照的《中国城市·地区丛书》《中国国情大辞典》《中国改革大辞典》、8 卷本《中国工商企业名录大全》、多卷本《当代中国乡镇建设者丛书》等，向海内外读者介绍中国国情和伟大的改革进程，提供大量经济信息。马宾等著名经济学家的经济学论著，则既对社会主义建设起超前的指导作用，又引发读者对在改革开放历程中出现的问题的思考。为让海内外读者了解中国拥有的光辉灿烂的古代文明，我们还出版了 20 卷本《中国文化精华全集》《中国文化大辞海》和《孙子兵法在当今世界的妙用》等大批弘扬中华民族传统文化的好书。

中国国际广播电台拥有 38 种外语人才，我们扬独家之优势，编辑出版了大批外语书和部分配书录音磁带。其中包括累计发行达 60 多万册的《英语词汇的奥秘》，以及《新编英汉多功能辞典》《澳大利亚广播英语讲座》《祝你顺利——基础德语视听教材》《新编汉英俄会话》《日汉详解用例词典》等逾百种外语书，为中国人学外语提供了内容新颖，简明实用的学习用书、用带。

编辑出版工具书，系高难的出版工程，但我们硬是知难而上。我们怀着"填补空白，保持品味，形成系列"的梦想，十年间，出版了 200 多种大中型辞书，其中有在国内出版界率先出版的《中国现代史词典》《中华人民共和国

大辞典》《中国近现代人名大辞典》《外国神话传说大词典》《人学辞典》《中国宫廷知识辞典》《婚姻家庭词典》《汉语修辞格大辞典》;有与同类工具书相比,因具有篇幅大,内容涵盖面广而享誉的《中华法案大辞典》《社会科学大辞典》《佛学辞典》《办公室工作实用全书》《中国公司与公司运行实务指南》《厨艺文化大观》等。

我社出书,不猎奇,不媚俗,不为牟取暴利而丧失职业道德。相反,在财力十分有限的情况下,为支持学术书的问世和扶植新人,我们赔钱出版了《广韵四用手册》《英语词义的由来》《九月的心弦——赞颂教师和教师节的诗选》《晓星歌词论丛》等,赢得了作者的由衷感激。

走向世界,是我们梦寐以求的目标,为此,我们付出了巨大努力。十年来,我社同美、英、德、日、澳、新加坡、泰国、越南及港台地区文化界、出版界建立了业务合作或版权交易的关系,并多次应邀组团出访日本和泰国,为中外及海峡两岸的文化交流做出了贡献,在海外树立了中国国际广播出版社的良好形象。

十年来,我社除了出书、出带外,还同中央各部委、中央电视台等单位合作,并作为承办单位参与拍摄了《百家企业话改革》(由中央电视台播出66集)、《现代企业制度培训讲座》(由中央电视台播出15集)、《学习贯彻四中全会〈决定〉专题讲座》(由中央电视台播出4集)、《中华风景名胜区》(共60集,将陆续在中央电视台《神州风采》节目中播出)等电视片,并出版相应的录像带。此外,还单独主办了"第一届残疾人艺术展""红五月书画会""全国名优企业职工书法大奖赛"等;参与筹办了"池田大作摄影展"等。国广社下属的北京文苑书局与全国总工会和北京市的有关部门联手,共同举办了"社会主义市场经济知识竞赛"和"《劳动法》知识竞赛"等活动。凡此种种均显示了中国国际广播出版社的气魄和实力。

中国国际广播出版社之有今日的发展,离不开中宣部和新闻出版署有关领导的关怀和爱护,离不开广电部和国际台有关领导的扶持和指导。广电部原副部长马庆雄、部总编室原主任何光、张绍季,原国际台台长丁一岚、崔玉陵,现刘习良副部长、张振东主任、张振华台长、吴达审局长,都曾就如何办社、如何出书,提出过许多指导性的意见,并勤勉有加,难以尽记。刘习良副部长,以及国际台张振华、胡耀亭、丛英民、魏建群等台领导,还在百忙中亲自参与一些重要稿件的审定。张伟中、雷元亮等部内有关领导和许永生、陈敏毅等台领导也对我社的工作给过很大的支持和帮助。崔玉陵台长,作为兼任的第一任社长和后来的名誉社长,更是为我社的生存与发展而呕心沥血。

忆往昔十年岁月,我们也不会忘记文化界、学术界、企业界、新闻界、出版界、印刷界和发行界朋友在各个时期所给予的大力支持和真诚相助,并始终感激专家、学者、著译者惠赐书稿和海内外读者对我社的厚爱。我们也难以忘怀那些为中国国际广播出版社的发展、壮大而付出辛勤劳动的社内同志。参与创业的老同志,当年正年富力强,而今却两鬓如霜。他们曾日夜忘我工作,为出版事业贡献了自己的宝贵年华。后来进社的许多同志为开拓出版社的新局面而作了巨大努力。中国国际广播出版社今天的局面,正是这些新老同志团结奋斗,不懈努力的结果。

十年间,风雨同舟,共创基业;

十年间,潮起潮落,缘生缘灭;

十年奋斗,备尝甜酸苦辣;

十年奋斗,结出硕果累累;

十年创业,十年开拓,值得庆幸的是得到社会各界的认可;可以告慰于人的是,我社没出过一本坏书。社办得如何?书出得怎样?留待世人评论。我们能说的是,我们付出了可以付出的一切,尽了我们的责任和义务。毋庸讳言,我们也有过失误,有过失控,我们乐于倾听来自各方的意见,改进我们的工作。

回顾过去,十年辛苦不寻常,别有一番滋味在心头;展望未来,挑战机遇同时在,再接再厉迎难而上。为了祖国的振兴,为了中国国际广播出版社的未来,我们将戒骄戒躁,继续锐意开拓,积极进取,加强内部管理,参与市场竞争,努力追求以更多高质量、高品位的图书和音像制品,竭诚为海内外读者服务,以真正实现国广社走向世界的崇高目标。

风雨兼程,走过了十年创业路。今天,国广社已成为中国人了解外国,外国人了解中国的窗口;中外文化交流的桥梁;广大作者、读者可信赖的朋友。今后任重而道远,惜时不待人。因此我们更寄希望于后来者,也许他们会比我们干得更出色,能弥补我们工作中的不足,再创辉煌,更上层楼!

1995 年 1 月 21 日夜

(原载《中国国际广播出版社成立十周年纪念册》)

第六辑　岁月流金

天上人间诸景备
——游大观园

亭台楼阁、画栋雕梁，一片金碧辉煌；山光水声、鸟语花香，胜似世外桃源！这，就是曹雪片在《红楼梦》中描绘的大观园，给人们提供了一幅生动的立体画面。

在小说中，这座综合了北方皇家园林的富丽宏阔和南方私家园林的曲折幽深于一身的大观园，本是荣国府为迎接皇妃贾元春省亲而修建的行宫别墅，后来成了贾宝玉和金陵诸钗的住所，从此，大观园便成为众多人物的主要活动场景和书中故事情节发展的中心。曹雪芹以其独具匠心和出神入化的笔触，从大观园的兴盛写到衰败，从表面的繁华写到内里的悲剧，不仅对腐朽的封建社会作了深刻的解剖和强烈的批判，而且他所借以塑造典型人物的典型环境——大观园，也成了我国古典园林艺术的结晶，不知令多少读者为之赞叹、神往！因此，自《红楼梦》问世的200多年来，许多"痴情人"苦思冥想寻觅过"大观园"，甚至不少治学严谨的学者竟将毕生精力投入寻访"大观园"旧址的研考之中，但终不免枉费心机，难怪有人感叹，"一梦红楼二百秋，大观园址费寻求"。

只能神游《红楼梦》中描绘的"秀水明山抱复回，风流文采胜蓬莱"的大观园，而不能实地观赏"光摇朱户金铺地，雪照琼窗玉作宫"的美景，终究是人生一大憾事。而如今可以告慰于广大读者的是，依据《红楼梦》设计的古典式园林——大观园，已经在北京西南隅护城河畔崛起。目前第一、二期工程已全部竣工，主要景点18处也已对外开放。如果你动了游兴，不妨前往一游。

从北京站坐10路公共汽车，在终点站——南菜园下车后，沿马路南去，到护城河边，见绿树中粉墙掩映着一片清代院落，这就是"大观园"。

大观园的正门为五开间大门，坐北朝南。秉门正看，只见它齐檐立柱，梁栋绘彩，筒瓦泥鳅脊盖顶，精雕图案饰于门栏窗楣；门前白石台阶的垂带和一色水磨砖八字形影壁墙上，分别刻着精美的西番莲花样和各种花饰。左右观之，又见两侧以虎皮石为基，扣着灰瓦为顶的白墙，依势起伏向东西两翼伸展；白墙前后绿草坪上，新栽的龙爪槐和松柏，疏密有致，枝繁叶茂，两尊娇顽石狮，屹立阶前。从柳公权的字迹中辑出的"大观园"匾额高悬于上。匾额前方左右两盏宫灯在微风中摇曳。整个门面，呈现一派端庄典雅、瑰丽宏伟、宽博浑厚的威严气派，俨然是清朝皇家贵族府第。

大门开处，一座用著名的南北太湖石堆砌的假山翠嶂横在眼前，遮住了全园景色。这一遮，避免了一览无遗之弊，可谓深得造园艺术之"三昧"。正像贾政所说："非此一山，进来园中，所有之景悉入目中，更有何趣？"如你驻足而观，便可见怪石峻峣，纵横拱立，如鬼似兽，若仙似云，耐人遐想。山上攀缘植物遍植，山侧羊肠小径微露，拐弯处崖间立镜面白石一块，刻五个大字"曲径通幽处"，为小说中贾宝玉所题，取自唐代常建《题破山寺后禅院》一诗中"竹径通幽处，禅房花木深"的诗句，寓意游人只有沿这妙道曲径登山穿洞而过，方可领略"飞楼插空，雕甍绣槛，皆隐于山坳树杪之间"的景致。

入洞北上，忽见花木深处，石隙之下，一带清流潺潺流泻。不多时，便眼前豁朗，洞尽景现，白石护栏环抱着碧水一泓，池上有一座三孔石桥卧波，名"沁芳桥"。桥上建凉亭一座，水桥相映，游鱼戏水，如锦似画，亭楣悬"沁芳"字匾，亭柱对联"绕堤柳借三篙翠，隔岸花分一脉香"，为贾宝玉所题。意为水光澄碧，好像借来堤上杨柳的翠色，泉质芬芳，仿佛分得两岸花儿的香气。登亭四顾，园中景色历历在目。宝玉、黛玉曾在沁芳闸桥那边桃花底下一块石上读《西厢》，晴雯、麝月、袭人、芳官、藕官等人，也曾在这里赏鱼。

沁芳桥处中轴线上，东通潇湘馆，西接怡红院，是小说中宝玉、黛玉常来之处。"林黛玉重建桃花社"，也是在沁芳桥上商议的。

出"沁芳桥"东去，不远便是潇湘馆。门前凤尾森森，龙吟细细。院内修舍数楹，回廊曲折，翠竹夹道，石子墁路，更有淙淙清流一带。除非冬天，则漫步于竹下溪旁，置身于曲廊修舍，便顿觉清凉惬意，幽雅静谧，一种"宝鼎茶闲烟尚绿，幽窗棋罢指犹凉"的意境便会油然而生。这里的建筑与别处不同，不仅精巧纤细，雕满竹子花饰，而且，在油漆彩绘方面也采用冷色调的淡绿色"斑竹座"技法，与院中竹林保持景色一致，以映衬当年房主人林黛玉那"孤高自许"，又多愁善感的性格。室内陈设着书卷、笔砚、围棋，架上鹦鹉正侧耳倾听人语。置身其间，仿佛可以闻到药锅里散发出来的药香，听到那充满哀怨的琴音，以及鹦鹉学念她那"葬花诗"的长叹声。最不堪东屋那一张小榻，更令人想起这位封建叛逆者焚稿断痴情时的凄惨情景。

后院有大株梨花，阔叶芭蕉，墙外忽开一隙，清泉一脉；盘旋竹下而出。整个布局可概括为"清幽"二字。

出后门有一架秋千，是榆荫堂酒宴期间，众人出来散心、佩凤、偕鸾打秋千玩耍之处。

离潇湘馆，沿旧路折回，过沁芳桥西去，便可到坐落在大观园西南部的怡红院。怡红院与小巧端秀、清幽淡雅的潇湘馆迥然不同，三开间的垂花大门楼，雕刻精美，彩饰斑斓，额有"怡红院"金匾，显得雍容华贵。大门里，超手游廊四合，廊檐、栏座均有木雕彩绘，宫灯高悬。正中五间正座推出三间抱厦，东西各设配房三间。这里的亭台楼阁均采用"金线苏彩"的传统技法，贴金绘彩。院中芭蕉、海棠、松石点衬，室内宝剑、风筝壁挂；图书、字画、古玩列架，笼中画眉、八哥歌声悦耳，整个院落极为富丽堂皇。置身其间，不禁使人想起那"膏粱锦绣，钟鸣鼎食"的贵族少爷贾宝玉来。

穿堂到后院，仰观曲廊高亭，近眺清溪短流，看碧池里荷叶飘摇，听松枝上鸟儿婉转，令人心旷神怡，乐而忘返。

怡红院南的"滴翠亭"，是一座卧水而建的双层湖心亭，正好与怡红院隔水相望。亭四周的游廊、曲栏，雕窗镂槅，置身其内，倾耳能聆波涛声，举目可眺园中景，实为品茶赏景的好去处。游览至此不免忆起书中那"宝钗戏彩蝶"的故事。

据《红楼梦》第二十七回描写：宝钗本打算去潇湘馆，但当她看到宝玉进去时，便觉得此刻自己再进去不大相宜。正当她转身去寻找别的姐妹的时候，忽然发现面前飞来一双玉色蝴蝶，她马上取出扇子扑蝶。蝴蝶上下翻飞，扇动着彩色的翅膀。宝钗追蝶来到滴翠亭边，无意中听到小红和坠儿正在那里谈私心话。她听完之后，忽然想起："……今儿我听了她的短儿，'人急造反，狗急跳墙'，不但生事，而且我还没趣。如今便赶着躲了，料也躲不及。少不得要使个，'金蝉脱壳'的法子……"

于是，她便"故意放重了脚步"，笑着叫道："颦儿，我看你往那里藏！"这一来，她便替自己巧妙地解脱了干系。从这里可以看出宝钗的工于心计和善于随机应变。

滴翠亭旁有一浅丘，遍植桃树，是黛玉葬花，感怀"他日葬侬知是谁"之处。

"黛玉葬花",是林黛玉借花抒情的一段描写,见于《红楼梦》第二十七回"滴翠亭杨妃戏彩蝶,埋香冢飞燕泣残红"。俗话说,见花流泪,触景伤情。林黛玉平日看见桃花落瓣便觉怜惜,常常把花瓣收拾起来,葬于花冢。这一天,她又来到花冢,由眼前桃花的落瓣联想到自己的身世遭遇,不由得十分感伤地哭吟道:"花谢花飞飞满天,红消香断有谁怜?……一年三百六十日,风刀霜剑严相逼;明媚鲜妍能几时,一朝漂泊难寻觅。……侬今葬花人笑痴,他日葬侬知是谁?……"

折回旧路。从潇湘馆往东,翻越假山,不远便可看见一粉垣月洞门的院落,这就是书中描写的贾探春住所——秋爽斋。因院内植有梧桐、芭蕉,故题匾曰"桐剪秋风",探春别号"蕉下客"。

探春素喜阔朗,故其住所高大,宽敞,中间没有隔断。壁上挂着米南宫的大幅山水画《烟雨图》和唐代名书法家颜真卿写的对联"烟霞闲骨格,泉石野生涯",极富书卷气,令人想起书中描写的宝玉、黛玉、宝钗、李纨、探春、惜春等在这里互起诗翁别号,结"海棠诗社"的情景。海棠诗社由探春发起。在建社过程中,她从容不迫,联络青年,竭力摆脱一般文人的迂阔气,显示出她出色的组织才能和活动能力。

院子的东南角屹立着一座八角亭,它是大观园中观景的制高点之一。登临其上,周围景色可一览无余。

院内有翠晓堂,是贾母初宴大观园的地方。贾母既精通人情世故,又长于统治权术,是贾府全家至高无上的偶像。而作为一个金玉满堂、儿孙绕膝、晚景无多的老人,她从不放弃享乐的机会。在翠晓堂之宴,王熙凤等人捉弄刘姥姥,贾母也把她当作消遣工具,充分暴露了封建贵族醉生梦死、骄奢淫逸的人生哲学。

出秋爽斋往北,越陌度阡,可见一组田园风光式的建筑,即李纨的住所——稻香村。茅草亭耸立在黄泥墙头、柴扉竹篱的小院内,正房与东房有游廊相接,房额上有"稻香村"匾额。房顶棋盘心里,盖青石板为瓦,一派农舍风光。室内纸窗木榻,朴实无华,一洗富贵气象,映衬出李纨的思想性格。

遵照原著,今后还将在稻香村周围,用桑、榆、槿、柘树条编制绿篱,广植杏树。并开辟少许稻田、荷塘,开凿水井,以及放养鸡、鸭、鹅等家禽。久居城内者到此一游,可饱览田园风光。

与稻香村紧邻的是惜春的住处——暖香坞。这个院落与蓼汀花溆隔水相望,红蓼花深,清波风寒。书中说"惜春住了蓼风轩",实为暖香坞的别名;又因暖香坞位于藕香榭东面,地盘相近,故宝钗又说"四丫头在藕香榭",给惜春起了个"藕榭"的雅号。院墙南面有一条夹道,东西两边有街门,门楼上里外嵌着石头匾,穿入夹道,来到当中,进了向南的正门,从里边游廊绕过去,是惜春的卧房。这里比别处暖和,适合惜春作画。

步出暖香坞往北往西,可到位于沁芳池南岸的芦雪庭和藕香榭。藕香榭盖在沁芳池中,四面临水,左右回廊,南面有竹桥接岸,真是"芙蓉影破归兰桨,菱藕香深写竹桥"。史湘云曾在这里开海棠诗社,大摆螃蟹宴;席上林黛玉魁夺菊花诗。贾母二宴大观园时,在大观楼东面的缀锦楼底下吃酒,让女戏子们在藕香榭的水亭子上演习乐曲,借着水音欣赏。箫管悠扬,笙笛婉转,乐声穿林渡水而来,格外悦耳动听。我们游到此处,《红楼梦》里描写的这些场景,便会浮现在眼前。

芦雪庭,又名芦雪庵,建在傍山临水的河滩上,一带几间,茅檐土壁,槿篱竹笆,推窗便可垂钓;四周芦苇掩覆,一条小路穿芦渡苇与藕香榭竹桥相连。《红楼梦》中描写:冬日,天上搓棉扯絮,一般飘着大雪,地下一片琉璃世界。大观园诸艳欢聚庵中,即景联诗。湘云与宝玉等围着火炉烤食鹿肉。湘云只顾大吃大嚼,但联诗时却锦心绣口,压倒群芳。宝玉落第,被罚冒雪去栊翠庵妙玉那里乞来红梅,插入美女耸肩瓶,供大家欣赏。

离芦雪庭往东向北可到紫菱洲附近的迎春住所——缀锦楼。主景为两层楼,依山傍水,环境十分清幽,登楼观望,池中岸边,蓼红荷白,荇翠菱紫,景色醉人。深秋金风乍起,满池枯荷败叶,两滩衰草残菱,满目悲秋。游到此,也许你会想起《红楼梦》描写的情景:迎春被许配出园后,宝玉天天到紫菱洲一带徘徊瞻顾,只见缀锦楼轩窗寂寞,屏帐倚然;那岸上的蓼花苇叶,池中的翠荇香菱,摇摇落落,似在追忆故人。宝玉不禁悲歌:"池塘一夜秋风冷,吹散芰荷红玉影,蓼花菱叶不胜愁,重露繁霜压纤梗。"

大观园内唯一的佛寺景区——栊翠庵,位于大观园西部,靠近怡红院,是妙玉进园后的住处。北屋佛殿,东室弹堂,氤烟青青,炉香袅袅,是妙玉参禅修行之所。妙玉原是带发修行入了空门的尼姑。元妃省亲,决定聘买12个小尼姑和道姑,贾家便把她接到府中来。她依附了权门,又自称是"槛外人",她标榜清高,只喜欢与宝玉往来。她癖好喝茶,且有洁癖。刘姥姥喝过一口茶的成窑杯,她嫌脏要砸碎。然而这位洁身自好的女子,却被"青灯古佛"断送了青春，后又被劫而堕落风尘，结局十分悲惨。

耳房，是妙玉与宝钗、黛玉、宝玉品评梅花雪水泡的梯己茶的地方。按原著描写，庵中拟种十株红梅，入冬花开如胭脂，映照白雪，定将分外艳丽。宝玉在《访妙玉乞红梅》诗中曾咏道："入世冷桃红雪去，离尘香割紫云来。"把栊翠庵比作蓬莱仙境、大士（指观音大士）净土。

据《红楼梦》七十六回描写，中秋月夜，妙玉出庵玩赏清池皓月，听见黛玉、湘云相对联句，过于悲凉，出来截住，邀至庵中，挥笔续诗，烹茶细论，排遣芳情，彻夜未倦。她想用自己所续把"颓败凄楚"的调子"翻转过来"，便从夜尽晓来的意思上做文章，写出了"钟鸣栊翠寺，鸡唱稻香村"这样清丽的诗句。

我们匆匆而行，走马观花，但见山水相依，景点错落，相隔咫尺而风景意趣迥异，真如行山阴道上，目不暇接，脑中不禁想起贾元春的绝句来："衔山抱水建来精，多少工夫始筑成！天上人间诸景备，芳园应锡（锡：赐）大观园。"

据介绍，大观园的总体规划方案是经著名红学家、古建筑家、园林学家及清史专家多次会商制定的。其园林建筑，山形水系，植物造景，小品点缀，均力图忠实于原著时代风尚和具体描绘，并严格按照中国古代建筑的规制和传统造园艺术设计施工。全园面积为12.5公顷，建筑面积8000平方米，开辟水系24000平方米，堆山叠石60000土石方。全园包括庭院景区七处，自然景区三处，佛寺景区一处，殿宇景区一处，总计景点40余处。工程于1984年6月开工，共分三期施工。第三期工程包括大观楼、顾恩思义殿、省亲牌坊、蘅芜院、红香圃、牡丹亭、蓼汀花溆等景点，现已全面动工。据悉除大观楼外，其余景点在1987年国庆节前后竣工。

为方便读者和广大游人，似有必要对第三期工程中的主要景点稍作介绍。

包括大观楼、顾恩思义殿和省亲牌坊的殿宇景区位于大观园北门主山之下。这处景区崇阁巍峨，层楼高起，面面琳宫合抱，迢迢复道萦纡，青松拂檐，玉兰绕砌。当中正殿系元妃省亲的"顾恩思义殿"。正殿后的正楼为大观楼。东西正楼是缀锦阁。西面有楼为含芳阁。殿外环立牌坊，龙蟠螭护，玲珑凿就，上题"省亲别墅"四字，气势雄壮。蘅芜院将建在大观园的东北部。其院一色水磨群墙，清瓦花堵。门内迎面突出插天大玲珑山石，四面绕旋各式石块，将所有房屋悉皆遮住。院内无一株花木，唯种异草，垂山巅，穿石脚，

230

翠带飘摇,金绳盘屈。宝钗的卧室陈设简朴,如同雪洞一般,一色玩器全无,处处表现了这个带着金锁而又高唱"妇德"的小姐的矫情、做作。

三十六集的电视系列片《红楼梦》已经拍摄完毕。观众们已经在怡红院里,在潇湘馆中,在沁芳桥上,看到"宝玉""黛玉"们的身影。相信这将激起广大观众亲游大观园的极大兴致。愿一切后我而来的游人们,能从畅游大观园中得到更大的乐趣!

临末,还要赘言一二。据介绍,大观园的远景规划将包括兴建专门为"红学研究会"和国际"红学"研究组织提供服务的"红学研究馆";组织"大观园学会";开发富有红楼特色的大观园食品和商品;同外资合建拥有500多间客房的"大观园游览中心"等。此外还计划同宣武区合作,在大观园正门前兴建一个长3170米、宽50米、占地面积约14万平方米的南滨河公园;把大观园西门的街道改建成一条具有明清时代风貌的古商业街。相信在不远的将来,一个规模宏大、独具特色的旅游和商业的繁荣地带,将强烈地吸引来自四面八方的千千万万的海内外游人!

(刊于《北京十六景》科学普及出版社1987年版)

《侠女十三妹》 在拍摄中

十三妹健步如飞,用力将大殿的大门推开,迈步入殿,两脚刚踩上青砖石,身后的大铁栅栏门便急速落下,将她关在大殿里。十三妹再往前走时,正面佛像旁的两根红柱上盘着的两条巨龙,从口里喷出两条火柱,直射十三妹。十三妹敏捷地跃起,躲过喷射的火焰,抓住房顶垂下的幡,荡至大厅中心,刚刚落脚,不料此砖石仍触动了机关,从侧面罗汉处连续飞来几支利箭,射向十三妹,……

这是影片《侠女十三妹》主人公十三妹为搭救安公子,闯进能仁寺,在与法空和尚激战前连破机关的几个扣人心弦的场面。

这部由北京电影制片厂和日本"十三妹"电影制作实行委员会联合摄制的传奇立体武打故事片,从去年10月上旬在北京十三陵正式开拍,目前已完成了三分之二的拍摄任务,预计国庆节可与观众见面。

《侠女十三妹》取材于清末文康创作的长篇小说《儿女英雄传》。这部小说在民间广泛流传，几乎家喻户晓。四十年代国内曾拍过电影，香港也拍过电影。解放前上海有些剧场甚至排演过全本《十三妹》连台本戏。这次电影导演杨启天同摄影师张祖盛二人合作只取小说前十六回的精彩部分，主要反映以十三妹为代表的江湖豪客，同以权倾朝纲的抚西大将军纪宪唐为代表的反动势力之间的迫害与反迫害的生死斗争。男主人公安公子的父亲为官清廉，也受到纪宪唐的迫害。因此十三妹虽然同安公子是萍水相逢，但共同的身世，使她产生了同情心，决心营救安公子，他们俩在患难中产生了恋情。所以这部影片既有武戏，又有文戏。

按导演设想，这部影片力求拍成多色彩、抒情性较强、情节发展富有层次的影片。在影片里，既有黑风岗的阴森恐怖，能仁寺的神秘色彩，也有纪宪唐府里的豪华场面。外景选择北京、苏州的古老寺庙、庭园，昆明的荒野石林和浙江天目山的大森林。就武打来说，力求场场打得不一样，而且要有真实感。比如在青阳居酒楼上，十三妹的师兄弟打衙役要打得逗趣；能仁寺十三妹与法空和尚激战，主要是让观众看千变万化的机关布景；最后在将军府后花园，十三妹刺死纪宪唐那场武打，想让观众看中国武术的奇路。

饰演十三妹的丁岚，原学戏曲刀马旦，现在是河南省话剧团的演员。她曾在轰动一时的《少林寺》中担任女主角，饰演白无瑕。她那娴熟的武功和真实的表演，博得了观众的普遍好评。接着她又在《少林弟子》和《少林小子》两部影片中饰演女主角。

丁岚对笔者说："我走上影坛是很偶然的。十六岁那年，我在河南戏曲学校学习，一天导演张鑫炎等到校看我练功，不知怎么看上的我，要我参加《少林寺》的拍摄。在拍摄过程中，我上午练骑马，下午练武术，进行了一个多月高强度的训练，然后才开拍。没想到我初次在银幕上露面就受到观众的赞赏。十三妹这个人物，我喜欢。虽然《侠女十三妹》的武戏很多，但我不怕，倒是文戏对我形成了压力，因为这个人物大家很熟悉。我一定尽我的所能去演好，但能否塑造好这个武艺高强、见义勇为而又感情丰富的女中豪侠的形象，那只有留待观众去评定了。

扮演十三妹的大师兄韩勇的是广东籍的著名武术运动员邱建国。他曾连续六届获全国南拳冠军，先后多次赴英、日、法、香港表演武艺。他曾在影片《南拳王》中担任主角南拳王；在电视剧《铁桥三传奇》中担任主角并任此剧的武打设计。饰演十三妹的二师兄霍标的是优秀武术运动员王群。他功底扎实，技术全面，曾获全国比赛拳术冠军，在《神跤甄三》中担任过主角。纪宪唐的扮演者葛存壮，是北影的老演员，他擅长演反派角色。新中国成立三十多年来，他拍过几十部电影，创造了二十多个日本军官、国民党军官、地主恶霸、地痞流氓等反面人物典型。虎面行者的扮演者徐昌文，曾获浙江省单刀冠军，而且他擅长硬气功，曾两次赴日本表演，威震东邻。

《侠女十三妹》是我国第一部立体宽银幕武打片，人们期待着这部中日合拍的传奇武打新片的成功。

(原载《南方周末》1985.7.14)

马甸危改　恩泽百姓

一、历史：棚户毗连，污水横流

现今马甸，元朝时本在大都城内。现在的北土城遗址公园即元大都北城墙之所在，其北有一俗称小月河的小河，就是当年城墙外的护城河。明朝和蒙古进行茶马交易，这里成为季节性贩马的集散地。至清康乾年间，从蒙古进贡的马匹都圈养在此地。人住店，马入圈的旅店应运而生，因此获名"马店"。民国时改称为"马甸"

马甸小区，位于马甸桥西北角，占地33公顷。新中国成立后历年这里集居了三千多户居民，总居住面积十多万平方米，总人口一万余人。小区的居民构成多为外来移民户和当地的农民，住屋多为自建的棚户。低矮破旧的房屋，犬牙交错、杂乱无序，经过数十年的风吹雨打，大都濒临倒塌。

所谓"甸"，就是北方平原的大片的积水洼地。由此可见马甸地势的特点。加上市政配套缺失，下水道狭窄堵塞和棚屋年久失修，屋破漏雨，所以一到雨季，这里则成一片汪洋。污水漫流，道路泥泞，垃圾遍地，蚊蝇纷飞。百姓的恶劣居住条件，艰难的生存环境，牵动着北京市政府，特别是海淀区政府官员的神经。因此1990年，北京市政府就把马甸小区作为第一批危房改造的试点之一。然而由谁改造，资金出之哪里，却成了困扰有关领导的大难题。

二、现实：高楼叠起，宜居宜行

1992年，海淀区房地产开发公司开始介入马甸小区危房的改造工作。但面对涉及11个单位，3000多户居民的拆迁难度，难免望而生畏。特别是高达数十亿元的拆迁建设资金，成为马甸小区危改的拦路虎，一时危改工作陷入进退两难的困境。1992年，海淀区政府组织招商引资考察团，南下福建寻找开发商。机缘凑巧，他们遇见了时任福建冠顺房地产开发公司总经理，同时也是香港冠城集团董事长的韩国龙先生。韩国龙拥有雄厚的东南亚闽籍华侨的资金背景和丰富的地产开发经验，让考察团领导为之动心，便力邀韩国龙北上。

1993年韩国龙北上实地考察，马甸小区居住环境脏、乱、差，居民生存条件恶劣，景象触目惊心，让这位胸怀强烈社会责任感和神圣企业使命感的企业家为之动容。他明知风险莫测，困难重重，但毅然决定介入。随即由原区属海开集团与香港冠城集团共同合作，并于1993年3月成立了北京冠海房地产开发有限公司，注册资金1670万美元，全部由冠城集团出资。该小区规划占地33公顷，总建筑面积70多万平方米，投资总额高达5亿美元。

作为一个爱国爱乡的香港侨胞和负有强烈社会责任感的民营企业家，韩国龙把小区居民的利益放在企业利益之上。他本着先投入后产出，先安置后建设的开发方针，不惜斥巨资先后购买了十多万平方米拆迁安置房，并在马甸小区内建设了近20万平方米的居民回迁房——玉兰园和月季园。待妥善安置拆迁居民后，才开始动工建设商品房——冠城园。

经过近十年的步步艰难的拆迁和甘苦备尝的建设历程，终于在2002年全部建成包括冠城南园、冠城北园的高档公寓；冠城商厦（现为国家质检总局大厦）、冠平大厦（现为冠海大厦和中航油大厦）。这一集居住、商业、教育、娱乐、休闲于一体的多功能现代化、园林化的社区，一经问世，便名噪京城，成为当时名流云集的高档社区。这里住着几位顶级影视大腕、多个银行家、国际航空老总等大型企业领导，以及私企老板和文化名流。因此，入住冠城园，一度成为一种身份的标志。

用今天的眼光来看冠城园的社区布局、楼盘品位和物业管理，依旧会感受到其独特的人居魅力。冠城园，绿色满园，氛围宁静，处处散发舒适、温馨的自然气息。无疑这不能不归功于当年韩国龙先生的高瞻远瞩，超前的产品定位和高起点、大手笔的开发模式。他把建筑作为一门艺术看待，要求超前规划，创新设计，精心施工，让冠城园，这个他在京城创业的开山之作，成为业主住着舒心，他自己看着悦目的艺术作品。

三、修建马甸公园 美化周边环境

走进冠城园，满眼绿树繁花，多层次多元化的景观设计，形成有坡、有坪、有小溪、有旱泉的人工造景，成为推窗见绿、出门有景、闹中取静的花园式社区；再加上冠城园北侧，相距仅百米的元大都遗址公园和小月河千米绿化带，形成自然的绿色屏障。按理作为开发商已完成了社区的总体开发任务，但是作为拥有"积累财富，反馈社会"财富观的韩国龙，并不以此为满足。他曾经说过这样一段话：对任何一个房地产开发商而言，它的价值都不仅体现在其楼盘的自身结构上，也体现在其周边区域的真实价值上，为此，他在建设冠城园的同时，始终着力于社区周边的市政配套和经营配套的逐步完善：铺设水泥路和污水管道，资助海淀民族小学和173中学。尤其值得大书特书的是作为北京市政协委员，海淀区政协常委，韩国龙始终不忘企业的社会责任。因此，在完成冠城园总体规划、建设之后，他仍能义不容辞地出资近4亿元修建10万平方米的超大绿色生态公园——马甸公园。

该公园位于冠城园社区东面，原居民由马甸东村及北村部分组成。拆迁涉及898户，人口2500人左右，拆迁住房总面积达38050平方米。当历经艰难曲折完成拆迁、安置后，由冠城集团将已拆迁完毕的土地交由区政府进行环境绿化，从而形成现规模的马甸公园。

马甸公园设计秉承"以人为本"的理念，着力体现"自然"与"运动"两大主题，营造全民健身、全民参与体育运动的绿色运动氛围，兼顾园林景观与休闲功能、创造布局合理、功能齐备，交通便捷，环境优美的现代休闲运动空间。既保留"山明水秀，草绿花香"的自然景观风貌，又充实人造的林下运动场地、自然草地、儿童游乐场等开放运动空间；并由道路、绿地、广场铺装，中心水景围合成供人们晨练、休闲、儿童活动的动感广场。全园以道路为中心，从南到北依次为自然景观区、主题广场区、运动健身区。放眼望去，园内草木繁多，落阔叶互衬，乔灌木参差，四季绿草如茵，三季鲜花争艳。2006年马甸公园被评为北京市最美丽的15块绿地之一。

马甸公园的建设从 2001 年启动拆迁开始，到 2004 年建成开园，历时 4 年。马甸公园的服务半径达二三公里，服务人口达三四万人。小朋友在这里戏水，荡秋千；老人放风筝，打太极；年轻人在这里唱歌、跳舞、打球和从事健身运动，显现人与自然相互交融，人与人友好相聚，共同营造健康人文的生活环境。

四、结　语

马甸危改小区的成功改造，冠城园社区的高品位建设，使昔日荒凉、破败的马甸，发生了翻天覆地的变化，不仅使这一地区因冠城园而闻名，也因名流云集冠城园从而带动区域居民层次跃上新台阶。现在的马甸，已成为交通便捷，市政配套完善，生态环境优越，人文氛围和财富底蕴深厚的宜居生活区。同时，随着周边陆续建成的中国国际科技会馆、北京国际会议中心、北环中心、协同华龙大厦、华尊大厦、德胜尚城、金澳国际等，从而形成建筑规模超百万平方米的商务建筑群，赋予区域强劲的投资升值及高额投资回报的内涵。在不久的将来，马甸将最终成为京城最具经济活力的第五大商圈，发展前景无限美好。

2008 年 3 月 13 日夜

第七辑 日本散记

第十篇　日本情欲

日本家族制度的演变和新的家庭危机
——日本青年家庭观念的变化

战前，日本的家庭形态是嫡长子继承制度，即长子娶媳妇（无子有女时，则长女招郎入舍）以后，新夫妇原则上都与双亲、祖父母在同一家庭中共同生活。其他不是嫡长子无财产继承权，独立成家后，都要出去。在这样的家庭中，核心关系不是夫妇关系，而是父子关系。家长拥有很大权威，支配着家财和家里人的行动。在这样的家庭中，大男子主义也很严重，妇女无地位可言，她们必须遵守"三从四德"的古训，"夫唱妇随"，尽心尽力侍候好公婆、丈夫，抚育好孩子。

战后，日本在婚姻、家庭方面实行了一系列民主改革。取消了嫡长子继承制，妻子和其他子女都有财产继承权；主张婚姻民主；法律规定实行男女平等和家庭生活民主化。当然法制上的改变，并不一定马上就会自然而然地导致现实的变化，根深蒂固的旧家族制度至今仍然残存着。但在战后，随着时间的推移，封建家族制度逐渐趋于解体。

战后日本家族制度的变化主要表现在：

①由夫妇及未婚子女组成的"核家庭"的比例急速增加，现已占总户数的70%。战前，大多数家庭是三代同堂，平均每户为五人。在战后复兴期，由于"婴儿热"的出现和住宅问题恶化，不允许分家，一度家庭人口还有所增加。但到了1965年，每个家庭的人数就降为四点零五人；再过七年又降为三点四人。最近，家庭成员的平均数已降到了三人左右。

②家长、父亲、男子在家庭中的优越地位大大降低；用传统风俗习惯和权威严格约束日常生活的家庭重压大大消减；妇女在家庭中的地位得到了普遍的提高，夫妇双方的分工也发生了变化。

③由父母包办子女婚事的现象少了，青年男女双方的情投意合得到重视。在城市，新婚夫妇大多与父母分居，"家"的独立性增强了。

④关于财产继承，虽然法律上已经承认诸子均分制，但实际上，遗产并没有平均分配，而是按照父母的意愿优先分给继承人，只是继承人不一定非要嫡

长子不可。反过来,在父母年迈的时候,作为继承人就负有赡养的义务。

旧家族制度的解体,"核家族"的大量产生必然影响日本年轻人的家庭观念、家庭成员之间的关系,以及日常的家庭生活。

在战前,家长制严明的嫡系家族,一直是日本社会的构成单位,因此一般日本青年都有很强的家庭观念。他们崇奉"多子多福""养儿防老"的传统观念。女青年把结婚看成人生的"最大的幸福",把生儿育女作为人生的最大目的;男青年为维持门第,支撑家庭经济,心甘情愿付出毕生的精力。战后,随着封建家族制度的解体,"核家庭"化的发展,青年人的家庭观念开始淡薄了,对生儿育女也已无所谓了。现在年轻的夫妇们认为大可不必为生儿育女做出巨大的牺牲,因而婴儿出生率锐减。在战后复兴期的几年里,日本曾出现第一次生育高峰,婴儿出生率高达千分之33到34。但到了七十年代中期,出生率开始急剧下降,1980年已降到千分之十三。1980年,日本平均每个家庭只有1.77个孩子,而战前有十来个孩子的家庭并不罕见。

日本的男人,一向抱着"拼命工作主义",很多人成天只顾在公司、机关埋头工作,下了班,为了联络上司以及同事之间的感情,还要进行频繁的社交活动,往往在下班的途中拐进酒店,泡上几个钟头,直到深夜才回家,因此根本无暇关心自己的妻子和教育子女,享受家庭的生活乐趣。现在的年轻人对父辈单纯以工作为中心、不懂生活享受、不去体验天伦之乐,往往感到奇怪和困惑。

特别是自1973年石油危机以来,中小企业倒闭和失业增多,物价不断上涨,一般人的家庭经济日感拮据,在这种情况下,男人们尤其是中年男子习惯于经常性的加班加点。这样拼命工作的职工,虽然能保持较高的收入,但一些妻子却因不堪成天忙于搞家务和督促、辅导孩子学习,忍耐家庭的寂寞,而提出离婚,或突然出走。这也反映了日本妇女在经济上日趋独立、要求走出家庭、参加社会劳动和社会活动的新的思想意识。比起西方国家,特别是美国来,一般人都认为日本家庭纽带比较牢固,所以家庭比较和睦,离婚率还是低的。但据日本厚生省统计,仅1982年一年就有十六万五千对夫妇离婚。这种新的现象已引起日本有识之士的关注。

现代日本人家庭生活的另一个变化是:老年人在家庭中的地位和处境变得越来越可怜。

日本社会是高龄化社会,七十年代后老人问题变得更加突出。在"核家庭"化迅速发展的影响下，许多家庭只剩下了相依为命的老两口。据日本厚生省"昭和五十八年行政基础"调查结果，日本六十五岁以上独居老人已突破百万大关，其中八十三万左右是孤老妇女。这些老人大多疾病缠身，而他们的子女又大多不愿照顾，晚景未免凄凉。

在现代日本人的家庭生活中，子女同父母的关系也同从前不一样了。由于少子女家庭的增加，父母大多溺爱子女。养成了孩子骄横任性的性格和挥霍浪费的不良习惯；加上双职工的家庭，父母成天忙于工作，每天同孩子在一起生活的时间很少。据统计，父母每天同孩子的说话时间平均为二十分钟（父亲）和三十九分钟（母亲），而且父母的谈话内容很简单，总是"去看书""不要吵架！"孩子得不到家庭的温暖和耐心教育，常常处于放任自流状态；而更多的父母，基于日本是个典型的"学历社会"，对孩子的学习总是严加督促。这种家庭教育的强化，使孩子们的神经一直处于紧张状态，往往觉得家庭生活枯燥、单调、没有意思，常常为此而苦闷。其结果是家庭内外的暴力行为就自然而然地多起来。据调查，有百分之四十七的初中学生，百分之五十以上的高中学生经常朝父母大喊大叫，甚至打骂父母。在学校，1983年校内暴力行为发生了两千一百起，比三年前增加了一倍。孩子们的不轨、犯法，往往给许多家庭带来了不幸。

现在的日本青少年是在电视机旁和舒适的物质生活中长大的，他们对一般的物质刺激已不感兴趣。尽管有许多青年人也在拼命干活，但不是为公司、为国家，而是为多挣钱，以便早日拥有"自己的房子，自己的汽车"。他们当中许多人已经从以单纯工作为中心转向把工作和家庭放在同等地位，而更多地追求舒适和自由，不愿受家中长辈的约束，希望在家庭内和业余时间里，能有充实的精神生活。

日本家族制度的演变和近年出现的新的家庭危机，情况相当复杂。但概而言之，主要是由于六七十年代后日本经济的高速发展，导致农村人口大量流入城市，旧家族制度迅速解体，人们在人口高度密集的城市里，组成一个个小家庭，住在被称为"团地"的现代化公寓里。家庭内战前那种由各种血缘关系密密层层填满的集体的"家"没有了，由传统的风俗习惯和权威严格约束日常生活的那种重压消失了，而家庭成员之间的关系也变得淡薄，人们过的是千篇一律单调的生活。因此家庭的物质生活虽然比过去富裕，人们也可以享受由家庭的电气化设备带来的生活上的方便，但家庭中的关系变成主要是夫妇双方的"合同"关系。这种新家庭是脆弱的。如前所述，由于在生存竞争搏斗中的日本男人成天忙于工作，难以顾家，妻子只要怀疑一下丈夫的行为就能够一下子使新的"家庭"毁掉。所以许多家庭正在酝酿着新的、对现代生活的不安和孤独的情绪。新的家庭危机，诸如夫妇离婚、因高消费导致家庭负债、因还不起重债而采取"自杀"的解决办法、扶养老人和子女教育问题等，变得越来越严重。今后的发展趋势如何，还难以预料。

(刊于《现代青年生活方式》黑龙江人民出版社1986年版)

日本青年的婚恋

日本第一大报《读卖新闻》曾于1984年11月10日、11日两天，以三千人为对象进行过一次青年恋爱观的调查。调查结果是：你喜欢哪种类型的男性？女性的回答是：喜欢诚实型的占41.8%，温柔型的18.4%，家庭型的13.5%，强壮型的10.3%，工作第一主义型的8.9%，大男子主义型的1.6%，知识分子型的0.8%……你喜欢哪种类型的女性？男性的回答是：喜欢温柔型的30%，家庭主妇型的22.5%，健康持久型的21.9%，纯真型的10.3%，社交型的4%，才女型的3.2%，美女型的3%……

这个调查结果表明，近年来，日本青年男女的恋爱观发生了较大变化。女青年已不再把单纯依赖男子、同男人结婚看作是人生的最大幸福。她们对拥有才干也能拼命工作的男子并不特别欣赏。她们更为看重的是婚后生活的安定性，希望自己的配偶为人诚实、忠于爱情、性格温和、懂得尊重对方。而男青年中更多的人不是希望自己的爱人是位善于料理家务、能周到地服侍自己的主妇，而是个性格温柔、感情丰富、能体贴丈夫的女性。但从喜欢社交型和才女型的加在一起只占7.2%来看，许多男青年仍把女青年看作是自己的附属品，他们既不看重妇女的才干，也不支持妇女走向社会。

对于结婚，日本人不仅仅看作是当事者之间的大事，而是看成超越个人的与当事者有关系的集团之间的结缘，因此向来都很重视。从两人相识到结婚，其间要履行不少手续，要花一笔可观的钱。

战前，日本男女青年结婚，基本上都是由父母包办的，非常重视"门当户对",实际上是为家庭而结婚。战后,男女青年大都是自由恋爱。在农村,由媒人牵线而订婚的,虽然还是比自己恋爱结婚的多,但不同的是,普遍是由订婚后会面、交往来增进了解,培养感情的。比起封建时代结婚后才启齿交谈是大不相同的。此外,由婚姻介绍所介绍也很盛行。八十年代后,女子的平均结婚年龄接近二十五岁,男子的结婚年龄是二十七岁左右,晚婚的倾向日益明显。

从七十年代后,日本的婚姻介绍所如雨后春笋般涌现出来,现已多达五六百所。这种婚姻介绍所实行会员制度。加入婚姻介绍所的男女首先要缴纳三百美元的入会费,然后每月还要交二十五美元的会员费,直到找到合适的对象为止。

从介绍的方式看,有美国式的直接相看方法,有通过看卡片和照片之后再见面的方法。但近年则更多地通过电子计算机介绍对象。计算机里储藏着每个会员有关职业,所属社会阶层、性别、年龄、相貌和身材等方面的信息。当一名申请人提出的条件是合情合理的,只需按一下计算机上的有关按键,荧光屏上马上就会显示出一份从几千名会员中挑选出来的十人左右的名单。当申请人得到计算机提供的选择对象的名单后,婚姻介绍人便交给他名单中所列人员的录像磁带各一盘。这样使他可以通过录像带,"面对面"地观看所挑选的那些人的表情和动作,同时还能听到他(她)说话的声音,借以了解他们的个性特征,并从中选择自己合意的对象,然后买下那盒录像带。如果被选中的人对申请人也比较满意,则由婚姻介绍所工作人员为他们俩安排一次约会。

无论是自由恋爱,还是经别人或婚姻介绍所介绍相识,如男女双方有意结婚,都要举行订婚礼。目前流行的是举办订婚酒会或交换订婚戒指。订婚仪式过去多在男女双方家中举行,现在则多半在双方介绍人家里或在饭店里举行。

订婚的赠品叫"结纳",有九品、七品、五品等之分,百货商店备有成套礼品出售。礼品的内容是表示喜庆的物品,如传统的七品包括长熨斗、扇子、麻绳、海带、干鱿鱼、干松鱼、柳樽。现在,由于物质生活水平的提高,订婚纪念品日趋高级,有的干脆给钱,钱数无一定之规,就工薪生活者而言,一般是一个月至三个月的工资。

订婚后,就得忙于准备结婚,结婚典礼有下列几种形式。神前结婚式、佛前结婚式、基督教结婚式、家庭结婚式和人前结婚式等。

在城市里,多半采取神前结婚式。这是一种传统的结婚仪式,过去在神社的神殿举行。现在一般在饭店、旅馆都设有临时神殿。

家庭结婚式现在也广泛流行,可以在新郎家举行,也可以在女方或介绍人家里举办，新郎新娘用三个酒杯对饮三杯酒，每杯饮三次，叫"三三九度杯"。根据习惯要唱歌曲"高砂"的一段。

人前结婚是一种新形式，既不在神前，也不在佛前，而是在众人面前，证婚人由兄弟、亲戚或朋友担任。这种结婚式，首先是亲戚朋友入场，然后介绍人带新郎新娘入场。司仪向大家宣布两人结婚，并简单介绍新人恋爱经过；新郎和新娘朗读誓词，在结婚证书上签字；交换结婚戒指；全体干杯结束。因为人前结婚式大多数利用公民馆等公共场所举行，所以也叫公民馆结婚式。这种方式既经济又方便，很受年轻人欢迎。

现在结婚典礼只是个形式，重点是婚宴。一般是结婚典礼结束后，紧接着就举行。披露宴，除双方家庭、介绍人夫妇、近亲外，还邀请双方工作单位的同事、远亲、同学、朋友等参加。规模一般都很大。

现在日本青年结婚大都不惜动用巨款，铺张浪费惊人。据三和银行 1980 年对四百九十对新婚夫妇进行的调查表明，一般日本人要花去全年的工资来办婚事，有许多人还要依靠父母负担大部分开支。这笔开支包括相亲、定亲时送礼 35 万日元至 50 万日元，结婚式及披露宴开支约 140 万日元，男方还要向全体出席披露宴的人送大量礼物。新婚夫妇蜜月旅行大约要 100 万日元，回来后新房布置又得 200 万日元。仅这几项大约就得花 600 万日元、（约合人民币六万七千元），大大超过了新婚夫妇两人全年的工资收入，许多年轻人为筹备结婚费用而伤透脑筋。

至于像电影明星、歌星、棒球运动员和相扑、摔跤手等人一结婚更是动辄花费数以千百万日元。日本名歌手兼影星山口百惠结婚时，婚礼费是一亿日元。结婚的和式礼服是从京都著名的和服店特订的，约 2000 万日元。结婚时有二千多名官绅名流出席，全国电视播映他们的结婚情景，成为 1980 年日本社交活动中最轰动的事件。

（刊于《现代青年生活方式》一书）

日本青年的交往

日本青年很爱交往，他们交往的机会多，范围广，而且也积极主动。

第七辑　日本散记

可以把日本青年分为两类，一类是大学生，一类是走上社会的"社会人"。日本平均两三个青年中就有一名大学生，因而大学生的交往方式是有代表性的。大学生的交往不仅是纵向的，而且也是横向的，即一个在某系某专业学习的学生不仅可以认识本专业的上下级同学，而且也有机会与其他专业系的同学建立联系。

在大学生的交往中，各种各样的俱乐部起着很大的桥梁作用。与我国不同的是，日本的大学生课余活动不是以班级为单位进行，而是在俱乐部里搞。俱乐部是学生自发组织的，从文学艺术到体育、从国际政治到国外风土人情，真可谓名目繁多，应有尽有。任何一所大学都有几十个乃至上百个这种俱乐部。虽说办俱乐部是为了学习和研究某方面的问题，但促进同学之间的交往也是其目的之一。

实际上俱乐部活动也确为青年们的交往提供了方便。参加哪个俱乐全部凭个人志愿，因而聚到一起的人大都有着共同的爱好和相同的兴趣，于是就有了互相交往的基础。在俱乐部里，除了进行学习和训练外，每年都要举办几次野营，还经常举行看电影、听音乐、会餐、文体大会等活动。俱乐部的成员通过这些活动可以促进了解，增进友谊，一旦情投意合便可以进一步交往。日本的大学里，不参加俱乐部的人是很少的，有些人还同时参加几个俱乐部的活动呢。此外，俱乐部除在本校活动外，还经常同外校同类的俱乐部举行定期的联合活动，这就更加扩大了交往的范围。例如，日本的许多大学里都有学习中文的中国研讨会，它们定期举行中文演讲会，可以吸引他校和社会上的人来参加。这样一来，研究会的成员就有机会同更多的人建立联系，而且这种联系的不断持续扩大，也有利于他们走上社会后的交往。

由此可见，日本大学生的交往是开放的、自由的，交往的基础是共同的兴趣和爱好。

至于"社会人"的交往则要比学生慎重得多，这并不是他们对交往拘谨，而是他们在交往时要经常考虑到对社会、对对方和对自己负责。

一般来说，走上社会的青年是没有多少时间去进行交往活动的。他们为了自己的前途，都要为本企业、本公司献身般地工作，有时一天要加好几小时的班，连休息日也不得休息。下班后还常常被同僚或上司叫到酒馆陪喝一杯，而这也是"工作"，不能不去。在日本的公司里，人与人之间的关系和实际工作能力有时是同等的重要，"社会人"对此不能有怨言，因为他们的命运是紧紧地同公司连在一起的。

245

那么,"社会人"是怎样进行交往的呢?

这些人有着良好的交往基础,他们一直保持着与学生时代的老同学、老相识的联系,而且在工作中也会结识更多的人。此外,公司内部也组织许多活动。为他们创造交往的机会。日本的公司、企业都定期举办各种业务学习班,利用节假日举办文艺、体育大会,搞辞旧迎新会,组织旅游等。当然公司举办这些活动的目的是为了增强职工内部的团结,但这些活动的本身又帮助了青年们的交往,他们由不认识到认识,由认识到相知,人们相互接触的范围可以扩大,交往能力可以得到充分发挥。

除此之外,社会上还有从事各种工作的年轻人自发组织起来的各种组织,如网球俱乐部、游泳俱乐部、登山俱乐部、滑雪俱乐部、外语研究会、书法研究会等,年轻人在业余时间可参加这里的活动。这类组织打破了交往范围的局限性,很受人们欢迎。同时,这类组织没有固定场所,而是利用各地的体育馆、图书馆、市民馆等公共设施活动,经费也由大家来出,称为会费。显而易见,这类组织是兴趣相同的青年人进行交往的小天地。

在日本,年轻人的正常交往是不会遭到非议的,人们对年轻人的交往目光是柔和的,陈腐的封建道德观念没有什么市场。这就为年轻人进行广泛交往创造了良好的条件。同时,企业和社会也顺应年轻人的心理,制造各种适于青年交往的气氛,为青年们提供交往的场所和设施。

(刊于《现代青年生活方式》一书)

和服逐渐让位给西装
——日本青年的衣着

提起日本人的衣着,马上就会令人想起日本人传统的民族服装——和服。日本和服的产生与演变,深受中国古代服装的影响。但现在穿西装的人越来越多,西装正在取代和服的地位。

现在日本人穿西服的情况与欧美大致相同;一般职工或政府的工作人员,不管男女老少都穿西服。但工人上班后换上"作业服",即工作服。机关工作人员,除技术人员外,一般上班后不再更换衣着。

日本人认为上班时间衣着整齐，体现着精力充沛、工作认真。因此，日本男女工作人员上班时，总是穿得整整齐齐，男子均打领带，如果天气过热，可以把上装脱去，但领带还得系着。

妇女的服装多种多样，十分时髦。她们对衣着的要求是要舒适、轻松，夏要凉爽，冬要保暖。正式的服装是上下身一色的女式西服。但在一般场合，更多的青年妇女喜欢上身穿筒式上衣、女式衬衫、毛衣，下身穿西服裙子、西式短筒裤，配上长筒丝袜。冬天妇女们多脚穿长筒皮靴，身披风雨衣或夹大衣显得风度潇洒大方。

此外，银行、百货公司、铁路职工、警察、邮递员、自卫队员等都有各自的统一制服。学龄儿童都是短裤短裙，中学生穿着大体统一的颜色较深的校服。

日本人十分讲究什么时节、什么场合，穿什么衣服。很多人是一天一换装，因此一个成年人要备有许多套服装才能应付得过来。其中必须有一套或几套丧服，在日本参加丧礼，不穿丧服是很不礼貌的。缝丧服的料子比较高级，这是为了表示对死者及其家属的尊重。此外，有钱的人打高尔夫球穿高尔夫装，骑马穿骑马装，旅行又穿旅行装，难以一一列举。

在今天，虽然西服正在日本人日常生活中占有绝对优势，但和服作为一种漂亮的传统服装及参加各种仪式的盛装，仍被广泛使用着。平时穿西服的人，除了在过新年时穿起和服外，举凡参加成年节仪式、女子大学毕业典礼、结婚典礼等一些特定宴会，以及祝贺儿童成长的"七、三、五"仪式等场合，往往都要穿和服。所谓"七、三、五"，是指男孩子在满三岁和五岁，女孩子在满三岁和七岁时，那一年的阳历十一月十五日，都要穿上新和服到神社去参拜。

平时，中年以上的家庭妇女，下班后回到家里的男子，还有许多人爱穿和服。

（刊于《现代青年生活方式》一书）

到书籍中去旅行
—— 日本青年对知识的不断追求

"读书是新发现的旅行"——这是日本第三十七届"读书周"活动的标

语。标语的作者是青年女职员吉冈久美子。她认为随着生产力的发展和生活水准的提高人们越来越重视旅行。到自然界去旅行可以改善人们的体质，增长知识，丰富人们的生活。而到书籍中去旅行，可以积累知识，培养人们高尚的情操。她的见解博得了评选委员会委员们的赞赏，于是决定在数以千计的应征标语作品中选出这幅作为"读书周"的正式标语。

"读书周"每年在十月二十二日到十一月九日这两周举行。读书周期间，集中了一百三十多家书店的东京神田书店街，顾客如云，热闹非凡。各地的图书馆、出版商也纷纷搞起形式多样的读书推进活动，鼓励人们多读书、读好书。

众所周知，今天的日本是一个没有文盲的国家，整个民族的文化水准很高。据1980年度《教育白皮书》记载，在五千四百多万就业人口中，高中毕业生占42.4%，大学毕业生占17.9%。因此一般人都有读书的习惯，读书风气非常浓厚。据《每日新闻》1994年10月26日报道，该报九月上旬在全国范围内，以十六岁以上的六千名男女为对象，进行了"第三十八次读书舆论调查"。调查结果表明1984年的读书率已上升到75%，比1983年增加了4%。其中书籍的读书率从前年的45%上升到50%，杂志的读书率从60%上升到63%。国民平均的读书量周刊杂志为每月1.5册，月刊杂志为0.9册，丛书、新书为0.8册，单行本为0.7册，总计每月平均读书量为3.9册。读书时间平均为每天45分钟。

专家的调查报告表明，日本人的生活节奏之快居世界第一，但大多数日本人却能忙中偷闲，挤时间读书看报。我访日时，发现在地铁或电车的车厢里，成年人大都手里拿着一本书或一份报纸，其中认真阅读的在半数以上。看书的人看袖珍"文库本"的较多。在东京街头，我又发现一般商店常是冷冷清清的，没几个顾客，但书店却总是顾客盈门，无论是在神田书店街，还是在"八重洲书籍中心"，都可看到从老年到中小学生像蜜蜂采蜜似的徘徊于书肆之中。他们从书架和书台上查找翻着各种书刊、画报，有不少人就地"立读"，令人感慨。

日本全国有一百二十多家报纸，每天发行总份数达六千五百多万份，平均不到两个人就有一份报纸。这一百二十多家报纸中，大都出版日报和晚报两种，发行量最大的是《读卖新闻》和《朝日新闻》，日报发行量分别为八百四十多万和七百四十多万份。日本人在早晨上班前或晚上下班后，大都有翻阅报纸的习惯。他们通过报纸学习各种知识，掌握国内外信息。为了及时了解国外情况，许多青年人还热心于收听海外广播。北京电台对日广播最多时一个月就收到一万多封日本听众来信，由此可见日本人好学之一斑。

日本人认为必须十分重视在整个生命过程中不断学习，不断追求知识。因此大多数年轻人不但在学校里刻苦学习各种知识和技能，而且在走上工作岗位后，依旧保持着旺盛的求知欲和继续学习的习惯，注意广泛涉猎各种知识，不断提高自己的学识水平。

在这里有一点值得提出：由于升学竞争异常激烈，绝大多数的日本中小学生总是长时间拼命读书，他们刻苦学习的精神，举世公认。但一旦考上了大学，长期绷紧的神经就要松弛下来，所以日本大学生给人的总体印象是玩的人多，刻苦学习的人少。不过，据中国留学生的看法，日本大学比较自由，学校不要求学生死读书，因此学生往往并不像我国一些大学生那样，过早地集中攻读某门学科，钻研某个问题。他们的学习面比较广，学习方法比较灵活，因此当他们结束大学学习时，所获得的不是一整套知识，而是学会了如何学习。等他们到了工作岗位之后，由于机关、公司对青年人的严格要求，以及相互之间的激烈竞争，他们便重新开始紧张的学习生活，日本人不断找机会学习对业务有用的东西，即使与业务无关，只要觉得重要，他们也努力去学，因为他们认为，也许有一天能派上用场。基于这种认识，日本许多青年很注意向所有的人学习，他们向专业人员、向业余爱好者、向朋友也向敌人，向表达出来的一切学习。只要觉得可能从中吸取知识，有可能开始一个相互提供情报的过程，人们就结交新的朋友，进行相互学习与帮助，这就不难理解为何"读书小组"会遍及日本全国。目前日本有一万二千多个"读书小组"，会员总数为三十多万人。他们阅读由"小组"推荐的书籍，并进行相互探讨与研究。

什么年龄都可以当学生，即使进入老年期也还可以当学生，这是日本人勤奋好学精神的又一个体现。据统计，现在日本为退休老人开办的大学总共有四百多所，就读的老人达一百万以上。不少老年学生在青年时代已大学毕业，进老人大学则改修别的课程或选修专业课程。与此同时一些社会组织，如日本推进读书运行协会等，还十分重视老年人的读书问题，提出"告老之日，提倡读书"的主张，鼓励老年人读书，以有益于健康，有益于社会。

在由工业社会进入信息社会的大转变时期，知识的老化和更新过程大大加快，人们面临着知识的挑战，因此许多日本人感到了重新学习的紧迫性，去年底日本著名的《东洋经济》杂志曾作过一次饶有兴趣的调查,调查的对象是在日本经济界具有举足轻重地位的几十家大公司的主要负责人,共四十位大企业家,调查的最后一项是,"如果让你重新回到二十岁,你打算学什么?"多数人的回答是:"想精通一门外语。"即使是讲英语十分流利的人,也希望"再掌握一门外语"。其次是"希望从头开始掌握计算机语言和学会使用电脑"。不少人表示愿意在社会科学和自然科学的各个领域,"尽可能地多涉猎一点"。这家杂志社认为,这些有丰富的工作和生活经验的大企业家的答案,将是对二三十岁的年轻人的"宝贵的忠告"。实际上,今天的日本年轻一代,特别是走上了工作岗位的青年,他们其中的许多人也已经认识到了这一点,他们正在为探索社会改革之路而孜孜不倦地学习。

不同职业的人、不同年龄的人都渴求自己的书籍、报刊,这成了推动日本出版事业蓬勃发展的主要动力。现在在日本全国共有三千二百多家出版社;一年出书约三万种。即每天都有八十多种新书摆在书店的门市部。据统计,1979年日本出版的新书,不包括重版书就出了二万七千多种,发行十亿零二万册,平均每人有十本书;出版杂志三千一百多种,销售量为三十八亿零五百八十三万册,平均每人二十八本。

从有无读书之风、读书风气浓厚与否,可以看出一个民族、一个国家科学文化水平的高低。今天我国正在进行"四化建设",急需提高全民族的科学文化水平,因此大力提倡读书,使人人养成勤奋读书的习惯,是至关重要的大事。在这方面,日本青年好学不倦的精神,是很值得学习的。

(刊于《现代青年生活方式》一书)

日本青年斑驳陆离的业余生活

众所周知,日本人的生活旋律紧张异常,但这只是他们生活的一个侧面;从另一个侧面看,一般日本人又是非常重视业余生活的。因此在日本青年人中,流行着"干得起劲,玩得痛快"这句话。近年由于日本逐渐普及了每周五天工作制,加上企业给的暑假,新年的寒假;四月的"黄金周",以及其他名目的节假日,即使是已经参加工作的日本人现在平均一年中也约有三分之一是休假时间。尽管不少人为了增加收入，在业余时间加班加点，但业余时间毕竟比过去多了。业余时间增多，加上物质生活水平的提高，现在就总的情况看，日本人是越来越倾向于高消费的生活方式。特别是不少年轻人在业余时间醉心于吃喝玩乐，使日本人的业余生活愈加斑驳陆离；加上个人业余爱好千差万别，难以一概而论，因而这里也只能浮光掠影地描述其一二。

你若有机会到东京，当夜幕降临、华灯齐放之时，不妨到闹市转一转。在那里你可以看到号称"不夜城"的光怪陆离的东京之夜的情景。据前几年统计，东京有三十多万家店铺；其中仅五花八门的餐厅、饭店、"料理"店、小吃店就有近十万家。下班后，成千上万的日本人——主要是男人就拥向饭店、酒店、咖啡店，人声、歌声和碰杯声不绝于耳。星罗棋布的"叭琴科"和"麻雀"店里，拥挤着打电动弹子球和打麻将的人，伴随着带有刺激性的乐声，人们入迷地在进行变相的赌博，直到深夜。至于舞厅、酒吧、夜总会里，更是纸醉金迷，一片乌烟瘴气。

日本还是一个历来重视体育的国家，社会上爱好体育成风，热衷于打棒球、高尔夫球、排球、下围棋、将棋以及传统的相扑、柔道、拳术、气功的青年人相当多。而在业余时间醉心于观看棒球、相扑、赛马等体育比赛的青年也不在少数。

近年，由于家庭电气化的普及，家庭主妇从事家务劳动的时间大大缩短，因此许多家庭妇女开始有时间从事业余活动。许多青年妇女把柔道、花道作为修身养性、调节业余精神生活的高尚文化娱乐活动。还有不少家庭妇女热心于练习书法。据说日本的书法爱好者有一千五百万人，其中百分之七十左右是妇女。

日本人向来爱好大自然，对季节气候的变化十分敏感。近年在日本兴起了回到大自然去的热潮。高尔夫球、滑雪、登山、越野、野营等，都是使人置身于大自然的阳光、空气和湖光山色之中的活动，因此深受青年人喜爱。至于回乡探亲、避开城市的喧闹而寻觅农村的田园乐趣，更成为时下风尚，每年七月中旬到八月下旬，学校放假，企业歇暑，日本便出现从城市到农村的"民族大迁徙"。

再一个是涉及日本全国的"观光热"。据1981年统计，每年出国旅游的人约三百四十万人，而在国内各地观光的，一年约一亿六千多万人次，平均每人1.4次。尤其是到了春季的游览季节，旅游观光的人群便挤满了旅游胜地，

逝水流年人相随——纵观名流，横看世界

大多数是有组织的学生团体，和由农村或城镇各种协会组织的集团观光团，少部分是企业职工"休假观光""蜜月旅行""家族观光"等。

从社会的广阔天地看，日本人的业余生活真可以说是斑驳陆离，令人眼花缭乱。但倘若进入日本人的家庭，看看他们的业余生活，则未免显得单调一些。据日本广播协会调查，1975年以前日本人业余时间，在家里主要是看电视。1975年以后，不看电视而从事其他业余活动的人多起来了。但就是到了如今，电视在日本人，特别是青少年的业余生活中仍占据着十分重要的位置。

日本为数众多的电视台，从清晨六点开始，直至深夜一二点，都在不停地播放内容十分庞杂但又引人入胜的节目，无怪乎日本人每天看电视的时间平均多达三个多小时，成为日常生活的一个重要组成部分。大多数日本人，不论男女老少最爱看的电视节目大概要数棒球、相扑比赛的电视实况转播，以及一些故事性强、情节变化多端的电视连续剧，如在我国播放过的《血疑》《命运》《阿信》等。而《铁臂阿童木》等系列动画片，则成为少年儿童最喜爱的节目之一。

内容健康的电视节目固然有助于人们的身心健康，但充斥电视节目中的殴斗行凶、杀人放火、偷盗抢劫等场面以及不堪入目的黄色镜头，也严重毒害了日本青少年的心灵。

除看电视外，日本许多女人、小孩，包括一天劳作之后、疲惫不堪地回到家里的男人，也爱随便翻翻内容五花八门的周刊杂志和连环漫画，从中寻求精神安慰和寄托。

据说"余暇"这一词汇，从字源学上分析，具有"把自由时间用于'治学'方面的含义"。目前在日本，把业余时间用于学习知识、钻研学问的青年人，还是很多的，但就发展趋向看，年轻一代是愈来愈重视充分利用业余时间来尝试"人生享乐"究竟是何滋味了。日本雷伽产业（即在人们闲暇之余，满足人们精神消费需求的产业）方面的专家指出，"过去人们曾经为购买电视机、汽车等物质消费品不怕流汗，拼命工作，现在则是为了得到某种满足感和幸福感而不吝挥霍"。

东京郊外有个迪士尼游乐园，开园不到一年时，游客已逾千万。人们踏进园内，犹如来到梦幻和魔法的世界，从现代的日本一下子回到了十九世纪末叶的美国西部，加上园内周到的服务，使成千成万的年轻人流连忘返。日本报刊

评论说，迪士尼游乐园出售的正是精神消费所需要的"幸福感"。

八十年代，日本青年业余生活的一个显著变化，就是人们从事业余活动不是为了解除疲劳，而是为了追求乐趣。一个典型的例子是每逢星期日出现在东京原宿街头的群体自由舞蹈。

在东京代代木体育场旁的大路上，群集着从四面八方来的青年男女，他们分成很多小组，每组各有独特的服饰和发型。他们配备了手提录音机，尽量放大音量，有的站成一圈集体跳舞，有的围坐地下逐一出场表演，更有一些游兵散勇旁若无人地搔首弄姿。外表上看去，他们和时下的风骚男女没有什么两样，其实，这些青年很守秩序，他们在原宿街头消磨到天黑，便曲终人散，分道扬镳。第二天，他们又规规矩矩地去上学或上班。

随着社会的变化，人们对生活的态度也在发生变化。传统的价值观，如努力工作、勤俭、效率对许多年轻人失去了感召力，他们更着意追求富于情趣、具有自身意义的生活。日本社会上对青年一代颇多贬词，认为他们是只会吃喝玩乐的"油脂"的一代，但也有人认为，这一代年轻人会玩也会干，更富于想象力、个性和创新性，"各领风骚数百年"，不必苛求他们与老一代一致。

（刊于《现代青年生活方式》一书）

体育在日本青少年生活中占据的地位

日本是个体育事业非常发达的国家，几乎每一种传统的和现代的体育活动，在今天的日本都拥有大量的爱好者。据统计，爱好打高尔夫球、下围棋、滑雪溜冰的都在一千万人左右。爱好相扑的占全国一亿二千多万总人口的三分之一；而爱好棒球的则多达六千万人。由此可见，体育在日本人，尤其是在日本青年人生活中占有何等重要的地位，这里，着重介绍几种在日本广泛流行，深受青少年喜爱的体育运动项目。

相扑是日本人民非常喜爱的一种传统体育运动，被誉为日本的"国技"。专业的相扑力士，每年在日本正式举行六次比赛。一月、五月和九月，这三次在东京举行，三月、七月和十一月，分别在大阪、名古屋和福冈举行。每次大赛举行十五天，也就是每个力士必须与十五个对手较量，每场比赛都是座无虚席。

专业"相扑力士"除在大城市举行定期的比赛外，还分别到各地巡回表演。各中小城镇以及乡村每逢节日，也往往举行业余的相扑比赛。此外，日本的大中小学各级学校几乎都设有业余的"相扑班"，学生可以在课余时间学习和练习这项体育活动。

棒球本是美国人最拿手的项目，1873年传到日本后，首先在学生中普及开来。现在，棒球运动风靡日本全国，在日本也享有"国球"之称。在东京的街头巷尾，经常可以看到穿着棒球服的青少年球队在球场活动。

东京的后乐园球场，主要是供专业棒球队正式比赛用。这里每年四月到十月间举行专业棒球队正式比赛；夏季有全国城市业余棒球对抗赛，每场比赛，能容纳六万人的球场总是挤得水泄不通。

除专业队比赛外，每年春秋两季的"东京六大学棒球对抗赛"，春季的"全国高中棒球选拔大会"，夏季的"全国高中棒球选手权大会"等，规模也都很大，比赛扣人心弦，届时往往成为人们茶余饭后的话题。在各校棒球比赛中，夺得冠军是莫大的荣誉，他们在回校时坐在敞篷汽车上，高举深红色的优胜旗，受到当地群众盛大的夹道欢迎，有如胜利归来的英雄。正因群众普遍偏爱棒球，所以搞体育的学生都想成为棒球名手。旅日华侨，被誉为"世界棒球大王"的王贞治，被看作盖世英雄，受到青少年的狂热崇拜。

近年来，网球和高尔夫球等体育项目也成了年轻人的时髦活动。高尔夫球，在西方被称为"贵族球"，长期以来流行于贵族官僚阶层，但近年来，世界许多地区都非常盛行打高尔夫球。在日本，"高尔夫热"正方兴未艾，成千上万的青年沉迷于这项活动。据统计，现在日本共有四百多个高尔夫球俱乐部，高尔夫球场达一千三百多个，打高尔夫球的人约有一千万，狂热的高尔夫球爱好者，每周耗在打球上的开支达一百二十美元。

围棋是根据黑白双方围占地域的多寡来决定胜负的竞争游戏，是我国的传统棋种，唐时传入日本。起初成为宫廷贵族的娱乐游戏，不久即传入民间，为广大日本人民所喜欢。今天，围棋已成为日本最盛行的一种棋艺游戏。据1982年秋日本《围棋》杂志所载，现在日本国内仅各种基层围棋组织就有一千多个，爱好者近千万。

从1972年开始，日本将围棋列入初、高中的选修课程。目前在一万五千多所中学中，已有一万一千多所将围棋列为选修课程。日本人不仅把下围棋作为一种消遣，而且还把下围棋作为一种品德修养。因此爱好者不管棋艺水平如何，都想谋求一个业余"段位"称号。

围棋比赛在日本非常盛行，名目繁多，仅全国性大赛就达 18 种之多，据说要是哪个报社不举办围棋比赛，不刊登围棋消息和对局情况，其报纸的销售量就会受到影响。因此在日本看报纸，可以看到多数报纸几乎天天都要登载棋局。

日本传统的体育运动柔道和剑道，在日本青年中也拥有广泛的爱好者。

在日本，柔道连同剑道、弓道（射箭）和相扑，被称为男人的"四道"，它作为一种超脱竞赛求胜观念而注重精神修养的武道，深受日本人民的喜爱，现已普及于全国。现在，日本高中每周要上一小时的柔道课，几乎每个大学都设有柔道部，对大学生进行柔道训练，并选拔较有培养前途的柔道运动员。广大青少年把柔道看成一种修心护身之术，他们喜爱柔道不亚于我国人民喜爱武术。一年一度的全日本柔道锦标赛，每次都引起全国青少年的浓厚兴趣。

此外，夏季游泳、冬天滑雪和溜冰、春秋登山、每天清晨长跑，也是日本青年喜爱从事的户外运动。滑雪和溜冰者各超过一千万人，常年坚持长跑运动的约有六百万人至八百万人。至于登山，除有千百个队攀登本土的崇山峻岭外，日本登山队还积极攀登国外的高峰。1970 年一个日本登山队登上了珠穆朗玛峰，是世界上第六个登上该峰的队。1975 年 5 月，日本妇女登山队一个队员成为登上世界最高峰的妇女先驱者。

从 1946 年起，日本每年都举行一次包括日本所有运动项目的综合运动会，称为国民体育大会。体育大会分三次举行，夏、秋、冬三季每季举行一次。每年参加国民体育大会的运动员超过一万六千人。

随着经济的高速发展，日本人的生活日渐丰裕，从而使生活方式发生了显著的变化。体育运动日益成为业余生活的一个重要组成部分。日本开展业余活动中心主任研究员山田纮祥在《日本经济新闻》著文说，日本人民在业余时间从事运动的个性时代，已经从消除疲劳发展到追求乐趣。今后，体育将同观光和旅行一样，作为日本人娱乐的一大领域发展下去。

（刊于《现代青年生活方式》一书）

旋风般的生活节奏
——追赶时间的日本人

记得十年动乱期间,一次陪同在北京工作的一位日本专家外出办事,途中不断遇到优哉悠哉、鹅行鸭步的人们,他不无感慨地对我说:"在日本,可难得看到踱方步、悠闲过日子的人。"踏上日本国土一看,果不其然,迎面看到的日本人几乎都是神色匆匆,快步疾走;就连穿着高跟鞋的妇女,也是一路响着高跟鞋碰地的"笃笃"声轻捷快速走着。据日本朋友介绍,他们的生活节奏紧张异常。生活在生存竞争激烈的社会里,他们当中的绝大多数人每天都忙碌万分,"赶快!赶快!"一个无声的命令老在驱赶着千千万万的日本人"衔枚疾走",捷足可以先登,迟一步常常就要吃亏。过惯闲散生活的人,要想在这样的社会里立足是困难的。

日本的企事业单位,上午上班的时间普遍比较晚,一般是八点半至九点半之间。这是因为市内地皮昂贵,许多人住在房租比较便宜的郊外,每天乘地铁、电车上下班,起码要一个小时的缘故。

我们每天上下班要挤车,而交通发达的日本人,上下班同样也要挤车。早晨,车还没有进站,站台上已经站满了候车的人,大家都在等车线上自动排好队,谁也不吭声。车一停下,大家都拼命地往车厢内挤。挤上了车,除车厢两旁椅子上坐满了人外,大家都站着。又是谁都不说话,不是看书就是看着报纸,实在看不了的只好闭目养神。一下车,大家又拼命地往前挤,匆匆出站,奔向自己的工作单位。人流就像潮水一样,日夜奔腾不息。

上班后,不论是在事业单位,还是在企业单位工作,都是忙忙碌碌。以我们参观的丰田汽车厂组装轿车的堤工厂为例,这个厂建于1971年,全厂职工六千四百多人,每月生产小汽车四万辆。据介绍,工人分两班倒,一班是早八点到下午五点,一班是晚九点至清晨六点。按规定,中间一小时是吃饭、休息时间,此外每四小时中间可以休息十分钟。我们看到,在上班时间里,日本工人神情专注,动作麻利,如同机器人,总是不停地在干活,没有人抽烟、喝水、聊天或瞎溜达。发现我们进来参观,也不东张西望,依旧埋头干活。在长达1150米的两条总装配线上,同时组装三百台三种型号的小轿车,进行流水作业。每个工人站在固定的位置上,等车流过来时,马上紧张地拧螺丝,分别装配发动机、电器部分、窗玻璃、车座等。刚刚装配完了这辆车上的零部件,下一辆车又流过来了,这中间没有任何空隙时间。一辆辆车不停地在流水线上滚动;工人们也随着流水线一刻不停地装配零部件,单调而又紧张。此情此景,和卓别林演的《摩登时代》电影中的一个在流水线上拧螺丝的工人颇为相像。因为是流水作业,工人不能随便离开工作岗位。如果万一遇到急事,即便是一二分钟,也要先向作业长或班长请假,只有在有人接替的情况下才能离开。由此可见,日本工人的忙碌和辛苦。但这种抢时间、争速度,工作起来充满了活力和干劲,正体现了日本人民的一种精神状态,而这恐怕也是丰田汽车厂平均每一分钟生产一辆车的"秘诀"之一吧。

丰田汽车厂如此,索尼工厂、松下电器株式会社也是如此,就是一些新闻单位的工作情景也是如此:一上班,人们就都埋头干自己的工作,紧张而又有条不紊。办公室里,除打字机的"嗒嗒"声,录音机、电视机工作时发出的声响,写字的"沙沙"声和不时响起的电话铃声外,很少有粗声粗气的讲话声,更没有旁若无人的笑声。虽然上午十点和下午三点有十分钟休息时间,可以喝咖啡或清茶,但也很少看见有人休息。这种工作环境给人以喘不过气来的感觉。我们遇见在第一线采访的日本记者大都是年轻人,他们为了抢独家新闻,为了争取新闻时效,千方百计,争分夺秒,常常要工作到深夜,其辛劳程度是常人难以想象的。在日本人看来,时间就是金钱,效率就是生命,他们普遍珍惜时间。日本人对中国城市职工长期养成的午睡习惯,常常持有异议,直率地认为这是一种巨大的时间浪费。他们都没午休的习惯,中午十二点下班,下午一点就该上班了。中间大约一小时的时间,实际用来吃午饭的仅仅是一刻钟左右,所以即使是生活比较富裕的人,也常常喜欢吃省时间的方便面条或现成的盒饭。其余的时间则用来应酬、料理私事,从不肯随便浪费一分钟。

下了班,为了增加收入,日本人加班加点是常事,有的甚至加班到深夜,不加班的,也多半忙于社交。男职工下班后,同三五同事或朋友泡在酒店里,一泡就是几个小时是常见现象。据说是为了联络感情,以便在工作单位容易开展工作和在社会上易于立足。

上述就是普通日本人一天的时间支配,也是引起世人瞩目的日本人犹如旋风般的生活节奏。

日本职工这种拼命干的精神从何而来？据他们讲，他们是为了公司和企业工作，公司企业好了，他们的生活才会好，这大概是真心话。因为日本实行的是终身雇用制，也就是一个人一旦进一个单位工作，如无意外事故，可以一直工作到退休。因此公司、企业的命运同每个职工的切身利益是紧紧地联系在一起的。在生存竞争激烈的资本主义社会里，要是大家不卖力工作，所在的公司、单位竞争不过别人，就无法生存下去，个人的生活也就没有保障，这就是问题的实质。

在日本，工作人员成天为生计忙得不可开交。而学生呢？为了考上名牌大学，从小学起就起早贪黑地拼命攻读，生活节奏也非常之紧张。日本广播协会在1981年曾经作过一次日本人作息时间的调查。调查结果表明，深夜十二点仍不就寝的人，大学生占43%，高中生占32%，初中生占12%。早上四点起床的有2.5%，五点起床的占7.9%，而且小学生的睡眠时间仍有继续缩短的趋势。

不了解日本情况的人，以为日本经济高度发达，什么都是机械化、自动化，想象他们的生活大概很轻松自在，其实远不是那么一回事。相反，在日本这样一充满了自由竞争的社会里，真是"居大不易"！但是问题的另一面，也正是由于勤奋、紧张的工作，加上日新月异的科学技术，使得日本人的办事效率颇可称道。拿出书来说，一本书从发稿到见书，一般只需三四个月，就是大部头的学术著作的出版周期，至多也只有一年。如果为了急需，比如中国画家在日本开画展，为了赶在画展开幕前见画册，一本装潢印刷十分考究的画册，从制版、印刷、装订到发行，只需一个月。

日本社会之所以弥漫着忙碌、紧张的气氛，最根本的原因，是由于资产者的竞争、利润的攫取、价值法则支配了一切，绝大多数人得拼命出卖劳动力。这方面固然不足取，但日本人倔强、精明、雄心勃勃、干劲十足，办事认真、勤奋、抢时间、争速度，还是值得学习的。

（刊于《环球写真》国广社1992年版）

注重礼节的日本人

中国人踏上日本国土，首先留下的突出印象是，日本人在任何场合总是向你深深地鞠躬，而这种鞠躬的深度和时间的长短，又往往根据双方的地位和关系而有所不同。

日本人讲究礼节，固然同战后日本人的文化水平普遍提高，和整个社会十分重视礼貌教育有关，但同日本社会讲究等级，处处强调尊卑有序也有很大关系。

有两件事，恐怕最能体现日本严格的等级关系和拘谨的礼节。一是彼此的称呼。在日本，人们称呼有学问和有学术地位的人为"先生"，也就是一般人所说的"老师"；男人中间同辈或年轻的朋友之间以"君"相称，除外，均称San和郑重的Sama，相当于先生、太太、小姐。人们几乎从来不直呼别人的名字。

日本人除了讲究彼此的称呼和座次席位外，再就是爱送礼。诞辰、入学、结婚、寿辰、正式拜访，以及重要年节，都要送礼，而且对礼品的种类和厚薄，要作精细的考虑。对于这种烦琐复杂的应酬，现在有不少日本人也感到不胜负担和穷于应付了。

日本社会的森严等级制度和过于烦琐的礼仪，固然有不少弊病，但日本人普遍讲究礼貌，重视礼仪，确实颇有可以称道的地方。特别是日本人的礼仪经商和彬彬有礼的服务更是令人称道。

在日本，不论你是到大商店，还是进小店铺买东西，售货员都是百问不厌，百拿不烦，他们的服务态度是无可挑剔的。

你一进商店，售货员马上就会向你鞠躬，对你说"欢迎光临"之类的话。你在哪个商品柜前稍一停留，售货员马上笑容可掬地向你介绍商品，耐心而有礼貌地把这样那样的货物拿给你看。即使最后你什么也不买，也要向你说声"谢谢，欢迎下次再来"。在资本主义商业激烈竞争的需要下，有时对顾客的过分礼貌，就商店老板来说是为了获得更多的利润，对售货员来说她迫于生计。但无论如何，文明经商，礼貌待客，总是值得学习的吧。

（原载《中国青年报》1989.11.19）

从东京"夜生活"看日本的社会风气

当华灯初上的时候，在东京的银座、新宿、赤坂等一些称得上"不夜城"

的繁华区，你会发现那里充斥着各种类型的夜总会和俱乐部，灯红酒绿，纸醉金迷，一片乌烟瘴气；许多用于赌博的"麻雀"（麻将）店铺和灯火辉煌的"叭琴科"弹子球房，烟雾弥漫，人声鼎沸；昏暗小巷里的酒吧、咖啡馆和"料亭"，甚至雇专人在门前拉客，高声嚷叫，招揽生意；变相卖淫的"土耳其浴场"和窝藏暗娼的"温泉"旅馆，时时在散发着西方颓废文化的臭气。至于摆满黄色书刊、淫秽画片的专门商店和专门放映以情欲招徕顾客的"儿童不宜"一类影片的大小电影院，也都挤在大街小巷之中。此间，许多紧张拼搏了一天的东京人，纷纷拥向街头巷尾，走入各种饮食店和游乐场所，光怪陆离的装饰灯和嘈杂喧闹的歌声、舞曲交混在一起，持续到午夜。

日本于1956年制定了《卖春防止法》，明文规定禁止卖淫，但变相的卖淫设施依然存在，而且越来越多。据日本警察厅1983年底公开发表的统计，全国从事变相卖淫和以色情招徕客人的浴场、旅馆、酒吧、深夜饮食店、舞场、剧场、书店、录像带商店等，共达十多万家。

在访日的一个晚上，友好团体的N君陪同我们几位新闻记者到东京街上去转转。每走到灯光昏暗的小巷时，他总是提醒我们不要走散。究其原因，原来是提防"暴力饮食店"的"暴力行动"。据介绍，这种"暴力饮食店"常强行拉客，人们一旦被拉进去则身不由己，那里的老板会让姑娘们竭尽所能，"奉陪到底"，为的是从你身上榨取一笔可观的款项。

东京有两个地方最繁华、热闹，一是历史悠久的银座，一是战后新建的新宿，尤其是新宿区，更是成了热衷于寻欢作乐的年轻人的"天堂"。那里有110多个夜总会，640多个酒吧，370多家酒楼，320多个赌场，20多座电影院，四座大剧院，和一幢独立的十层大楼，里面有十个迪斯科舞厅。男男女女在这些游乐场所里，或打情骂俏，或狂饮作乐，或如痴如狂地跳迪斯科和摇摆舞，或沉醉于观看丑态百出的脱衣舞和裸体表演。在新宿的歌舞伎町，还有实际上是出售淫具的"大人玩具商店"，真是千奇百怪，无所不有。

东京夜生活的糜烂，反映了资本主义社会固有的弊端，也反映了部分日本人，特别是一些年轻人，缺乏理想，精神空虚，对人生抱着"今朝有酒今朝醉"的享乐主义。近几年来，从保护少年儿童的身心健康出发，社会舆论要求净化有害环境的呼声已越来越高，但想要消灭变相的娼妓和淫秽的生意，几乎是不可能的。

（刊于《环球写真》国广社1992年版）

日本习俗趣谈
——成年式

所谓冠、婚、丧，即成年式、婚礼、丧礼，是日本人一生的三大仪式。

成年仪式，古时候一般是指为身心成熟的男子举行的一种改换成人发型的仪式，中世纪以后才兼有祝成年女子改穿"成人衣裳"而举行的仪式。这种仪式自古就有，最早的记载见于《续日本纪》元明天皇和铜七年（公元714年）。举行成年式的年龄，古时候全国各地并不统一，男子年岁的幅度为十三岁至三十岁，多半在十三岁至十五岁左右；女子则多在十三岁至十七岁之间举行。过去举行成年式，除额前落发、加冠、改穿成年衣裤、女子穿着新制和服外，还有登名山顶部参拜神社的习俗，带有强烈的宗教信仰的色彩。

二次大战后，日本政府法定每年一月十五日为成年节，当天是公共假日。这是特为鼓励并祝贺已成为大人，自己要独立生活下去的青年而制定的。成年是从满二十周岁的生日那一天开始算。"成年日"是庆祝从上一年的一月十六日到当年的一月十五日止，满二十周岁有余的一切男女的节日。这一天，各市区街道、农村都举行"成年式"，由市、区町、村长主持，向成人祝福，并赠送日记本、纪念册、领巾、围巾、餐具、影集、地方地图等纪念品，有的甚至赠送西服、和服。这一天，小伙子穿上西服，姑娘穿上和服，参加成年式后，和朋友一道去参拜神社、寺庙或到朋友家做客。

这一天各报社、电台，往往举行座谈会、音乐会等，许多地方举办宴会、茶话会、讲演会、讨论会等。青年人自己也举办歌咏会和音乐会，有的还做一些有益于社会的事，如植树、献血等。

亲戚朋友要向成年的青年男女表示祝贺，并馈赠礼品，最好还是在生日的那一天。过去送礼的习惯，是送女青年和服、草履，送男青年领带、皮鞋等，如果本人希望的话，也可送刮脸刀，理发用的吹风机等。现在对男青年，也有送西服的。收到礼品要还礼，未参加社会工作的由家长答谢，已参加工作的，往往写几句感谢话和今后的抱负，再答送香皂、包袱皮等，或农村的一些土特产。

（原载《中国青年报》1989.7.9）

日本的野鸟保护

（一）

战前，日本严禁猎鸟，因此全日本事实上是一个巨大的禁猎区，当时鸟的数目远远超过了日本的人口。但随着工业的高速发展，造成环境的严重污染，野鸟越来越少，若干种甚至濒于灭绝。为了挽救珍贵鸟类，近年来日本在积极阻止污染漫延的同时，想方设法净化大城市的空气和河流。由于自然环境的改善，一些鸟类又开始重返东京这样人口密集的繁华城市。日本每年春天都举行一次"爱鸟周""探鸟会"活动，全国已建立三千多处鸟类自然保护区，面积约五百万公顷。在这些保护区内严禁伐树砍竹和狩猎野鸟。

近年日本在野鸟保护方面已取得了可喜的成绩。新潟县水原町的瓢湖形成著名的"天鹅湖"就是一个生动事例。

一九五〇年一个雪花飘飞的早晨，新潟县的居民吉川重三郎发现有几只天鹅栖息在他田边的小小贮水池里，这是半个世纪内，天鹅第一次飞到这个地区。爱鸟的吉川立即决定发起一个保护天鹅的活动，很快就得到了地方当局的支持，县政府发布禁令，禁止人们在那个贮水池附近打猎。

第二年冬天飞来的天鹅更多了，可是由于贮水池结冰，天然的食物十分匮乏，于是吉川重二郎和他的儿子吉川茂男便尝试喂饵，经过三个冬天的努力，天鹅开始接受他们提供的饵食。从 1954 年开始，每当天鹅飞临时，他一日三次前往饲喂这些珍禽，以后天鹅年年增多，饵食的供应成了问题。吉川不畏艰难喂养天鹅的消息在报上发表，日本各地都向那里寄送食物，支援他们的喂养工作。1958 年吉川的儿子吉川茂男接替父亲，承担了喂天鹅的重任，他不仅坚持为越来越多的天鹅每天喂食三次，而且有时为救一只受伤的天鹅，下到深到腰部的冰水中去。由于他为保护天鹅这一珍禽所做的杰出贡献，1997 年被邀参加在英国举行的有关天鹅问题的国际会议。近三年，每年飞临瓢湖的天鹅都超过了两千只，每天供应天鹅的饲料达五百公斤，从日本全国各地寄去的食物，每年达九百件左右，约四十吨。此外，水原町当局还专门拨款保护天鹅。

现在，吉川的同志遍于全日本，人们普遍地习惯保护和照料天鹅、鹤，以及其他野鸟。

对于丹顶鹤的饲养，也同样体现了日本国民对野鸟的珍爱和保护。日本的丹顶鹤主要栖身于北海道钏路的沼泽地带。为了保护丹顶鹤，政府专门颁布法律，并建起了丹顶鹤保护区。当地的农民，每到冬季都不辞辛劳地用玉米等精心喂养丹顶鹤，以代替他们喜欢吃的鱼虾和昆虫。现在这个保护区的丹顶鹤，已有1924年的92只增加到现在的200多只。

（二）

朱鹭在日本曾成群结队地生存了许多世纪，现已成了非常稀有的珍禽了。今天全世界仅有11只日本朱鹭。其中9只栖息在日本海上小岛的佐渡岛。为了抢救朱鹭，人们多次尝试人工孵化，但都没有成功。

采取营造鸟巢和人工饲养等办法，不仅在农村和边远地区获得成功，而且在人口密集的大城市，也取得了显著成效。例如东京的上野动物园"不忍池"里就饲养着多达五六千只野生的雁、黑天鹅、鸳鸯、鸬鹚和野鸭等。据说这里从1949年开始饲养鸭类，接着飞来了许多野鸭，用饲料诱引后，又有其他野生鸟类飞来，有的还在树上做巢定居。如1981年350只鸬鹚在树枝上做了一百多个巢，每年都孵育出一些幼雏。到了冬季还有大批候鸟飞到这里过冬，所以1月份野鸟最多。这里每天一早一晚集中喂食两次，成千上万的野鸟抢食，吸引了大批游客观看。

日本是400种鸟类的栖息之地，其中60%是候鸟。政府创立了十多处野生动物保护站，划定大片鸟类保护区，制定了广泛的猎鸟法令，规定"爱鸟周""国鸟"（日本国的鸟为绿雉，是一种羽毛非常漂亮的野鸡），开展鸟类的宣传工作。此外，日本还缔结了3项保护候鸟的国际条约。1981年中日两国签订了"中日候鸟保护协定"，协定规定对来往于两国之间的候鸟，双方必须共同保护。

现在在日本保护野鸟已形成风气。多数城市居民，尤其是青少年，常常在周末到公园或山野去观察鸟类。拍照片或用录音机记录野鸟鸣声的活动十分流行。日本广播协会在31年前就开设了"清晨的小鸟"节目，使城市里的居民得以在悦耳的鸟鸣声中开始新的一天。编辑该节目的是热心于保护鸟类和记录鸟类鸣声的蒲谷鹤彦。他从1951年开始录音，30多年来他走遍日本，而且在

50个国家里留下了足迹。据统计，经他录音的鸟类，国内的有350种，国外的不下1000种。鸟鸣中还分雄鸟、雌鸟的鸣声，以及各种鸟类在不同季节发出的不同声音。

（原载《中国青年报》1989.1.29）

日本邮票琐谈

日本第一套邮票是1871年《明治四年》4月20日发行的。邮票画面是相对的两条龙，中间分别是四十八文、百文、二百文和五百文的面值。

据统计，自1871年发行龙票至1975年，日本大约发行了330种普通邮票，800种纪念邮票。近年平均每年发行新邮票四五十枚，平均总印量为53.5亿枚。

日本邮票面值最小的是绘有"邮政之父"前岛密肖像的一日元票；面值最大的是1975年4月22日发行的奈良净琉璃的吉祥天立像的1000元票。

日本第一枚纪念邮票是1894年（明治27年）3月9日，为庆祝明治天皇的银婚式而发行的，图案为标志皇宫纹章的菊花、鹤和梅花。日本战后发行的第一枚纪念邮票是1946年12月12日发行的"邮政开创75周年"。

日本邮票由大藏省印刷局印制。邮票的发行计划和设计工作，由邮政省下属的邮票室负责。邮票室只有3个专业设计人员，因此有些邮票是请社会上有名的画家或摄影家承担。每一枚邮票设计出五六个图稿，有时多到八个图稿，然后由审议会和特邀的画家、设计家择优选用，最后由邮政大臣批准。

日本邮票以其富有民族特色的画面和印刷精致而闻名。其中以"浮世绘"作为画面的《邮票趣味周》纪念邮票，《国宝》《国际通信周》《民间故事》、年票和《近代美术》等系列邮票，在国际邮票展中获得好评。

日本于1948年11月开始发行《邮票趣味周》纪念邮票，画面是"浮世绘"，鼻祖菱川师宣所绘的美人画；1949年发行的是以安藤广重的"浮世绘"作为图案，1955年的以喜多川哥磨的美人画作为图案。此后在每年4月邮票趣味周间，都发行一套"浮世绘"邮票，1975年以前是单张票，从1975年起开始采用联票形式，两张邮票连成一幅画。

"浮世绘"（即社会风俗画）是受我国明代版画影响，于江户时代（1603—1867）中期兴起的一种民间绘画。其题材十分广泛，以民间风俗为主，旁及戏曲、仕女、历史故事、民间传说、山川景物及花卉静物，因此有"江户时代民间生活百科全书"之称。

《国宝》邮票，战后发行过两次，第一次是1967年至1969年，共发行7集22枚，第二次是1976年至1978年，共发行8集16枚。邮票画面选择了法隆寺金堂五重塔，药师寺吉祥天菩萨，雪舟等物的《秋冬山水图》，尾形光琳的《红白梅图》，唐昭提寺、东照宫阳明门、松木城、金阁寺等文物，用色素雅，别具一格。

为反映近代美术各个流派的不同风貌，日本邮政省从1979年至1983年发行的《日本近代美术组票》共16组32枚，放在一起无异于一次小型画展。

新年邮票，日本早在1935年就开始发行，其间除1938—1949年间因战争中断外，每年出一枚，一直坚持到现在。邮票小巧玲珑，采用民间玩具、生肖等为图案，几十年来构成了一个很大的邮票系列，极富民族特色。

日本邮趣协会每年都举办群众性的邮票评选活动，既评选最好的邮票，也评选最差的邮票。对被评选的邮票按三项分别投票，即发行目的、图案设计和邮票尺寸。例如1979年的评选结果是，发行目的，最好的是《通信日》邮票中20日元的一枚；无必要发行的是《第九届国际妇产科联合邮票》。图案设计，最受欢迎的同上，最不受欢迎的是《医疗文化一百周年》。

（原载《中国青年报》1989.6.25）

围棋活动在日本

1982年9月，适逢中日建交十周年之际，由中日电影工作者合拍的第一部故事片《一盘没有下完的棋》，同时在我国和日本上映。这部影片，以本世纪二十年代到五十年代的漫长岁月为背景，通过中日两个围棋手及其家庭的悲欢离合，反映了两国人民历久不泯的传统友谊和中国人民的"奋飞"精神。看过这部影片的人，对"江南棋王"况易山和日本围棋高手松波麟作的高超棋艺，以及他们的悲惨遭遇，想来都会留下难以忘怀的印象。

逝水流年人相随——纵观名流，横看世界

围棋是一种两个人纹枰对弈，根据黑白双方围占地域的多寡来决定胜负的竞争游戏，是我国的传统棋种。春秋战国时代即有关于围棋的文字记载，可见其历史之久远。唐时传入日本（日本有留学中国的吉备真备把围棋传入日本的说法，但难作定论），至今已有一千三百年左右的历史。

围棋传入日本后，先是成为宫廷贵族的娱乐游戏。据史载，唐宣武大中（847—859）年间，日本国王子访华时，宣宗命棋待诏顾师言与之对弈，经过一番苦战，我国当时的第一手顾师言才获胜，可见这位王子的棋艺也不寻常。不久，围棋就传入民间，为广大日本人民所喜爱。今天，围棋已成为日本最盛行的一种棋艺游戏，被称为"国棋"。据1982年秋日本《围棋》杂志所载，现在日本国内仅各种基层围棋组织就有1000多个，爱好者达九百万人之多，也就是说约有十三个日本人中就有一个爱好围棋者。

1983年3月17日下午，日本围棋的最高大赛"棋圣"赛的决胜局，正在东京千代田区福田家举行。执白子的一方是日本棋林新秀赵治勋，执黑子的一方是蝉联6届"棋圣"的老将藤泽秀行。他们在前6盘的对局中平分秋色，因此17日的决胜局，不论对夺魁者还是卫冕者，都是决定性的，赛场的气氛紧张得几乎令人窒息。

此时，日本各地的大约1000万围棋爱好者正坐在电视屏幕前，紧张地收看这场大赛的实况转播。赛场内外，100多名记者怀着急不可待的心情等待采访。

随着赵治勋的最后一子应声落入棋盘，结束了这场扣人心弦的比赛。他以一目半的优势荣获第七届"棋圣"的桂冠。赛场门一开，记者们蜂拥而入，电视机前的观众情绪激昂，议论热烈。由此不难看出围棋在日本的普及和日本人对围棋酷爱的程度。

围棋活动在日本急速发展是在战后。近三十多年来，日本全国各地纷纷建立围棋俱乐部、私人教室、研究会和棋友会等组织，举办各种形式的比赛和出版大批围棋书籍、杂志等。这些工作对围棋的普及和提高起了很大的推动作用。1972年日本还将围棋列入初高中的选修课程，当时只有八百所学校选用了围棋，可是到目前在一万五千多所中学中，已有一万一千多所选了围棋。今天在日本，人们不仅把下围棋作为一种消遣，而且还把下围棋作为一种品德修养，因此爱好者们不管棋艺水平如何，都想为自己谋求一个业余"段位"称号，尤其是一些企业家、社会名流、知识分子和公司职员等，更是求知若渴。

1982年3月,由日本棋院主办的世界业余围棋锦标赛,出席开幕式的有数百人,其中不少是政界和财界的头面人物。当时的铃木首相本来说也要参加,后因内阁开会未能出席,特地发了一个贺电,可见围棋在日本的地位及影响了。

如前所述,围棋本是我们祖国古老的文化遗产,后来日本人把我们的围棋学去了。时至今日,不仅普及程度远超过我们,而且围棋总的水平也比我们高出一筹,这是值得深思的。日本棋坛上,高手如林,群雄争辉,新人辈出。截至1983年初,仅专业棋士就有448人,光九段就有62人。这些专业棋士全部集中在"日本棋院"和"关西棋院"。这两个棋院的名誉顾问都是日本政界、财界的首脑人物,理事会全由爱好围棋的企业界和金融界人士担任,因此日本棋院在财力上有强大的后盾。

日本用以衡量、区别棋手棋艺水平的是段级位制度。专业棋手的段位分九个等级,从初段(或称一段)至九段。九段为专业棋手的最高等级,达到这个等级的棋手可以终身保持这一称号。段位以下设级位制。初段以下为一级,一级是最高级称,以下为2级、3级……直至20级。

对业余棋手,也实行段级位制。目前业余段位最高的等级是7段。

区分一个棋手是专业棋手还是业余棋手一般可看段位前面的数字,专业段位是用汉语基数词表示,业余段位则用阿拉伯数字表示。

此外,还有名誉段位。名誉段位一般是日本两大棋院赠予业余著名人士及社会名流,或对发展、普及围棋有重大贡献的国内外人士。名誉段位也用汉语基数词表示,最高段位也是九段。

由于陈毅副总理生前十分关怀围棋事业,并对促进中日围棋交流做出重大贡献,因此日本两大棋院于1963年赠予他名誉七段的称号。他逝世后,1973年又被追赠为名誉八段。这两个段位,均为当时日本棋院赠给外国人士最高的名誉段位。1978年,日本两大棋院还赠予中国围棋协会名誉主席方毅名誉七段称号。

围棋比赛在日本非常盛行,名目繁多,仅全国性大赛就达到18种之多。其中尤以读卖新闻社主办的"棋圣战",朝日新闻社主办的"名人战",每日新闻社主办的"本因坊战",以及"十段战"最令人瞩目。据说要是哪个报社不举办围棋比赛,不刊登围棋消息和对局情况,其报纸的销售量就会受到影响。因此翻开日本报纸,可以看到大多数报纸,几乎天天都要登载棋局。

下面对"棋圣战"等几种重大比赛,作简要介绍。

"棋圣战"："棋圣"过去是日本围棋界对棋艺卓绝的棋手的尊称。日本围棋界称"本因坊"四世道策和十四世秀策为"棋圣"。从1976年开始，"棋圣"称号改用在"棋圣战"上，比赛获胜者即可获得本年度"棋圣"称号。

"棋圣战"是当今最引人注目的一项比赛。决赛方法是挑战制，七局胜负。棋赛的优胜者（即"棋圣"）可获得二千多万日元的巨额奖金。

"名人战"："名人"过去是日本最高棋位的称号。一个棋手获得"名人"称号（一代只限一人）后，可以终身保持这一称号。到了1961年，读卖新闻社创办了一个以"名人"作为优胜者称号的比赛。从此"名人"又成为棋手争夺的一项称号。"名人战"1976年改由朝日新闻社主办，每年举办一期。

"本因坊战"："本因坊战"是日本历史最悠久的一项棋赛。棋赛的优胜者可获"本因坊"的称号。据资料介绍，公元十六世纪末，京都"寂光寺"的日海和尚，棋艺高超。因他住在寺中一座名叫"本因坊"的佛舍内，故人称他为"本因坊"。约在公元1590年，执政者丰臣秀吉，正式授予他"本因坊"称号。

"本因坊"称号开始是世袭制，到了二十一代"本因坊"秀哉的晚年在获得一笔巨款保障其后代生活的条件下，于1937年1月发表引退声明，决定放弃世袭制，将"本因坊"称号转让给日本棋院。第一届"本因坊战"由读卖新闻社主办，现已改为每日新闻社主办。

"十段战"："十段"是"十段战"比赛中成绩最佳者的称号，其含义相当于"冠军"，并不表示比"九段"还高一个等级。"十段战"1962年由产经新闻社主办，此后每年举办一次。

以上四种重大比赛，1982年和1983年度的优胜者均为27岁的赵治勋九段。他是日本围棋史上第一个集"棋圣""名人""本因坊"和"十段"四项桂冠于一身的棋手，因此日本舆论界认为，日本围棋从此进入赵治勋"一统天下"的时代。

中日围棋交流有着传统的渊源关系。自1960年开始，特别是1972年中日两国恢复邦交正常化后，中日围棋界的友好交流日益频繁。从1960年到1983年，中日双方互派的围棋代表团达到二十多个。通过相互访问和交流，加深了两国棋手之间的友好感情，促进了两国围棋艺术的共同发展和提高。

日本除与我国进行围棋交流外，还大力向世界推广围棋。近些年来，日本棋院在大约四十个国家和地区设立了棋院海外组织，并且向奥林匹克委员会提出申请，要求把围棋列入奥运会的比赛项目。现在欧洲每年都举行一次全欧围棋赛，已经举行了二十多次。美国每年也都要举行全美棋赛。我们的围棋正在被人追赶，被人超越，难道我们还不应该急起直追吗?!

（约写于1984年初）

漫话中日风筝

  风筝，又名纸鸢、鹞子。作为一种民间艺术，中国的风筝已有二千多年的历史。早在春秋战国时代，就出现了以木、竹制成的木鸢，相传墨子和鲁班都曾制作过。在西汉的一次战争中，韩信曾施放风筝进行心理战来瓦解项羽部队的军心，这大概是风筝用于军事的最早记载。到公元105年，蔡伦发明造纸术后，才开始使用纸制作风筝。到唐代，放风筝已成为人们喜欢的一种娱乐。至于"风筝"这个名称，大约始于五代。《询刍录》曾记载："五代汉李邺于宫中作纸鸢，引线乘风为戏，后于鸢首以竹为笛，使风入竹，声如筝鸣，俗乎'风筝'。"到了明清时代，风筝制作愈益工巧。《红楼梦》作者曹雪芹对风筝就很有研究，精于扎、糊、绘、放四艺，著有《南鹞北鸢考工记》一书，可惜散佚不全。

  我国制作的风筝，向以品种丰富多彩和造型精巧美观而闻名于世。天津"风筝魏"第一代魏元泰和北京哈长英制作的风筝，曾在1915年巴拿马博览会上获银质奖。在"文化大革命"中，放风筝被作为资产阶级活动而遭白眼，致使风筝的生产也濒临绝境。直到近几年，这一古老的民间艺术才得到质变和发展。去年五月，北京的一些风筝爱好者组成了中国北京风筝学会，开展风筝的研究、制作和放风筝表演等活动。之后又开办了中国风筝艺术公司，组织艺人专门从事风筝的生产和出口工作。

  我国风筝结构的基本形式分为硬膀型、软膀型、折叠式的、排子型和水桶型。图案多模拟飞禽走兽，神话传说人物。其体积大至十几米，小至五寸。五光十色，千姿百态，品种多达几百种。有的还在膀条上加上弓子、琴绦等放到天空，还能迎风传来鸟语、蛙鸣、丝竹管弦和鼓乐之声。近几年，北京费葆龄制作的风筝，陈列在国际儿童玩具展览会和联合国艺术大厅，获得好评。目前，中国风筝正在法国巴黎的两个地方展出。

中国的风筝大约是在唐代传到日本的。据日本古书记载，在平安朝（公元794—1192）以前，已有风筝问世。但其后由中国传去的风筝，因其造型美、性能好，而使日本风筝爱好者为之吃惊，一时争相仿造。十五世纪后，在日本的一些书籍中可散见有关宫廷和贵族放风筝的记载。到了十八世纪，开始出现彩绘古典美人、舞伎、武士形象的人形风筝，以及带音响的风筝等，形成了日本风筝的独自特点。近年，日本风筝的式样更为多样化，制作技术也愈益精巧。现在日本的风筝，除一部分仿造中国传统风筝式样外，造型多为四角、六角和立体的，成串的风筝群节数有多达数千的。日本风筝注重彩绘，画面多为人物，与我国风筝注重造型，而且造型多为飞禽走兽有所不同。日本有的风筝，还用玻璃碎末混糯糊沾在栓引线上，或在栓引线上安装木条，木条内嵌钢齿，放到空中后与别的风筝相撞，能把别人的风筝线绞断，谓之"风筝打架"。

日本放风筝的习俗也有自己的特点，从江户时代（公元1603—1867）到现在，关东地方的女孩子在正月时一直盛行踢羽毛毽子和放风筝。五六月份风和日丽，是放风筝的好季节。尤其是五月五日端午节这一天，各地多有放风筝的表演。爱知县三河一带，还举家出动放风筝，人们一边喝汤，一边观赏风筝。在长崎一带，从二月至四月八日，也盛行放风筝。许多风筝上写着"天下太平""大吉大利"等字样，称"文字风筝"，表达了人们祈求航海顺利的良好愿望。近年，日本每年还举行全国性的放风筝表演大会。1980年3月，日本举行第四届大阿苏山全国放风筝大会，来自日本各地的一万名"风筝迷"参加了大会。前两个星期，在日本还举行了国际风筝大会，盛况空前。

现在放风筝已成为一种陶冶性情、锻炼身体的娱乐活动，业余爱好者越来越多。北京风筝学会目前有五十多名会员。日本和美国的风筝协会会员都多达数千人。至于青少年爱好放风筝的则更是难以计数。放风筝除是一种有趣的娱乐活动外，风筝还有广泛的用途，可以作为大气研究、天气预报和传递信息的工具。这次日本风筝之会访华，是中日风筝艺术交流的良好开端，可以期待今后中日的风筝艺术的交流会得到进一步的发展。

（写于20世纪八十年代）

"出版王国" 日本

日本不仅有"汽车王国"之称，而且有"出版王国"之称，它的出版事业非常发达。全国总共有三千二百多家出版社，一年出书约三万种，即每天有八十多种新书摆进书店的门市部。据统计，1979年日本出版的新书（不包括重版书），就有二万七千一百七十七种，发行十亿四千零二万册，平均每人有十本书；出版杂志三千一百六十种，销售量为二十八亿零五百八十三万册，平均每人二十八本。

今天的日本已是一个没有文盲的国家，国民文化水平较高，因此各种职业的人，不同年龄的人都渴求有自己的书籍、报刊，这就是日本出版事业欣欣向荣的主要动力。日本出版的图书五花八门，品种应有尽有。近年，日本风行出版百科全书、辞典一类大部头，甚至连怎样下围棋、怎样喝茶也都有大辞典。盛行的还有袖珍本的丛书，叫"文库本"。目前有三十多家出版社出版了四十多种"文库本"，一年出书近两千种。"文库本"的特点一是价格低廉，二是携带方便，便于随时随地取出阅读。此外，连环漫画也十分风行，漫画杂志的出版数占出版杂志总数的三分之一。

日本的印刷业非常发达，设备先进。全国共有二十五万家印刷厂，图书出版的周期很短。一本三百页的杂志，从发稿到出版，只要一个月；五百页的图书，一般三个月即可出版发行。现在，日本印刷业用照相排字机的，已占75%以上。一般都采用快速轮转机印刷，80%以上的彩印已用电子分色机分色；装订基本上实现了机械化、联动化。但少数发行量少的，也还有采用活版印刷的。

日本书刊的发行途径有好几种，最多的一种是出版社出书后，通过发行公司批发到书店。日本全国有图书发行公司五十余家，80%集中在东京。其中最大的两家是"东京图书贩卖公司"和"日本图书贩卖公司"，它们垄断了全国60%以上的书刊批发业务。

（原载《南方周末》1984.6.30）

令人眼花缭乱的日本书店

日本书店之多,看了会叫人咋舌。全国大小书店共有8万家,书摊、书亭更是比比皆是。在街头、旅馆、铁路候车室,甚至在经营品种同书籍毫不相干的商店里,往往也都设有书摊、书亭或书柜。人们到了东京,常常愿意到千代田区神田神保町一带逛逛。神保町一带有几条街道,集中了130多家书店,其中100家左右是旧书店。据说这里的旧书店集中了日本全国约三分之二的旧书,其容存量和出售额,可与巴黎著名的塞纳河畔旧书店街相媲美。

走进任何一家书店,你会发现日本书店很善于利用空间:四周的书架伸到天花板,中央摆设书台,有的书台上还立着书架。由于书刊种类多得惊人,使人眼花缭乱,但它也为顾客提供了选择的广阔余地。

日本人一向注重向外国学习,从战争结束到现在,日本翻译出版的外文书籍约15万种。在神田街出售的书籍中,也有不少是原文或翻译的中国古书和现代书籍。有些书店,如"东方书店""内山书店""燎原书店"等,还专门代销、发行和出版有关中国的各种书刊,积极向日本读者介绍新中国的情况,扩大中日文化交流。

作为日本出版事业最典型的橱窗,恐怕得算东京火车站南口的"八重洲书籍中心"。书籍中心的大楼,地下一层,地上八层,门市部上架的图书20万册,如包括库存共达100万册以上。它的最大特点是经售日本出版的所有书籍,甚至包括个人自费出版的书刊。

这家书店内布置有舒适的阅览室,顾客可以随意把开架待售的书刊拿到阅览室去尽情饱读。书店里还设有咖啡室,你想休息片刻,或想跟朋友一起谈谈书中的问题,都可以到咖啡室去。其他书店的服务项目也相当周全,像"书泉"书店就设有复印机,顾客若需要书中某一部分,可以当场复印,按页数收费,既便宜又方便。

(原载《南方周末》1984.5.26)

日本的"杂食时代"

人们的饮食，往往要受所处自然环境的影响。日本盛产大米，因而自古以来日本人的主食是大米。日本又是一个四面环海的岛国，所以日本人又喜欢吃鱼。而蔬菜呢，他们则喜欢吃各种煮熟了的块根类蔬菜。日本人祖祖辈辈流传下来的"和食"，就是以大米、鱼、蔬菜为主的饮食。

日本国有1400年的历史，而日本人吃"和食"的习惯，则长达1300年。随着中餐和西餐传入日本，特别是战后受美国生活方式的影响，日本人传统饮食方式被打破，而进入"杂食时代"。现代日本多数家庭早餐为西式、午餐为中式、晚餐为和式。50年代后期，日本经济开始高速发展，日本饮食质量有了很大提高，以大米、鱼、蔬菜为中心的饮食中，又增添了肉、蛋、油脂、乳制品和水果。日本人的和式晚餐，除了米饭、烤鱼、煮菜和黄酱汤，还加上了猪排、烧卖以及包心菜和西红柿拌的沙拉。

据调查，现在日本孩子们最爱吃的是咖喱饭、奶汁烤通心粉、汉堡牛肉饼、西式凉拌菜——沙拉，以及中餐的汤面和饺子等。荞麦面条，是公司职员最喜欢吃的午餐。营养丰富的鳗鱼盖浇饭、生鱼片，以及牛排、什锦寿司、天麸罗等，也是成年人喜欢吃的。

从60年代开始，日本人在饮食方面的另一改变，就是越来越喜爱各种速成食品和冷冻食品。各种快餐在日本人的饮食中占有越来越重要的地位。其中方便面占第一位。1982年全日本生产的方便面达到43亿份，有好几百个风味各异的品种，深受欢迎。

中日饮食交流早在公元4世纪就已经开始，后来随着大批遣唐使的东归，唐代宫廷和民间的美味饮食也传到了日本。直到今天，日本人普遍爱吃的饺子、汤面、豆腐，节令饮食如正月初七的七种菜，五月五日的粽子，九月九日的菊花酒以及吃饭用筷子的习惯等，都是从中国传去的。

日本的饺子是由包馅馒头演变来的，而馒头最初是由宋代林净因传到日本的，因为开始是在奈良做的，便叫"奈良馒头"。林净因逝世以后，被供奉为日本包馅糕点的创始人，受到奈良包馅糕点业界人士的尊崇。饺子在日本出现比较晚。20世纪30年代，在东京华侨集中地区，出现了专卖饺子的小店。第二次世界大战以后，中国餐馆遍布日本各大城市，中国菜更加风行，日本三鲜馅、大虾馅等美味饺子，和地道的中国饺子非常相似。

豆腐，据说是由中国唐代高僧鉴真传到日本的，所以今天日本的豆腐业把鉴真奉为始祖，尊崇备至。连包装豆腐的口袋上都写着"唐传豆腐干""黄檗御门前""淮南堂制"等字样。

今天日本人采取的既吃"和食"，又吃中餐和西餐的"杂食"方式，给他们带来了营养丰富而又花色品种繁多的饮食，无疑这种多样化的饮食有助于人体的健康和长寿。

(原载《知识与生活》1985.5 后收入《环球写真》)

日本的中华料理

"料理"一词，在日语中意为"菜"。"中华料理"顾名思义就是中国菜了。日本正如它的语言融进外来词汇一样，在饮食领域里也融汇了外来的"料理"，形成当今日本菜肴的三个体系，即和菜、中国菜及西菜。

日本的烹饪文化与中国烹饪文化的交汇，有着悠久的历史。1983年春，在北京—上海举行的"中日生活文化展览"的日方致辞中曾指出："在整理资料中，我们因中国文化在日本人生活的各个领域的影响之大而感到吃惊……"

中日饮食交流，早在公元四世纪就已开始。后来随着大批遣唐使的东归，唐代的宫廷与民间的美味食品传到日本，对日本的饮食生活产生了广泛的影响。当时，日本天皇曾用中国菜为遣唐使饯行……

据说日本的饺子是由包馅馒头演变而来，而馒头是宋代中国人林净因传到日本的。因其始于奈良，至今奈良包馅糕点业仍在祭奠这位创始人。但饺子从家庭走向"料理"店，始于20世纪的三十年代。那时东京银座出现一家"梅兰芳馒头店"，名为馒头，实是包子。接着在东京华侨集中区，出现了专卖饺子的小店。

豆腐，传说是中国唐代高僧鉴真东渡传法时传到日本的。由此看来，日本的豆腐业把鉴真奉为始祖，也就不足为奇了。不过，也有学者们认为；794—

1192年间，豆腐才传到日本。大约在"明治维新"以后，从大正末年到昭和初年（1925年）开始，"中华料理"（当时称支那料理）急剧增加。中国菜中的春卷、白斩鸡、东坡肉、青豆虾仁、芙蓉蟹、烤猪、麻婆豆腐、炸仔鸡等，通过经营中国菜的中华料理店，而使讲究饮食的顾客饱享口福。与此同时广播电台在烹饪节目中还专门作了介绍，并设立了教家庭主妇学做中国菜的节目，中国厨师也常应邀作电视表演，这对中国菜的普及起了很大作用。第二次世界大战后，特别是中日恢复邦交以后，中国餐馆遍及日本各大城市，中国菜更加风行。

直到今天，日本人的饮食习惯仍有许多地方与中国相似。如日本人普遍爱吃饺子、汤面、豆腐等。一些公职人员的午餐便是荞麦面条和拉面。他们的节日饮食：正月初一喝的屠苏酒，正月初七吃的七种菜，五月五的粽子、葛蒲酒，九月九的菊花酒等，这无疑也是由我国东传而沿袭至今的。

如果你有机会到日本，在中华"料理"馆就餐，一定会看到各种"中华料理"琳琅满目。假如你漫步在横滨的"中华街"头，便仿佛回到了故乡。在这里，天津冬菜、广州虾片、四川榨菜、厦门鱼露随处可见，来此购买中国食品的人终日络绎不绝。

（原载《中国食品报》1984.9.21）

中国式茶会与日本茶道

"客来敬茶"是中日两国人民共同的传统习惯。日本人饮茶的习俗是从中国传入的，而后发展为茶道，成为传统艺术。今天，在日本，茶道已成为以饮食为中心的一种社交方式。

我国是世界上种茶、制茶和饮茶最早的国家。茶叶最初被当作药材。它由药用过渡到饮料，据可靠记载，当在西汉初期。至魏晋南北朝，饮茶在统治阶级中已经成为一种嗜好。到了唐朝，饮茶更加普遍。

公元八世纪前期，日本通过留唐僧侣，从中国学会了饮茶习俗，起初盛行于公卿贵族和僧侣之间。不过，当时的饮茶法是沿用我国的砖茶法。即把茶叶研碎，加上甘葛、生姜和盐，做成团块，投入开水中煎服。然而，公元九世纪以后，饮茶之风在日本渐渐衰落了。

宋朝时，饮茶之风已在我国各阶层人民中盛行，以茶待客成为一种时尚。在这期间，日本荣西禅师于1168年和1187年先后两次来中国，学习禅宗。荣西第一次访问中国后把茶种带回日本，第二次访问中国时，考察了种茶、采茶、制茶的方法和民间饮茶习惯。他回国后，于1214年写成两卷本的《吃茶养生记》，详细论述了饮茶对养生治病的作用。

由于荣西的大力提倡，饮茶重新在日本流行，到十四世纪已渐普及于民间。后世的日本茶道有"茶禅一味"的说法，足见茶和禅有密切关系。

到镰仓时代（公元1192—1333年）末期，日本饮茶之风大盛，由入元僧传到日本的"唐式茶会"最为流行。从茶会的形式、程序来看，中国式茶会和日本后来的茶道是一脉相承的。不过，中国式茶会讲究华丽，是助兴、享乐的，而日本的茶道则是茶友在寂静中体验"幽兴"的一种风雅的聚会。

当时盛行于日本的中国式茶会的形式和程序是：与会者来到以后，先请到客殿飨以点心。然后，与会者起座，或憩息窗前，欣赏字画，或闲步庭院，观看景致。接着，与会者再入座，开始点茶。点茶仪式以后，举行"斗茶"游戏，以品尝不同产地的茶叶，看能否分辨出本茶（产于姆尾、宇治）与非茶（产于其他地方），以定胜负。这和后来茶道的程序相似。

首先创立茶道的是十五世纪奈良称名寺的和尚村田珠光。而真正把喝茶提高到艺术水平的是千利休（1522—1591年）。千利休的主要主张是："茶道的真谛在于草庵。"他创造的这种草庵，是一种独立于主房之外的草庵式的狭小茶室，室内陈设力求简朴，讲究精神内在的一面。他还为茶道制定了一整套规矩。

千利休的茶道传统由他的子孙流传下来，现在分为"表千家""里千家""武者小路千家"三大流派。

按茶道形式举办的茶会，全过程大约四小时，分四部分。客人就座以后，宾主致辞，然后进简便的饭食，饭食之后让客人吃点心。这一程序叫"怀石"。第二部分叫"中立"，让客人在吃完点心以后，按顺序走下茶亭，在坐凳上休息。然后进入第三部分"御座入"，即向客人供奉浓茶。第四部分是"点淡茶"。不过今天的茶道，通常已简化为只有第四部分了。

客人喝茶的方式是这样的：主宾把主人献来的茶碗拿到跟前以后，先对次宾说"先偏了",然后再向主人说"领受了";接着转动茶碗两次,让右横面朝前,徐徐喝下。喝毕,把茶碗转回原样,观赏一番茶器,还给主人。次宾的喝法与此相同。

由于饮茶的习惯先是由僧人养成的,所以茶道带有浓厚的禅味。那种极度专注、宁静、肃穆的气氛和情绪,使人进入一种奇特的境界。

茶道作为日本的一种传统艺术,不仅曾对日本的建筑、庭园艺术,书画艺术,花道和陶瓷工艺产生过深刻影响,而且影响到日本人日常生活的礼仪。例如,少女在婚前大多学习茶道,为的是培养优雅、文静的举止和宽舒的心怀。

从中国茶叶的东传和日本茶道形成的过程,可以明显地看出中日两国之间的文化交流源远流长。而在传统文化上有着如此密切关系的中日两国人民,是容易相互理解的,也是一定能够世世代代友好下去的。

(原载《人民日报》1983.5.2)

木屐、折扇传友谊

日本著名汉学家内藤湖南曾说:"日本民族与中国文化接触以前是一锅豆浆,中国文化就像碱水,两国文化一接触就成了豆腐。"这个形象的比喻生动地说明中国文化对日本文化的发展和进步所起的巨大作用。下面,就木屐东传日本,以及日本折扇传入我国,谈谈两国文化的交流。

木屐,日本人称它为"下驮",其样式犹如中国南方一些农村的木拖鞋,所不同的是日本的木屐底下前后有两块齿;用以支撑脚底和保持裤脚的整洁。今天,木屐仍在日本流行。在一般人看来,木屐如同和服一样,也是古代由中国传到日本的。据《后汉书·五行志一》记载:"延熹中,京都长者,皆柞木屐。"也就是说,汉代京师洛阳,一般长者都穿木屐。中国古代的木屐,原来也是有齿的。《急就篇》颜师古注:"屐者以木为主,而施两齿,所以践泥。"所谓践泥,就是说有齿的木屐便于在雨天泥泞的道路上行走。

折扇,又称聚头扇、折叠扇、蝙蝠扇、撒扇或绘折扇。因自日本传来,有时也称倭扇。折扇最早传来我国是在北宋。据宋江少谈《皇朝类苑·风俗杂志》记载说，他见北宋首都开封的著名市场大相国寺里，有人出售日本制的折扇，上面画着秋色山水，披蓑乘舟垂钓的渔人，天际还隐隐有薄云和鸟。折扇在中国广泛流行，始于明代永乐（公元1403—1424年）以后，当时中日贸易已相当发达，日本大量运来折扇。数百年来，制扇材料日益精良，技艺愈益高明。扇骨除采用竹子外，有的还以象牙、白骨、沉香等名贵材料制成。两边的扇柄镌刻诗词字画，或镂空填以异香，扇柄下还饰以玉坠或彩色流苏，成为精致的艺术品。

从上面介绍的木屐和折扇的交流和发展情况，不是可以"以小见大"，看出中日两国人民通过相互交流，相互学习，相互促进，从而带来了两国文化的共同繁荣和进步吗？

（原载《南方周末》1984.9.1）

筷子在日本

目前世界上大约有12亿人口是用筷子吃饭的，除中国外，主要是日本和朝鲜。尤其是日本，迄今保持着用筷子吃饭的传统习惯。所以中国人和日本人在一起吃饭时，往往会由于双方都使用筷子而增加一种亲近感。

筷子究竟是何时出现的呢？据中日现代学者的研究认为：筷子产生于中国约在公元前300年的战国时代末期。不过在元朝以前，中国人吃饭还是以用匙为主，用筷为辅。只是在元朝以后，才改为用筷为主。而日本人自从用筷吃饭后，则基本上只用筷子。

日本人是从何时起开始使用筷子的，已经无法考证了。但通常认为，筷子是在4—6世纪之间从中国经朝鲜半岛传到日本的。有博物馆的展品为证的是在公元7—8世纪，日本受我国隋唐风气的影响，在宫廷和贵族们的宴会上用金属的筷和匙吃中国式的饭菜。可是没过多久，日本人就完全不用匙而只用木质筷了，并在全国普及开来。

日本人称筷子为箸，同我国福建的某些方言叫法相同。日本的筷子大致可分为家用的漆木筷子和专为来客或食堂、饭馆用的食堂筷。漆木筷子上面漆着各种漂亮的花纹，显得高雅，主要是家用，用法与中国家庭同；而食堂筷是用质量较差的木材制的，两只筷子连在一起，中间有道细槽装在纸袋里，用时用手掰开，用完即扔掉。现在日本每年约生产130亿双筷子，其中110亿双是食堂筷。日本人对筷子的用法十分讲究。如吃饭时不可把筷子插在食物上，不可用筷子拨动小碟挪动位置；不可把筷子放在嘴里舔或咬；以及在盛第二碗饭时必须先把手里的筷子放下等等。

此外，日本人还非常重视筷子在日常生活中的作用。据说有位名叫本田总一郎的学者为感谢筷子一日三餐辛勤地为人们效劳，建议把每年的8月4日定为"筷子节"，以保持和发扬筷子精神。他的建议得到了许多人的响应。1980年8月4日，"保卫日本的节日之会"分别在东京赤坂的日枝神社和新潟县三条市的八幡神社举办了供奉筷子的仪式。参加仪式的有筷子的生产者、贩卖商和饮食经营者及普通群众。仪式后，他们便把使用过的筷子烧毁，作为供奉。可见筷子在日本人心目中的地位是何等的重要。

（原载《中国青年报》）

国技相扑

据调查，相扑爱好者，占日本总人口三分之一。

专业的"相扑"力士赛，每年举办6次，1月、5月和9月，这3次在东京，3月、7月、11月在大阪、名古屋和福冈。每次大赛举行15天，也就是每个力士必须与15个对手较量。赛前，有专门人员打着写有该工厂或商社名字的旗帜在晒台上绕场一周，据说每绕场一周，工厂或商社要提供25000日元。

专业"相扑力士"除在大城市举行定期比赛后，还分组到各地表演。各中小城镇以及乡村每逢节日，也往往举行业余的相扑比赛。同时，日本的大中小学各级学校几乎都设立业余的相扑班。

相扑比赛在一个叫工俵场的正方形工台上进行。工俵场用黏土堆成，上面有坚硬的平面，撒一层薄沙。场子上空有一个古建筑形式的遮盖，吊在高高的天棚上。身穿肥袍，头戴高帽，手拿礼扇的"行司"（即场上裁判）站在场地内，用独特的腔调呼唤力士上场。力士身上只围兜裆布，梳着"大银杏"发式。级别高的力士的兜裆布用丝绸做成，长9米左右，有四五公斤重，围在腰上的厚度为8公分。据说这一条布就值约30万日元。

力士上场后半蹲姿势两脚交替地用力踏地，做运气的准备。接着抓一把盐撒在场地上，以示清洁避邪，然后走到场地中央。规定除脚板以外身体的任何部分触地，或身体越出墙外就算输了。一般情况下，决定胜负从起身算起只有15秒钟，最长不过一分钟。这种运动看似简单，但使对方摔倒技巧有70多种。日本人称为"技"，相互比赛严禁拳打、脚踢、抓头发等招数。

无论是彪形大汉还是小个子，都一对一地比试，因此职业相扑都拼命增加体重，平均都在100公斤以上，重的约200公斤。

为防止相扑运动员病倒或退休，职业的相扑团体逐渐形成"相扑部屋"。部屋每年有计划地从全国小学招收相扑运动员，一旦被选中，只要家长同意，吃、穿、住和上高中后的学费全部由部屋负责。为增加他们的体重，一方面给其吃特殊饭菜，主要是鸡肉、牛肉、猪肉和鱼肉，配海菜、菠菜、甘蓝、萝卜、青葱、豆腐等，再调上酱油、糖、味精一起烧成；另一方面让其长时间地睡午觉。

（原载《中国青年报》1988.11.13）

棒球在日本

明治维新后的第五年即1873年，棒球运动首次传到日本。日本先后派一个考察团到美国，参加美国最强的棒球队比赛，后又邀请美国的最好棒球选手到日本举行表演赛。第二次世界大战后，日本很快就又邀请美国棒球队进行表演赛，或请美国队来与日本队比赛。

棒球传到日本，首先在学生中普及开来。1888年，东京第一高等学校首先创设棒球部。1903年出现早稻田大学和庆应义塾大学之间的棒球比赛。后又诞生了《东京六大学棒球联赛》，延续至今。现在棒球有"国球"之称，据说日本的"棒球人口"（指运动员和观众）有六千多万，超过全国人口的一半。

旅日华侨，被誉为"世界棒球大王"的王贞治受到日本举国上下的崇拜，也可以说明日本人是何等的醉心于棒球运动。1977年9月3日当王贞治获得756次本垒打，打破了美国运动员阿隆保持的755次本垒打的世界纪录时，当时的日本首相福田赳夫特地请他到首相府，代表日本政府授予他一号国民荣誉奖，使他成为在日本荣获最高奖上的第一个中国国民。1980年11月，当王贞治宣布今后不再参加实际比赛，以保持868次本垒打世界纪录；当他结束了22年的职业棒球运动员生涯时，日本全国为之震动，挽留他继续参加比赛的函电宛如雪花飞来，连日本首相铃木善幸也发表讲话，表示惋惜。

（原载《中国青年报》1989.12.4）

日本小学生生活掠影

一九七〇年，在十九个国家里，以十岁和十四岁的少年儿童为对象进行了一次国际科学测验比赛，日本少年儿童的成绩全部优秀，总成绩名列第一。由此可见日本小学教育质量的一斑。

第二次世界大战后，日本实行九年制（小学六年、初中三年）义务教育，儿童一般是七周岁入学，入学率达百分之九十九以上。目前日本全国有二万五千多所小学，其中私立多于公立。在校学生达一千一百多万人。日本一个学年分三个学期，一至七月为第一学期，九至十一月为第二学期，一至三月为第三学期。一天上六节课，上午四节，下午两节。课程有国语、数学、社会（历史、地理、经济等）、理科（物理、化学、生物）、美术、音乐、体育，有的还有英语等。

日本小学除重视语数教学外，还十分重视书法、音乐和体育等课程的教学。从三年级开始，国语课里就安排了书法课，经常开展学生书法习作展览和评比活动。现在日本业余书法爱好者号称一千万人，这同日本小学重视书法教学不无关系。一到六年级都设有音乐课和体育课。音乐课由专任教师上课，教唱歌曲，弹拉各种乐器。到了六年级，学生差不多都会一种以上的乐器。上体育课时，学生都要换上白衬衫和白短裤，即使是寒冬腊月也是这身打扮。

日本小学的课堂教学重视直观教学和启发性教学，比较生动活泼。我们访日参观东京桐明学园小学部时，正赶上二年级的学生在上音乐乐理课。只见女教师带着十几个女孩子在做有趣的音乐游戏。循循善诱的女教师在游戏的过程中教给学生乐理基础知识，训练学生的音乐节奏感和当众演唱的胆量。

日本小学的教学手段日益现代化，幻灯、电视和录音在教学中已被广泛采用。例如道德课就让学生看专门为少年儿童安排的教育电视节目，通过生动、形象的事例，告诉他们不要偷盗，不能抽烟和随地吐痰，不可撒谎等。有时，老师还让学生汇报自己近几天来干的事情，然后让学生思考，回答哪些做得对，哪些做得不对，引导他们上进。

日本小学生的一天生活大体是这样度过的：

上午上完课后，学生就在学校用午膳，区给食站统一供膳。日本政府用教育经费补贴部分膳费。下午放学后，低年级学生直接回家，部分学生到私人开办的补习班去补习数学、英语和学习弹拉乐器。五、六年级学生下午放学后，可以参加学校各委员会和俱乐部组织的丰富多彩的活动。东京的和田小学就设有动物委员会（负责饲养小动物），整美委员会（负责打扫和布置教室），放送委员会（负责早晨问好和课间音乐的广播），通知委员会（负责通知事项）等等，每个学生可选择参加一项活动。和田小学组织的俱乐部，分编织、书法、科学、美术、唱歌、跳舞、乒乓球、足球、体操等活动小组。学生可根据个人的特长和兴趣爱好自由参加，每周活动一至两次。

晚上，日本小学生大都看电视，平均每天看两个小时左右。战争题材影片和"铁臂阿童木"之类的动画片最受欢迎。光怪陆离的电视节目，一方面开阔了少年儿童的视野，另一方面部分有害的内容对学生的思想也产生了不良的影响。同时看电视多了，必然影响正课学习，所以有的家长对小孩看电视加以限制。

日本小学以班级为单位，每月举行一次生日庆祝会。庆祝会邀请过生日学生的家长参加。当月生日的学生应邀坐在前排，老师向他们表示祝贺后，其他学生为他们表演节目。

日本社会很重视学历。从考初中开始，升学考试的竞争就十分激烈，因此日本有"考试地狱"之称。过于繁重的学习负担影响学生的健康。有的甚至因经受不起这种考试所造成的巨大精神压力而轻生。

（原载《福建教育》1983年七八会期）

橡皮锤敲打出来的电视机

日本家用电器生产参观记

众所周知，日本的家用电器，特别是电视机，在七十年代后期曾行销世界市场。究其原因，主要是它的质量胜人一筹。为什么日本家用电器的质量那么好呢？笔者先后两次到日本参观了"松下""索尼""日立"等公司后，终于找到了答案。

当我来到专门生产电视机的松下大阪茨木工厂参观时，零部件组装的高度自动化固然给我留下了深刻的印象，但更使我惊奇的是他们对产品质量的异乎寻常的严格检查。

刚刚组装好的电视机被传送到综合检验输送带上，首先由一名女工负责进行"完成品构造检查"，只见她迅速检查主要部件的组装情况后，还用一个橡皮锤敲打电视机，其目的是想通过这种特殊的检验手段，测试图像的清晰度和画面的稳定性。

接下去是绝缘性能的检验、恒温、高温寿命检验，以及减压、升压、摩擦等项目的试验，有的检验，如急热、急冷检验，甚至要在专门的试验槽里来回进行一百次。据介绍为了搞这套产品检验设备，虽然花了巨额资金，但他们认为这是值得的。因为在激烈的竞争中，产品质量稍有问题，销售额就会大幅度下降。

我们在参观索尼公司时，该公司的负责人也强调说："要在世界竞争中取胜，质量比价格更应该重视。"他认为自己公司的产品之所以受人喜爱，关键在于索尼公司把质量管理看成是"公司的生命"，始终坚持"质量至上主义"。他介绍说，为确保产品的质量，索尼的家用电器的关键性部件，如晶体管和集成电路、录音机和录像机的磁头、彩电的显像管等，坚持由"索尼"自己制造；而一般性的部件则交给本系统的一般厂家加工，但对所加工的零部件也有严格的质量要求和监督措施。

日本各大公司对其出口的家用电器的质量要求更为严格。如向中国出口的电视机，在生产过程中还充分考虑到中国电视发射情况和电压的稳定性、中国人对画面色彩的喜好等因素。在日立制作所一个专门生产电视机工厂的总装配车间，主人特地让我们参观专门对包装效果进行试验的试验室。只见一个直径3米的大圆铁桶，在电动机带动下滚动着，工人把一个捆好的电视机进行旋转，然后取出来检验是否完好。

为确保家用电器的质量，近年日本各公司企业在推行全面质量管理过程中，还进一步提出"好的产品是生产出来的，不是检验出来的"的口号，要求把质量管理工作的重点从"事后把关"转移到"事先预防"上，把质量管理工作贯串在生产和流通过程的各个环节。

目前我国生产的大多数家用电器的质量，同日本相比还有一段距离。为提高产品质量，增强在市场上的竞争能力，日本"松下"等公司的某些做法是值得我们借鉴的。

（原载《南方周末》1985.6.15）

长 崎
——中日友好交往的历史见证

长崎的位置在日本九州岛的西岸，同我国相距很近。如果乘飞机从上海到长崎，只要一个多小时，比从上海到北京的路程还短。自古以来，它几乎是中日两国人民交往的必经之路，无论从中国前往日本，或者从日本到达中国，往往经过长崎。所以说，长崎是中日两国人民友好交往的历史见证。

长崎是在四百多年以前，公元1571年被开辟为商港的。那时候，正是我国明朝时期。从那以后，它开始了同中国的贸易往来。1644年，由于我国清朝康熙皇帝解除了对日本的海禁，采取鼓励中日贸易的政策，前往长崎的中国船只逐年增加。当时，中国商船运往日本的货物，有国内许多地方的产品。以1771年为例，自中国运往日本的货物有四百五十多种，从穿戴衣着等生活用品，到药材皮革、书籍文具和工艺美术品等，应有尽有。而中国商人从日本运回的则以金、银、铜为多。中国从日本输入的铜最多的时候每年达到七百多万斤。

在日本德川幕府初期，中国商人到长崎以后，一般都可以自由投宿在日本人家中。后来，幕府为了严格控制金银外流和取缔秘密贸易，1688年9月在长崎南郊面向大海的十善寺村乐园地修建了一座专门供中国入住的"唐人馆"。唐人就是指中国人。这个称呼起源于我国唐朝时代，当时中日交往十分密切。日本人把中国人广泛地称为"唐人"。这个称呼一直流传下来，直至今日，不但日本，在其他许多国家，中国人聚居的地区，也往往被称为"唐人街""唐人区""唐人城"等等。

在长崎修造的第一座"唐人馆"，于1689年4月落成，占地面积九千三百七十三坪，约合三公顷。建有中国商人居住的二层楼房，负责各种事务的日本官员房间，进行贸易洽谈的房间等。房子的周围都用竹篱笆严密地围起来，设置了大门、二门，在门口有值班室，由日本官役看守，禁止中国人随便出入。中国人因事去日本政府机关或去寺院参拜，规定必须有日本官员跟随。幕府还规定，除了按规定在这里工作的本官役之外，即便是日本武士，也不能随意出入唐人馆；担任翻译工作的是由称为"唐通事"的日本家族世袭的。

长崎是近代中日两国人民友好交往的主要通道，同我国关系非常密切。日本朋友经常对访问日本的中国朋友说："到长崎去看看吧，到那里你更能体会到中日两国一衣带水的深情！"的确是这样，今天你到长崎，仍然可以看到长崎受中国影响之深，感受到长崎的中国气氛之浓。

中华民族英雄郑成功，就出生在长崎附近的平户港的"千里之滨"，如今那里还保留着一派中国寺庙和西洋教堂并列的奇妙景观。长崎市内现在作为史迹保护起来的"唐人屋敷迹"，据说正是1869年杂居在市内各地的"唐人"集中在一起居住的"唐人馆"，那里还保留着土地庙、天后宫、观音堂一类庙宇的遗迹。明治以后，在长崎的中国人又兴建了新的街市，可惜在第二次世界大战中沦为焦土，战后只好填海筑地重建唐人街，称为"中华街"。在"中华街"附近建了一座孔子庙，作为展示中国传统文化及工艺美术品的橱窗，成为长崎一个充满异国情调的观光区。这座孔子庙前些年遭受了水灾的破坏，后来由旅日华侨集资重新整修，1983年10月14日举行了孔子庙重建和中国历代博物馆开馆的盛大典礼。中国文物局、历史博物馆和中国美术家协会派出代表团参加。重建后的孔子庙，使用了中国一些省市赠送的琉璃瓦、太湖石、石狮子和石栏杆等物品，安置了北京制作的孔子七十二弟子的石像。新建的中国历代博物馆陈列着八十三件珍贵文物。为了庆祝长崎孔子庙建立九十周年，还举办了中国现代美术作品展览，展出了中国美术家协会1981年送给东京华侨总会的101幅中国现代绘画作品。

作为中日友好贸易的历史见证,在长崎中岛河畔有一座用石块垒成的"常明灯塔",这是长崎人民当年祝愿中国船只安全航行而建造的。上面刻着"唐船航海安全"六个大字。1634年,日本和尚默子如定在中岛河上建造的石拱桥,取名"眼镜桥",是日本最古老的中国式石桥,一直保留到今天。更使人惊奇的是,仅长崎市,保存的中国船牌、中国日记等有关中日友好关系的史料就多达两万余件,从一个侧面生动地记载了中日两国的友好往来。

在长崎,至今还保留着号称"唐三寺"的兴福、福济、崇福等三座寺庙。这是前往日本进行贸易的中国商人在十七世纪初期先后建立的。日本历代都规定这三座寺庙和京都宇治的黄檗山万福寺等的住持,要由中国僧人充当。所以,在德川时代前往日本的中国僧人有六十多人,其中最著名的是开创黄檗山万福寺的隐元。

隐元在明朝万历二十年,也就是公元1592年生于福建省福清县,曾经作为福清黄檗山的僧人享有盛名。他应长崎兴福寺僧人逸然的要求,在1654年以六十三岁高龄,率领二十多名弟子,越过千里迢迢的海洋,来到了长崎。1658年,他来到江户,就是现在的东京,谒见幕府将军纲吉,第二年在京都宇治获得下赐的土地,创建黄檗山万福寺,成为日本黄檗宗的开山祖师。

长崎的"中国情调",表现在保留下来的一些中国传统习俗、传统节日上,格外动人。例如,侨居日本各地的华人,在每年的7月26日开始,连续三天云集长崎,举行盛大的"盂兰盆会"。在这同时,他们还照例举行一次从中国传去的"龙舟竞渡",其情景和我国江南划龙船完全一样。此外,还有"龙舞"。"龙舞"原来是住在唐人住宅区的中国人,在阴历正月十五元宵节举行的,后来日本人向中国人学习了龙舞,人们举着长达二十米的长龙狂舞,围观的人山人海,景况十分壮观。凡此种种,都说明长崎不仅在地理位置上同我国相近,而且自古以来和我国有着密切交往。

提起长崎,日本人民不禁想起三十多年前"原子弹爆炸"的悲惨情景。1945年8月9日,美国在长崎丢下了一颗原子弹,把市内三分之一的建筑物全部烧毁,在当时的二十万市民中,有七万多人死亡。为了永远铭记历史的惨痛教训,每年8月9日这一天,长崎市民都要在原子弹爆炸的中心附近的丘陵上,举行追悼原子弹牺牲者、祈祷和平的仪式。

战后,勤劳勇敢的日本人民并不气馁,他们立即着手重建长崎。从1945

年到1965年不过二十年的时间,长崎就从战争的废墟上重新站立起来了,恢复了战争创伤,一座现代化的国际观光城市,又以它那和平、秀丽而仍然充满异国情调的面貌,展示在各国游客的面前。每年来这里观光的各国游览者多达七百万人。

长崎,这一弥漫着异国风情的观光胜地,除了"中华街"和"唐三寺"以外,还有大浦天主堂附近的南山坡和东山坡地区。

大浦天主堂建于1864年,在"原子弹爆炸"中幸免于难。它是全日本最早的一座古老教堂。在它的附近,是明治初期西洋人集中的地区,也是日本早期接受西方文化的一个橱窗。20世纪70年代初期,长崎有关方面在天主堂后面山上,以一百多年前英国商人汤姆士·克罗佛的豪华邸宅为中心,花了五年工夫,把散处各地的明治时代的一些著名欧洲式建筑集中移建于此地,形成了一个占地三万多平方米、重现当年"异国情调"的文化庭园——克罗佛园。这个建筑典雅、花开四季的欧式庭园,处于港湾之滨,既足以令人发思古之幽情,又可以纵览港口和对面豪华住宅的奇妙景色。因此,各国游客纷至沓来,从1975年开园以来,每年入园人数达二百万以上。

长崎三面临海,是天然良港。这种优越的自然条件使它成为日本重要的渔业基地。在长崎捕捞的鱼虾,不仅在当地出售,而且远销东京、大阪等地。长崎也是闻名世界的造船城市,日本很多军舰和大型轮船在这里制造。造船业长期以来居于世界首位。现在,这里已经能够制造世界上最大的一百二十万吨油轮。

长期以来向世界开放的长崎,在战后仍然积极地同海外进行交流。1955年,它和美国明尼苏达州的圣堡市结成姊妹城市,成为日本第一个同外国城市缔结姊妹城市关系的城市。1980年10月20日,长崎又同在历史上和它交往最为密切的我国福州市结成友好城市,为中日友好关系谱写了新的篇章。

(刊于《世界各地》中国广播电视出版社1985年版)

冰雪之城札幌的雪节

当东京还是"霜叶红于二月花"的深秋,日本第二大岛北海道已经是隆冬季节，她的首府札幌则进入了冰雪世界。

1983年11月26日傍晚，当我随访日的胡耀邦总书记一行到达札幌时，老远就看见无数的霓虹灯光在空中闪烁。临近市区时，高层楼房不断映入眼帘。到了闹市区，只见百货商店、酒店、银行鳞次栉比，气派非凡。白天，也许人们都在忙碌，札幌市大街上，还比较宁静，但一到夜晚，景象就大不一样了。大街上，流水般的汽车，就像一条流淌的光波的河流；各大百货商店、酒吧间、咖啡馆、"叭琴科"的霓虹灯，花红柳绿，不断地旋转、变换，令人眼花缭乱……

北海道古称"虾夷地"。1869年明治政府在这里设"开拓使"并由本州等地向这里大批移民。从此，这个人烟稀少的"蛮荒之地"逐渐得到开发。今天，札幌市已发展成为拥有一百四十多万人口的都市。

札幌市内有一条从东到西横贯市区的中央大街，实际上是一个宽六十四米，长一千五百米的公园。闻名世界的札幌雪节就在这里举行。雪节是从1949年冬季札幌工业高级中学工艺科学生在市内用冰雪塑像开始的。以后逐年扩大，三十多年来，已经成为市民广泛参加的群众性的冬季活动，并且得到国内外游客的赞赏。

雪节每年从二月一日至五日举行，宽敞的大街和公园即辟为节日活动场所。街道上彩门林立；鲜艳的彩旗和小纸灯笼几步一挂，构成五彩缤纷的世界。由雕刻家和艺术家雕塑的大小不同、形状各异的雪像和冰雕林立其中，大的高达一二十米，宽达三四十米。内容有神话故事、古今人物、奇禽怪兽、宫殿楼宇等，如白金汉宫、凯旋门、新干线火车、自由女神像、圣诞老人像等，琳琅满目，千姿百态，组成一幅极为壮观的奇幻世界。

当夜幕降临，无数盏小纸灯笼一齐点亮，灯火萤煌，晶莹剔透的冰雕，更显得奇异无比。在这梦幻般的世界里，当地居民和国内外游客熙熙攘攘，尽情享受节日的欢乐。

雪节的主题，随形势变化而有所不同。在1972年中日建交后举行的雪节上，以庆祝中日建交为主题，一些业余的冰雕爱好者，用冰雪雕筑了高十米、长十八米、宽二十米的天安门城楼。城楼的左前方是用冰雪雕塑的盘龙华表和一座冰狮子，右前方是仿照北京颐和园的石舫雕成的雪像，细腻、逼真，吸引了大批观众。据说雕筑这座天安门，用雪一千四百多立方米，用了二百八十多辆次卡车运雪，参加雕筑人员共有一千八百多名，从十一月十日起共花了二十天时间才建成，显示了日本雪雕艺人巧夺天工的高超技艺。

自1973年开始，在雪节期间还同时举行国际雪雕比赛。我国于1982年起参加。那年首次应邀参加比赛的哈尔滨雪雕队，塑造了一座敦煌壁画中《飞天》形象的雪像。高三米、宽三米的四位仙女，形神兼备，衣衫飘逸，舞姿翩翩，有机地构成一座从四面都可以观赏的雪像，比赛结果荣获B组冠军。1983年晋升到由历届B组冠军队参加的A组比赛，又夺得亚军。去年由哈尔滨四名冰雪艺术工作者组成的雪雕队参加了第十一届国际雪雕比赛，雕塑了飘逸传神的屈原雪雕，获得A组第三名。

由于札幌雪节的内容联系实际，富于生活气息，形式新颖，如今已成为国际性的活动，每年大约都有二百万人前往参观。

（原载《南方周末》1985.2.9）

日本之最

△最长的河流是信浓川，全长三百六十七公里。
△最大的湖泊是靠近京都的滋贺县的琵琶湖，面积六百八十六平方公里。
△拥有信徒最多的宗教是佛教。
△日本茶道的最大流派是里千家。
△最大的城市是首都东京，人口一千一百六十二万人，占日本总人口的十分之一。
△全国城市中最热闹的街道是东京的银座，有不夜城之称。
△日本第一座具有良好抗震性能的超高层建筑是东京的霞光大厦，三十六层，高一百四十七米。
△日本最高的超高层建筑是东京的阳光大厦，六十层，高二百四十米。
△全国发行量最大的报纸是《读卖新闻》，日报发行量为八百四十七万多份，晚报发行量是四百八十多万份。
△日本最大的广播电视机构是日本广播协会，简称NHK。
△日本最大、最先进的音乐厅是NHK的音乐大厅。建筑面积为二万一千平方米，拥有四千个座位。

△日本四百多所大学中历史最久、最著名的是东京大学。该校现有教职工约九千人，学生一万八千人。

△全国最大的地下街是东京的八重洲地下商店街，面积约十四万平方米，共有商店二百五十多家。

△全国最大的书店街是东京的神田书店街，这里现有一百三十多家书店，其中一百家左右是旧书店，据说集中了全国约三分之二的旧书。

△最大、最著名的电器街是东京的秋叶原，这条街集中了二百多家大小店铺。

△规模最大的博物馆是东京国立博物馆。该馆收藏、陈列以日本为主的亚洲各地的美术品和古代文物，总数达十九万件。

△全国最大的图书馆是坐落在东京国会议事堂旁边的国立国会图书馆。

△最早诞生的动物园是上野动物园，从一八八二年作为博物馆的一部分开放以来，已有一百多年历史了。

△全国最大的游乐场是东京的迪士尼乐园。

△日本第一条铁路东京品川至横滨樱木町于一八七二年五月九日通车。

△日本第一条地铁是东京上野至浅草的二点二公里的线路，一九二七年十二月三十日通车。

△日本城市拥有地铁里数最长的是东京。

△日本第一条超高速列车行驶的新干线是东京至大阪的新干线，全长五百一十五点四公里，列车最大时速可达每小时二百一十公里。

△日本已建成的最长隧道是一九六二年修筑的北陆隧道，全长一万三千八百七十二米，正在修建的最长隧道是青森—函馆海底隧道，全长五十三点八五公里。

△一九〇一年，东京人第一次看到的汽车，是侨居美国的日本人送给皇太子的结婚礼品。

△日本第一家航空公司是一九五一年成立的日本航空公司（简称日航）。

△最大的飞机场是东京的空中大门——成田国际机场。一年最多起降可达六十二万架次左右，接待旅客五百四十万人次。

△最大的银行是建于一八八二年的日本银行，它是日本唯一有权发行钞票的银行。

△日本最古老的对朝鲜、中国的水路交通要道是大阪湾。

△日本最大的海港是横滨港，码头有十多公里长，可以同时停泊七八十艘大型货轮。

△全国养鹿最多的公园是奈良公园。该园共有一千多只鹿。

△产墨最多的是奈良，其产量占日本全国的百分之九十。

（原载《中国青年报》1984.9.20）

后 记

2015年12月出版了《穿越时空的思索——我对人间万象半个世纪的回望》之后，一直想把写作时间跨度长达30多年的散见各报刊的文章，再结集出书。但因工作量过大，一直拖延至今。

收进这个集子的除我采访名人的专访和悼念名流的文章之外，还结集了我悼念父母的几篇文章，无非是想借以寄托我的怀念和哀思之情。

第六辑的"岁月流金"中收集了两篇我在女儿不同成长阶段写给她的寄语、贺信，缘由是我认为我对女儿的期望、提醒和叮咛，对今天青年也不无借鉴作用。

第七辑的29篇"日本散记"，是我在中国国际广播电台日语部工作期间陆续撰写的，旨在向读者介绍日本的风土人情。至今这些习俗依然没有多大变化，故还值得一阅。

忆往昔，百感交集。笔墨生涯，甘苦自知，深感当时谋生不易，为文也并非易事。上世纪八十年代的前六年，我只有一间14平方米的住房。住房拥挤，小女又小，在家根本无法写稿。因此，不论是著书、译书，还是写文章，每天我都是在帮忙料理完家事后，专门到办公室写稿。每次都要历经上楼、开门、打开抽屉、取出材料，然后才铺纸下笔，写到夜里十二点以后，完稿之后再锁抽屉、关灯、锁门、下楼、骑车回家。其间的繁难，非常人所能体会。

我不会电脑打字，至今还是"爬格子"。在这本书出版过程中，北京福州企业商会和北京福清同乡联谊会的工作人员，为我打印了部分文稿。商会刘薇秘书长费神帮我整理、编排文稿，最终形成可供出版的完整的电子版，并核校了部分书稿。

在此，一并致谢！

我的妻子卢盼盼，早年帮我抄写投寄报刊的部分书稿。这次又帮我通校了全部文稿。没有她在我身后默默关爱和支持，难有我今天的一点成就。

承蒙与我共事多年的中国国际广播电台原台长张振华，北京大学中文系资

后　记

深教授，我的同窗学兄马振方慨然应允写序，为这本书增光添彩，在此深谢。

最后我要感谢曾与我共事多年，现中国书籍出版社社长王平，责任编辑许艳辉，为本书出版所提供的鼎力支持和帮助！

2017 年 10 月 19 日

附录一：
吴绪彬：谱写福清人在北京的精彩故事

本报记者　周小杨　杨国才

马年春节刚过，我们有幸约到了北京福清同乡联谊会会长吴绪彬。

虽早有耳闻，但见到其本人，还是给人留下了深刻印象。四五个小时的闲聊，吴老始终精神抖擞，精力充沛。整个过程我们似乎忘了一个数字，待离开时，我们才再次反应过来，原来出生于1938年的他，今年已经76岁了，不禁让人感叹岁月是否给予他特殊的礼遇。

这位从我市农村走出来的"后生仔"，在1957年高考如愿考上北京大学。从此，开启了属于他的人生大幕，在更大的人生舞台上"跳"出了精彩的旋律。

未名湖畔与书伴　新闻战线苦耕耘

吴绪彬出生在我市港头镇的一个农家，家境贫寒的他初尝人世愁滋味。"穷而易坚，不坠青云之志"，通过读书改变命运的信念在其年少的心中愈发强烈。吴绪彬开始日夜苦读。1957年的高考，当拿到北京大学的录取通知书时，吴绪彬狂奔到家里，高喊："我中状元了！"

年少的吴绪彬开始了背井离乡，泪别父母的漫漫求学路。北京大学带给他的不仅是馆藏汗牛充栋、浩如烟海、学子嗜书如命、阅读成风的图书馆、文史阅览室的醉人氛围，更主要的是当年北京大学中文系群星璀璨，名家执教，让他获益良多。

北京大学的名师大家甘于寂寞，精研学问，以及他们的高贵品格和为人风范，让吴绪彬终身受益。吴绪彬说，北京大学沉淀在他血液里的是让我们关注国家大事，把自己的人生与国家命运，与人民疾苦联系在一起的爱国情怀和人文关怀；是甘于寂寞、专注于学习和工作，永不言败，永不放弃的北大精神。离开北大后，他一直坚持深入学习、观察，独自思考，独立发表自己的见解，绝不随波逐流，人云亦云；但也能以平和心态接纳别人的不同看法和意见。

1962年8月，24岁风华正茂的吴绪彬跨出了北京大学校门，被分配到中

附录一：吴绪彬：谱写福清人在北京的精彩故事

国国际广播电台日语部当编辑、记者。踏进广播大楼那一刻，吴绪彬就立志做一个学者型的记者，以弥补不得不放弃钟爱的中国古典文学学习与研究的遗憾。

初到日语部的尴尬处境，吴绪彬至今记忆犹新。每天早晨的碰头会讲的是日语，他成了"聋子、哑巴"，年轻气盛的他哪容得这等局面，立即开始自学日语。除同事前辈教他字母发音和基础语法知识以及简单的日语会话外，他还专程跑到母校要来了东语系日语专业一年级的讲义，又买来了《日汉词典》和《日语语法》，没有外语自学经历的他开始苦涩的自学历程。

吴绪彬勤学刻苦，再加上他充分利用工作环境等一切有利条件，不仅取得大学自考日语专业的结业证书，而且能够从事简单广播新闻稿的中译日工作；还曾几次在对日广播节目中照本宣科，完成了插播的日语录音讲话。

就这样，边干边学，边学边干，经十多年的历练打磨，毅力超凡的吴绪彬硬是将自己从一个日语盲"修炼"成最终能编纂辞书和翻译日文图书。20世纪八十年代初，他与常瀛生合作编译《日语常用词例解词典》，翻译了日文版《中国书法史》，参与《中国经济史研究》的翻译工作，并担任好几部日语辞书的责编或审校工作。

初步掌握日语只是过了道语言的门槛，广播记者才是吴绪彬的本职工作。他一以贯之的专注和不懈努力，让自己第二年便可独立发稿，并逐渐成长为有素养、有眼力、善于捕捉新闻和很快形诸文字的一名称职的广播记者。

"新闻报道，尤其是广播电台的新闻报道，对时效的要求更高，故可锻炼敏捷的思维和快捷的笔头功夫，这对培养我日后的独立观察能力和下笔成文的文字表达能力，提供了绝好的机会和平台。"吴绪彬回忆道。

当初报考北京大学冀望"文字长留天地间"的梦想始终萦绕在吴绪彬的心头，于是他在中国改革开放后开始利用业余时间转向著书立说和向报刊投稿。承蒙《南方周末》创办人、北京大学同窗左方的赏识，聘他为第一任的特约记者。继而他又成为《装饰总汇》《社会·家庭》等报刊的特约记者，撰写了一批有影响的头版稿件和刊物的专稿。

在保证本职工作和向《南方周末》等报刊供稿外，他还牺牲休息和睡眠，利用一切可以利用的业余时间，潜心于书稿的写作。在短短的5年间，他单独或与人合作完成了6部书稿，包括编写《中国话中级讲座》教材，《中国文艺邮票欣赏》《世界名画邮票欣赏》《现代青年生活方式》（主要执笔人之一）

以及 2 部日文译著。

艰苦创业施宏图　展翅高飞白云间

如果说北京大学毕业后阴错阳差成为一名对日广播工作者，是吴绪彬第一次转行，那 1985 年 3 月奉调筹建中国国际广播出版社，则是他的第二次转行。他坚信在出版天地里经受磨炼，对拓宽自己的视野、提升自己的素养、增长自己的才干不无好处。

全新的行业，又是筹建中的出版社，吴绪彬深知需为之付出巨大的代价和努力。为集中时间和精力，他中断了正在编写的书稿，并先后辞去兼职的几家报刊的特约记者。在一无财力、二无人力、三无经验的情况下，愣是靠艰苦奋斗、风雨同舟、群策群力、雷厉风行等创业精神，很快把出版社办了起来，并在短短的两年间就陆续出版了《中国城市·地区丛书》《英语词汇的奥秘》《中学英语短语词典》《领导知识词典》《心理描写辞典》以及马宾、刘伟等经济学家的力作。吴绪彬等一班人瞄准市场狠抓选题开发和组稿工作，然后以快节奏、高效率、快出书、快发书抢占市场，从而使当时名不见经传，只有数十人的小社，异军突起，令人瞩目。

吴绪彬深知，衡量一个出版社办得好坏的主要标志，是看这个出版社是否出了一批有分量、有影响的好书。他始终如一地坚持不随波逐流，不猎奇，不媚俗，不为牟取暴利而丧失职业道德。

"那时，我们为了能出一本好书，哪怕要承担政治风险，承受思想压力，以至牺牲健康、休息和娱乐，也在所不辞。"吴绪彬说，值得欣慰的是我社不但没出过一本坏书，相反在十分困难的条件下，先后出版了一大批博得好评的好书。

吴绪彬任社长兼总编期间，中国国际广播出版社出版了数千种图书，数百种录音带，而其主编或参与主编的辞书或丛书就有十多部。其中有四十多种图书被日本、新加坡等国和港、澳、台地区出版机构看中，并购买版权，在世界更大范围内出版发行。有的是在国内出版界率先出版，有的社会影响巨大，有的印数高达百万册，有的被评为获奖好书。

因业绩显著和学术上的成就，1988 年底，吴绪彬被破格晋升为正高职称，1993 年获国务院特殊津贴。他还于 1990 年荣获日本"东洋哲学学术奖"，1994 年获英国剑桥名人传记研究所颁发的"20 世纪成就奖"，名列《世界名人录》，并被聘为该所顾问。1995年被美国名人传记研究所评为1995年度世界"500名最有影响的学术带头人"，获年度荣誉证书，继而又获永久性荣誉证书，并被聘为该所顾问。

总结23年的广播记者生涯、18年的出版社工作，吴绪彬说，北京大学毕业之际的一次定终生的分配，命运为他关上一扇门，又为他打开了另一扇门。如果说有遗憾，那就是在专业上学非所用，无法继续从事中国古典文学的学习与研究，但他长期身兼多职，不断变幻工作角色，也为他涉猎各种知识，接触广阔社会层面，结交不同阶层人士，让他成为具备综合素质和综合才能的多面手。

别有作为不知年　传递爱心满人间

正因吴绪彬练就了多面手，才会使得他的退休生活更加光彩绽放。今年已76岁的他仍担任2个公司的顾问，并兼做多个社团的工作。

从事四十年的文化、宣传工作，长年累月与文字打交道，2003年，被邀请担任冠城集团和顺华集团高级顾问。正是由于进入房地产开发领域，逼迫他看了大量经济方面的书籍，并关注国内经济走势。这些年，他除为公司的企业文化、规章制度的制定、员工培训等方面提供咨询和帮助外，还撰写了《论大盘开发的成败与风险的预防》《楼市风云乱花眼》《楼市迷局》等专业性文章，以及就中国贫富差距、"城市化"进程、环境保护、公益慈善事业、股市、企业管理等人们关心的问题，撰写文章，直抒己见。

就社团工作而言，1995至今他都是北京福清同乡联谊会的会长，后来又兼任世界福清同乡联谊会的常务副主席、北京福州商会第一届的秘书长、第二届驻会的特邀高级顾问，以及北京福建企业总商会的顾问等。

他做社团工作，除带领团队使之成为团结、高效的团队，团结、凝聚广大在京乡亲，为他们排忧解难，并为家乡的建设出谋划策，牵线搭桥之外，还运用他的知识和写作能力撰写了许多如何做好社团工作的文章，为社团工作者提供经验和思路，搭建社团工作的理论框架。同乡会和商会都有会刊，作为主编，他发挥所长，除指导办刊人员工作外，还亲自为会刊撰写不少文章，为这两份广受社会好评的刊物贡献了自己的心力。

自1995年成立北京福清同乡联谊会，从事社团工作18年来，他投入大量的时间和精力，利用社团的平台和社团内外乡亲拥有的资源，发挥自己拥有广泛人脉的优势，为有需求、有难处的福清乡亲，提供各方面的帮助，尤其是在京的融籍学子，吴绪彬更是倾注了大量心血。

2012年毕业于福清二中的小俞，自幼丧父，母亲远走他乡，一直与奶奶相依为命，生活的艰难虽然影响她的学习，而她始终未放弃追求理想，但她却面临即便考上大学也无力上学的困境。吴绪彬得知后，主动联系她，让她报考北京的学校，当小俞接到北京城市学院的录取通知后，吴绪彬和北京同乡会领导班子研究决定先提供一万元补助，接着他又联系了企业家何学义资助她一万元，以解燃眉之急。为了彻底解决小俞的后顾之忧，吴绪彬又联系融籍企业家薛守光与何学义一道解决她大学4年共7万元的全部学习费用。

近年来，吴绪彬成功对接贫困生与企业家，为60多位在京的福建籍尤其是福清籍的贫困生，募集每人每学年四千元的助学款；为一连续三年在国内外获奖的具有天赋的年轻服装设计师王××，提供20多万元的出国深造费用；还为福清籍的白血病患儿搞到十几万元的爱心捐款。2013年也主要由吴绪彬出面为11月19日北京一次火灾中罹难的12位福清城头镇乡亲募集110多万的救助捐款。

"感恩您四年多来的关心爱护，您为我们这一群离家千里的儿女铸造了一个温暖的爱心之家。您不仅尽心为我们解决经济的拮据，也作为精神导师指引我们努力、拼搏、进取。""您在我心里已经没有形容词，在我困难时，您是我的依靠；在我迷茫时，您是我的引路人；在我取得好成绩时，您又是我的分享者……"这是受助者吴××和王×两位同学发给吴绪彬的短信。

除对有困难的大学生、有需求的年轻人提供包括物质的实际帮助外，这些年，他还一直从精神上启发、教育、引导、影响年轻人。他惦念、牵挂一些年轻人，特别是在校大学生，不时热情接待他们，同他们聊天，请他们吃饭，并利用自身智慧和人生经验为他们释疑、解惑，为他们当中的一些人的实习、求职、考研、出国留学，提供建设性意见；乃至为几位毕业生的就业，提供有实际成效的支持。

"回想今天您说的话，我感觉自己未来还有很多的路要走，我也知道自己应该更加努力地去争取，我很庆幸能有您在背后一直地为我开导，成为我强大的精神支持，我一直觉得很幸运，能在自己的求学路中遇到您。"这是北理工研一王树同学发来的短信。像这样受过吴绪彬帮助的学子发来的短信，吴绪彬都好好珍藏着，每回看看这些孩子的短信、听到他们成长过程中的好消息，他

附录一：吴绪彬：谱写福清人在北京的精彩故事

都倍感欣慰。

几年前他还在新浪网上开了博客，上传上百篇文章，内容涉及社会热点问题、情感问题，年轻人关心的人生理想、规划、求知、社交、恋爱与婚姻，以及企业经营管理和怀念亲友等，这些文章旨在为人们正确看待世界和人生，树立正确的人生观、价值观提供参考意见。

他的粉丝多是 80 后、90 后，年轻人反应强烈，社会效果很好。反过来，年轻人也把他视为引路人或精神导师，让他获得友情与快乐。他时常为像他这样年龄的人，还能拥有那么多的年轻朋友而感到快慰。

吴绪彬是一个有梦想、有追求、有坚定信念和顽强毅力的人。从最初想当作家，到后来想当名记者、出版家，到最终想当一个有良知的学者，并能成为家人、亲友和社会所需要的人。经北京大学毕业后的半个世纪的不懈努力，他基本实现了所追求的幸福目标。

俗话说"人生七十古来稀"，虽说现代人寿命延长，但吴绪彬自认为，他能继续工作的时间不会太久，但他将以只争朝夕的心态，继续发挥余热，为福清人在北京闯荡营造一个更加温暖的家，为福清学子的求学路添砖加瓦，为福清人闯荡天下、走向世界继续当好"推手"的角色。

"如果我能为社会，为家乡政府和乡亲做更多更有意义的事，能为福清的学子提供更多帮助，那么当我卸去肩上所有担子的时候，我将以超然的心情'看庭前花开花落，观天上云卷云舒'，过我想过的'消磨岁月书万卷，笔底风云九州烟'的惬意生活。"吴绪彬笑着说。当然，我更希望彻底退回家庭之后，能看到国强民富、生态文明、社会和谐、人间温暖。

作为一个知识分子能不间断地在职场工作 52 年，能把自己承担的不同性质的本职工作都做得那么好；同时还兼任那么多的社会职务，做那么多事情，写那么多书和文章；还能平衡事业和家庭，家庭与交友。他的交友，横跨学界、政界和商界，并帮别人那么多忙，着实让人惊奇和敬佩。

吴绪彬强调：他一辈子都是快节奏生活，不间断学习，高效率工作。他表示将继续挑战自己，从人生的一个高度跨向另一个高度，奉献大爱，成就大我。

（原载《福清侨乡报》2014.3.4）

附录二：
风雨廿载植根同乡会　真情无限心系玉融城
——访北京福清同乡联谊会会长吴绪彬

刘薇：吴会长，今年12月份北京福清同乡联谊会将要迎来20周年大庆，作为创始人和连任四届的会长，您有何感想？

吴绪彬：1995年12月9日，同乡联谊会成立时，当时我还在担任中国国际广播出版社社长兼总编辑，但大家非要我当会长，我也就当了。当初我没承想这个乡亲组织能维持这么长时间，并且对内具有很强的凝聚力，对外产生了良好的社会影响，我也没料到我会连任20年会长，可以欣然迎来同乡联谊会20周年华诞，因此我的心情很激动，也很复杂。我很庆幸，自己身体还能承受，也为没有辜负在京乡亲的重托和家乡福清历届领导的期望而感到欣慰。我勉励自己，一定要把20周年大庆的庆典活动办得既隆重又有社会意义。要让承办单位冠城大通董事长韩国龙先生，副董事长韩孝煌先生感到满意，同时还要不让参会的家乡政府领导、海内外乡亲代表、在京的会员感到失望。庆典活动要展示我们同乡联谊会拥有的实力，更要展现我们福清人的风采。

刘薇：我特别好奇的是什么支撑着您20年来一如既往地奉献身心于同乡联谊会的工作？因为我总觉得一般人很难做到。

吴绪彬：我能20年如一日不拿任何报酬倾力付出，不辞辛劳做好同乡联谊会的工作，我想有这么几个原因。一是我向来热心公益、乐于助人；二是无论做什么事，我都愿意尝试，并都会竭心尽力地把它做好；三是有幸得到众多乡亲的大力支持；四是能得到他人的认可、赞许，等于付出的在精神上得到回报，让我拥有持续努力专注做好一件事的动力。

记得1957年我考上北大，告别父母，告别家乡后，几经辗转，一周后才来到北京。初来乍到，人生地不熟，在此后的一年时间才遇到詹贤銮等个别乡亲。如果当时有类似同乡联谊会的组织该有多好。80年代后期才成立了北京福清智力支乡小组，但因为没有经费和活动场所，联系的乡亲又有限，所以影响不大。1995年夏，热心于智力支乡小组的牵头人卢其祥、秦能华两位前辈因遭车祸不幸离世，我便和余美琴、陈为典夫妇、林开源、郑桐、游德茂、曾焕康、周伟朝等人出面联络一批热心乡亲，积极筹建北京福清同乡联谊会，并于当年 12 月 9 日在广电部老干部活动中心举行了成立大会，至此，众多在京福清乡亲终于有了自己的娘家。

我当时是出版社的一把手，工作很忙，但既然大家信任我，我自己也觉得这是一件很有意义的事，也就接下了会长这个社会职务。

虽然当时我已离乡 38 年，但我始终对家乡怀着深厚的感情，深爱着那块土地，那片海水，那方蓝天，还有家乡的父老乡亲。我也深知在京乡亲，远离家乡，漂泊在京，难免会有孤独感，也难免需要乡亲间的帮助与慰藉，因此 20 年来我一直不改初衷，带领班子成员，团结广大乡亲，尽最大可能为在京乡亲排忧解难，为家乡建设事业聊尽绵薄之力。

刘薇：同乡联谊会并不是个新生事物，古已有之，发展到今天，您觉得同乡联谊会的最大作用是什么？北京福清同乡联谊会 20 年来主要都做了哪些有意义的工作呢？

吴绪彬：是的，同乡会古已有之，在国内解放后由于各种原因，一度沉寂。改革开放后，特别是从上世纪末开始，同乡会组织如雨后春笋纷纷成立。但若干年后，你会发现有的名存实亡；有的已大不如初。然而，北京福清同乡联谊会自成立以来，我们始终秉承"广泛团结、凝聚乡亲，为乡亲排忧解难，搭建在京乡亲与家乡政府互动的桥梁，努力为家乡建设提供支持和协助"的办会宗旨，开展了许多有意义的活动，做了许多有益于乡亲和政府的事情，产生了良好的社会影响。

我们的同乡联谊会是在京福清乡亲相识、相聚、相亲、相知的娘家，是大家心灵的家园，互动的平台，同时也是家乡政府在京的一个窗口，一个可以协助办事的联络处。因此有没有这样一个同乡组织，大家的感受是不一样的。

20 年来，我们同乡联谊会主要是开展联系乡亲，沟通情谊；服务乡亲，反哺家乡；对外交流，扩大影响等各方面的会务活动。我们通过召开理事会、班子会、研讨会、联谊会、年会等活动形式，为在京乡亲提供相识相聚的机会，借以联络感情，沟通信息，增进情谊；为在京和老家乡亲提供转学、求医、维权、困难资助等为主的支持与帮助；协助处理突发事件，资助下属的合唱团、同学会的工作。近年，我们还资助了数十名贫困大学生；为一服装设计师募集 22 万元出国深造费用，为一准孤儿提供 7 万元上学费用等。我们还多年坚持探望 85 岁以上老乡亲和送别离世的乡亲。对于家乡政府，除迎来送往之外，我们还为福清撤县改市、融侨经济开发区扩区升级、江阴保税区的建立、闽江调水工程的论证、福清闽剧团《灞陵伤别》晋京会演、市政府来京考察、招商等提供协助，以及协助处理朝阳区小武基汽配仓库起火，一次烧死12个成人和儿童的突发事件，资助来京求医的白血病患者等等。

北京福清同乡联谊会有自己的会所和自办的《北京融音》刊物。会所是由冠城大通董事长韩国龙先生提供的，坐落在北三环马甸的冠城南园12号楼一层A座。可以说北京福清同乡联谊会是国内成立最早、规模最大、实力最强的办实事最多的一个社团组织。

刘薇：同乡联谊会不同于商会，据我所知一般同乡联谊会都缺少经费，而北京福清同乡联谊会似乎从来都不缺钱，为什么？

吴绪彬：我们同乡联谊会不同于一般同乡联谊会。我们从一开始，就吸收融籍商人参会。经过20年的运行，可以说有代表性的在京融籍企业家、商人，几乎都参加了同乡联谊会，甚至还包括几位京外的热心的融籍企业家。他们在会内不是任荣誉会长、名誉会长、顾问，就是任副会长、副秘书长、理事。加上，我有过企业管理经验，又一直关注经济大势，坚持学习管理和经营知识，因此我同他们有共同语言。再加上我始终真诚待人，用心交友，乐意提供力所能及的帮助，所以我通过工作关系，或通过私下交往，与他们当中许多人结下深厚的情谊。因之故，每当同乡联谊会开年会或换届庆典，只要我出面向他们求助，他们无不慷慨解囊，乐于资助同乡联谊会。在这里，我再次感谢他们对我工作的大力支持，对同乡联谊会的长期资助。

刘薇：辛勤耕耘20年，您始终无私奉献着自己的时间、精力，甚至还有经济上的付出，您认为这值得吗？还有，您认为同乡会给您带来的最大收获是什么？

吴绪彬：我出生在福清的一个小乡村，小时候，我的想法很简单，只想通过自己的努力改换门庭，报答父母的养育之恩。长大了，阅历增加，特别是5年求学北大的经历，让我逐步树立了正确的人生观、价值观。我想一个人活在世上，不能仅仅为自己和家人，更要为国家，为社会做贡献；为需要帮助的人提供力所能及的帮助。投身社会公益，付出了大量时间、精力，不仅挤掉了我个人休闲、娱乐的时间，而且还让我减少了与家人相处和照顾家庭的时间，甚至于精力严重透支，影响了健康。但我从来没有觉得不值得或产生后悔情绪，因为我这样做，我觉得我的人生更有意义，活出了价值，活出了精彩。特别是这几年来，让我拥有良好的社会口碑，拥有众多的乡亲朋友，包括年轻的在京学子，他们带给我关爱、友谊和快乐，让我获得很大的精神满足。

刘薇：您本来是一个学者，出了那么多专著，可这20年来您做同乡联谊会和北京福州商会等社团组织的工作，占用了您那么多时间，您有没有觉得可惜？

吴绪彬：由于生不逢时，受时代和解放后历次政治运动的影响，北大毕业后的15年，我无法发挥自己的才能。粉碎"四人帮"，改革开放时代的来临，给了我二次生命和发挥才干的外部机遇，我便抓住机会，奋发努力，以弥补失去的时间。从20世纪的80年到85年，我单独或与人合作，撰写、出版了6本书，并兼任《南方周末》等五个报特约记者，写了大量的文章，奠定了我作为名记者和有影响学者的地位。1985年，我开始筹办出版社，长期担任社长兼总编辑，经过一段时间和同仁的共同努力，出版社成了出了许多好书，办了许多活动的国内外有一定影响的出版社。1995年任北京福清同乡联谊会会长，把同乡联谊会办成了受到广泛好评的乡亲组织。福建省驻京办原副主任林锡能曾在公开场合提出表扬；福清市委、市政府领导亲切关怀、高度赞扬；在京乡亲有口皆碑，广泛称道。2006年我任北京福州商会第一任秘书长，竭诚尽力，备受好评，我主编的《京榕商》受到全国工商联领导现场赞许。因此，我认为无非因此个人少出几本书，但换来这些绝对值得。何况，我向来坚持快节奏生活、高效率工作，我可以用提高单位时间的工作效率来换取时间，同时做好几种工作，还能继续撰写文章，唯一遗憾的是我不再有专门的时间著书立说。

刘薇：同乡联谊会过往20年点点滴滴肯定都在您心底，往事并不如烟，对于陪伴您一路走来的老同志您有什么要说的吗？

吴绪彬：20年如白驹过隙，一些老同志甚至更年轻的人已经永远离开了我们，像去年走的副秘书长曾焕康兄弟，还有这些年先后离世的领导班子成员郭良楠、林开源两位老大哥，以及顾问薛章镐、倪政建、赖庆辉、黄玉森等乡贤，理事会成员陈遵平、林绍俊、林道兴、陈通宝、魏永朝、吴必顺等乡亲。他们永远活在我的心中，我会永远怀念他们。今年5月份同我在墨尔本会面的邱孙泰，身体也不容乐观，想到这些，不由得让我伤感，在今后的岁月中我希望我们这些老同志，一定要保重身体，保持乐观心态。

对于20年、15年、10年陪伴我走过来的现在健在的班子成员、理事会成员，我要对他们说声谢谢，感谢这些年来对我的理解、支持和帮助，没有他们的不辞辛劳，不吝付出和同心协力，同乡联谊会是不可能顺利走完这20年风风雨雨的历程的。期望下一届，不管理事会和班子成员如何调整，我们大家都能继续同心同德、共同努力，让同乡联谊会继续存在，继续红火下去。

刘薇：您19岁就离开家乡，时至今日已是58年，为何还能保持这样浓烈的乡情与乡愁？

吴绪彬：虽然很小就走出了家乡，但家乡的大海、一草一木都牵动着我的心。午夜梦回总能梦见小时候夜里躺在海边沙滩上数星星的情景，枕着涛声入睡。家乡是生我养我的地方，是我生命之河的源头，不管她贫穷还是富有，都是我生命中不可替代的一部分。特别是我的老母亲还在，母亲在的地方永远是家。

福清早年贫穷落后，生活过得异常艰难，但福清又是一个人杰地灵的地方，出了许多人才。我虽然只在老家生活了不到19年，但早年的生活烙印是抹不掉的。遇到的人所经历的事，特别是父母的爱和家的温暖，学校生活的记忆，同学之间的情谊，直到今天回想起来仍感到温馨和甜蜜。我盼家乡繁荣富强，盼家乡百姓都能过上安居乐业的生活。近年来我先后写过《怀乡曲》《思乡曲》《家园情怀》《望乡曲》等诗文，聊表情怀。

刘薇：今年同乡联谊会换届，虽然您一再表示年事已高不再适合担任会长，但众望所归，也许您会第五次连任会长。如果连任会长，我想这也是大家对您人品、能力、威望的高度认可，对于新一届同乡联谊会的工作您有什么想法？

吴绪彬：20年从某种程度上可以说是北京福清同乡联谊会一个时代的结束，下一届是否连任，得看我的身体状况，如果身体条件许可，我会坚持做完这一届。但不管如何，我在位一天，就会一如既往地做好会长的工作，无非是更多依靠其他班子成员和一些热心的年轻人，让他们多做些具体的工作。同乡联谊会的未来希望将寄托在他们身上。

刘薇：大家都感慨当今社会人情淡薄，可您为何能一如既往地为他人排忧解难，只要力所能及，什么都肯帮，您是怎么想的？

吴绪彬：社会是由你我他各种各样的人组成的，人与人之间不应该存在那么多隔阂，那么多不信任，但是古今中外皆如此，尤其是我们中国经历了多次社会变迁，特别是"文革"时期彻底破坏了人与人之间的信任，而改革开放以后，传统价值观、道德观遭到颠覆，但新的价值观和道德观一时又建立不起来，人与人之间的关系很多变成了利益关系。现在，很多人都是各扫门前雪，不管他人瓦上霜。但不管别人怎么说，怎么做，我的人生观、价值观决定了我的言语和态度。我一直都是从自身做起，凡力所能及都乐意帮助别人，做一个不仅家人需要我，而且朋友需要我、弱势群体需要我、社会需要我的人。

我从小家庭条件不太好，上大学期间得到叔叔、表哥还有同学、朋友的帮助，才能够完成5年大学的学业。我父母跟我讲过，一个在福州做生意的印尼籍的堂表哥，得知我考上北大，很高兴，一次性慷慨赞助100元，这在当时是个很大的数目，占我初上大学总费用的五分之二。这些经历对我影响很大，我当年接受过帮助，有能力了也要帮助别人，不求任何回报，几十年来我都是这样做的，无怨无悔。

这几年经常有我不熟悉的人或是陌生的人遇到我时都要感谢我，也有专门来道谢的。他们提起我所帮过的忙，有些我已经完全没有印象了，但对他们却是终生难忘，这让我深受感动。

刘薇：一般来说，老年人同年轻人存在严重的代沟，可为什么有那么多年轻人喜欢您，愿意同您长谈，什么心里话都对您讲？

吴绪彬：就一般情况而言，两代人、三代人之间是会存在比较严重的代沟，这往往由于价值观、理念差异和信息不对称而引发的代际矛盾，特别是生活在信息化时代下的现在的年轻人，很难接受老年人的规劝。但我不同，不管是大一学生、高年级同学还是研究生、博士生，还有新参加工作的年轻人，都愿意同我交心。他们同我待在一起的时间，一般都超过4个小时。

究其原因，一是我始终都在学习，真正是活到老学到老。现在，我每天要翻阅几种报刊，比如家里面订阅的《新京报》《经济观察报》《新周报》《大众文摘》《三联生活周刊》，还有"国信在线"刊发的内部资料，到商会还看《北京青年报》《南方周末》。我还经常购买新出版的图书，有时还上网查资料。因此，我对当下政治、经济、文化态势以及网上流行的东西就比较熟悉，能做到与时俱进。二是，不断更新理念。我是学文学的，但文史哲各领域都有涉猎，一毕业后又长期从事新闻出版工作包括对外宣传、交流工作，因此我的理念兼容中西，比较开放、自由。三是我的人生经验比较丰富，阅人无数，又善于独立思考。正所谓"读万卷书不如行万里路，行万里路不如阅人无数"。四是最重要的一点，我有博爱之心。对年轻人，我更多地看他们身上的优点，真心喜欢他们，呵护他们，用平等的立场和态度，同他们促膝谈心，海阔天空地自由交谈。我从不说教，也从不勉强他们接受我的观点。

刘薇：您一天到晚做那么多工作，办那么多事，还要写那么多文章，您是如何兼顾事业与家庭，家人与朋友的？

吴绪彬：熟悉我的人都知道我是个"工作狂"，长期以来都是高效运转。直到年逾古稀，依旧兼做好几样工作，每天要处理事情，见人和阅读、写作。但我从来都认为人要平衡事业与家庭，兼顾工作与生活，兼顾家人与朋友。我运用的办法是科学安排时间，交叉使用时间，提高单位时间的利用率。我一向以"快"著称，办事干脆利落，写作下笔快捷，以效率换取时间。我从来认为家庭第一重要，要挤出更多时间陪伴亲人，但朋友也重要，是家人无法替代的，我平生爱交友，看重朋友，他们是我生命中不可或缺的。我感谢他们陪伴我走过时而风和日丽、时而风雨交加的漫漫人生旅程。

刘薇：您的人生观、价值观是什么？您的人生理想是什么？

吴绪彬：我的人生观、价值观的形成，是同父母的言传身教，老师的谆谆教导，书籍的释疑解惑，朋友的正面影响分不开的，但让我的人生观、价值观形成"心系家国，情牵大众"始于北大求学期间，形成于我工作之后。在一路走过来的人生旅途中，我始终怀有敬畏心、同情心、怜悯心和爱心，希望能以自己的绵薄之力扶危济困，帮助弱者。我个人在上世纪九十年代初就开始资助山东平原县的一个贫困女孩从初一读完高中，最后她没考上大学，始终是我的遗憾。而自1995年开始任北京福清同乡联谊会的会长至今，我利用同乡联谊会和后来的北京福州商会的平台，发挥自己的才干，并利用自己拥有广泛人脉的优势，求助于有资源、有资金的各界人士为有困难、有需求的乡亲，特别是贫困大学生，提供物质帮助和精神帮助。除为贫困生筹措资金，提供物质帮助外，更多的是花费大量时间和精力同他们交谈，并开办博客上传上百篇文章，以此引导、开导他们，为他们释疑解惑，提供思路和办法。我欣喜地看到在我影响下他们当中许多人从自卑到自信，从普通到先进，从平凡开始走向成功。同时我也从他们身上学到很多东西，并获得爱戴、友情和快乐，这是我晚年最感欣慰的事。

您问我的人生理想是什么？我当初想当作家或学者型的记者，虽然后来我没能成为真正意义上的作家，但我著书立说，成为有影响的学者，也算是成功了。但越到后来我越感到这远远不够，我要做一个家庭的顶梁柱，更要做一个报效国家、奉献社会，有助于大众的知识分子。我追求的终极幸福目标是：在彻底衣食无忧的前提下，做到四点：一是从事我喜欢或比较喜欢的工作；二是做我喜欢或比较喜欢的事情；三是同我喜欢或比较喜欢的人在一起；四是做一个永远有社会价值，甚至有市场价值，受绝大多数人尊重和欢迎的人。我以为我的人生理想基本实现了，无可遗憾。如果要说有遗憾，我陪家人的时间少了一些，为家庭做的事还不够多，好在我的太太和家人都能够理解我、支持我。

（原载 2015 年 12 月《北京融音——北京福清同乡联谊会成立 20 周年纪念特刊》）